O PROJETO JANE AUSTEN

KATHLEEN A. FLYNN

TRADUÇÃO
Sandra Martha Dolinsky

ÚNICA editora

DIRETORA
Rosely Boschini
GERENTE EDITORIAL
Carolina Rocha
ASSISTENTE EDITORIAL
Juliana Cury Rodrigues
CONTROLE DE PRODUÇÃO
Karina Groschitz e Fábio Esteves
TRADUÇÃO
Sandra Martha Dolinsky
PREPARAÇÃO
Fernanda França
PROJETO GRÁFICO E DIAGRAMAÇÃO
Marcela Badolatto
IMAGENS DO INTERIOR
© Rudolph Ackermann Disponíveis em domínio público no site do Los Angeles County Museum of Art (LACMA)
REVISÃO
Vero Verbo Serviços Editoriais
CAPA
Sarah Brody
EDITORAÇÃO DA CAPA
Marcela Badolatto

IMAGENS DA CAPA
© Mark Owen / Trevillion Images (mulher); © Jeremy Walker / Getty Images (paisagem); © Christopher Rees / Arcangel (vestido); © CVI Textures / Alamy Stock Photo (céu estrelado); © Mavroudakis Fotis Photography / Getty Images (trilha de estrelas)
IMPRESSÃO
Edições Loyola

ÚNICA É UM SELO DA EDITORA GENTE.

Rua Wisard, 305 — sala 53.
São Paulo, SP — CEP 05434-080
Telefone: (11) 3670-2500
Site: www.unicaeditora.com.br
E-mail: gente@editoragente.com.br

DADOS INTERNACIONAIS DE CATALOGAÇÃO NA PUBLICAÇÃO (CIP)
ANGÉLICA ILACQUA CRB-8/7057

Flynn, Kathleen A.
O Projeto Jane Austen : até onde você iria para que ela pudesse viver? / Kathleen A. Flynn ; tradução de Sandra Martha Dolinsky. - São Paulo : Única, 2018.
320 p.

ISBN 978-85-9490-028-9
Título original: The Jane Austen Project

1. Literatura norte-americana 2. Ficção histórica I. Título II. Dolinsky, Sandra Martha

17-1801 CDD 813

Índice para catálogo sistemático:
1. Literatura norte-americana 813

Para Jarek

Vá, vá, vá, disse o pássaro: a humanidade
Não pode suportar muita realidade.
Tempo passado e tempo futuro
O que poderia ter sido e o que foi
Apontam para um fim, que é sempre presente.[1]
— T. S. Eliot,
Burnt Norton[2]

1. Texto original: "Go, go, go, said the bird: human kind / Cannot bear very much reality. / Time past and time future / What might have been and what has been / Point to one end, which is always present". (N. T.)

2. Trecho extraído de "Burnt Norton" de *Four Quartets* [Quatro quartetos] de T. S. Eliot.

AGRADECIMENTOS

A existência deste livro significa que tenho uma enorme dívida de gratidão com muitas pessoas, vivas e mortas. Entre elas estão Patrick O'Brian, Bill Mann, Jane Austen, Sam Stoloff, Terry Karten, Fanny Burney, Carol Schiller, Adelaide Nash, Sandra Adelstein, Michele Herman, Heather Aimee O'Neill, Lew Serviss, Julia Fierro, Ledra Horowitz, Joanna Karwowska, Czesia Mann, Steve Kenny, John Donne, Kathleen Furin, Mary Lannon, Jennifer Mascia, Judy Batalion, Virginia Woolf, Scott Sager, David Santos-Donaldson, Tauno Bilsted, Nicole Fix, Colter Jackson, Karen Barbarossa, Heather Lord, Danica Novgorodoff, Dina Strachan, Valerie Peterson, Hugon Karwowski, Perla Kacman, Charles Knittle, Geoff Marchant, Geoffrey Chaucer, Harry West, Brian Keener, Sally McDaniel, Catherine Panzner, Timea Szell e, não menos importante, Jarek Karwowski.

CAPÍTULO 1

5 de setembro de 1815
Leatherhead, Surrey

Que tipo de maluco viaja no tempo?, ERA ALGO QUE EU ME PERGUNTARIA mais de uma vez antes de tudo terminar, mas nunca tão urgentemente como naquele momento em que recuperei a consciência no chão úmido. A grama fazia cócegas em minha nuca; vi o céu e as copas das árvores, senti o cheiro de terra e podridão. Era como se houvesse acordado de um desmaio, ou em uma cama desconhecida depois de uma longa viagem: sem saber não apenas onde estava, mas quem eu era.

Enquanto eu estava deitada ali, lembrei que meu nome era Rachel. Corpo e mente se alinharam e eu me sentei, pestanejando e observando o entorno, que era de uma escala de cinza indistinta e maçante, e esfreguei os olhos. Recordei os conhecidos efeitos colaterais das viagens através de buracos de minhocas: palpitações, arritmia, amnésia de curto prazo, alterações de humor, náuseas, síncope, alopecia. Não sofri mudanças na visão. Talvez isso fosse novo para a ciência.

O vento sacudia as folhas, e o som era um contraponto a um chiado repetitivo que poderia ser de algum inseto extinto em meu tempo. Fiquei maravilhada com o ar de 1815, úmido e denso de aromas para os quais eu não tinha palavras, e que me fazia lembrar as recriações do hábitat do Brooklyn Botanic Garden, sob uma cúpula de vidro aonde costumávamos ir em excursões ao campo. *Antigamente, crianças, o mundo inteiro era assim.*

Liam estava a cerca de um metro de distância, a mesma distância que na câmara de descompressão, mas agora caído de bruços e ominosamente parado. A arritmia pode confundir um coração a ponto de fazê-lo parar. Poderia eu ser realmente tão azarada a ponto de perder meu colega no início da missão? Eu teria de me passar por viúva, o único tipo de mulher sozinha com direito a alguma proteção e respeito nesse lugar...

– Você está bem? – Perguntei.

Ele não respondeu. Arrastei-me para mais perto e estendi a mão para checar sua carótida, aliviada por encontrar pulsação. Sua respiração era rápida e superficial, e sua pele estava coberta por uma película de suor frio. Além dele, um grupo de árvores brancas, cujo nome eu havia esquecido, brilhava na escuridão. Meu próprio coração batia forte no peito. Respirei lentamente e olhei para as árvores brancas.

Bétulas! E outra palavra surgiu em minha mente: *crepúsculo*, algo que mal se percebia em meu tempo, em uma vida iluminada pela eletricidade. *Luz natural*: havíamos aprendido no vocabulário relacionado a isso, junto com *crescente*, *minguante*, *meia-lua*, *quarto-minguante,* e as principais constelações. Vi de novo na memória os corredores cinza-aço do Instituto Real para Assuntos Especiais de Física enquanto o ano que eu havia passado lá corria diante de mim como um videoclipe: os treinos de dança e equitação, as aulas de movimento e música, a leitura sem fim. Nossa caminhada até a câmara de descompressão, as últimas checagens, trocas de apertos de mão solenes com o resto da equipe do Projeto Jane Austen.

Eu estava ali. Havíamos conseguido.

– Você está bem? – Perguntei de novo.

Liam gemeu, mas rolou de barriga para cima, sentou-se e examinou nosso entorno: campo, bétulas e sebe. A localização do portal havia sido bem escolhida; não havia ninguém ali.

– É crepúsculo – expliquei. – É por isso que as coisas estão assim.

Ele se voltou para mim com suas sobrancelhas negras arqueadas e interrogativas.

– Caso você esteja se perguntando – Disse eu.

– Eu não estava – disse ele devagar, com voz suave. – Mas obrigado.

Olhei de soslaio para ele, tentando decidir se estava sendo sarcástico, e esperando que sim. No tempo que havíamos passado juntos no instituto preparando-nos para a missão, havia algo em Liam que eu não entendia. Ele era muito reservado e nunca se sabe muito sobre pessoas assim.

Eu me levantei, meio tonta, ajeitei meu gorro e dei alguns passos rígidos, sacudindo terra e grama de meu vestido, ciente do sussurro de todas as minhas camadas de roupa e do maço de dinheiro debaixo de meu espartilho.

Liam ergueu a cabeça, aspirando o novo ar. Endireitou-se, levantando-se com uma graça surpreendente – em minha experiência, homens altos bamboleavam –, esticou os braços, reposicionou sua peruca cacheada de médico, olhou para a direita e ficou paralisado.

– É o que eu acho que é? – Perguntou.

Ajustando os olhos, vi uma estrada: uma pista larga como uma carroça, formando uma bifurcação. E no Y que formava, um patíbulo: uma armação de ferro do tamanho de um homem, como uma gaiola sinistra, e dentro algo que...

– Ah!

– Eles estavam mesmo em todos os lugares – disse ele. – Ou apenas demos sorte.

Identificando um dos componentes do cheiro que eu havia sentido, olhei consternada para o cadáver, que parecia olhar de volta para mim com seus olhos brancos. Nem putrefato nem só uma carcaça, mas em um estado intermediário. Apesar de que naquela luz era difícil dizer com certeza.

Talvez fosse um ladrão de estrada. Nesse lugar, as pessoas exibiam os condenados perto da cena de seus crimes, como advertência para os outros. E talvez nós acabássemos como ele, se as coisas dessem errado.

Eu havia me esquecido de respirar, mas o fedor permanecia em meu nariz. Já estivera em meio a pessoas mortas desde a faculdade de Medicina; eu fazia autópsias; mas não assim. Em uma ocasião, porém, durante meu período de voluntariado na Mongólia, alguém havia sido identificado erroneamente e tivera de ser exumado...

Ao pensar nisso, senti engulhos e me inclinei, apertando a garganta, tomada por ânsia de vômito. Quando passou, enxuguei os olhos e me endireitei. Encontrei Liam me olhando, franzindo o cenho.

– Você está bem? – Perguntou.

Vi suas longas mãos, pálidas nas extremidades das mangas escuras de seu casaco, se levantarem e se moverem na luz desvanecida, como se fossem me tocar, mas sem saber onde. Ombro? Cotovelo? Antebraço? Qual seria a parte menos íntima de sua colega de trabalho para segurar se ela estivesse em perigo? Incapaz de decidir, ele deixou cair as mãos na lateral do corpo. Apesar do horror do cadáver, foi divertido.

– Estou bem – disse eu. – Ótima. Vamos sair daqui.

Nós dois demos as costas para o patíbulo. Não sou supersticiosa, mas esperava que nosso caminho para a pousada não fosse para aquele lado.

– Norte. Se o sol se puser ali – disse eu, apontando para uma parte mais brilhante no horizonte. – Então, deve ser por ali.

– Sim, porque ali está Vênus, certo?

– Vênus?

– Aquele objeto brilhante a oeste.

Eu reprimi a raiva por não haver percebido isso sozinha e respondi:

– Sim, exatamente!

Voltamo-nos, demos alguns passos, e então Liam parou e girou.

– Mãe do céu. O marcador do portal!

Praguejei baixinho quando eu também me voltei. Como podíamos haver quase esquecido algo tão importante? Duas marcas na grama só podiam ser o contorno de nossos corpos. Liam tirou o marcador de metal de um bolso interno do casaco e o enfiou na terra bem entre as marcas. A ponta espiralada azul ficou quase invisível.

– Espectronanômetro – Disse ele.

Rapidamente peguei meu dispositivo, que pendia em uma corrente de prata em volta de meu pescoço e parecia uma bolha de âmbar. Apertei-o. Ele vibrou e emitiu um bipe, sinalizando a proximidade do marcador. Quando o desliguei, eu estava tremendo. O portal era preciso, em tempo e posicionamento geográfico. Nós nunca o teríamos encontrado de novo por acaso. Liam havia tirado seu espectronanômetro de outro bolso – parecia uma caixinha de rapé, mas não abria – e o estava pressionando. Nada acontecia. Ele murmurou algo, chacoalhou-o e tentou de novo.

– Dê-me aqui. – Peguei o pequeno objeto prateado dele, posicionei-o em minha mão e apertei lentamente. Ele vibrou e emitiu um sinal sonoro. Apertei-o de novo para desligar e o entreguei de volta, dizendo:

– Eles são temperamentais.

– Evidentemente.

Estava cada vez mais escuro e frio. Hora de ir andando. No entanto, ficamos parados em silêncio naquele lugar, último vínculo com o local de onde vínhamos. Quanta coisa aconteceria antes que nos encontrássemos ali de novo, supondo que conseguíssemos voltar?

– Venha – disse eu por fim. – Vamos embora.

Começamos a andar; o passo de Liam era mais longo, e eu comecei a ficar para trás. Isso apesar de normalmente eu andar depressa. Até esse momento, eu só havia usado minhas botas de cano baixo – produto artesanal da equipe de figurinistas – em ambientes internos. A sola era tão fina que eu sentia o cascalho sob meus pés. E também a intensidade de tudo: o cheiro de grama e solo, o grito distante de uma coruja – tinha de ser uma coruja. O mundo inteiro parecia murmurar, vivo; uma rede cintilante de biomassa.

Surgiu o Swan, um edifício de tijolos caiados cuja fachada era contornada por lâmpadas cintilantes. Tinha um corredor em arco que dava para um pátio e os estábulos. Quando nos aproximamos, ouvi vozes de homens, o relincho de um cavalo, o latido de um cão. O medo subia por minha coluna vertebral como uma vertigem. Parei. *Não posso fazer isso. Preciso fazer isso.*

Liam parou também. Sacudiu-se e fez algumas respirações longas e audíveis. Então, segurou meu cotovelo de forma inesperadamente forte e me levou para a porta que ficava sob a placa de madeira em formato de cisne.

– Lembre-se de me deixar falar – disse ele. – Os homens é que falam aqui.

E estávamos dentro.

Era mais quente ali, mas escuro. Um teto de madeira, ar cheio de fumaça, luz tremeluzente de velas em número insuficiente e uma grande lareira. Um grupo de homens se reunia perto do fogo, enquanto outros se sentavam às mesas com pão e canecas de cerveja, pratos de carne, presunto, aves e outros alimentos menos identificáveis.

– Veja só toda aquela carne – sussurrei. – Impressionante.

– Shhh, não fique encarando.

– Está vendo alguém que pareça trabalhar aqui?

– Shhh! – Disse ele outra vez.

E ele estava em cima de nós: um homem pequeno que usava um terno quadrado, um avental sujo e uma carranca, limpando as mãos em um pano encardido enquanto nos olhava de cima a baixo.

– Acabaram de chegar, não é? Alguém já está cuidando de seus cavalos?

– Viemos na carruagem de uns amigos que nos deixaram perto daqui.

Liam jogou os ombros para trás e se ergueu sobre o homem.

– Desejamos quartos para passar a noite, e transporte para a cidade pela manhã.

Sua inflexão havia mudado; sua voz também. Usava um tom altivo, anasalado e agudo, esticando as vogais. Nós havíamos treinado muita improvisação na Preparação, mas ele nunca me causara essa estranha sensação que tive: de que se tornara uma pessoa completamente diferente.

– Uma carruagem? – Repetiu o homem. – Eu não vi nada desse tipo passar por aqui.

– Se eles houvessem passado por aqui, teriam nos deixado na porta.

Essa lógica pareceu surtir efeito, mas o homem nos examinou de novo, franzindo o cenho.

– *À pied*, não é?

Demorei um instante para descobrir o que ele quisera dizer. Nada poderia ter parecido menos francês.

– E só uma mala para os dois? – Disse desconfiado. – Não, não temos quartos.

Três homens mais próximos – de ternos pretos enferrujados e perucas tortas – pararam de comer para nos observar.

– Podem cear antes de seguir caminho – disse ele, indicando o salão. – Mas mostrem o dinheiro primeiro.

A ofensa que causávamos era a presumida pobreza por aparecer sem cavalos, ou havia algo errado com nossas maneiras, nossa roupa, nós? E se a primeira pessoa que encontrávamos já havia notado, que chances de sobrevivência teríamos ali? E muito menos de sucesso. Liam estava tão pálido, balançando um pouco, que tive medo que desmaiasse – um conhecido efeito colateral das viagens no tempo.

O medo me deixou imprudente.

– William! – Gritei, puxando a manga de Liam e passando meu braço no dele, para dar-lhe apoio.

Ele arregalou os olhos ao olhar para mim; ouvi-o inspirar. Comecei a representar, sem sequer olhar para o homem; e se minha boca estava seca, pelo menos meu sotaque era perfeito:

– Eu avisei, Papai disse que esta pousada era indecorosa. Mas se não têm quartos, talvez tenham cavalos. É noite! Com uma carruagem e quatro cavalos, ou dois, estaremos lá ao amanhecer. Eu disse que visitaria Lady Selden no instante em que chegássemos à cidade, e isso foi semana passada. No entanto, você nunca pode dizer "não" a Sir Thomas e sua artrite maçante.

Liam tirou os olhos de mim e olhou para o homem, dizendo:

– A palavra de minha irmã é lei, senhor. Se tiver uma carruagem e cavalos, ficarei feliz em mostrar o dinheiro e ver pela última vez esta pousada.

Ele pegou uma moeda de ouro, um dos nossos autênticos guinéus do fim do século XVIII, jogou-a no ar e a pegou de volta.

Eu prendi a respiração. E se a pousada não tivesse cavalos em forma, nem carruagens sobrando? Acontecia de animais e veículos estarem em trânsito constante de uma pousada a outra. E agora seríamos alvo de assaltos, com Liam ostentando aquele ouro.

O homem olhou para mim e depois para Liam. Seus olhos voltaram para mim. Levantei meu olhar para o teto com uma expressão – esperava eu – de desprezo *blasé*.

– Vou até o pátio, senhor. O senhor e a senhora gostariam de se sentar?

HAVIA ESFRIADO, E A LUA, EM QUARTO MINGUANTE, ESTAVA ALTA antes que estivéssemos na carruagem, que era minúscula, pintada de amarelo e cheirava à palha úmida que cobria seu piso, bem como a mofo e cavalo.

Havíamos bebido vinho tinto bolorento e beliscado uma torta de carne com uma textura de couro sinistra, sentados em um canto do salão, sentindo o peso de olhos sobre nós e não ousando acreditar, até que um carregador nos levou ao veículo, que era realmente uma carruagem.

Nosso condutor foi balançando até um dos cavalos, e um homem grande, que carregava duas pistolas e um chifre de bronze, acenou para nós com a cabeça e subiu no compartimento de bagagens atrás. Ele havia custado mais, quase duplicado o preço da viagem, mas não era noite para encontrar assaltantes.

– Você esteve ótima – Disse Liam com sua voz habitual, tão baixa que eu precisei me inclinar para ouvi-lo enquanto saíamos do pátio.

Havia um banco voltado para frente, grande o suficiente para três pessoas magras. Entrava corrente de ar pelas janelas que permitiam ver as lanternas de cada lado, a estrada para Londres à nossa frente e as ancas musculosas de dois cavalos.

– Você pensou depressa. Sei que eu lhe pedi para não falar, mas...

– Pediu em vão. Você já me conhece o suficiente a esta altura.

Ele emitiu um som entre uma tosse e uma risada, e depois de uma pausa, disse:

– Você realmente nunca atuou antes?

Eu pensei nos workshops de improvisação que havíamos feito juntos na Preparação, imaginando encontrar Henry Austen pela primeira vez, por exemplo; ou comprando um gorro.

– Por que eu teria?

Íamos chacoalhando pela estrada; a lua era visível acima das árvores negras, e o mundo mais além do brilho das lanternas sinistramente monocromático e bidimensional, mas rico em cheiros. A orientação da equipe do Projeto fora que passássemos a primeira noite perto do local do portal, em Leatherhead, recuperando-nos da mudança de tempo antes de enfrentarmos a cidade. Materializarmo-nos em Londres, cheia de edifícios e vida, era arriscado. Viajar à noite também era arriscado, mas ali estávamos. Eu me perguntava o que mais não sairia de acordo com o plano.

Não sei por quanto tempo dormi, mas acordei tremendo. Liam estava com a cabeça apoiada na janela, a peruca deslocada de lado, roncando. Puxei mais meu xale em torno de mim, cobiçando seu colete, o lenço em seu pescoço e seu paletó – leve, mas de lã –, e botas Hessian, altas, com borlas.

Eu também tinha muitas camadas de roupa, mas não tinham o peso da roupa masculina: um *chemise*, uma pequena fortuna em moedas, notas falsas e cartas de crédito em uma bolsa enrolada em meu torso, coberta por um espartilho, uma anágua, um vestido e um xale, uma recriação sintética de uma estampa da Caxemira. Eu tinha um minúsculo lenço de renda nos ombros, meias de algodão que chegavam acima do joelho, luvas delicadas sintéticas e um chapéu de palha, mas nada de calcinha. Elas só passariam a ser usadas mais tarde, nesse mesmo século.

A noite ia ficando menos escura. Olhei para fora. Quando o campo se tornara área urbana? Nós havíamos procurado em mapas, pinturas e gravuras antigas; projeções de imagens aéreas detalhadas em 3-D iluminavam as telas do instituto. No entanto, nenhuma quantidade de estudo poderia ter me preparado para isso: o cheiro de fumaça de carvão e vegetação, a carruagem rangente, os cascos dos cavalos batendo como meu próprio coração. E algo mais, como uma energia, como se Londres fosse um planeta alienígena e seu campo gravitacional me puxasse.

Qualquer coisa poderia acontecer com uma pessoa na Londres da Regência: poderia ser morta por uma carruagem fugitiva, pegar cólera, perder uma fortuna em uma aposta, ou sua virtude em uma escapada insensata. Menos perigosamente, nós esperávamos encontrar um lugar para viver em um bairro elegante e nos estabelecer como recém-chegados que precisavam de orientação, amigos e investimentos lucrativos – tudo isso com o objetivo de nos insinuarmos na vida de Henry Austen, gregário banqueiro londrino e irmão favorito de Jane. E por meio dele, e dos eventos que sabíamos que nos esperavam naquele outono, chegar a ela.

Eu me acomodei perto de Liam, a única coisa quente naquela carruagem fria. Meu alívio por me afastar do Swan se transformava em ansiedade em relação a tudo o que estava por vir. Enjoada como eu estava, com aquele fedor a cavalo e mofo no nariz, com o patíbulo, a torta de carne e a grosseria do dono da pousada ainda vivos, o Projeto Jane Austen já não parecia incrível. Aquilo pelo que eu ansiara tanto parecia agora uma sentença de prisão: péssima higiene, fingimento infinito, perigo físico. *O que eu tinha na cabeça?*

O INSTITUTO REAL PARA ASSUNTOS ESPECIAIS DE FÍSICA NÃO ERA nada que alguém como eu conhecesse. Eu estava longe de seu âmbito *Velho Britânico,* da Velha Inglaterra, de analistas, cientistas e espiões. Ouvira falar dele por acaso, na Mongólia, na cama.

Norman Ng, embora fosse um colega consciencioso e muito gente boa, era indiscreto. Ele gostava de ter segredos, mas nunca os guardava, como eu deveria ter sabido antes de começar a dormir com ele e descobrir que havia me tornado tema de fofocas lascivas entre nossa equipe de auxílio inteira. Apesar de que isso não teria me impedido. A Mongólia era escura, fria e sombria após o terremoto; era o pior lugar para o qual eu já havia me inscrito. Ou o melhor, se o objetivo fosse aliviar o sofrimento humano; isso não faltava ali.

Certa noite, tarde, pacificamente em clima pós-coito, Norman me contou sobre um amigo dele da escola, um tal de doutor Ping, que trabalhava em um centro governamental de pesquisas pouco conhecido em East Anglia.

– Você está tentando me dizer que aquele Velho Britânico... Não, isso é loucura. Você inventou isso.

– Eles dominam na prática as viagens no tempo – Disse ele de novo.

O vento uivava e as colunas da tenda mongol rangiam.

– Rachel, eles estão muito à frente. As pessoas não entendem isso, mas vão entender. Quando virem os resultados, todos vão implorar para ser Velhos Britânicos, ainda mais agora. Os chineses vão perdoar as Guerras do Ópio. Os americanos... vocês já se desculparam pela independência, esqueci.

Norman era Velho Britânico, com sua formação em Cambridge e seus ancestrais da elite provenientes de Hong Kong, pouco antes da conquista chinesa, no final do século XX, mas era bom para ele se fazer de forasteiro.

– Isso é incompreensível. É impossível.

– Sabe o servidor Prometheus? – Perguntou ele.

Bocejei. Eu estava acordada desde o amanhecer.

– Fonte de energia imensa, supercomputadores, sei lá – Respondi.

Em suma, mais daquilo que havia de sobra em nosso mundo.

– Você fala de um jeito tão casual! É uma ordem de magnitude que vai além da tecnologia anterior! Com energia suficiente, com dados suficientes, dá para calcular qualquer coisa. Até mesmo buracos de minhoca e campos de probabilidade, e simular todos os cenários possíveis. E uma vez que se possa fazer isso...

– Ok, vamos fingir que isso é verdade. O que eles fizeram com essa habilidade fabulosa?

– Pesquisa.

Ele falou tão prodigiosamente que eu ri e disse:

– Dá para ser mais específico?

– Não conheço todas as missões envolvidas – respondeu ele.

Eu não podia ver seu rosto na escuridão, mas, por seu tom, ele parecia ofendido.

– Vou lhe dizer, porém, que há uma sendo planejada; é o que me fez pensar nisso. Não conheço os detalhes, mas envolve Jane Austen. Parece que ela é importante para a história, não sei por quê...

– Porque ela é genial – interrompi.

Norman sabia o que eu sentia em relação a Jane Austen. Todos sabiam.

– E por causa de Eva Farmer – acrescentou ele. – Você sabe quem é ela, não é?

O nome era familiar para mim, mas não consegui ligá-lo imediatamente a nada.

– É uma das inventoras do servidor Prometheus. Aparentemente, também é uma grande fã de Jane Austen. Ela faz parte do conselho do instituto, e é... não sei exatamente, mas é peixe grande. E tem um interesse pessoal nessa coisa de Jane Austen.

Eu deitei de lado, mais perto de Norman. Ainda não conseguia acreditar, mas eu estava interessada.

– E há um componente médico. Eles vão precisar de um médico.

Então, não falei nada por um longo tempo, fiquei só escutando o vento e as colunas rangendo, e o som de minha própria respiração. Alguma coisa mudou dentro de mim; senti um arrepio gelado, um presságio, como um dedo frio em minha clavícula.

– Norman – disse eu por fim –, você me apresentaria ao seu amigo?

Velhos Britânicos adoravam apresentações; ninguém aparecia do nada, autopatrocinado, para coisa nenhuma. E o mundo seguia as regras dessa gente agora.

SOLAVANCOS RÍTMICOS DA CARRUAGEM, RUÍDO DE CASCALHO, estampidos de cascos, cheiro de noite, sono. Quando acordei, o sol estava nascendo – *amanhecer* –, e o rio, que só poderia ser o Tâmisa, era uma fita prateada pontilhada de barcos com uma ponte à frente. Do outro lado, a paisagem pastoral continuava; passamos por um pomar, um rebanho de ovelhas, uma grande casa de tijolos com um passeio circular. E, então, as casas começaram a se agrupar, as ruas a se estreitar, as pessoas a se multiplicar. O ar empoeirado estava cheio de vozes humanas e o rugido de veículos de carga que entupiam a estrada, além de pedestres maltrapilhos que cambaleavam sob seus variados fardos: um monte de tecido, carvão, metade de um porco.

Que tipo de maluco viaja no tempo? Eu tinha trinta e três anos quando fui a 1815, solteira e sem filhos, voluntária após desastres humanitários no Peru, no Haiti e, mais recentemente, na Mongólia. Entre estes, trabalhei no departamento de emergência do Bellevue Hospital de Nova York e gostava de passar férias fazendo trilhas em montanhas ou nadando em águas geladas, nos recantos da Terra onde essas coisas ainda eram possíveis. O amor pela aventura pode parecer não combinar com a devoção à sagacidade e à sutileza de Jane Austen, mas isso tudo junto sou eu. O que Norman havia revelado naquela noite – *Jane Austen, viagem no tempo* – era nada menos do que eu vinha esperando por toda a minha vida. Sem saber, é claro, por quê, quem poderia imaginar uma coisa assim tão louca?

– Chegamos – Sussurrou Liam.

Eu não havia notado que ele estava acordado.

– É real. Inacreditável.

Vi edifícios que reconheci. Estávamos passando pelo Hyde Park, descendo a Piccadilly, e havia muita coisa para absorver. Entramos em uma grande praça, onde ficava uma estátua equestre cercada e o nosso destino, a pousada Golden Cross. Mal paramos e um homem de uniforme nos perguntou se podia nos ajudar; antes que descêssemos apressados os degraus, tomássemos um pequeno corredor e chegássemos a uma sala de café privada com vista para a praça. Água quente para o banho, promessas efusivas de que alguém faria a barba de Liam em breve e, por fim, café da manhã.

O CAFÉ CHEGOU EM UM BULE DE PRATA ALTO, E SEU CHEIRO FEZ reviver meu otimismo em relação à vida em 1815. E o gosto era ainda melhor: quente, *expresso*, forte, fazendo desaparecer o pó da estrada de minha garganta. Peguei a xícara com as duas mãos e estremeci de prazer.

Liam pegou um pãozinho e o cheirou. Deu uma mordida.

– Hum!

Outra.

Experimentei um. Era como nada que eu já houvesse provado antes, e mordi lentamente, entre a análise e o deleite sensual. Estava ainda morno, tinha uma textura agradavelmente elástica, um aroma picante e um toque de sal.

Controlando um gemido de êxtase, eu disse:

– Talvez estejamos em uma boa pousada. Ainda bem, porque quem sabe quanto tempo vai demorar para encontrarmos um lugar para morar.

Quando pensei nesse desafio, e em todos os outros, minha euforia alimentada a pão e café hesitou.

– Difícil saber por onde começar.

Eu falei de modo genérico, mas Liam disse:

– Andei pensando... pelas roupas. Isso vai levar tempo. – Ele tirou uns farelos da manga. – É difícil se apresentar como um cavalheiro quando se tem só uma camisa.

– Nossa orientação foi para irmos primeiro a um banco. Isso é mais importante. A equipe do Projeto deixou isso claro.

Até que depositássemos nosso dinheiro falso, precisaríamos usá-lo.

– Mas temos liberdade para improvisar, para responder a eventos inesperados. Como você fez quando não havia quartos no Swan.

– E você está decidindo que ir a um alfaiate em vez de ir ao banco é um evento inesperado? E, de qualquer forma, não dá para tirar medidas para fazer roupas com todo esse dinheiro no corpo.

Ele se levantou e tirou o casaco.

– Uma parte está costurada nos ombros, aqui; mas isso com certeza eles vão notar.

Ele estava desabotoando o colete, levantando a camisa, levando as mãos às costas, oferecendo um vislumbre de um tronco firme, pálido e com poucos pelos. Baixei os olhos exatamente a tempo, quando ele se voltou e jogou um cinto como o meu sobre a mesa: tecido sedoso, zíperes minúsculos, pesado e grosso devido a seu conteúdo de papel e pano.

– Se não se importar, você poderia pôr isto junto com o seu, só por enquanto. Não vão medir sua cintura para fazer um vestido.

Isso era verdade. A feitura dos vestidos de 1815 situava a cintura mais para cima, logo abaixo do busto, e tudo abaixo era solto e flutuante.

– É impossível eu colocar muito mais embaixo de meu espartilho – Respondi.

Houve uma pausa antes de ele dizer:

– Só hoje, até eu ir a um alfaiate.

– Não entendo por que você acha que é uma ótima ideia desviar do plano da missão. Andar por aí carregando uma fortuna me deixa nervosa.

Liam, depois de dobrar e abotoar, ajustar e soltar, voltou à mesa e se sentou, descansando a cabeça em uma das mãos. Seu rosto longo era rústico e feio, com queixo grande, uma expressão habitualmente sombria e um nariz levemente torto. Ele havia sido uma espécie de ator antes de ir para a academia – esse foi um dos motivos de ele ter sido selecionado para a missão –, mas sua aparência não poderia ter impulsionado sua carreira. Só os olhos, talvez. Eu admitia que ele tinha olhos bonitos, primorosamente desenhados, de um azul luminoso, agora fixos em meu rosto.

– Eu também. Mas também me deixa nervoso ir a um banco. Não estou pronto para encarar um hoje, Rachel. Minha roupa deve estar errada, estou perdido no tempo, e preciso de um banho.

Fiquei calada. Liam sempre havia sido assustadoramente formal durante a Preparação: educado, fechado. Essa poderia ter sido a admissão mais reveladora que ele já havia feito, e eu estava dividida entre uma furtiva compaixão e a relutância em colocar mais dinheiro em mim, enquanto ele prosseguia:

– Será a coisa mais difícil que faremos, pelo menos até encontrar Jane Austen, supondo que consigamos. Não podemos permitir que nada levante as suspeitas de um banco. Se nos considerarem falsificadores, seremos enviados acorrentados para Nova Gales do Sul. Ou enforcados. – Ele acrescentou, sussurrando: – E nós somos falsificadores.

Um pouco mais de tempo antes de encarar um banco podia não ser uma má ideia. Olhei para a mesa, para o cinturão de dinheiro, e estudei a série de passos necessários para escondê-lo. Despir-me seria mais fácil com ajuda, mas hesitei em pedir. No entanto, o excesso de recato daria ao momento a importância que não tinha, como se eu estivesse tentando convencer que pertencíamos a 1815? Enquanto eu pensava nisso, uma batida na porta resolveu meu problema:

– Sou o barbeiro, senhor. Se for até o saguão, será um prazer barbeá-lo.

Liam se levantou, ainda olhando para mim.

– Você dá um jeito? Tranque a porta.

E saiu.

O vestido foi fácil: consegui alcançar os três botões nas costas e o tirei pela cabeça. Desvencilhei-me da anágua e abri o espartilho: placas dianteiras e traseiras de linho acolchoado endurecidas com barbatanas de baleia, comprimindo e empurrando meus seios para cima provocando um desagradável efeito prateleira e mantendo minha espinha rígida. Para que eu pudesse me vestir sozinha nos primeiros dias, antes de eu ter uma ama, a equipe de figurinistas havia feito para mim um modelo com laço na frente. Sobre meu *chemise*, meu cinturão de dinheiro rodeava minha caixa torácica. Acrescentei o de Liam logo abaixo e coloquei o espartilho de volta. Para fazer espaço deixei-o mais solto, mas descobri que o corpete implacável da anágua já não cabia sobre meus seios menos comprimidos. Dei um suspiro profundo, o último por enquanto, e me amarrei de novo, apertado, dessa vez.

Em frente à pousada, ficamos parados no ar empoeirado. Se metade de Londres estava acordada quando chegamos, agora a outra metade também já se levantara, fazendo o máximo barulho possível.

Uma fila de carruagens de aluguel aguardava nas proximidades. Também vários carregadores de liteiras, com ternos sujos e braços cruzados ao lado de seus transportes, que eram pequenas caixas apoiadas em varas flexíveis, onde a pessoa se sentava e era carregada por dois homens, um na frente e outro atrás.

– Vamos andando? – Perguntou Liam. – Podemos ver melhor as coisas.

Eu invejava seu brilho rosado, recém-barbeado. Eu havia lavado o rosto e as mãos, mas ainda cheirava como o interior da carruagem.

Concordei que era uma boa ideia. Olhei para um lado e fui atravessar a rua. Liam agarrou meu braço e me puxou para trás, e só senti um borrão preto e o bufo de um cavalo quando passou uma alta carruagem com um homem em pé usando calças reluzentes e botas tão pretas e brilhantes quanto seu cavalo.

Um verdadeiro dândi da Regência! Então, eu me dei conta de que se tivesse me atingido, eu poderia ter morrido. Imaginei fraturas expostas, amputação, sangue e serragem, o fedor de gangrena em uma sala escura. Eu seria enterrada ali em 1815 – sob uma cruz, meu castigo justo por me fazer passar por uma gentia – e, depois, Liam visitaria minha mãe com o coração partido, e descreveria minhas últimas horas. Ela estava acostumada à minha vida arriscada, mas nunca a aceitara.

Podemos morrer em qualquer lugar, a qualquer momento. *Por que isso parecia muito pior?* Olhei para Liam. Ele estava lívido.

Ele me soltou, mas ofereceu-me o braço. Eu hesitei, fiquei olhando para sua manga escura, mas me aproximei e mergulhei a mão enluvada sob seu braço, sentindo-me boba, mas mais segura.

Graças às áreas de desastres e à Medicina de emergência, conheço o caos, mas nunca vi nada como aquilo. O cruzamento da Charing Cross com a Strand era aterrorizante, e ficamos ali boquiabertos, até que comecei a entender por que as pessoas pegavam liteiras.

A poeira era visível na luz da manhã: partículas de fumaça de carvão e esterco de cavalo seco, cacos de tijolos, ferro, tinta, porcelana e couro. Ela suavizava as sombras dos edifícios pedregosos, rodopiava no ar e subia da torrente de veículos que passava: carrinhos de feno, carruagem de correio, seges. Homens esfarrapados cortejavam a morte esquivando-se entre eles, enquanto os vendedores ambulantes andavam ao lado anunciando seus produtos em uma ladainha monótona: flores, cerveja, caramujos, leite, partituras das últimas baladas. O ar cheirava a pão assado e comida podre, fogo de carvão e corpos não lavados. Nele ecoavam o ruído de rodas de ferro nas pedras e os gritos dos vendedores ambulantes, as vibrações sobrepostas de vidas espremidas em um só lugar. O estrondo de um sino da igreja próxima sufocou todos os outros sons no repicar das nove.

Um marinheiro com um papagaio no ombro, correndo de cabeça baixa, esbarrou conosco e deteve seus passos largos para se desculpar, revelando um monte de dentes musgosos, enquanto o papagaio, empurrado, abria suas asas verdes e com tons do arco-íris, batendo-as, ultrajado.

Empurrados pelo marinheiro, eu e Liam ficamos próximos, e então, em uma brecha do trânsito, aproveitamos o momento para atravessar, de mãos dadas. Do outro lado da rua, eu me apoiei na parede fria do edifício mais próximo. Fiquei de cabeça baixa vendo manchas negras diante dos olhos enquanto o rugido da cidade ia desaparecendo junto com minha pulsação.

– Você está bem? – Gritou Liam em meu ouvido.

Eu assenti.

Uma senhora passou em uma liteira arrastada por um minúsculo servo africano – criança ou pigmeu – seguida por um homem, nu, sujo e enrolado em um cobertor, gritando sobre o Juízo Final. Eram tantos mendigos que eu perdi a conta, incluindo veteranos do Exército uniformizados, com uma perna só, e um homem sem braços, que carregava uma cesta de esmolas pendurada no pescoço e estendeu seus tocos, pesaroso. Liam e eu trocamos um olhar de horror, e deixei uma moeda na cesta. Nas esquinas, meninos com aparência de velhos carregavam vassouras arruinadas e caminhavam de costas à nossa frente, varrendo o estrume de cavalo do caminho, parando e estendendo a mão.

Eu não conseguia me livrar da sensação de que todos estavam fantasiados, como se houvéssemos nos reunido para uma festa de Halloween cujo tema severamente realista era a Regência: uma criada de uma fazenda de laticínios carregando uma cangalha com baldes de leite; um criado de uma casa rica, de uniforme azul, meias brancas até os joelhos e uma peruca empoada; um padeiro coberto de farinha carregando uma cesta de pães.

O EMPÓRIO DE TECIDOS DE GRAFTON HOUSE ERA UM OÁSIS DE CALMA. Janelas curvadas para a rua e uma claraboia alta iluminavam o interior, recheado de rolos de tecido habilmente desdobrados sobre os balcões de madeira. Ficamos na fila, observando enquanto as compradoras tocavam o pano e trocavam fofocas conforme os vendedores gritavam ordens uns aos outros e inclinavam a cabeça para as clientes. As duas à nossa frente estavam com dificuldade para chegar a um consenso, e eu me aproximei para ouvir, esperando captar dicas de uma boa conduta de compras e fascinada pelo vislumbre da vida alheia.

– Não sei se Clarissa vai gostar deste – disse a mulher mais velha.

– Ela está tão mudada desde o casamento que quase não ouso mais dizer do que ela gosta.

– Dificilmente ela não vai gostar de uma musselina de boa qualidade, mamãe.

– Não teme que ela considere as listras frívolas demais?

– São listras de bom gosto. Muito discretas, mal se podem ver – disse a mulher mais nova, e ajustando o tom para o homem que as esperava: – Sete jardas deste. E se ela não gostar, vai nos dizer, e eu mesma a usarei.

– Ela não vai dizer. Não confia mais em mim como antes do casamento.

A filha deu um leve suspiro e mudou o tema de discussão para fitas.

Um vendedor se materializou e perguntou algo a Liam.

– Não, vamos precisar deste, e de muito mais – disse ele, num tom quase pomposo, como aquele que usara no Swan.

O homem começou a desenrolar uma variedade de linhos. Era uma mercadoria comprada a granel para camisas e lençóis, que eram costurados em casa, principalmente pelas mulheres da casa, mesmo em famílias ricas. Liam pensou bem antes de escolher o mais caro, e foi felicitado pelo funcionário por seu discernimento, enquanto eu observava em silêncio, divertida diante de sua nova persona de dândi experiente em tecidos, surpresa por ser deixada de fora. Depois de uma longa discussão sobre os melhores tecidos para coletes, paletós e calças, havia uma montanha impressionante de panos no balcão, e pudemos nos voltar para minhas necessidades têxteis. Eu rapidamente escolhi oito tipos de musselina, no valor de um vestido cada, feliz por estar comprando, e não assistindo.

Providenciamos para que a maioria de nossas compras fosse entregue na pousada, mas ficamos com algumas para que pudéssemos mandar costurar. O vendedor, que estava somando tudo em uma longa folha de papel, ergueu os olhos.

– E como vai pagar, senhor? Já tem uma conta conosco, ou vai abrir uma?

Eu estava tão absorta na compra que havia me esquecido de sentir medo, porém, de repente, senti. Liam hesitou, mas puxou algumas notas de um bolso interno do casaco, pegou uma e a deslizou pelo balcão. Era de dez libras, sacada do Banco da Escócia. Meu coração disparou quando o vendedor a segurou contra a luz, umedeceu o polegar e testou a tinta em um canto da nota. Ele tocou o papel e balançou a cabeça para Liam.

– Um momento. – Disse, e desapareceu por uma porta em direção a uma sala nos fundos.

A equipe do Projeto estava confiante quanto à qualidade da falsificação; boa demais para ser detectada. Somas relativamente pequenas espalhadas por muitos bancos, com atenção meticulosa à tinta, papel e a modelos sobreviventes de notas reais. No entanto, nós havíamos confiado nossa vida aos Fabricantes de Artefatos de uma maneira que eu não avaliara completamente até aquele momento. Olhei para Liam, que estava olhando a porta por onde o funcionário havia saído. Impassível, como qualquer um que esperasse seu troco.

À medida que os minutos foram se passando, o suor começou a escorrer entre meus seios e parou no cinto de dinheiro.

– Se ele não voltar, vou sair correndo. – Sussurrei.

Aonde iria? Conseguiria sequer sair da loja? Estava mais cheia já, e estávamos esmagados contra o balcão. Eu cheirava a cigarro e cabelo sujo.

– Nem pense nisso – disse Liam baixinho, acrescentando alto. – Lembre-se de que precisamos perguntar sobre alfaiates quando ele voltar.

O homem voltou, não para mandar nos prender, mas para se desculpar; tivera problemas para arranjar troco. Para anotar informações sobre alfaiates, ele usou um pedaço do papel marrom utilizado para fazer pacotes. O especializado em paletós era famoso: ficava na St. James's Street, patrocinado pelo próprio Beau Brummell, que havia surgido de origens obscuras para se tornar o árbitro da moda masculina, essencialmente inventando o vestuário masculino da Regência. Outro alfaiate, quase tão renomado quanto, especializado em calças, e depois, várias costureiras de vestidos para mim.

– E camisas? – Perguntei. – Alguma dessas pessoas faz camisas? Eu não costuro muito depressa.

O vendedor olhou para mim, coçou a cabeça e anotou alguma coisa.

Quando voltamos para a Golden Cross, os acendedores de lampião estavam trabalhando. Nós havíamos ido ao alfaiate de camisas, ao de calças, ao de paletós e à costureira de vestidos. Compramos meias, chapéus, sapatos, luvas e dois baús para guardar tudo isso. Penas, tinta, papel, escovas de dentes feitas de raiz de alteia e uma primeira edição de *Mansfield Park*, passando várias notas de cinco libras do Banco da Irlanda.

Em meu quarto, notei que todas as moedas de meu retículo, uma espécie de bolsa de mão, haviam desaparecido, embora eu houvesse amarrado forte a corda e a mantido perto de mim; pelo menos era o que eu pensava. Era menos de uma libra, mas a perda me irritava. Tentei me consolar supondo que o batedor de carteiras precisava do dinheiro mais do que eu, mas isso levou a um pensamento pior: *e se ele conseguisse alterar a história?*

A orientação do instituto era de que nós interagíssemos o mínimo possível com qualquer um, exceto com nossos sujeitos-alvo, por medo de perturbar significativamente o campo de probabilidades, possivelmente influenciando eventos macro-históricos de maneiras imprevisíveis e prejudiciais. Contudo, a teoria de McCauley-Madhavan estabelecia que o campo poderia sobreviver a alguma perturbação – senão, nossa missão teria sido impossível. Das trinta e seis missões anteriores ao passado, vinte e sete equipes haviam retornado mais ou menos incólumes, ao passo que seis haviam exigido certa modificação de memória, e três nunca voltaram. Até então, ninguém havia mudado a história de forma importante. Entretanto, a grande proximidade a que teríamos de chegar das pessoas que encontraríamos em nossa missão não tinha precedentes.

"Você deve resistir à tentação de se envolver", lembrei-me de doutor Ping, líder da equipe do Projeto, dizendo. "É uma era sedutora, apesar de seus muitos aspectos desagradáveis."

Nós poderíamos resistir a envolvimentos e ainda assim... o quê? Ter dinheiro roubado? Ser indulgentes com um alfaiate de camisas que parecia faminto? Talvez houvéssemos salvado sua vida esse dia com a encomenda de vinte e uma camisas para Liam.

Estudei meu vestido na luz fraca e decidi tirá-lo. Estávamos quase chegando quando uma carruagem atravessou uma poça de água próxima e jogou lama na parte inferior de meu vestido e através dele, até minha anágua, bem como nas botas de Liam. Tudo que pude fazer foi enxaguar aquela parte na minha água de asseio e torcer para dar certo.

A pousada nos fornecia também uma sala de estar adjacente aos nossos dois quartos. Certifiquei-me de que o corredor estava vazio antes de atravessá-lo de espartilho e *chemise*, pensando, assim que minha mão tocou a maçaneta da porta, que eu poderia ter pegado meu xale também; mas não voltei para buscá-lo. A perspectiva de aparecer de roupa de baixo diante de meu colega havia me paralisado naquela manhã, mas nesse momento eu estava cansada demais para me importar. Acaso não havia malhado rotineiramente na academia do instituto usando menos que isso? Interpretei minha preocupação anterior como o que era: a afetação por uma atitude de 1815, uma autoindulgência por ser nativa, ou imaginar que era. Eu teria de ficar atenta a isso.

– Que dia, hein? – Disse eu, examinando as ofertas sobre uma mesa junto à lareira onde queimava um fogo de carvão.

Um pedaço de torta de carne, outro de carne cozida, repolho cozido acompanhado de batatas cozidas e um pudim de alguma coisa cozida coberta de bacon. E vinho, felizmente.

Liam estava perto da janela, olhando para fora. Nossa vista era de um beco mal iluminado. Ele estava sem botas – devia ter mandado limpá-las – e sem casaco. Havia tirado o lenço do pescoço e a peruca e parecia haver mergulhado a cabeça no lavatório.

– Tome – disse eu, entregando-lhe seu cinto de dinheiro.

Ao pegá-lo, ele deu uma olhada em minha roupa. E um segundo antes de desviar os olhos sem dizer nada, apenas corando, sentou-se à mesa e descansou a cabeça nas mãos.

– Você está bem? – Perguntei, arrependida.

Trabalharíamos muito próximos por um longo período e eu precisava ter cuidado com limites, respeitar os tabus de outras pessoas. Muitos dos Velhos Britânicos eram puritanos – outro ressurgimento de seus dias de glória vitoriana.

Ele ergueu a cabeça e serviu vinho para nós.

– Foi um dia e tanto – disse. – Mas... talvez nos acostumemos. Quer alguma coisa disso tudo? Não sei de que animal é, mas está tudo completamente cozido.

Nosso próprio mundo era vegano por necessidade; a comida era produto da tecnologia, e não da natureza. Era possível sintetizar algo como carne, mas era impopular – parte do mundo perdido antes da Extinção, aquela era de caos e erros egoístas que ninguém queria recordar. No entanto, nós havíamos comido aquilo como parte da Preparação, para nos acostumar.

Eu dei uma mordida no pudim cozido, que era macio, mas inflexível; mastiguei e mastiguei, dispondo-me a engolir. A carne falsa da Preparação não era assim. Minha faca era pesada e fria; meu garfo era prateado e tinha apenas dois dentes, mas eu ataquei a comida com determinação. E vinho.

Enquanto comíamos em silêncio, rememorei os eventos do dia, com sua intensidade suavizada pela luz do fogo, o silêncio e o álcool.

– Foi inteligente começar gastando as notas. Um teste. Se despertássemos suspeita, poderíamos fingir ser vítimas de fraude. O que seria muito mais difícil em um banco, com alguns milhares de libras – cutuquei a coisa fervida com o garfo: *o que a deixa tão elástica?* – E você ficou impressionantemente calmo.

Liam sacudiu a cabeça.

– Você estava nervoso? – Espantei-me.

– Você não estava?

– Você não demonstrou. – Garanti.

– Se pudéssemos demonstrar tudo o que sentimos – disse ele, e parou, mastigando e mastigando o mesmo pedaço de comida, por fim cuspindo uma parte de cartilagem e depositando-a no prato –, não seria o mundo de Jane Austen, não é?

– Tem razão.

Levantei minha taça de vinho minúscula em homenagem a essa observação, esvaziei-a e nos servimos mais.

– Mas você era ator antes, certo? Isso deve ajudar. Você nunca contou muita coisa sobre isso.

Ele nunca havia dito muita coisa sobre si mesmo. Esse era um bom momento para saber mais, antes de estarmos cercados por criados e imbuídos nos personagens o tempo todo.

– Qual é sua peça de Shakespeare favorita? Que tipo de ator você era?

Liam parecia cauteloso.

– O tipo comum, que não arranjava emprego.

– Mas você fez faculdade de Artes Cênicas?

– Fiz.

– Em Londres?

– Em Londres.

Eu parei, travada.

– E você gostava?

– Na maioria das vezes – ele corou de novo. – Mais divertido que faculdade de Medicina, imagino.

– Eu gostei da faculdade de Medicina.

– Que bom.

– Mas eu teria gostado de fazer teatro também. Isso me fascina. Não vejo essa grande dicotomia entre arte e ciência que as pessoas insistem em destacar. Por que não se pode amar os dois?

– Não há porquê – disse ele, recostando-se na cadeira e inclinando a cabeça para mim, rodando a taça vazia nas mãos. – Foi assim que você acabou nisto? Amor à literatura?

– Resumindo, sim. Amor por Jane Austen.

– Ela é maravilhosa.

Ficamos pensando nisso, até que Liam prosseguiu em tom mais baixo:

– E pensar que ela está viva. Agora! E que podemos encontrá-la e, se Deus quiser, não estragar tudo.

– Não vamos estragar nada.

– Você parece muito segura de si.

– Eu não vou passar por tudo isso e falhar – eu disse.

Liam não disse nada. Eu servi um pedaço de torta de carne para cada um, esperando que fosse melhor que a do Swan. Afinal, como poderia ser pior?

– Qual é a versão longa?

– O quê?

– Você disse "resumindo" – ele olhava para a mesa. – E então...

– Eu entrei graças a uma pessoa que conheci. Talvez eu não tenha sido a escolha mais óbvia, sendo americana e tal... mas fui a melhor e, no fim, eles tiveram o bom senso de ver isso. Uma nerd de Jane Austen inigualável, acostumada a praticar Medicina em condições primitivas, audácia comprovada, essas coisas. – E depois de uma pausa. – E você?

– Nada de audácia comprovada, não.

– Como você...

– Dei sorte.

Falsa modéstia me irrita. Liam escreveu uma biografia do pajem de Beau Brummell e provou ter um estilo de prosa graciosa e sagacidade, pelo menos no papel.

Ele prosseguiu:

– Herbert Briand foi meu professor. Meu mentor, na verdade.

Eu devo ter feito cara de confusa, porque ele explicou:

– Ele encontrou a carta.

– Ah, entendi.

Depois de todas as cartas sobreviventes de Jane Austen terem surgido e o livro com base nelas estar na décima primeira edição, apareceu outra em uma cópia de *Ivanhoé*, retirada de circulação havia muito tempo, no depósito de uma biblioteca em Croydon. Escrita em 1815 por Jane Austen para sua amiga Anne Sharpe, a carta era explosiva. Um romance supostamente iniciado e abandonado em torno de 1804 e décadas depois publicado em um fragmento intitulado *Os Watsons*, havia, de fato, sido concluído. Na carta, Jane Austen explica por que não o publicará e planeja destruí-lo. Muito pessoal, ela diz, muito obscuro.

– Ele incentivou você a se candidatar? – Perguntei.

– Ele tornou isso possível.

– Tenho certeza de que seus próprios méritos tiveram algum papel nisso. Mas foi generoso da parte dele. Poderíamos imaginar que ele mesmo quisesse ir.

– Ele é um homem velho, não está bem.

– Legal da parte dele indicar você. Será muito bom para sua carreira, não é?

Viagens no tempo eram secretas. Se conseguíssemos voltar com *Os Watsons*, o instituto inventaria uma narrativa sobre uma descoberta acadêmica. Seria um grande problema, pois os Velhos Britânicos reverenciavam Jane Austen e consideravam sua vida curta e sua pequena produção uma tragédia, não diferente da destruição da biblioteca de Alexandria.

– Seria excelente para mim – disse Liam em um tom tão solene que eu segurei o riso. – Depois disto, a vida pode começar.

– Acho que a vida já começou – indiquei o quarto com a mão. – É uma loucura, aqui mesmo, em 1815. Se isto não é a vida, o que é?

Meu desânimo anterior desapareceu. Eu estava morrendo de vontade de que as coisas começassem.

De conhecê-la, de *saber*. O Projeto Jane Austen seria incrível. Eu tremia, apesar do fogo, que também estava esfriando.

– Você tem razão, eu me expressei mal.

– Mas você quis dizer algo com isso. Talvez possa preparar o manuscrito para publicação. – Enchi nossas taças de novo. – Imagine, ler a caligrafia dela! Seus rabiscos, suas substituições!

– Isso seria demais – admitiu ele.

Parecia que a ideia nunca lhe havia ocorrido. No entanto, eu sabia que ele havia frequentado Oxford em algum momento depois da faculdade de teatro. Seu livro havia sido classificado para algum prêmio. Seu mentor o apoiara para o projeto. E havia mais alguma coisa, mas a lembrança havia desaparecido. Cruzei os braços para guardar calor.

– É essa sua motivação? – Perguntei, e percebi que estava um pouco mais bêbada que o ideal.

Ali, porém, havia um mistério, e este era um bom momento para desvendá-lo.

– Ambição mundana? Conhecimentos acadêmicos? – Insisti.

Liam olhou para mim, dizendo:

– Quer meu casaco? Não está com frio?

Como eu estava mesmo com frio, aceitei o casaco enorme, dobrando as mangas em busca de minhas mãos. Houve uma pausa, durante a qual eu esperava que ele não comentasse como eu estava parcamente vestida. Ele não comentou, e eu disse:

– Eu estava tentando tirar a lama de meu vestido.

– Minha suposição estava correta – disse ele.

– Não faz parte dos meus planos passar por 1815 parcialmente vestida.

Eu esperava uma risada, mas ele apenas assentiu.

Levantei minha taça.

– À missão.

– A Jane Austen.

– A *Os Watsons*.

Nossas taças se encontraram. Uma rajada de ar entrou pela janela aberta e girou pela sala, fazendo o fogo cintilar e lançar sombras, e eu estremeci de novo. Eu tinha a sensação de estar lá e não estar, como se assistisse à cena de longe, como se o tempo engasgasse e parasse e continuasse, como uma interrupção momentânea no ritmo cardíaco. Às vezes eu me vejo lá ainda, toda inocente e ignorante, tudo diante de nós.

CAPÍTULO 2

23 de setembro
Hill Street, 33 – Londres

Surpreendentemente breve, a estranheza de 1815 começou a parecer normal. Com a ajuda de anúncios de jornal, um corretor imobiliário e dinheiro vivo, tínhamos uma casa adequada – totalmente mobiliada, privada, em um elegante endereço no West End –, com um contrato de seis meses. Contratamos três criados, encomendamos mais roupas e começamos o trabalho assustador de depositar o dinheiro falso. Contudo, havia muito a fazer, e nenhum tempo a perder.

Rotinas foram se estabelecendo e hábitos se formando. Eu encontrava a senhora Smith, nossa cozinheira, no andar de baixo diariamente para revisar cardápios, planejar as compras e checar as contas. Era uma mulher robusta, de olhos escuros suaves e cicatrizes de varíola, com um jeito gentil de explicar mesmo coisas que deveriam ser óbvias demais para ela.

Certa manhã, no entanto, ela me lançou um novo desafio assim que me sentei em seu pequeno e escuro quarto do outro lado do corredor da cozinha.

– Grace me disse, senhorita, que a chaminé da sala de estar está deixando escapar fumaça.

– É mesmo? Ela deve saber.

Grace era a criada.

– Acaso não notou? – Ela me perguntou.

Eu não fazia ideia. Fumaça de carvão era mais um dos cheiros da casa, além de velas de cera de abelha, terebintina e vinagre como produtos de limpeza e a lavanda que perfumava minhas roupas de cama.

– Quando conversou com o corretor imobiliário, acaso ele disse quando essas chaminés foram limpas pela última vez? Acho que o fogo na cozinha também não está subindo como deveria.

– Precisamos limpá-las? – Perguntei, pensando em Oliver Twist e na cena na qual o menino escapa por pouco de se tornar limpador de chaminé.

A senhora Smith pestanejou lentamente; era seu modo de controlar a admiração que sentia diante do pouco que eu sabia. A solução que o instituto encontrara para que não tivéssemos família, amigos ou conhecidos – em uma Inglaterra onde a nobreza inteira parecia se conhecer ou estar a poucos graus de separação –, foi nos fazer irmãos órfãos, filhos de um fazendeiro agricultor jamaicano. Não era uma biografia ideal, mas poderia explicar muita coisa, como a ignorância sobre chaminés.

– Se desejar, senhorita, mandarei o senhor Jencks procurar um limpador de chaminés.

Eu ainda devia parecer confusa, porque ela acrescentou:

– A esta hora, eles estão nas ruas, apregoando sua mercadoria.

– Mas diga-lhe para encontrar um que use escova, não um garoto.

Ela pestanejou.

– Escova?

– Alguns têm umas escovas especiais, com cabos longos, que vão até a chaminé. – Expliquei.

– Nunca ouvi falar disso – disse ela.

– Mas existem – eu tinha certeza. – Insista nisso quando falar com Jencks.

Eu falava com Jencks, o criado, o mínimo possível; meu trato com ele sempre foi desagradável. "Ele não gosta de mim", eu reclamava para Liam. "Sempre que eu lhe peço para fazer algo ele zomba de mim e encontra uma razão para mostrar que é impossível."

Liam parecia cético; Jencks sempre era bajulador e educado com ele.

Mais tarde, no Green Park, eu estava pensando em Jencks e na estranha necessidade de ter criados. Uma caminhada matinal era outra rotina que nós havíamos estabelecido, um tempo para discutir coisas sem medo de ser ouvidos. Naquele dia, no entanto, não falávamos muito, só caminhávamos em um revigorante silêncio por um beco de plátanos. O dia estava ensolarado, mas frio, com uma sutil mudança na inclinação da luz, sugerindo o outono. Uma rajada de vento levantou as folhas caídas e as fez rodar no ar.

– É hora de eu escrever para Henry Austen – disse Liam, do nada. – Você não acha?

Olhei para ele com espanto.

– Ah, sim.

Era o que eu o estava exortando a fazer quase desde que havíamos chegado a 1815; certamente desde que havíamos alugado a casa na Hill Street e tínhamos um endereço elegante de onde escrever. Liam ficava me ignorando, dizendo que precisávamos de mais pesquisa. Fazíamos longas caminhadas nos parques ou nas ruas comerciais da moda, íamos a exposições de arte ou ao teatro, obcecados por estudar como os nobres se comportavam, as palavras que usavam e como as pronunciavam.

Eu compreendia, de certa forma. Tínhamos só uma chance de causar uma boa impressão em Henry Austen; o fracasso significaria perder nossa melhor oportunidade de conhecer sua irmã. Em contrapartida, porém, aquilo estava me enlouquecendo: não tínhamos tempo a perder, e, para minha exasperação, Liam era responsável por essa parte, só por ser homem. Eu não podia escrever para Henry Austen.

– Tudo bem, então.

Liam anuiu com a cabeça, e só então eu percebi como ele estava nervoso com esse passo. Com medo mesmo. No entanto, não havia tempo a perder com medo. Em meados de outubro, Jane Austen estaria em Londres com Henry, e os eventos em que precisávamos estar envolvidos estariam se desenrolando. Era como tentar pegar uma onda, e já estávamos atrasados.

– Tudo vai dar certo, você consegue. – Disse eu.

Contudo, eu me perguntava se ele realmente conseguiria.

Havíamos acabado de voltar para casa quando ouvimos um grito e um baque. Olhando um para o outro, seguimos o som escadas acima e entramos na sala de estar à procura da fonte do barulho: um pano preto pendurado na frente da lareira, um pé humano descalço. Atrás do pano encontrei um garotinho, imóvel e imundo, e me ajoelhei para olhar melhor. Sua respiração era rápida e superficial. Ele fedia a fuligem. Chacoalhei-o pelo ombro.

– Está me ouvindo? – Perguntei.

Ele abriu os olhos e encontrou os meus. Suas íris eram de um marrom caloroso, fazendo um contraste surpreendente com o branco de seu rosto.

– Está me ouvindo? – Perguntei de novo.

Ele assentiu e tentou se mexer, mas eu o segurei.

– Está sentindo isto? – Perguntei, apertando um pé, depois o outro. – E isto?

– Sim, senhora. – Disse ele em um tom estrangulado, e tossiu úmido.

– Consegue mexer os dedos dos pés? E das mãos?

Ele conseguia. Apalpei suas vértebras através de seus trapos e não encontrei sinais de lesão na coluna.

Sentei-me sobre os calcanhares e o observei. Então, toquei a sineta que ficava na cornija. Mas Jencks já estava na porta, atônito.

– Pode nos trazer um chá? – Pedi.

Ele sorriu.

– Como pode haver água quente com o limpador de chaminé aqui e sem fogo?

– Estou começando a entender o que você diz sobre ele – murmurou Liam, que se aproximara de mim sem que eu percebesse; e mais alto: – Jencks! Arranje cerveja. Traga-nos meio quartilho. Se não tivermos, vá buscar.

– Sim, senhor.

E ele saiu.

O menino se sentou e começou a esfregar os olhos com as mãos sujas.

– Pare com isso – eu disse, em um tom mais severo do que pretendia.

Ele ficou paralisado. Eu lhe estendi meu lenço.

– Tome, use isto. Não precisa de mais fuligem nos olhos. Só vão ficar piores.

No entanto, ele ficou olhando para o lenço. Suavizei ainda mais minha voz e continuei:

– Pode sujá-lo, eu tenho outros. Sua cabeça está doendo?

– Não.

– Qual é seu nome?

– Tom.

Sua resposta foi quase inaudível.

Eu me levantei.

– Sou a senhorita Ravenswood. Venha até a cozinha comigo, Tom. Talvez possamos lavá-lo.

Eu estendi a mão e ele me surpreendeu ao tomá-la. Quando se levantou, espalhando poeira preta, vi que mal passava de minha cintura e senti meu coração se apertar.

Encontrei a senhora Smith na cozinha estranhamente fria, checando os temperos. Grace polia a prataria.

– Eu pedi um limpador de chaminé que não usasse um menino para subir.

As duas mulheres, em choque, olhavam de Tom para mim e vice-versa.

– Senhorita, eu passei suas instruções.

– Pode acender o fogo. Acabou a limpeza de chaminés por hoje.

A mão de Tom transmitiu um leve estremecimento à minha.

– Grace, vou precisar de água quente para um banho.

Os olhos dela ainda estavam em Tom.

– Devo levar a banheira para seu quarto? – Perguntou.

Um banho era uma produção que envolvia uma banheira de cobre teoricamente portátil e muitos baldes de água quente.

– Não, deixe na lavanderia. É para Tom. Acho que ele se sentirá melhor depois de um banho e de comer alguma coisa.

Um ruído fez que nos voltássemos, e vimos um homem que evidentemente era o limpador principal. Baixinho e esguio, vestindo um terno de fustão grande demais, poderia estar entre os vinte e os sessenta anos. Só em comparação com seu empregado ele parecia limpo.

– O que é isso? – Rugiu assim que viu Tom.

Passou rapidamente por Liam, entrou na cozinha e foi para cima do menino, que se escondeu atrás de mim com um grito.

– O que significa isso?

Quando ele se aproximou, eu levantei a mão para detê-lo.

– O problema é o seguinte – Comecei.

Todos os olhos estavam em mim, e eu não tinha certeza do que dizer. Jencks apareceu na porta ao lado de Liam com uma garrafa na mão, franzindo o cenho.

– Seu garoto sofreu uma queda, senhor... Qual é seu nome?

– Brown. – Respondeu o homem.

– Seu garoto sofreu uma queda, senhor Brown, e precisa de tempo para se recuperar. Como ocorreu em nossa propriedade, eu me sinto responsável. Vamos deixá-lo descansar aqui. Nós lhe pagaremos o valor acordado, mas não precisaremos mais de seus serviços hoje.

Ou nunca, acrescentei em pensamento.

Ninguém disse nada, e pensei que poderia dar certo.

– Obrigada, Jencks. Pode pagá-lo e lhe mostrar a saída? – Disse eu, estendendo as mãos para pegar a caneca de cerveja.

Jencks ignorou meu gesto e olhou para Liam.

– Senhor? – Disse ele. – O trabalho não está pronto, entende?

– Pague-o e mostre-lhe a saída – Disse Liam com o tom tedioso que usava com os criados, pegando a cerveja de Jencks.

Brown correu para trás de mim e pegou Tom pelo cotovelo. O menino choramingou e soltou um grito quando Brown lhe torceu o braço e sibilou algo indecifrável, mas ameaçador.

– Solte-o! – Eu disse.

– Não vou sair sem o rapaz – disse, e sacudiu Tom. – Ele parece bem.

Tom mantinha a cabeça baixa. Sua expressão era ilegível, uma vez que seu rosto estava coberto de fuligem, mas sua postura era uma miséria nua, com um braço estranhamente estendido na mão de Brown, o resto do corpo encolhido, como se tentasse se fazer o menor possível, ou não existir.

– Você não tem escolha – disse eu. – Vá embora. Jencks...

– Eu paguei cinco libras esterlinas por esse aí no asilo não faz nem doze meses. Deixá-lo aqui? Está louca?

Quando ele começou a puxar Tom para fora pelo braço, interceptei-os. Brown parou. Ele apertava o maxilar e respirava depressa, mas parecia hesitante em me afastar.

– Eu lhe dou cinco libras por ele. – Contestei.

A sala ficou em silêncio: Grace ficou paralisada na frente da porta da lavanderia, e Jencks e Liam na entrada do corredor. Só quem se mexia era a senhora Smith, que estava acendendo o fogo no fogão, mas percebi que ela também escutava.

– Cinco libras e o combinado para limpar nossas chaminés. O senhor não receberá uma oferta dessas todos os dias.

Brown olhou para mim o suficiente para eu ter tempo de me perguntar o que estava fazendo.

– Dez. Passei muito tempo treinando-o. E ele come tudo que vê pela frente.

– Seis. – Cruzei os braços e olhei para ele. – Seis, antes que eu mude de ideia.

– Sete.

– Fechado.

Ele assobiou, dizendo:

– Sem dúvida, gente fina tem suas fantasias.

Ele soltou o menino, empurrando-o um pouco.

– Quando o jogarem na sarjeta, Tom, meu rapaz, saberá onde me encontrar. Se você tiver sorte, eu o pegarei de volta.

Depois que ele se lavou, descobri que Tom tinha cabelos castanhos-claros espetados como os espinhos de um ouriço, um rosto doce e ansioso, cicatrizes nos joelhos e nos cotovelos e contusões por todo lado. Ele timidamente insistia que tinha dez anos, mas eu teria chutado seis. Nós o vestimos com uma das camisas de Liam, embrulhamos o garoto em um cobertor e o deixamos em um canto da cozinha, perto do fogão, onde a senhora Smith lhe deu cerveja, seguida de pão, leite e presunto. Quando me voltei para subir as escadas, ela me seguiu até o corredor.

– Posso lhe falar, senhorita?

Fomos para o quartinho onde fazíamos nossas reuniões matinais.

– O que fará com o rapaz? – Ela perguntou quando fechou a porta atrás de nós.

– O que você aconselharia?

Ela não respondeu.

– Acha que agi mal? – Perguntei.

– Ele é um menino da igreja, entende? Foi o que ele quis dizer quando disse que o comprou no asilo. Pode ser um órfão, filho de uma união vergonhosa.

– O que não parece ser culpa dele.

– Ninguém diz que seja, senhorita.

Ficamos em silêncio.

– Deixe-o descansar e, depois, talvez ele possa ficar. Outra mão seria útil, não é?

– Bem precariamente. Ele mal saiu das fraldas ainda.

– Ele vai crescer. Especialmente se bem alimentado.

– É o que acontece com os meninos. – Disse ela, e inesperadamente sorriu.

No andar de cima, encontrei Liam parado diante da janela da biblioteca, com os braços cruzados, aparentemente fazendo nada além de me esperar.

– Você está louca? – Perguntou em um sussurro furioso. – Perdeu o juízo?

Sem palavras naquele momento, fechei a porta atrás de mim, caminhei até a grande escrivaninha preta e me recostei contra ela. Eu ainda estava tentando aceitar minhas próprias ações, e ser repreendida não ajudava.

– Está tentando mudar a história?

– Não é nada disso – respondi.

Ele olhava para mim com olhos azuis flamejantes, respiração audível e rosto vermelho.

– E esse... Brown, vai pegar nosso dinheiro, ir até o asilo e comprar outro garoto! Você acha que pode salvar todos os meninos limpadores de chaminé de Londres?

– Acha que isso é argumento para não salvar um? – Retruquei.

Ele não respondeu e continuou olhando para mim, mas sua raiva pareceu desaparecer. Parecia abalado.

– O que eu deveria fazer? Deixá-lo ir com aquele homem horrível?

Ele se voltou abruptamente, sentou-se à mesa. Esfregou os olhos com as palmas das mãos e descansou o rosto nelas. Suas palavras seguintes saíram abafadas:

– O que você deve fazer é não interferir. Como nós dois sabemos.

O maior perigo da viagem no tempo, além dos riscos físicos óbvios para os próprios viajantes, era de alguma forma mudar o passado, de modo que alterasse decisivamente o futuro de onde eles provinham, colocando em movimento uma versão do paradoxo do avô. No instituto, a opinião sobre essa possibilidade se dividia. Missões anteriores haviam criado ondulações de mudança, mas somente um tiquinho, perimetrais. Uma estátua do poeta Randolph Henry Ash, que durante muito tempo permanecera em uma rotatória de Hampstead, desaparecera durante a noite, com todos os registros de sua criação. Uma ruazinha de casas geminadas em estilo georgiano em West London, construída sobre uma loja de departamentos do século XIX mais tarde destruída na Blitz e transformada em um miniparque, reaparecera certa manhã de inverno, vazia e degradada, mas ilesa. Isso teve de ser explicado a um público intrigado como um projeto de arte conceitual. Mesmo assim, o instituto não podia saber tudo: que mudanças poderiam não haver envolvido pedra e argamassa, e sim fatos silenciosos da vida privada das pessoas? Essa pergunta às vezes me incomodava quando eu ficava deitada, acordada, antes do amanhecer.

– Um ano de exposição a creosoto, uma vida de subnutrição...

Eu queria dizer que Tom não viveria muito, não se reproduziria nem deixaria nenhum vestígio neste mundo, e muito menos alteraria o campo de probabilidades e a história. Vi, porém, que não conseguia dizer isso de um jeito tão frio. A injustiça disso provocou minha raiva.

– Então, o que eu mudei? Sua curta e patética vida deveria ser cheia de sofrimento?

Liam tirou as mãos do rosto.

– Rachel... – murmurou.

Esperei que continuasse, mas ele parecia ter acabado. Olhava-me de modo crítico.

– Bem, você poderia ter me impedido. Você é o homem, você controla o dinheiro, poderia ter contrariado minhas ordens. Nada teria deixado Jencks mais encantado. Então, por que não me impediu? Você é cúmplice também.

Ele não disse nada.

– Não finja que não é.

– Rachel... – disse ele de novo, e dessa vez sua voz me fez estremecer, como se meu próprio nome fosse um termo carinhoso.

Eu me lembrei de que ele era um ator. Por um momento, esperei um solilóquio; mas, em vez disso, houve um longo silêncio, e ficamos nos fitando. Algo havia acabado de acontecer, mas eu não sabia bem o quê.

– Talvez devêssemos escrever para Henry Austen – disse ele.

– Sim – respondi.

Ele destrancou uma gaveta da mesa e pegou uma folha de papel; abriu outra gaveta e pegou uma pena, uma faquinha, um pote de tinta e uma caixinha com uma substância parecida com areia, usada como mata-borrão. Ajeitou tudo à sua frente, pegou a pena e a faca e começou a cortar a ponta.

– Eu sempre me senti como Shakespeare quando treinávamos com isto – disse eu, grata por mudar de assunto.

– Sempre na iminência de escrever um soneto. Ah, estraguei a ponta – disse ele.

– Dê aqui, deixe-me ver. Dê-me a faca.

Levei a pena para a janela para obter uma luz melhor, abri um novo canal no meio e a levei de volta. Liam abriu o pote de tinta, mergulhou a pena e começou. Inclinei-me sobre a mesa para ler de cabeça para baixo:

Hill Street, 33
23 de setembro
Caro senhor,

Ele parou. Uma grande gota de tinta caiu sobre o papel, e ele gemeu.

– Nunca fiz isso na Preparação.

Soprou o papel para secar e continuou raspando a pena:

Sinto-me encorajado a lhe escrever, um estranho, pela carta de apresentação anexa, bem como pela história da associação de minha família com os Hampsons na Jamaica, ilha de meu nascimento, pois cheguei a Londres com poucos conhecidos.

Ele parou e leu.

– Após a morte de meu pai... – sugeri.

Liam franziu a testa e disse:

– Eu me lembro.

Prosseguiu:

Após a morte de meu pai, herdeiro de uma extensa plantação de café, que dedicou sua vida, sua fortuna e sua sagrada honra ao tratamento humano de seus escravos e a sua manumissão gradual, bem como à difusão do Evangelho entre a população ignorante dessa ilha...

– Ele vai acreditar nisso? – Perguntei, bastante em dúvida. – É absurdo. Quem liberta seus escravos?

Liam, ainda escrevendo, não respondeu imediatamente.

– Uma grande mentira não é mais difícil de acreditar do que uma pequena. A questão é passar uma convicção absoluta na narração.

– Ainda me surpreendo por nos haverem feito donos de escravos. Eles cheiram a sangue. Mesmo ex-donos.

– Enquanto tiver dinheiro, terá cheiro bom.

Se não tiver alguma objeção a me receber em sua casa...

– Eu sempre detestei essa frase. Como se o quiséssemos fazer recordar o senhor Collins.

Ela saíra diretamente da carta em que se ouvira falar pela primeira vez daquele pomposo clérigo de *Orgulho e preconceito*.

– Talvez ele se regozije com meus absurdos.

Liam estava lendo o que havia escrito.

– Ok, mas, de verdade, tem certeza de que queremos dizer isso?

Liam parou e inclinou a cabeça para mim.

– Está sugerindo sair do script e enviar uma carta sua? – Perguntou suavemente, mas com uma ponta de aspereza.

Senti certo mal-estar quando percebi que não havíamos mudado do assunto de salvar Tom, que apenas continuávamos nele de outra forma.

– Não. Não quis dizer isso. Continue.

Proponho visitá-lo no dia 28 de setembro, às 16 horas. Sem mais, caro senhor, sinceramente e etc.

Doutor William Ravenswood

Ele fez mais duas cópias antes de ficar satisfeito. Enquanto isso, com uma tinta diferente e um papel incomum, trabalhei em nossa carta de apresentação. Como a de Henry Austen, havia sido criada por membros da equipe do Projeto e memorizada por nós dois. Seria supostamente de senhor Thomas-Philip Hampson, proprietário de uma extensa fazenda na Jamaica e parente distante de Austen.

Era uma jogada audaciosa e genial. O quinto e o sexto baronetes de Hampson passaram a maior parte do tempo na Jamaica. O sétimo, o atual nessa época, nasceu lá em 1763, mas fez faculdade na Inglaterra, onde mais tarde se estabeleceu. Os tempos estavam mudando: no início do século XIX, os donos de grandes propriedades nas Índias Ocidentais eram quase todos ausentes. O clima era duro, as doenças tropicais mortíferas, e a crueldade necessária para manter o sistema funcionando – coisas que pessoas educadas preferiam não enfrentar. Contudo, o mais consciencioso, ou avaro, fez a perigosa travessia para ver as coisas; como senhor Thomas Bertram em *Mansfield Park*.

Segundo as pesquisas, o sétimo baronete havia estado na Jamaica muitos anos atrás, quando poderia ter nos conhecido. Melhor ainda, ele estava lá agora, e passaria meses. Uma carta de senhor Thomas-Philip Hampson era uma apresentação de alguém plausível, importante e ligado à família Austen, a quem não corríamos o risco de encontrar na Inglaterra, se tudo saísse conforme o plano.

Eu tive de copiar minha carta só uma vez, satisfeita com minha caligrafia: pontuda, ousada e decisiva. Dobrá-la e selá-la adequadamente, e depois anexá-la à carta de Liam foi outra aventura. A mesa parecia um campo de batalha quando acabamos, coberta de pó de apagar, de biscoitos esfarelados, restos da cera do selo e cópias descartadas, evidências a serem queimadas na lareira.

UMA RESPOSTA CHEGOU DOIS DIAS DEPOIS. ESTAVA APOIADA NO BULE e nos esperava quando nos sentamos para o café da manhã: um sólido pedaço de papel de fibra de algodão dobrado, que ficamos olhando. Mais que em qualquer momento até então, mais que quando abri os olhos em Leatherhead, senti a estranheza do que eu estava fazendo. Nós havíamos interferido na história. Havíamos enviado a Henry Austen uma carta que não existira antes. Ele a havia lido e se sentado para responder, durante um tempo que ele passaria fazendo outra coisa. Olhando pela janela em uma tarde ensolarada? Cantarolando uma canção enquanto se observava no espelho? Eu suspeitava que ele seria vaidoso em relação a sua aparência; combinaria com o que sabíamos sobre seu charme, sua incapacidade de manter segredos, a falta de vontade de escolher e manter uma profissão.

Peguei a carta, rompi o selo e desdobrei seus terços perfeitos. A caligrafia era impecável: sem borrões, linhas retas, palavras de tamanho uniforme. Nós havíamos dedicado muito tempo aos aspectos técnicos da escrita de cartas, um significante crucial de pertencer a certa classe. Embora a carta que havíamos enviado a ele fosse boa, não era como esta.

Hans Place, 23
25 de setembro
Caro Senhor,

Sua carta do dia 23 foi recebida com prazer; aguardo ansiosamente tornar-me seu conhecido. Honrar-me-ia com uma reunião em meu clube, na quarta-feira, 27, às 18 horas?

– Ele teve uma objeção a recebê-lo em sua casa – disse eu.

– Ele deve conhecer muitas pessoas que não quer em sua casa – retrucou Liam.

– Ele precisa checá-lo.

– Um colonial, dono de escravos, amigo de primos distantes? – Ele examinou a carta. – Espero que não haja médicos no clube dele que eu devesse conhecer da faculdade de Edimburgo.

– Você pode fingir – disse eu, com mais confiança do que sentia. – Talvez os anos nos trópicos tenham alterado sua compleição e aparência.

Olhei para ele: pele lisa e pálida, com um leve tom rosado.

– Ou algo assim.

No grande dia, Liam treinou cada ponto que havia aprendido desde que chegamos a 1815, deixando os restos espalhados por seu quarto. Andava de lá para cá no corredor do terceiro andar, murmurando, entrando em meu quarto para se observar, com insatisfação, no único espelho de corpo inteiro da casa e me perguntar sobre cada roupa.

– Preciso parecer rico, mas discretamente rico. Um cavalheiro, não um almofadinha. O que acha deste colete?

– Acho que você precisa se mostrar conservador.

– Talvez você tenha razão.

Ele desapareceu em seu quarto, mas logo fui chamada para decidir sobre as calças. Liam havia comprado uma peruca nova, que chegara naquela manhã, junto com o homem para cacheá-la e empoá-la levemente. As perucas haviam saído de moda em 1815; só homens muito velhos e membros de certas profissões – incluindo médicos – ainda as usavam.

E o golpe de misericórdia, um banho. O cheiro de limpeza o precedia quando ele desceu para a sala, onde eu estava costurando uma camisa – ou tentando. Sua agitação me contagiou, e eu não conseguia me concentrar em nada.

– Então? – Perguntou Liam, dando uma voltinha à minha frente.

Depois de tanto drama, sua roupa estava perfeita, valorizando sua compleição esguia, mas de ombros largos. Ele tinha uma presença que eu não havia notado até esse momento em que meu olhar se distraía nele. Liam não era meu tipo, mas eu sabia como era quando pessoas passavam juntas por situações extremas. Isso já havia acontecido no pronto-socorro, e em minhas missões humanitárias, especialmente. Antes de ir para o Peru, houve até uma sessão informativa sobre o assunto, e nós brincamos dizendo que parecia planejada para absolver as pessoas casadas da culpa por trair seus cônjuges. *O que você está sentindo não é real.* Liam era fechado, tinha a formalidade típica dos Velhos Britânicos, afastado das próprias emoções. Eu suspeitava que, como americana, ele me olhava com superioridade, e raramente entendia minhas piadas. Devia ser terrível na cama. Calculei que a chance de eu dormir com ele antes de a missão acabar era de setenta por cento.

– Até Beau Brummell ficaria impressionado – disse eu.

– Não parece que estou me esforçando demais para agradar?

Ele ajeitou a peruca, fez uma careta no espelho que ficava acima da lareira e tirou alguma sujeirinha da lapela.

– Brummell nunca se esforça para agradar, esse é o segredo dele.

– Ah, não mesmo.

Tentei não rir ao vê-lo tão absorto em si mesmo.

– Seu visual está perfeito, mas você sabe o que vai dizer?

Ele se afastou de seu reflexo para olhar para mim. Nossos olhos se encontraram. Houve uma pausa quando percebi que ele estava tão nervoso quanto antes, só escondendo um pouco melhor. Ele girou os ombros, inspirou fundo e expirou.

– Vou pensar em alguma coisa – disse.

Meu coração se apertou.

Eu olhava pela janela quando Liam entrou em uma liteira e foi carregado, desaparecendo no trânsito. Imaginei-o chegando ao clube, dando seu nome a um homem na porta e sendo conduzido para dentro. No entanto, eu me esforçava para penetrar mais além. Fiquei sentada com a costura esquecida no colo, olhando para a parede sem ver.

Seria mal iluminado por dentro, com lambris escuros? Fumaça e sombras, iluminado por centenas de velas em candelabros, como as lojas da Bond Street? Bebidas? Baralho? Conjurei rodas de homens rugindo ao gargalhar, ou brindando aos encantos de alguma atriz. Henry Austen em um canto, mas não sozinho. Esse homem nunca ficava sozinho por muito tempo. Liam sendo levado a ele. Eles trocando um aperto de mãos...

Imaginei tudo isso tão vividamente que minha cabeça doeu, mas não consegui ver o que aconteceria depois. Eu queria estar lá. Liam, sozinho, parecia incompetente. A orientação da equipe do Projeto, porém, havia sido clara: uma primeira reunião precisava ocorrer entre os homens, que se misturavam de forma mais indiscriminada. Se William Ravenswood conseguisse passar por cavalheiro, presumir-se-ia que sua irmã era uma dama, na opinião de Henry Austen. Uma companheira em potencial, até, visto que eu era rica e solteira. Se ele gostasse de nós, poderia nos apresentar a sua irmã. Poderia, talvez; apresentaria, talvez.

Suspirei, levantei-me e fui até a janela. A escuridão da sala me deixava invisível, e pude olhar tão audazmente quanto quis: um vendedor de ostras, um acendedor de lampião, uma carruagem passando, um cego com uma harpa sendo conduzido por um menino.

Os primeiros encontros eram breves e cerimoniosos. Eu esperava Liam de volta a qualquer momento, mas o relógio bateu as oito e ele não apareceu. De certa forma, eu não estava ansiosa por seu retorno; sentia cada vez mais medo de que o encontro fosse um fracasso. Enquanto ele não voltasse, não haveria fracasso, mas existia em um estado indeterminado, como o gato de Schrödinger.

O relógio bateu as nove.

Talvez houvesse sido um desastre e Liam estivesse vagando por Londres, relutante em voltar com más notícias. Ou algo acontecera depois que ele saíra do clube. Ele havia sido atingido por um objeto caído do alto – um urinol, telhas soltas –, e estava inconsciente em uma rua suja. Forçado a se alistar perto das docas, enquanto seus argumentos de ser um cavalheiro eram recebidos com risos rudes. Esfaqueado, chutado, roubado, abandonado para morrer.

Não. Eu estava sendo ridícula. Henry Austen estava atrasado. Ele parecia ser do tipo que se atrasa. Ou Liam o havia conquistado e ainda estavam conversando. Não era impossível, ele era bom com os criados, nunca deixando transparecer a estranheza de viver com as pessoas que preparavam suas refeições, faziam sua cama ou carregavam água quente por três andares para ele poder se lavar. Essas eram coisas que eu ainda estava me esforçando para achar natural.

Comecei a andar pela sala, enquanto meus pensamentos perseguiam uns aos outros. Se o encontro acontecesse conforme o planejado, Liam sutilmente enfatizaria nossa riqueza – acabamos de vender uma grande plantação de café – e a necessidade de oportunidades de investimento. Henry Austen deveria estar ansioso para cortejar clientes ricos, mas havia uma sutil diferença: nós não queríamos ser meramente clientes. Tínhamos de interessá-lo socialmente ou jamais conheceríamos sua irmã. Além disso, o banco dele faliria em alguns meses, o que significava que qualquer dinheiro que aplicássemos com ele estaria perdido para sempre. Precisávamos dar o suficiente para chamar sua atenção, mas não muito. Até o momento, havíamos conseguido depositar a maior parte de nossa riqueza forjada em uma dúzia de bancos e em investimentos em títulos do governo. Devia ser suficiente para o tempo que passaríamos ali, mas quando acabasse, já era.

O relógio bateu as dez.

Se o encontro não desse certo, seria hora do plano B. Sair de Londres, encontrar uma casa para alugar em algum lugar perto de onde Jane Austen morava, em Hampshire, acomodarmo-nos à vida da nobreza no interior e eventualmente conhecê-la. Não era impossível – as pessoas refinadas se visitavam muito no interior, provavelmente por tédio –, mas tinha desvantagens. Ela tinha uma vida tranquila em Chawton Cottage com a mãe, a irmã e a amiga. Poderíamos conhecer toda sua vizinhança burguesa sem cruzar o caminho dela. E, como visitaria Henry em breve e ficaria em Londres até meados de dezembro, não haveria chance de encontrá-la em Hampshire antes disso. Então, já seria a monotonia do inverno, o pior momento para visitas, meses desperdiçados em inútil espera.

Não muito diferente do que eu estava fazendo nesse momento. Voltei para a janela e olhei para fora, esperando que Liam aparecesse; mas ele não apareceu.

De qualquer forma, teríamos de ir a Hampshire, em algum momento, porque ali estavam os objetivos de nossa missão. O manuscrito de *Os Watsons* deveria estar ainda em posse de Jane Austen, e onde poderia estar, senão em sua casa? E havia as cartas para sua irmã, Cassandra. Era desejo particular de Eva Farmer que nós as tivéssemos também: uma coleção inestimável de fofocas e informações biográficas que Cassandra quase completamente destruíra antes da própria morte, deixando apenas poucas dezenas de lembranças para algumas sobrinhas favoritas. E um pedido de Eva Farmer era uma ordem. Como Norman Ng havia dito, ela era o gênio por trás do Projeto Jane Austen.

Relembrei nosso único encontro, quando ela chegou ao instituto, semanas antes da partida. Ela gostava de fingir ser como outra pessoa qualquer, de modo que instruíra que nenhuma medida especial fosse tomada para sua chegada. O instituto deveria seguir sua rotina normal. Isso, porém, era uma bobagem: como seria possível, com a expectativa da chegada de Eva Farmer? Contudo, foi assim que ela apareceu, pequena e elegante, com seus cabelos brancos macios e um pequeno destacamento de segurança, na sala de areia durante a prática equestre.

Cavalos eram raros em nosso mundo. Eu nunca havia estado perto de um antes de ser escolhida para o Projeto Jane Austen. Àquela altura, no entanto, eu estava acostumada ao cheiro e ao tamanho deles, de modo que apesar de minha surpresa, eu desmontei – montava sentada de lado – com relativa graça, entreguei minhas rédeas ao instrutor e me curvei em uma reverência. Haviam nos aconselhado a recebê-la a caráter. Era assim que passávamos os dias, de qualquer maneira.

– Doutora Katzman – disse ela.

Seus olhos escuros me atraíram; seu olhar minucioso, mas aprovador.

– Estou muito feliz por conhecê-la pessoalmente, por fim. – Completou em um tom que ia desaparecendo, e ela arrastou a última palavra como se não a quisesse soltar.

Eu fiquei boba. Nunca havia estado diante de alguém tão famoso, tão importante, tão rico. A energia da sala mudou, atraindo tudo em um remoinho ao redor dela, como a aura em um Van Gogh. Tinha um resplendor que parecia, em parte, ter sido comprado a um alto preço, e em parte, simplesmente dela.

Fiquei imaginando se ser chamada por meu nome verdadeiro significava que eu poderia responder como eu mesma, em vez de Mary Ravenswood, a pessoa que eu assumiria em 1815. No entanto, decidi ficar com a personagem de Mary.

– É uma honra para mim, senhora.

– Eu apoiei sua candidatura quase *desde o início* – disse ela.

Tinha uma maneira de esticar sílabas aleatórias, e um sotaque Velho Britânico que eu tinha certeza de que era falso, uma vez que ela era filha de um dentista de Saskatoon, com nada além da força de sua inteligência e determinação levando-a a subir como subira.

– Apoiei, sabe? Outros estavam menos seguros, mas eu fui inflexível.

– Agradeço por isso – respondi, e inclinei a cabeça de novo, sentindo-me seduzida e tola. – Seria impertinente perguntar por quê?

– O que *mais* me intrigou foi sua biografia. Suas viagens e as vidas que você salvou. – Ela fez uma pausa. – E algo que você disse em seu ensaio sobre *consertar o mundo*.

Ela fez uma pausa de novo e me olhou expectante.

– A frase é da Cabala, não é? Isaac Luria? Eu estudei isso, mas foi há muito tempo.

Eu não sabia bem o que dizer. Eva Farmer era uma raridade em nossa era especializada, uma verdadeira erudita. Uma física cujo trabalho levara ao servidor Prometheus, uma jogadora de bridge de nível de torneio, autora de uma aclamada biografia de Jane Austen e de outro livro sobre a vida cotidiana no início do século XIX. Ela tocava cravo e tinha uma notável coleção de instrumentos musicais primitivos; mas, Cabala?

– Acho que sim – disse eu por fim. – Mas eu usei o termo em seu sentido mais geral, de nossa obrigação para com nossos semelhantes de melhorar as coisas na medida que pudermos.

Minhas palavras pareciam absurdas ali, parada, com minha roupa de equitação de inspiração militar da Regência, ainda segurando o chicote que eu nunca, nem em um milhão de anos, usaria em um cavalo. Eu acreditava naquelas coisas quando as escrevi, e ainda acreditava nelas. Contudo, eu havia prestado cuidados médicos em zonas epidêmicas, estado em um local dias após um terremoto catastrófico. Nosso mundo era tão cheio de sofrimento, e eu estava indo para 1815 em busca de um manuscrito e algumas cartas?

– Talvez tenha pouco a ver com Jane Austen – disse eu, seguindo meus próprios pensamentos para esse aparente *non sequitur*.

– Tem *tudo* a ver com ela – disse Eva Farmer, e seu tom não permitia argumentos. – E cada sentença de seu ensaio revelava seu amor ou, não seria muito forte dizer, sua *reverência* por Jane. Eu soube, ao ler aquilo, que você era a pessoa em quem eu poderia confiar *para fazer o que precisa ser feito*.

Ela concluiu suas palavras com um aceno abrupto de cabeça e arqueando suas sobrancelhas meticulosas.

– Creio que nós nos entendemos, doutora Katzman. – Completou.

Eu achei que não, mas não havia tempo para mais perguntas. Atrás de mim, ouvi som de cascos. Liam, que estava do outro lado da sala de areia quando ela e os outros entraram, desmontou e curvou-se sobre a mão dela estendida.

– Professor Finucane, um *prazer* vê-lo de novo – disse ela.

Eles se conheciam? Começaram a falar sobre um conhecido em comum e minha audiência acabou. Eu não sabia bem se estava mais triste ou aliviada.

Quando o relógio bateu as onze, sentia necessidade de fazer alguma coisa, mas, o quê? Eu não poderia ir procurar Liam. Londres era caótica e perigosa, especialmente para uma mulher, sobretudo à noite. Mesmo uma "carruagem táxi" não era algo que eu pudesse pegar sozinha com segurança, e certamente não a essa hora. E isso significava... o quê? Convidar Jencks? Não, não havia nada a fazer além de esperar. Se Liam não estivesse em casa pela manhã, eu iria até a Bow Street Runners, antepassada da Polícia Metropolitana, ou escreveria a Henry Austen e... Não. Se ele não estivesse em casa pela manhã, só poderia estar morto. Ou havia sido convocado a se alistar.

Poderia apenas estar na cidade com Henry Austen? Para um homem com dinheiro, as opções de Londres eram infinitas: casas de apostas, tabernas, o teatro, bordéis de todos os preços... Não. Eu me recusava a aceitar que o irmão favorito de Jane Austen, um banqueiro respeitável e futuro clérigo, propusesse uma visita a um prostíbulo. E nem podia ver Liam se juntando a ele. Ele havia corado e afastado os olhos de minha roupa íntima em nossa primeira noite em Londres. Jogo era mais fácil de imaginar, mas estremeci diante disso: Jane Austen nunca teve um centavo seu até vender seu primeiro livro, enquanto seu irmão podia estar andando por Londres em sua sege, desperdiçando dinheiro em mesas de jogo.

No entanto, esse era um mundo dirigido por homens, para sua conveniência e gratificação, como eu entendia melhor a cada dia que passava ali. Talvez tivessem ido assistir a uma peça de teatro, ou ainda estivessem bebendo no clube. Era uma época de beber muito.

Liam devia saber quanto eu estava preocupada, como esperava ansiosamente. E mesmo assim...

O relógio bateu meia-noite enquanto eu fitava o fogo moribundo. O tempo era uma mesa de tortura, e eu estava sendo lentamente esticada nela.

Acordei com uma batida prolongada, depois o arrastar de passos e murmúrios masculinos, uma tranca sendo corrida e uma porta rangendo. Jencks:

– Boa noite, senhor.

– William!

Corri para o patamar e desci até o vestíbulo, mas correr por uma escada nunca é uma boa ideia, especialmente no escuro com uma saia comprida. Perto do fim da escada, pisei na bainha e tropecei, agitei os braços e cai sobre Jencks, quase apagando a vela que ele segurava. Sombras se agitaram quando ele cambaleou para trás.

– Jencks! Desculpe-me!

– Perdoe-me, madame – disse ele friamente.

– Não, eu é que peço perdão.

Por que ele ainda estava acordado? Bem, tinha de estar. Seu último trabalho da noite era ter certeza de que as portas estavam protegidas contra assaltantes, agitadores e tudo o que Londres poderia oferecer.

Voltei-me para Liam, que estava parado à porta, já dentro, balançando levemente. Seu rosto e sua camisa estavam sujos, sua peruca torta, os olhos vidrados. Jencks riu de uma maneira quase maternal e deu um passo adiante, tirando um galho ainda com folhas do ombro de Liam e inclinando-se para trancar a porta.

– Devo levá-lo ao seu quarto, senhor? – Perguntou ele com surpreendente gentileza. – Apoie-se em mim, se precisar.

Eu dei um passo à frente e disse:

– Obrigada, Jencks, eu cuido do meu irmão. Eu pretendia esperá-lo acordada. Desculpe-me por não tê-lo dispensado mais cedo, não foi gentil de minha parte. Mas... pode me deixar sua vela?

Ele a entregou a mim, junto com um olhar desaprovador, e começou a subir a escada para seu quarto, no topo da casa.

– Boa noite, senhor. Senhora.

Ao olhar mais de perto vi que era lama, não sangue, de um lado do rosto de Liam e na frente; ele tinha um arranhão do outro lado, que havia sangrado, mas já secara. Pude sentir o cheiro de álcool.

– Onde diabos você estava? – Perguntei em voz baixa, uma vez que Jencks ainda não estava longe o suficiente para meu gosto. – Eu estava morrendo de preocupação.

Liam tombou para frente, para cima de mim. Sendo menor, sofri a pior parte do impacto. Foi como dar de cara com uma parede. Deixei a vela cair e ela se apagou.

– Ah, desculpe-me – murmurou ele.

Tateei pelo chão e encontrei a vela, coloquei-a no castiçal de novo e me levantei. Meus olhos estavam se ajustando à escuridão. A janelinha basculante acima da porta deixava entrar o brilho dos lampiões de fora, o que era quase suficiente para nos locomovermos.

– Venha.

Peguei-o pelo cotovelo e o dirigi para a escada, tentando decidir quão difícil seria.

Liam não viu o primeiro degrau e tropeçou, caindo de quatro.

– Ops.

Levantou-se cambaleando.

– Pode engatinhar, se quiser. Talvez seja mais seguro. Não vai ter como cair – disse eu.

– Rachel, querida, que desgraça, subir minha própria escada rastejando.

Seu sotaque parecia diferente; uma entonação ascendente, um abrandamento das vogais. Ele não havia dito que era de Londres?

– Não estou tão mal assim – disse ele.

– Tudo bem, segure-se em mim.

Eu estendi o braço; ele hesitou, mas o pegou.

Começamos a subir a escada em silêncio, concentrados. Quanto mais nos afastávamos do vestíbulo e de sua janela basculante, mais escuro ficava. No terceiro andar, onde ficavam nossos quartos, fui tateando a parede para encontrar o caminho. Guiei Liam até seu quarto e em direção a sua cama, onde ele se sentou pesadamente e suspirou. Hesitei na porta, perguntando-me se ele seria suficientemente coerente para fornecer informações úteis, consternada por ele haver imprudentemente se embebedado em meio aos perigos de Londres e aliviada por ele ter sobrevivido.

– Vai ficar bem? – Perguntei. – Precisa de alguma coisa? Um pouco de água?

Ele se inclinou para frente e apoiou a cabeça nas mãos.

– Não vai me perguntar como foi?

Ele parecia irlandês, não que eu fosse especialista em sotaques.

Divertida, eu me apoiei no batente da porta.

– Ah! Como foi?

Ele se endireitou de novo. Eu só podia ver seu contorno na escuridão.

– Não foi o desastre total que se poderia esperar.

– Então, o que aconteceu? O que você fez?

Além de beber demais.

– Havia uma tigela de ponche – ele fez uma pausa. – Uma substância perigosa. Álcool não deveria ser gostoso. Alguns amigos dele apareceram, incluindo um médico da minha idade, que também estudou em Edimburgo.

Liam fez uma pausa para que suas palavras surtissem efeito. Então riu, longamente, baixinho.

– Que se lembrava de mim das aulas de Anatomia!

– Uau!

Eu já havia entrado no quarto.

– Que sorte! Ele já estava bêbado?

– E depois, alguém propôs que fôssemos todos ao teatro. Mas, primeiro, mais ponche. Muito mais ponche, que acabou com nossos planos de ir ao teatro. Nós conversamos, e conversamos... e depois, não sei como, Austen e eu acabamos andando pela Westminster Bridge, só conversando.

Ele fez uma pausa antes de continuar, mais baixo:

– Era tão lindo! As luzes dos barcos na água...

Liam ficou em silêncio, e eu também, sentindo inveja da liberdade dos homens.

– Temos de fazer essa caminhada uma noite, Rachel, querida – disse ele, e bocejou.

– Infelizmente, as únicas mulheres que andam em Londres depois do anoitecer são prostitutas.

– Ah. Havia muitas delas, agora que você mencionou.

Houve outra pausa.

– Então, como ele é? Conte-me tudo.

– Ele é adorável. É o irmão favorito de Jane Austen: só poderia ser adorável. Mas você poderá concluir por si mesma, porque fomos convidados para jantar na próxima semana.

– Está falando sério? Nós dois? Não posso acreditar!

Um jantar era coisa grande. Eu teria ficado feliz com menos: uma visita de manhã, um convite para o chá.

– Quase nem eu acredito – disse ele.

Isso me fez parar.

– Mas, é verdade? Ele convidou você? Nós?

– Sim – disse Liam, de repente cauteloso.

– Então, por que não está mais animado? Não entendo.

– Estou animado, sim. – Ele começou a tentar tirar as botas. – Estou tão entusiasmado que... nem consigo... Jesus... – Ele parou de tentar. – Geralmente Jencks é quem faz isso.

Mesmo contra minha vontade, eu me aproximei.

– Ande, dê-me um pé.

Segurei sua bota pelo tornozelo e puxei quando ele se recostou na cama. Essa mistura de servilismo e intimidade me perturbou, porque era Liam. Com alguém menos formal, teria sido engraçado.

– Eu costumo cobrar mais por este serviço – brinquei, pensando em mim como médica, mas percebendo que havíamos acabado de falar de putas.

A bota saiu de uma só vez, perdi o equilíbrio e caí no chão, ainda segurando-a. Depois de um silêncio de choque, caímos em gargalhadas abafadas, cientes de que a casa, os criados, dormiam.

Talvez setenta e cinco por cento, pensei.

CAPÍTULO 3

3 de outubro
Hans Place, 23

No dia do jantar, tomei um banho e passei mais tempo que o habitual pensando em minha aparência, mas não experimentei tudo o que tinha. Àquela altura, eu tinha apenas três vestidos de noite, e só gostava de um: seda branca com bolinhas sutis, um design simples que eu admirava com a luz do fim de tarde refletindo no espelho de meu quarto de vestir. Graças a Grace, habilidosa na confecção de cachos, fiz um coque atrás e ondas modestas na linha do cabelo, em vez de meu emaranhado usual de cachos. Pele cor de oliva, olhos castanhos sob uma testa larga que se afunila para um queixo estreito, boca generosa, nariz aquilino. Sempre gostei do meu nariz, mas naquela tarde examinei-o com uma leve preocupação e uma pergunta que nunca me havia feito antes: *eu parecia judia demais?*

Mais especificamente, Henry Austen suspeitaria? Apertei os olhos e me fitei, tentando ver o que um estranho veria. Um passado caribenho era exótico e duvidoso, uma tela na qual as pessoas podiam projetar suas noções do outro: mourisco, mulato, sefardi, o que fosse. Continuando a observar minha imagem, refleti que esse contexto era um disfarce, e que Liam o estava providenciando. Alto, pálido e angular, ele parecia britânico e já havia convencido Henry Austen de que era um cavalheiro – senão, não teríamos sido convidados –, e eu seria apresentada como sua irmã.

Muita coisa dependia dessa noite. Uma pessoa mais cautelosa teria ficado assustada, mas eu estava excitada. Mesmo tendo passado o dia com um olho se contraindo, e a viagem para o oeste de Chelsea em uma carruagem alugada que balançava demais parecer um passeio de *tumbril*[3] rumo a minha própria execução. Liam estava mais taciturno que o habitual, com os braços cruzados e expressão absorta, olhando pela janela.

---

3. Carrinho de duas rodas e um vagão feito para ser transportado por somente um cavalo ou boi, inicialmente projetado para auxiliar no trabalho agrícola. (N.E.)

– Lembre-se – disse ele quando entramos na rotatória da Hans Place – seja amigável, mas reservada.

O que significava isso?

– Certo, pode deixar.

Ele estremeceu.

– E, se puder, permaneça na personagem um pouco mais, mesmo quando estivermos sozinhos. Assim, nunca vai cometer um deslize se algo a surpreender. Você parece tão americana às vezes... Como antes.

Observei seu rosto longo, tentando entender o que havia por trás daquilo. Meu sotaque era neutro. Se havia algo que definia um médico era ser capaz de memorizar e dar comandos. Ouvi a voz de Mary Ravenswood em minha cabeça, vi-me usando seu vocabulário e sua sintaxe – em pensamento e em voz alta – sem me esforçar. E isso era tão estranho que às vezes eu sentia a necessidade urgente de temperar meu discurso com jargão médico, ou uma obscenidade, um americanismo ou uma palavra escolhida do iídiche, a língua franca de Nova York – qualquer coisa para evitar desaparecer no papel de heroína de Jane Austen.

– Muito bem – disse eu com minha dicção impecável. – Obrigada por me lembrar de meu dever.

Poderia parecer que a conversa que havíamos tido na noite em que Liam chegara à casa depois de conhecer Henry Austen nos aproximaria. No entanto, ele nunca fez alusão a isso de novo, e acho que as coisas que os bêbados dizem não devem ser usadas contra eles. E, mesmo assim, o que ele havia dito? Nada importante. Era mais uma sensação, e sensações são coisas nebulosas.

HENRY AUSTEN SE VESTIA DE LINHO MUITO BRANCO, COM UM lenço ainda mais alvo que formava ondas macias de perfeição têxtil. Quando Liam nos apresentou, fiquei paralisada pelo jogo de luz e sombra de suas roupas. Como apertar a mão era a prerrogativa da mulher, estendi a minha – eu precisava ter certeza de sua existência física na irrealidade desse momento. Sua pele era lisa e macia, e a mão agradavelmente quente. Envolveu a minha com um aperto firme, como algo a que tivesse direito. *Um homem que sabe o que quer*, pensei, e senti um tremor de advertência. Excitação? Alarme?

– É uma honra, de fato, conhecê-la, senhorita Ravenswood.

Ele se curvou sobre minha mão, suavizando a formalidade do gesto com um sorriso conspiratório. Altura mediana, boa constituição, requintadamente estruturado, com o cabelo natural e o nariz pontudo de Austen dos retratos, ele era exatamente como eu esperava, como se houvesse saído de meus pensamentos. Ou, talvez, até um pouco melhor.

– Depois de tudo o que seu irmão me falou sobre sua originalidade e encanto... vejo que ele não exagerou.

Ele tinha olhos castanhos brilhantes e um olhar direto, e eu tive a impressão de estar sendo examinada – de forma discreta e cavalheiresca, mas examinada – ao responder:

– Tem vantagens sobre mim então, pois ele se recusou a dizer mais que uma palavra sobre o senhor. Por mais que eu tenha implorado.

No dia seguinte ao encontro deles, com olhos fundos e baixos, Liam só havia dito que jantaram muito bem – no século XIX e bebendo até o estupor – e repetiu que Henry Austen era adorável e que nós dois havíamos sido convidados a jantar.

Henry olhou para Liam, que ergueu as sobrancelhas e as franziu, de uma maneira que não negava minha acusação, antes de se voltar para um grande atlas aberto sobre uma mesa próxima.

– Seu irmão é a discrição em pessoa, não é? Embora seja verdade, ele não queria dizer: "Ah, o senhor Austen parece um velho, é temperamental e está com um pé na cova, contudo, devemos relevar, pois o senhor Thomas-Philip nos enviou uma carta...".

– Posso ver que não é nada disso, senhor.

– *Distingué*, digamos. Tudo parece menos doloroso em francês.

– Está familiarizado com a França, senhor?

– Tanto quanto qualquer um pode estar nos dias de hoje. Minha querida esposa – seu olhar, que estava em mim esse tempo todo, foi até a lareira e depois voltou – foi educada lá, e seu primeiro marido era francês, pobre homem.

Por minha cara de preocupação, ele acrescentou:

– Condenado. Guilhotinado. Negócios terríveis.

– Ah, que horrível!

Eu me voltei para onde o olhar dele havia ido e encontrei uma miniatura na cornija, entre um *cocker spaniel* de porcelana e uma caixa de velas.

– É o retrato dela? – Perguntei, embora já soubesse.

Eliza Hancock na adolescência: enormes olhos escuros, queixo pontudo, sorriso de elfo e o cabelão do século XVIII. Uma vivaz escritora de cartas e uma sedutora urbana, foi cortejada na viuvez por dois primos. Henry, por fim, foi bem-sucedido; seu irmão mais velho, o clérigo James, nem tanto. Isso devia ter causado alguns momentos estranhos, mesmo em uma família tão afetuosa quanto os Austen.

– Ela se foi há dois anos.

Ele pegou a pequena pintura e a colocou em minhas mãos. Observei o retrato.

– Lamento muito por sua perda – disse.

Olhei para ele, e pelo jeito apressado com que levantou os olhos para encontrar os meus, percebi que ele estava observando meus seios. Coisa que, em sua defesa, era difícil não notar. O decote era o foco da elegância da roupa de noite em 1815; os seios, como de costume, eram erguidos pelo espartilho, mas, ao contrário da roupa do dia, não recatadamente escondidos por um xale ou um bolero.

Divertida, mas envergonhada, entreguei o retrato de volta com uma leve reverência e olhei ao redor, desesperada por um novo assunto. A sala que vi era estudadamente decadente, com o estofado de couro desalinhado, pilhas de livros e um tapete turco puído, mas de aspecto importante.

– Sua casa tem uma localização encantadora. Positivamente rústica.

Chelsea, naquela época, era mais como uma aldeia; não fazia parte de Londres, na verdade.

– Vive há muito tempo aqui? – Perguntei.

Liam havia se afastado, parecendo absorto no atlas. De onde estava, atrás de Henry, ele escolheu esse momento para erguer os olhos e acenar com a cabeça, sorrindo. Estava zombando de meus esforços de puxar conversa ou encorajando-me? Por que não estava me ajudando?

– Há dois anos apenas, mas estou bem estabelecido. Espero não me mudar de novo em breve.

Henry havia ido para essa casa após a morte de Eliza, talvez para fugir das lembranças tristes de seu endereço anterior. Eu sabia que ele se mudaria de novo – em breve. Com o colapso do banco, ele perderia essa casa e o que tinha dentro, deixando Londres para sempre. Não mais jantares, idas ao teatro e visitas de suas relações do campo. Ele se tornaria clérigo e estaria sempre sem dinheiro. Era estranho saber seu futuro: divertido, mas meio melancólico.

– Ah, os outros devem estar aqui – disse ele, voltando-se ao ouvir vozes no corredor. – É um grupo tranquilo, espero que os agrade. Apenas o senhor e a senhora Tilson, meus vizinhos e praticamente da família para mim, minha família londrina. A minha verdadeira se limita ao interior. Exceto minha irmã, Jane. Ela viveria aqui, se pudesse.

– Que coisa singular – disse eu. – Por quê?

Ele pareceu surpreso e respondeu:

– Ela gosta de observar as pessoas. E aqui há muita variedade.

– Já pensou em fazer daqui uma casa para ela depois da morte de sua esposa? – Perguntei.

Eu tinha curiosidade sobre isso, mas era uma pergunta pessoal demais para alguém que eu havia acabado de conhecer. De modo que acrescentei:

– Mas que presunção a minha! Ela deve ter a própria casa para cuidar.

– Ela é solteira – disse ele. – Mas sim, ela mora com minha mãe e outra irmã em Hampshire, de modo que está bem estabelecida em termos domésticos. Eu não pensaria em arrancá-la de lá, e elas não gostariam. No entanto, ela vem aqui com bastante frequência; estará aqui em breve. Talvez queira conhecê-la.

Inclinei a cabeça, desejando que ele estivesse falando sério, mas os Tilson entraram antes que eu pudesse responder.

Comparando com Henry, eles pareciam mais velhos. O senhor Tilson era plácido, corado e obeso. Quando nos sentamos para jantar, fiquei surpresa com quanto ele comeu. Seu prato estava cheio, e de repente, vazio. Contudo, seu progresso era majestoso, nunca precipitado nem ganancioso. A senhora Tilson era magra, pálida e envelhecida; pelo que eu soube, mãe de onze filhos nascidos vivos. Seu mais novo devia ter cerca de dois anos.

Ao nos conhecer, não demonstraram frieza nem calor. Foi minha primeira experiência com o que eu reconheceria mais tarde como o padrão dos modos ingleses, e minha primeira sensação de que Henry não era como as outras pessoas.

Ele e Liam lideraram a conversa durante o jantar. Incentivado por Henry, Liam contou histórias autodepreciativas sobre nossa viagem da Jamaica a Londres: enjoos, tempestades, uma fuga apertada de piratas, a exploração financeira que sofremos de donos de pousadas na estrada de Bristol, onde atracamos, nosso espanto diante do tamanho e da magnificência de Londres. Enquanto ele continuava, relaxado, sincero, quase ingênuo, mas engraçado também, percebi quanto eu havia subestimado as habilidades de improvisação dele.

O jantar foi de estilo georgiano. Primeiro, uma mesa cheia de pratos variados, e as pessoas iam se servindo do que estivesse mais próximo, até não aguentar mais. Então, o servo limpou a mesa e trouxe outra série de pratos, semelhantes aos primeiros, porém com menos carne e acompanhada de vinho branco, em vez de tinto. A única pessoa que bebia muito era o senhor Tilson, mas isso não lhe causou nenhum efeito que eu pudesse ver, apenas o deixou mais vermelho. Depois que a segunda rodada de pratos foi retirada, apareceu uma garrafa de vinho do Porto e pratinhos com frutas secas e castanhas e continuamos sentados. No meio de uma discussão sobre se seria necessária outra guerra com os Estados Unidos – Henry e o senhor Tilson pensavam que sim; Liam argumentava contra –, a senhora Tilson me lançou um olhar fugaz e se levantou. Era hora de eu me retirar e deixar os homens com o álcool.

– Deixemos que os cavalheiros determinem o curso da paz ou da guerra – disse a senhora Tilson, inclinando a cabeça e saindo da sala, enquanto eu a seguia.

E voltamos para a sala de estar, onde eu havia começado a noite.

Ela se sentou em uma das cadeiras laterais perto da lareira, e eu fiz o mesmo.

A pausa que se seguiu foi longa. Ela não havia dito quase nada no jantar, deixando-me sem saber que tipo de pessoa era, ou por onde eu devia começar uma conversa. E o pior, eu não tinha ideia do tipo de pessoa que *eu* era. Como doutora Rachel Katzman, havia um milhão de perguntas que eu gostaria de fazer: práticas de parto, cuidados com a natalidade, higiene, morbidade pediátrica... Mas, como senhorita Mary Ravenswood, sentei-me com as mãos cruzadas, e todas as minhas palavras desapareceram.

– Seu irmão é bem divertido, não? – Disse a senhora Tilson.

Eu não sabia se isso era bom, mas seu sorrisinho de boca fechada me tranquilizou.

– Não me divirto tanto desde que desisti do teatro. – Completou.

– O que quer dizer com desistir? – Perguntei.

– Simplesmente eu parei de ir.

– E por quê?

– Parecia muito frívolo. Incompatível com meu dever como cristã.

Eu sabia que Jane Austen era amistosa com a senhora Tilson, que era evangélica fervorosa. Também sabia que Jane Austen, embora séria em relação à religião, ia ao teatro sempre que possível.

– Espero que não pense o pior de mim, madame, se eu confessar que estou entusiasmada com a perspectiva de ir um pouco ao teatro, depois de tantos anos sem ter oportunidade.

– Cara senhorita Ravenswood, você deve aproveitar seu tempo na cidade! Sem dúvida nenhuma!

– Sem, no entanto, descuidar de meus deveres para com meu Salvador – murmurei.

A senhora Tilson se iluminou.

– Minhas irmãs, minhas filhas mais velhas e eu lemos o Evangelho e falamos sobre ele todas as semanas. Tem interesse em se juntar a nós?

– Muito – respondi.

Eu me perguntava se ela estava sendo educada ou se isso ia mesmo acontecer.

Sorrimos uma para a outra. E antes que eu pudesse pensar em como mudar o assunto, ela disse:

– Acaso entendi o doutor Ravenswood corretamente? Esta é a sua primeira visita à Inglaterra? Viveu toda sua vida na Jamaica?

– É minha primeira visita. Meu irmão, entretanto, estudou em Edimburgo e veio a Londres uma ou duas vezes.

– Naturalmente, atravessar o Atlântico era muito perigoso.

A longa guerra com a França, que complicara todo tipo de viagem para além das ilhas britânicas, havia acabado nesse verão. As pessoas ainda pareciam ter dificuldade para se adaptar à ideia de paz. Ela olhou para mim. Senti a pergunta não pronunciada.

– E seus pais não pensaram que o clima seria insalubre?

– Nossa plantação de café ficava nas montanhas. O clima é temperado – fiz uma pausa. – Ou é ao clima moral que se refere?

– Senhorita Ravenswood! – Ela desviou o olhar. – Eu não pretendia ser desrespeitosa.

– Sou grata por sua franqueza – e aproveitando a abertura: – Devo explicar. Meu pai, quando ainda jovem, herdou a propriedade de um primo pouco conhecido e partiu para vê-la. O que ele viu o convenceu a dedicar sua vida a melhorar a vida dos escravos que haviam caído em suas mãos, e a sua manumissão gradual. Foi um trabalho de anos. Após sua morte, meu irmão e eu resolvemos vender a terra e partir. Se conhece a vida naquela ilha, pode imaginar que os esforços de meu pai não provocaram a simpatia de outros proprietários.

Sua reação foi tudo o que eu esperava. Ela ficou calada e atenta.

– De fato. O senhor Austen não nos contou isso.

– Nós tentamos fazer tudo o mais discretamente possível. Não buscamos a atenção do mundo, nem tememos sua desaprovação. No entanto, um passo desses...

Ela pegou uma de minhas mãos e me olhou nos olhos.

– Senhorita Ravenswood! Eu entendo perfeitamente. – Assegurou.

A porta da sala de jantar se abriu e os cavalheiros entraram. A conversa se tornou geral, e o chá logo apareceu. A senhora Tilson, anfitriã *de facto*, encarregou-se de servi-lo.

– Você toma com açúcar? – Perguntou-me.

– Ah, já tive o suficiente pela vida toda – respondi.

Ela largou o pegador e me lançou um olhar significativo. O açúcar era o principal produto associado ao Caribe. Haviam tentado boicotá-lo, em protesto contra as condições de lá.

Henry, que se sentou perto de nós, comentou:

– O açúcar é um vício – disse. – No entanto, acho difícil viver sem ele. Sou uma pobre criatura fraca, um escravo do apetite, não sou, Tilson?

– Como Odisseu açoitado no mastro – concordou o senhor Tilson.

– Não creio que seja um vício – disse eu.

Foi um erro, que aguçou os ouvidos de senhora Tilson. Minha observação, que Henry escutou, era uma referência puramente direta à geopolítica.

– Uma indulgência, um luxo, mas não um vício – prossegui. – Foi um erro falar como falei. Não agrave o erro endossando minha tolice, senhor Austen.

– Vocês são meus convidados. Eu endossaria tolices muito mais flagrantes. – Ele inclinou a cabeça. – Que sorte que não será necessário. A senhorita disse apenas uma simples verdade, coisa bastante rara neste mundo.

Aceitei o comentário com um aceno de cabeça. Quando levantei os olhos de novo, ele ainda estava olhando para mim, e Liam havia começado a perguntar sobre de que parte de Oxfordshire o senhor Tilson era.

– Senhorita Ravenswood – disse Henry, inclinando-se para a frente para falar baixinho –, espero que em breve se sinta em casa em Londres.

Senti o cheiro dele, como de camisa recém-passada e algo vagamente medicinal, mas não desagradável.

– Certamente é diferente daquilo a que está acostumada.

Eu reconheci que era, mas que isso não era desagradável.

– E meu irmão e eu contamos com que seja nosso Virgílio, guiando-nos neste lugar – acrescentei.

Ele levantou as sobrancelhas.

– Espero que não esteja comparando Londres ao inferno de Dante. Apesar de que algumas partes talvez não sejam diferentes. Vocês precisam ficar longe dessas partes – advertiu ele.

– Vejo que precisarei de muita orientação – disse, inclinei a cabeça e sorri para ele.

Seria muito precipitado relembrar-lhe sua oferta de me apresentar a sua irmã?

– E ENTÃO? – PERGUNTOU LIAM NA CARRUAGEM A CAMINHO DE CASA. – Você foi incrível! Parabéns.

– Mas, o que você achou dele? Afável?

– Sim.

Era o irmão que Jane Austen adorava, e ele seria irresistivelmente fascinante só por isso. E Jane deu o nome dele a personagens como Tilney, sua criação mais encantadora; e Crawford, a mais ambígua.

– Mas talvez no sentido francês, mais que no inglês – acrescentei.

– Lisonjeiro e plausível demais?

– Talvez.

Entretanto, não era exatamente isso. *O que, então?* Pensei de novo no modo como ele me olhava, sutilmente queimando em fogo lento.

– Acho que ele é um sedutor – surpreendi-me ao dizer isso.

– Ele é o irmão favorito de Jane Austen.

– Então, você acha que ela também é sedutora?

– Não exatamente.

Contudo, ele não prosseguiu, simplesmente apoiou a cabeça nas mãos e expirou forte.

– Eu gostei dele, mas é mais importante que você goste.

– Eu gostei dele o suficiente.

Eu quis dizer "o suficiente" para desempenhar meu papel de plausível bom partido para uma pessoa que em breve perderia todo o seu dinheiro e que poderia se beneficiar do porto seguro que uma esposa rica lhe proporcionaria. Não sendo mais uma mocinha, um pouco questionável graças ao meu passado caribenho, eu possivelmente seria adequada para um banqueiro viúvo de quarenta e quatro anos que nunca vivera à altura do que sua juventude prometia.

A perspectiva de ser negociada com ele como uma mão em um jogo de cartas era assustadora e hilária, como se eu estivesse mergulhada em um romance de Jane Austen ainda não escrito. Essa era a ideia, a razão de havermos ido até ali com a aparência socialmente miscível de irmãos: para mantê-lo interessado, para ter um motivo para estar por perto, até que pudéssemos chegar a Jane Austen, às cartas, ao manuscrito. Enquanto sacolejávamos a caminho de casa, porém, eu me percebi surpresa por estar dando certo: tão facilmente, tão depressa.

– Eu não sou muito de flertar – admiti, perguntando-me por que essa necessidade de confessar.

A noite havia me perturbado de uma maneira que eu ainda estava tentando descobrir.

– É ambíguo demais. Muito afetado – acrescentei.

– Não se subestime. Você estava flertando incrivelmente bem.

Se isso era um elogio, não me agradava. Percebi que minha ideia de mim mesma estava ligada a não flertar, a ser uma pessoa direta nas palavras e no que eu queria. E nesse momento, eu queria mudar de assunto.

– De onde você é, Liam?

– De Londres. Por que a pergunta?

– Você é Velho Britânico, então? Ou é de outro lugar originalmente?

– Somos todos britânicos agora.

Esse era o discurso oficial, o que todos diziam depois da Extinção e de tudo que havia se seguido. A Grã-Bretanha, mais bem preparada, havia se tornado um farol entre as nações, um refúgio para anglófonos de todos os lugares, restabelecendo alguns dos seus impérios do século XIX, mas com outros formatos, pois os impérios agora eram impérios da mente, engenhosidade humana e imaginação – as locomotivas a vapor e minas de carvão do nosso tempo.

– Mas alguns são mais britânicos que outros – comentei.

Isso também era o que todo o mundo dizia. Surgiram as hierarquias, como sempre.

– Você é mesmo Velho Britânico?

Houve uma pausa.

– O que faz você duvidar disso?

– Já trabalho com você há mais de um ano, e isso nunca me ocorreu, até recentemente. Ao passo que eu... Você fala comigo cinco minutos e já sabe que eu não sou.

Ele não respondeu, fazendo-me suspeitar que eu havia atingido um ponto nevrálgico.

– Mas não importa. É só curiosidade.

– O que me delatou?

– Veja, não é isso.

– Estou só imaginando. O que foi?

Ele não ia deixar para lá.

– Naquela noite, quando chegou à casa depois de conhecer Henry Austen, você parecia diferente, só isso.

Seguimos em silencio durante um tempo, até que Liam murmurou:

– Eu sou irlandês, porém saí de lá há anos. Eu não me identifico com...

No entanto, ele não concluiu seus pensamentos.

– Eu manjo de sotaques ou não? – Disse eu, na esperança de mudar a conversa para algo menos obscuro.

Não fazia sentido ele relutar em reconhecer aquilo, mas relutava, e me senti envergonhada por ele: por sua afetação, por eu ter descoberto. Contudo, ele havia passado uma impressão tão convincente de Velho Britânico na Preparação... e reforçada por sua namorada, Sabina, quem eu encontrara algumas vezes quando ela visitara o instituto, toda loura alta, de fala lenta, entediante e aristocrática.

– E há uma ironia maravilhosa nisso. Lembra que lemos algo sobre as visões contemporâneas de estrangeiros, como em 1815 os ingleses desprezavam os judeus e os irlandeses mais que ninguém? Mais que os franceses! Apesar da guerra de duas décadas que havia acabado de terminar.

Nossa carruagem tinha dois bancos estreitos voltados um para o outro, tão próximos que ficávamos o tempo todo batendo os joelhos e pedindo desculpas. Liam se recostou, e seus lábios se contraíram em um sorriso.

– Talvez seja esse o motivo pelo qual eles nos enviaram.

– Diversidade de candidatos?

– Algo do tipo.

Depois de uma pausa, ele continuou:

– Para mostrar como eles têm a mente aberta; a essência inclusiva e de fortes princípios dos Velhos Britânicos. Mérito apenas.

Seu tom era tão neutro que eu não pude saber ao certo se ele estava sendo sarcástico. Havia apenas duas maneiras de proceder: ignorar e deixá-lo ser misterioso, ou superar aquele desconforto. Como lancetar um furúnculo. Considerando as coisas dessa maneira, minha escolha era óbvia.

– Desculpe-me se pareço intrometida, mas não vejo por que você precisa... Não interessa onde você começa, e sim onde acaba. E acho que está indo muito bem.

Ele não respondeu.

– Você escreveu um livro maravilhoso, foi escolhido para esta missão, tem uma namorada linda...

Ele se remexeu, inquieto, e eu aproveitei a deixa:

– Nunca me contou como você e Sabina se conheceram. Ela não é acadêmica, não é? É alguma coisa em uma casa de leilões, certo?

– Foi há muito tempo, no ensino médio.

– Ela também é irlandesa? – Perguntei, decidida a não demonstrar surpresa diante de nada.

– É claro que não.

Liam fez uma pausa, e eu estava prestes a fazer outra pergunta quando ele prosseguiu:

– Estudamos juntos em Crofton.

Eu sabia que essa era uma das escolas internas de elite, um bastião dos Velhos Britânicos.

– Então, vocês são namorados de infância? Que legal.

Eu sempre me perguntei sobre pessoas assim: teriam suas personalidades definidas, como concreto, aos dezesseis ou dezessete anos?

– Ah, não! Ela não tinha nada a ver comigo naquela época.

– Ela não tinha muito discernimento, não é?

Ele não respondeu. Minhas palavras ficaram pairando no ar, e só quando o cocheiro deu um comando aos cavalos e puxou as rédeas foi que percebi que havíamos chegado à Hill Street e à nossa casa.

Acordei na manhã seguinte com uma sensação de urgência, já com o pensamento na cabeça, como se houvesse trabalhado nisso durante o sono. Precisava visitar a senhora Tilson de manhã. E, mais importante, precisava organizar um jantar, retribuir a hospitalidade de Henry Austen. E não tinha muito tempo. Um jantar como ele havia oferecido, entretanto, com seus sete pratos na primeira parte e seis na segunda, era difícil de imaginar.

Geralmente eu encontrava a senhora Smith depois do café da manhã, mas nesse dia não podia esperar tanto tempo. Depois de me lavar e me vestir, desci correndo os três andares e a encontrei coberta de farinha fazendo tortas.

– Quer seu café, senhorita? Por que não tocou a sineta?

Perturbava os criados quando eu aparecia sem avisar, mas eu sempre inventava razões para ir lá. A cozinha me fascinava, quente e perfumada, lugar de projetos misteriosos e complicados.

– De quanta antecedência precisa para fazer um jantar maior e mais elegante que o habitual? Para talvez três convidados, além de nós dois?

A senhora Smith franziu os lábios e olhou ao redor. Tinha olhos escuros, um rosto grande e suave e a compleição robusta e atarracada de quem havia trabalhado desde uma idade precoce sem as proteínas adequadas.

– Em quantos pratos estava pensando? E quais?

– Eles comem bem. Bom, um deles. Pelo menos cinco pratos por etapa, talvez? Confio em você, senhora Smith. O que se serve hoje em dia?

– Tudo bem – ela assentiu. Ergueu uma mão, e depois a outra, estendendo um dedo para cada prato enquanto enumerava: – Uma sopa para começar, *mulligatawny*. Pato com ervilhas, talvez. Um coelho com cebola. Carne cozida com repolho, todo mundo gosta disso. Beterraba. E depois, um bom peixe ao molho branco. Algum pudim. Um ragu de cogumelos, está bem na moda agora. Salada. Enguia defumada?

– Parece tudo ótimo.

Senhora Smith, já sem dedos, olhava para o nada, ainda com suas mãos enfarinhadas erguidas.

– E pudim *drowned baby*!

– Excelente.

Eu me perguntava que imaginação mórbida havia dado nome a esse prato, bebê afogado, uma coisa repugnante à base de gordura animal.

– De quanto tempo precisaria para organizar um jantar assim?

– Duas ou três semanas devem ser suficientes.

Olhei para ela com consternação. Em duas semanas, Henry Austen já estaria doente. Sua irmã já teria ido a Londres ficar com ele.

– Demora tanto tempo assim?

Ela se empertigou e pestanejou algumas vezes.

– Tenho certeza de que era diferente na Jamaica, mas, aqui, sou só eu e o pequeno Tom, que faz o que pode. Isso exige muito trabalho e tempo, e não se consegue encontrar tudo no mercado, de boa qualidade, de uma vez só. E o coelho tem que ficar pendurado alguns dias para...

– E daqui a uma semana? Oito ou nove dias? Grace também pode ajudar.

– Grace vai estar ocupada esfregando as coisas. E ajudando a senhorita a se vestir.

Ela falou com delicadeza, mas me senti envergonhada. Como eu ainda não havia contratado uma criada de quarto, havia pedido a Grace para me ajudar com meu cabelo e minhas roupas antes do jantar com Henry. Não me surpreendeu o fato de ela ser apta para o trabalho. Grace era boa em tudo o que fazia. Até esse momento, porém, eu não havia pensado que mantê-la ocupada durante várias horas com meus cuidados pessoais devia fazê-la atrasar todo o resto.

Senhora Smith limpou a garganta, dizendo:

– O que me faz pensar em minha irmã, senhorita. Ela está *entre situações* no momento, mas é uma cozinheira experiente. Trabalhou para um francês, cozinhou em uma das melhores casas de Kent. Seria exatamente a ajuda de que necessito.

– Sua irmã?

Entre situações significava desempregada, coisa a que nenhum criado podia se dar ao luxo por muito tempo.

– Se ela for como você, eu a contratarei imediatamente. Peça-lhe que venha aqui falar comigo.

– Obrigada! Vou mandar avisá-la.

– Mas acha que podemos fazer esse jantar em menos de duas semanas?

Ela estava radiante pela perspectiva de sua irmã se juntar a ela.

– Ah, tenho fé que sim. Eu vou às compras e vejo o que se pode fazer.

– Semana que vem? Digamos, terça-feira? Isso nos dá quase uma semana.

Ela hesitou antes de responder que sim, que provavelmente seria possível. Voltei para o andar de cima brincando com o espectronanômetro em sua corrente em volta de meu pescoço e pensando em tudo o que eu tinha de fazer. Um lacaio. Precisávamos de um lacaio.

O salão de café da manhã e a sala de jantar ficavam no térreo da residência, que era uma típica casa geminada de estilo georgiano, três janelas de largura, quatro andares de altura, mais o nível do porão, onde ficavam a cozinha e os outros espaços de serviço. Entrei na sala de jantar e a examinei com o olhar julgador de meus potenciais convidados. Era uma sala grande, com gesso no teto e uma mesa comprida, dezesseis cadeiras de jantar de mogno esculpido. Nos primeiros dias na Hill Street, Liam e eu jantávamos ali, mas logo passamos a usar o salãozinho de café da manhã para todas as refeições; a mesa era mais adequada para duas pessoas, e ficava mais perto das escadas da cozinha e mais fácil para os criados.

A mesa da sala de jantar era tão comprida, na verdade, que para apenas cinco pessoas parecia absurdo. Teria sido difícil para a equipe do Projeto nos fornecer mais algumas cartas de apresentação junto com todo o dinheiro falso? Nós éramos novos em Londres, mas, mesmo assim, nem um primo, amigo de um amigo, padrinho? Entretanto, eu entendia. Cada contato aumentava as chances de nos depararmos com alguém da Jamaica e nosso risco de exposição. Tínhamos de invadir o mínimo possível desse mundo.

Cruzei os braços e pensei. Pratos, talheres, toalhas, guardanapos. Nossa louça era suficientemente elegante? Um jantar como esse exigiria muitas velas. Eu precisava encomendar mais.

Era uma boa ideia retribuir o jantar de Henry Austen com outro jantar, ou um chá seria suficiente? Por um breve momento fiquei tentada: chá na sala de estar, bolo e frutas servidas o tempo todo, muito menos para errar; mas não. Um jantar provaria, sem sombra de dúvida, que sabíamos nos comportar, que pertencíamos a essa esfera. Supondo que não fizéssemos nada errado.

Eu tinha a intenção de visitar a senhora Tilson para consolidar nossa nova amizade, mas estava tão ocupada com meu planejamento que perdi a noção do tempo, e fiquei feliz e mortificada quando Grace entrou para anunciar que a senhora Tilson estava ali para me ver.

Sentada junto às janelas da sala, ela parecia mais frágil e pálida que à luz de velas, e fiquei imaginando se ela não estaria anêmica, mal comum entre as mulheres que haviam dado à luz tanto quanto ela. Provavelmente teria também perdido alguns dentes.

– Imagino que a senhora e o senhor Tilson estejam bem.

Ela assentiu.

– E seus filhos. Sei que tem a sorte de ter um grande número deles, não é?

– Sou mãe de onze.

– Mas não parece ter idade suficiente para isso, madame. Eles devem ser muito jovens, de fato.

Ela tinha sorte de estar viva. Naquela época, parir era como uma roleta-russa. Dos cinco irmãos casados de Jane Austen, três perderiam a esposa por complicações no parto; uma média trágica, mas não incomum.

Eu toquei a leve protuberância em meu braço onde o implante hormonal havia sido colocado pouco antes de minha partida. Eu havia insistido na versão mais forte, impedindo não apenas a ovulação, mas também a menstruação, que eu não poderia encarar em um mundo de roupas finas e cores claras, tragicamente carente de absorventes. Como as mulheres se viravam?

– Meu mais velho, George, tem dezesseis anos, e a pequena Caroline-Jane apenas dois.

– Meus parabéns! Todos saudáveis, tenho certeza.

– Pobre William... nós o perdemos para a febre pútrida quando ele tinha seis anos.

Isso era difteria, da qual eu nunca havia visto um caso. Teria adorado ouvir mais sobre isso, porém ela prosseguiu:

– E a pequena Georgiana viveu apenas alguns dias, um doce anjo.

– Eu realmente sinto muito.

Os olhos de senhora Tilson estavam marejados, e ela pestanejou.

– Mas os outros são alegres e robustos.

– Deve ser um lar muito feliz – disse eu.

A conversa ficou empacada. Como eu poderia dirigi-la a Jane Austen?

– Conhece o senhor Austen há muito tempo, imagino.

– Ah, sim. O senhor Tilson e ele têm o banco. Eles se conhecem desde sempre.

– E são vizinhos. Que agradável. Conhece também a família dele?

– A irmã mais nova, de quem todos gostamos muito, vem muitas vezes à cidade atualmente. Após a morte da esposa do senhor Austen, ela tenta mantê-lo animado. – Ela fez uma pausa. – Não que ele pareça desanimado. Sua resiliência é inspiradora. No entanto, ele idolatrava a senhora Austen! E eles não tiveram filhos, muito triste.

– Muito triste, de fato.

Ficamos contemplando a tristeza por um instante.

– Essa irmã... suponho que não seja casada, que seja livre para viajar até a cidade quando quiser.

– Sim. Ela, a mãe e a irmã mais velha vivem em Hampshire, perto de outro irmão, um homem muito rico. Foi ele quem lhes deu uma casa de campo para viver. É um lugar pequeno e acolhedor, pelo que me dizem.

– Não estou familiarizada com os costumes ingleses. É incomum que mulheres vivam sozinhas?

A senhora Tilson pensou em minha pergunta.

– Não é impróprio, mas poucas têm os recursos. E geralmente há um solteiro ou viúvo na família que precisa de alguém para cuidar da casa, como com você e seu irmão. – Ela fez uma pausa. – Acho que elas gostam da vida como está.

– É mesmo? – Disse eu, tentando parecer educadamente interessada, em vez de loucamente curiosa, esperando que ela prosseguisse.

No entanto, ela não prosseguiu.

– Como são elas? São encantadoras como o senhor Austen?

Seu olhar penetrante me fez perceber que eu havia falado demais.

– São, sim. A irmã mais velha é mais reservada, porém. A mais nova tem algo da leveza do senhor Austen. Mas vai conhecê-la, ela vem para a cidade em breve. É uma criatura pequena, muito ligeira.

– Ligeira em que sentido?

– Em todos os sentidos. Com uma agulha, ou uma caneta, ou com o pensamento. – Ela escreve romances, sabe. Isso deveria ser um grande segredo, e ela não os publica sob seu nome, com certeza. Seu irmão conta a todo o mundo, porém, de modo que não há mal nenhum em eu lhe contar. Não costumo ler romances, mas gostei dos dela.

– Fico imaginando se já os li. Quais são os títulos?

A senhora Tilson enumerou os três que haviam sido publicados até então. Eu não tive de fingir prazer quando disse que eles haviam chegado à Jamaica e que adorara todos.

– E pensar que posso conhecer a autora! Isso é muito mais do que ousei sonhar quando resolvi vir para Londres.

– Mas não deve mencionar que sabe disso, senhorita Ravenswood. Não toque no assunto. Deixe que ela fale, se decidir, é o que lhe aconselho.

– Entendo perfeitamente. Ela é... estou maravilhada... Uma escritora! Ah, como ela é, madame?

– Nada do que as *bluestocking*[4] escrevem sobre ela. Ela tem uma mente elegante e é muito boa com crianças. – Fez uma pausa. – Mas poderia suspeitar que a irmã dela, embora eu não a conheça tão bem, é quem escreve.

– Por quê?

– Ela tem um tipo mais desafiador.

Isso foi tudo que a senhora Tilson ofereceu sobre a irmã de Jane.

– No entanto, eu também a admiro muito. É uma mulher muito piedosa. Família agradável, todos eles. Dois irmãos na Marinha, sabe, e outro na igreja. E aquele adotado pelos parentes dele, para herdar uma fortuna.

Outra pausa, mais breve, e ela estendeu a mão e tocou a minha.

– Cara senhorita Ravenswood! Estou muito feliz por tê-la conhecido.

Ela se levantou, fazendo-me levantar também. Enquanto eu a levava escada abaixo e pelo corredor, olhei para o relógio e vi que haviam se passado vinte minutos, tempo perfeito para uma visita assim. Senhora Tilson se voltara e estava quase saindo quando me lembrei de lhe perguntar sobre a terça-feira seguinte.

– Jantar? – Perguntou Liam, deixando na mesa sua xícara de chá. – Semana que vem? Tem certeza?

– A senhora Tilson já disse que ela e o marido vêm, então, tem de ser.

– Pouca antecedência para planejar um jantar.

– Foi o que a senhora Smith disse também, mas concordou.

Evitei dizer que ela é que teria todo o trabalho, enquanto Liam ficava apenas fazendo objeções.

– Não temos tempo a perder – eu disse.

4. Mulher literata, instruída, às vezes pedante. (N. T.)

Ele não disse nada, e tomei seu silêncio como consentimento.

– Mas, sabe do que precisamos? De um lacaio. Pode cuidar disso?

Criados e empregadores anunciavam nos jornais, onde havíamos encontrado nossos três primeiros. Havia também agências, mas eram mais duvidosas. Liam e eu havíamos escolhido juntos Jencks, senhora Smith e Grace, entrevistando candidatos logo após ocuparmos a casa da Hill Street, com os móveis ainda cobertos com panos brancos para evitar a poeira. A essa altura, eu já estava mais familiarizada com o funcionamento desse mundo, e havia ficado claro que existia uma divisão de trabalho que nós ignorávamos. Homens contratavam criados: cavalariços, mordomos, pajens; mulheres contratavam criadas: camareiras, cozinheiras e lavadeiras.

– Eu estava planejando cuidar da questão da carruagem.

Na lista de tarefas para personificar a nobreza estava ainda adquirir uma carruagem e cavalos.

– Isso pode esperar, mas não podemos fazer um jantar sem um lacaio.

– Não?

– Só com Jencks servindo? Acho que não.

Jencks era austero, compleição mediana, tinha um sotaque nortista e maneiras reprovadoras que reservava com força especial para mim. Lenta e relutantemente ele cumpria todos os deveres possíveis de um criado, desde manter as roupas de Liam em ordem até carregar as chaves da adega.

– Ele leva uma eternidade para limpar a mesa quando somos só nós, imagine com visitas e três vezes mais pratos.

Não sugeri que Grace ajudasse; uma mulher servindo o jantar tinha sabor de pobreza.

– Vá àquele café onde eles têm todos os jornais e procure – sugeri.

– Humm – respondeu ele, servindo-se mais chá.

– Certifique-se de escolher um alto.

Os lacaios indicavam sua altura nos anúncios, pois era um marcador de status para seus empregadores. Um bom par de lacaios grandes e de boa aparência era especialmente prestigioso, mas dois parecia um excesso para uma casa como a nossa.

– Devo escolher um bonito também? – Murmurou ele.

Admiti que, talvez, Liam tivesse senso de humor.

Poucas horas depois, Henry Austen me surpreendeu ao passar em casa. No caminho do banco para sua casa, explicou, por acaso tendo um livro consigo, ele pensou que meu irmão e eu poderíamos gostar de...

– Quanta gentileza sua pensar em nós. Qual é o livro, senhor?

Estávamos na sala de estar, ao lado de uma das janelas compridas que davam para a rua. Ele me encontrou sozinha, Liam saíra havia tanto tempo que eu estava começando a ficar ansiosa.

– Ah – disse ele –, não é tão novo. Saiu há alguns anos. Mas espero que não tenha ouvido falar disso, em suas Índias, para que eu possa ter o crédito de apresentá-lo à senhorita.

– Que misterioso!

Não era impróprio que estivéssemos sozinhos em casa, mas provocava certo *frisson*: o ar vibrava, cheio de possibilidades. Ele parecia quase tímido, um contraste em relação à noite anterior.

– Receio ser o oposto de misterioso, a mais simples das criaturas.

Ele ficou segurando um livro às costas o tempo todo, até que o colocou em minhas mãos – tamanho médio, forrado com couro de vitelo.

– É apenas um romance – disse ele, dando uma risadinha.

– *Só* um romance? Ah, *Orgulho e preconceito*.

Examinei-o, tentando decidir como reagir. Devia admitir que já o havia lido e tirar-lhe o prazer em apresentá-lo a mim? Se fingisse não o conhecer, correria mais tarde o risco de ser exposta como mentirosa pela senhora Tilson? Ele admitiria que sua irmã o escrevera?

– Mas este é apenas o primeiro volume. Se gostar, vou lhe fornecer os outros dois.

– Eu já sei que gosto. – Olhei para ele. – Devo ser franca, senhor Austen, eu o li na Jamaica.

A decepção vincou seu rosto, mas desapareceu quando prossegui:

– E adorei. As traças comeram minha cópia, tive de deixá-la para trás. Estou muito feliz por ver este livro de novo. É como um velho amigo.

Abracei o livro contra meu peito. Ele arregalou os olhos, e me perguntei se meu espartilho não estaria muito apertado, mas já havia ido longe demais para voltar.

– É tão maravilhosamente inteligente, tão espirituoso e, ainda assim, tão profundo em sua orientação moral! Acho que a pessoa que o escreveu deve ser notável.

Os olhos de Henry Austen brilhavam; sua boca estava levemente aberta.

– Diga-me, acha que foi realmente escrito por uma mulher? Acredito que não é censura ao meu próprio sexo suspeitar que uma mão masculina escreveu isto. Tem tanta verve, tanta majestade, e, no entanto, tanta leveza!

Ele ficou sem palavras por um momento, mas por fim conseguiu falar:

– Tenho autoridade para assegurar que o criador é, na verdade, uma mulher.

– Autoridade? – Perguntei, provocando-o. – O que quer dizer com isso?

Ele hesitou, sorriu, corou, mas não disse nada.

– Se o senhor a conheceu, e discutiu seu trabalho com ela, talvez eu possa...

– Não diga mais nada, ou ficarei tentado a ser indiscreto.

Havíamos nos aproximado, como planetas atraídos um à órbita do outro. Ele ergueu a mão com o dedo indicador esticado, parou como se estivesse prestes a prosseguir, mas, então, para meu espanto, levou-o a minha boca, como se gentilmente me proibisse de falar mais. Nossos olhos se encontraram, e pensei que nada no treinamento havia me preparado para esse momento. Minha intimidade com as obras da irmã dele e seus contemporâneos românticos também não ajudou muito. Abrindo os lábios, divertidamente toquei seu dedo com a ponta da língua.

Ele ofegou e afastou a mão, e pensei ter cometido um erro. Quando ergui o olhar, porém, seus olhos – divertidos, vorazes – sugeriram que não. Tudo que ele disse foi:

– Senhorita Ravenswood, perdoe-me! Não sei o que aconteceu...

– Não há o que perdoar – disse eu, e olhei pela janela, confusa, a tempo de ver Liam se aproximar da porta da frente. – Meu irmão chegou. Que prazer ele terá ao vê-lo!

– Ah! De fato.

E ficamos ali, correta e silenciosamente, mas bem perto um do outro, enquanto Jencks abria a porta e Liam subia as escadas.

CAPÍTULO 4

10 de outubro
Hill Street, 33

NA SALA DE ESTAR, REPASSEI TUDO EM MINHA MENTE. *MULLIGATAWNY*. Pato com ervilhas. Coelho com cebola. Carne ensopada. Beterraba. Torta de legumes. Ragu de cogumelos. Salada. Enguia defumada. *Drowned baby*.

Frutas secas. Nozes. Azeitonas. Vinho branco. Vinho tinto. Porto para os cavalheiros.

Chá. Bolos.

Taças de vinho. Prataria. Toalhas de mesa e guardanapos.

Henry Austen. Senhor e senhora Tilson. Senhor Seymour. Senhor Jackson, um viúvo, e suas duas filhas mais velhas. Havíamos conhecido os últimos quatro no chá na casa de Henry Austen três dias antes, e eu também os convidei, pensando na longa mesa e em todas aquelas cadeiras. Quando eu disse à senhora Smith que haveria mais pessoas para o jantar, ela ergueu os olhos, espantada, mas disse apenas:

– Vamos fazer o que pudermos, senhorita.

E então, mandou sua irmã em busca de outro coelho e mais enguias defumadas.

– Tem certeza de que não me esqueci de algo? – Perguntei.

Eu estava andando pela sala, mexendo em meu espectronanômetro, olhando para a rua, resistindo ao desejo de ir falar mais uma vez com a senhora Smith. Ela me expulsara da cozinha algumas horas antes – educada, mas firmemente, exasperada com minha intromissão.

– Não – disse Liam. – As pessoas se prepararam para expedições pela Amazônia com menos obsessão.

No entanto, ele também estava nervoso. Vestia um casaco novo e ficava se olhando como se estivesse checando se as costuras estavam retas.

No andar de baixo, uma batida. Olhei para fora e vi uma carruagem parada.

Os três Jackson, os dois Tilson e o senhor Seymour chegaram antes de Henry Austen. Enquanto se desenrolavam conversas amenas na sala de estar e ia aumentando minha preocupação com a possibilidade de o pato acabar cozido demais, fiquei impressionada com a reserva com que meus convidados conversavam. Isso me fez suspeitar que Henry era o fio que os unia, que eles tinham pouco a dizer uns aos outros em sua ausência. Ou era exatamente assim que as pessoas eram? Liam fazia o máximo para manter a conversa viva, mas o atraso de Henry já era o tópico geral quando ele apareceu, e minhas preocupações passaram do pato cozido demais ao jantar em geral.

Ele estava elegante, como sempre, mas irritado, em roupas e modos.

– Precisei cuidar de um negócio cansativo no banco que não poderia ser adiado. Devo me desculpar.

Henry e senhor Tilson trocaram olhares antes que o primeiro se voltasse para mim e se curvasse sobre minha mão.

– Devo implorar particularmente seu perdão, senhorita Ravenswood.

Fitamo-nos, e pensei na última vez em que havíamos nos encontrado nesta sala.

– Não há o que perdoar – disse eu.

E lembrando que eu havia dito o mesmo antes, corei. A maneira como ele olhava para mim sugeria que se lembrava disso também.

– E por que a mim em particular, se estávamos todos reunidos na preocupação pelo senhor?

– Mas os outros não estão dando seu primeiro jantar em Londres. Os outros não estavam ansiosos, receosos de que qualquer coisa estragasse a perfeição da ocasião ou o esplendor do carneiro.

Não pude deixar de sorrir.

– Se pareci ansiosa, foi apenas por seu bem. Temíamos que algum contratempo lhe houvesse acontecido.

– Justamente por isso estou tão arrependido. A anfitriã tem mil detalhes com que se preocupar, sem que seus convidados se somem a isso.

– O senhor está aqui, é tudo o que importa.

Julguei ter visto um tom amarelo na pele e no branco dos olhos dele, mas talvez fosse um truque da luz.

– E sua saúde, senhor? Está bem?

– É tão médica quanto seu irmão, senhorita.

– Ainda mais, talvez. Mas não respondeu à minha pergunta.

– Estou bem, obrigado – foi tudo que consegui.

E era hora do jantar.

– ESTÃO ARRANJANDO UMA CARRUAGEM! QUE ENCANTADOR!

Os homens tinham muitas perguntas, e fiquei feliz em deixar que Liam as respondesse, enquanto meus olhos percorriam o rosto de meus convidados imaginando se estavam gostando da comida – eu estava ansiosa demais para sentir o gosto – e se nosso novo lacaio, Robert, se movia com graça suficiente. Sob o olhar crítico de Jencks, que estava responsável pelo vinho, Robert retirou a mesa da primeira etapa rapidamente e colocou tudo para a segunda, exatamente onde eu lhe havia dito, e ainda conseguia se manter alto e bonito. Liam havia feito uma boa contratação. Nenhum líquido havia escorrido sobre a borda dos pratos, tudo estava praticamente na temperatura certa e nada cozido demais. E o melhor foi que as pessoas ficaram conversando com menos restrições que antes de nos sentarmos.

Como anfitriã, eu estava à cabeceira da mesa, e Liam no extremo oposto. Os hóspedes escolheram os próprios lugares, como era costume; Henry conseguiu se colocar à minha direita. Uma das Jackson – a mais velha –, Eleanor, sentou-se em frente a ele, o que foi fascinante, mas estranho. Como eu sabia que ela se casaria com Henry Austen em 1820, não pude deixar de suspeitar que já tinha seus projetos. Eu era terrível em estimar as idades ali, mas supus que ela devia ter minha idade, ou talvez um pouco menos, estando no território de solteirona. Ela era atraente, tinha grandes olhos escuros e um perfil bonito que enfatizava olhando de lado para Henry, de modo que ficava constantemente voltando seu olhar frio para mim, ou então mostrando-me as costas de seu gracioso pescoço. Não consegui ter uma noção de sua personalidade: todas as perguntas que fiz a ela foram respondidas o mais brevemente possível. Henry, que definitivamente parecia meio indisposto, continuava conversando comigo, e depois caindo em um silêncio pouco característico enquanto a senhorita Jackson o olhava de lado.

Observei a mesa em busca de alívio. Senhor Seymour, um advogado amigo de Henry, havia começado a perguntar a Liam sobre os aspectos técnicos legais de alforriar um escravo. Liam respondia com um domínio impressionante de detalhes, mas não conseguia mudar a conversa para algo de interesse mais geral, enquanto, como eu podia ver, a senhora Tilson corava discretamente, incomodada com a mera ideia de escravidão. Seu marido se concentrava na comida. Senhor Jackson, grande e cordial, conversava com senhor Tilson sobre cercados, enquanto a senhorita Jackson mais nova, Henrietta, uma mulher pequena de cabelo vermelho, ficava lançando olhares de admiração em direção a Liam e ao senhor Seymour, fazendo-me pensar se estaria resolvida a se casar com um deles – embora o senhor Seymour fosse corpulento e passasse dos 40, e Liam estivesse fora de alcance, por razões que ela não imaginava. *Mas como era horrível ser mulher ali*, pensei, ao perceber que mesmo eu, que deveria ter mais consciência, pensava nelas só em relação aos homens: com quem se casariam, ou com quem talvez desejassem fazê-lo.

Robert estava tirando a segunda mesa e apareceram vinho do Porto, castanhas e frutas secas. E logo chegaria o momento de eu me levantar e guiar as mulheres para a sala de estar, no andar de cima. Meu olhar cruzou com o de senhora Tilson na mesa; ela inclinou levemente a cabeça e sorriu. Então, levantei-me, dizendo:

– Se desejarem, senhoras...

Gostaria de ter dito algo mais memorável, mas funcionou.

Tentei de novo saber mais sobre a senhorita Jackson, porém ela estava ainda mais reservada do que no jantar, mais uma prova de que me via como sua rival. Como eu não podia tranquilizá-la e dizer-lhe que ela triunfaria no final, desisti e me voltei para a senhora Tilson. Subitamente falante, uma vez que estávamos só as mulheres, ela começou a me contar sobre uma amiga abolicionista, que havia tido a surpreendente honra de conhecer William Wilberforce, renomado parlamentar e ativista antiescravagista poucos dias antes.

– Como era o senhor Wilberforce? Sua amiga o chamaria de agradável? Ou acaso exala o ar do fanatismo?

Levei a mão à boca. Wilberforce, como senhora Tilson, era evangélico, cristão renascido, cujo zelo muitas vezes irritava o devoto menos entusiasta. Teria eu simplesmente deixado implícito que ela também era fanática?

Mas a senhora Tilson só olhou para o céu, dizendo:

– Dificilmente posso começar a descrever um homem como ele. Tanta amabilidade, excelente conversa, e ainda tamanha seriedade moral e fé. Pelo menos foi o que disse a senhora Seagrave.

– Quem sabe vai conhecê-lo um dia, madame.

– Ah! Isso seria mais do que eu poderia desejar.

Depois de um tempo, ouvimos vozes, risos e passos na escada: os homens. Eu estava de costas para a porta, mas senti a chegada de Henry pelo jeito como a senhorita Jackson levou seu olhar naquela direção e o deixou cair. Ela estava conversando com a irmã a uma pequena distância de senhora Tilson e eu. Ele iria até ela?

Não. Ele seguiu em minha direção.

– Desculpe-me mais uma vez pelo atraso.

– Por favor, nunca mais mencione isso. Eu já esqueci.

Senti os olhos de senhorita Jackson sobre nós, mas talvez fosse só minha imaginação. Eu não ia olhar.

– Espero que esteja tudo bem no banco, e o que quer que esteja acontecendo, não interfira com a visita da sua irmã. Ela é esperada na cidade em breve, não é?

– Quanta gentileza se lembrar. Ela estará aqui em breve – ele fez uma pausa e sorriu para mim. – Em toda a sua existência, ela não é muito de companhia, mas me certificarei de que nós a visitemos.

– Eu ficarei honrada em visitá-la.

Uma primeira visita entre novos conhecidos era uma delicada dança de status. A polida sugestão dele de que eu, de certo modo, seria superior a Jane Austen pareceu-me absurda.

– E o que quer dizer com "em toda a sua existência"? Certamente sua irmã não é idosa. Ela não é mais jovem que o senhor?

– Eu só quis dizer que ela leva uma vida tranquila nos dias de hoje, e não sente muita falta de conhecer novas pessoas. Mas fará uma exceção para a senhorita, sem dúvida.

– Não gostaria que ela fizesse nada que não desejasse.

Ele parecia ter urgência de decidir por ela, mas talvez eu estivesse pensando demais. Esse não era um tema sobre o qual eu poderia ser racional. Precisava parar de falar sobre isso antes que minha obsessão se tornasse óbvia.

– Ah, ela raramente faz, não se preocupe. Mas a senhorita já explorou mais Londres desde a última vez que a vi?

– Estive só planejando este jantar desde então.

– De fato! Tais provações domésticas podem ser altamente demandantes, não é? Não entendo como as mulheres conseguem. São realmente o sexo mais forte. Sem minha fiel criada, Bigeon, duvido que eu coma, ou seja capaz de encontrar uma camisa limpa depois de dois ou três dias.

– Estou certa de que subestima a própria habilidade, senhor.

– Talvez muito levemente – disse ele, sorrindo e sustentando meu olhar.

Quando a porta se fechou atrás de nossos últimos convidados e Liam e eu nos voltamos para subir as escadas, suspirei. Não tinha vontade de dar outro jantar tão cedo. Havia sido um sucesso com um alto preço em estresse. Esperava não precisar dar outro, se esse houvesse cumprido sua missão de honrar nossos novos amigos e lhes mostrar que sabíamos nos comportar.

– Foi bom, acho.

– Sem grandes desastres.

Liam estava desamarrando seu lenço de pescoço quando voltamos para a sala de estar.

– Henry Austen, definitivamente, só tinha interesse em você – disse ele.

– Isso é bom ou ruim? – Perguntei.

Antes de fechar a porta, pude ouvir dois andares abaixo o leve ruído de pratos sendo lavados.

– Isso depende de quem vê. Como a senhorita Jackson.

– Então, você percebeu. Achei que talvez estivesse imaginando coisas.

Ficamos em frente ao fogo. Eu estava calma e relaxada, como se houvesse tirado um enorme peso de cima de mim.

– Seu discurso sobre manumissão... acho que não conseguiria me lembrar de tudo aquilo na hora – comentei.

– Que sorte que não precisou – disse ele, alongando os braços, estralando os dedos e esfregando os olhos, como se estivesse liberando todas as tensões acumuladas da noite.

– Você já sentiu... – parei.

– O quê?

– Parece loucura, eu sei, mas às vezes sinto que estou esquecendo inteiramente minha própria vida. Como se fosse algo que aconteceu com outra pessoa. E que realmente estávamos no Caribe e viemos para cá de navio, e...

Fiz uma pausa. "E que somos irmãos", ia dizer, mas percebi que eu não acreditava nessa parte. Sou filha única, mas tinha certeza de que se tivesse um irmão, eu o entenderia melhor do que entendia Liam, que continuava sendo um livro fechado para mim.

– Isso acontece o tempo todo com os atores. Mesmo em uma situação normal, quando você começa a tirar a maquiagem e vestir suas roupas normais e vai para casa entre uma apresentação e outra – disse Liam, tirando a peruca, deixando-a na cornija e passando as mãos por seus cabelos curtos e escuros. – Com essa coisa sempre sinto que estou com piolhos. E já saiu de moda há uns vinte anos.

– Eu passei nove meses na Mongólia, voluntária após o terremoto. Foi o período mais longo. E, no final, minha própria vida parecia irreal; mas não deste jeito.

– É que ainda podia ser você mesma.

– Talvez essa seja a diferença – disse eu.

Depois de uma pausa, ele disse:

– Quando as mulheres se retiraram, Henry Austen começou a tentar despertar meu interesse em um esquema de investimentos que envolve um canal na Cornualha. Vinte por cento ao ano, infalível, disse.

– Então, é disso o que os homens falam quando saímos? De negócios? Eca. Só não lhe dê muito dinheiro.

– Não se preocupe.

Com dois belos cavalos baios, um cavalariço e um landau de segunda mão, mas elegante, entramos em outro domínio social, de pessoas com nada melhor para fazer que passear: por prazer nos parques, ou com mais propósito, nas loucas ruas de Londres. Compramos muitas coisas – roupas, provisões, material para escrever, sombrinhas, retículos, leques, fitas – e alugamos uma casa, e isso, na maioria das vezes, era uma fonte de ansiedade, com tantas maneiras de errar. A carruagem, porém, era puro prazer: eu achava surpreendente a agilidade do movimento em um mundo onde a velocidade padrão era do andar, e o perigo assustador, mas estimulante.

Os criados continuavam sendo um desafio. Para o estilo em que deveríamos estar vivendo, eu sabia desde o início que precisávamos de mais. Duas mulheres e um homem era tudo o que os Dashwood de *Razão e sensibilidade* tinham quando chegaram a Devonshire para sobreviver com quinhentas libras por ano – o emblema da mobilidade descendente.

É certo que Tom, o ex-limpador de chaminés, havia respondido bem depois de, pela primeira vez, ter o suficiente para comer, fazendo tudo o que podia, ajudando a senhora Smith com tarefas da cozinha, como lavar panelas e esvaziar escarradeiras, e ajudando Grace com tudo. Ele era um menino, porém, e Grace estava sobrecarregada mesmo assim. Aparentemente, ela não estava tirando o pó direito, pois eu ouvi Jencks lhe dizer isso em voz baixa, mas venenosa, certa manhã. Os depósitos de carvão às vezes ficavam vazios. Uma ou duas vezes ela não conseguiu fazer minha cama, então, comecei a fazê-la eu mesma.

Decidi promovê-la a criada de quarto e arranjar outra empregada doméstica. Eu gostava de Grace, que era trabalhadora e meticulosa, e parecia determinada a tirar o melhor de uma vida nefasta. Ela era criada desde que ficara órfã, aos onze anos. Eu não podia continuar tentando me vestir, arrumando meu cabelo e mantendo meu crescente guarda-roupa em ordem, e ter a ajuda dela nessas tarefas íntimas era melhor do que contratar uma estranha. O fato de ela não ter experiência como criada de quarto parecia uma vantagem; ela não me julgaria, diferentemente de outras com mais experiência na função. Grace – ou North, como eu tinha de me lembrar de começar a chamá-la, uma vez que uma criada de quarto ganhava a dignidade de um sobrenome – apresentou sua irmã mais nova, Jenny, como candidata a criada. Jenny já havia sido doméstica de serviços gerais de um comerciante de tecidos em Cheapside, onde, como North me confiou, não havia sido tratada gentilmente.

A irmã de senhora Smith, Sarah, que havia ajudado nos preparativos do jantar, ficou como criada de cozinha. Os dois novos servos, Robert, o lacaio, e Wilcox, responsável pela carruagem e por nossos cavalos, mantinham-se em trégua desconfortável com Jencks. Ele agora era o chefe dos criados masculinos, em tese principalmente mordomo, mas se concentrava mais em seu trabalho secundário como pajem de Liam, deixando o vazio doméstico para ser preenchido pelo belo Robert. Eu gostava de Robert e tinha aversão a Jencks; suspeitava que ele ouvia atrás das portas e tinha certeza de que não gostava de mim. O jeito como me olhava, ou, mais frequentemente, evitava me olhar, seu tom de voz: em tudo isso ele me declarava menor, ao passo que com Liam era respeitoso e atento, a ponto de ser servil.

Oito criados, o correto para o tipo de pessoas que fingíamos ser, era um monte. Empregá-los era como dirigir uma pequena empresa cujos funcionários nunca iam para casa. E se havia pouca privacidade antes, agora não havia nenhuma. Para falar sem medo de ser ouvidos, Liam e eu precisávamos sussurrar, sair para uma caminhada ou pegar a carruagem até o Hyde Park ou além, em direção a Hampstead Heath, onde Londres imergia no interior. A casa era nossa, mas não nossa, e às vezes eu sentia falta da informalidade e da desordem de nossos dias de três criados, que já pareciam pertencer a um passado perdido.

O JANTAR HAVIA SIDO UM SUCESSO, OU ERA O QUE EU PENSAVA, ATÉ que Henry Austen desapareceu. Antes da noite do jantar, ele havia nos convidado a tomar chá e acompanhara Liam a Tattersalls para aconselhá-lo na compra de cavalos, além da tarde memorável na qual havia me deixado o *Orgulho e preconceito*. Depois, ele aceitara um convite para o chá, porém se retratara em uma carta educada que alegava negócios bancários inesperados que o fariam sair da cidade. Nessa carta, prometia nos visitar logo; mas não o fez.

Como eu sabia que ele logo contrairia uma doença misteriosa que o incapacitaria por semanas, comecei a me perguntar se já estava doente. Ou teríamos feito algo errado, violado alguma sutil regra de cortesia? Não havia ninguém a quem perguntar, e nada a fazer além de esperar. Uma vez que ele prometera nos visitar, parecia uma violação da etiqueta ir vê-lo primeiro; pelo menos era o que temíamos. Pensei em mim como uma personagem de um livro de Jane Austen, Anne Elliot, talvez, longe da pessoa que eu mais precisava ver, dependendo do acaso ou das ações de outros para nos reunir. Tomamos chá na casa dos Jackson, passeamos pelo parque, e nunca encontrávamos Henry Austen. Visitei a senhora Tilson o mais tarde que a cortesia permitia, esperando vê-lo voltar do trabalho para casa, mas não aconteceu. Insisti em fazer compras na Henrietta Street, perto de Covent Garden, a localização do banco dele, e nada.

Havíamos feito tanto progresso em 1815, mas então todo movimento para frente pareceu parar, e não sou boa de espera.

CAPÍTULO 5

16 de outubro
Hill Street, 33

Certa manhã, tão nebulosa que o mundo lá fora era apenas uma sugestão, estávamos tomando o café da manhã quando Jencks nos entregou uma carta de Henry Austen.

– Nós íamos falar sobre aquele investimento hoje – disse Liam, rasgando o selo. – Espero que ele não esteja cancelando.

– Espere aí. Ia se encontrar com ele? Você não me disse.

– Eu tinha certeza de haver dito.

Eu tinha certeza de que não dissera. Liam leu a carta.

– Ele não estará no banco. Está doente – e me entregou a carta.

Lia-a atentamente esperando por um sintoma, qualquer coisa. Entretanto, Henry levara metade de uma página de letras bonitas e formulação elaborada para transmitir o que Liam havia dito em duas frases.

– Mas vamos vê-lo de qualquer jeito – disse eu.

– Ele está doente.

– É por isso mesmo.

Talvez eu houvesse bebido café demais, mas estava vibrando de impaciência, com uma sensação de coisas inacabadas. O fato de a fria umidade me manter dentro de casa durante dias não ajudava.

– Você é médico, é amigo dele. Quer ajudar – expliquei.

Estávamos falando como nós mesmos, de forma quase inaudível, cabeças juntas sobre a mesa.

– Foi essa nossa orientação. Precisamos ir lá.

Liam se levantou e olhou para mim.

– Quero dizer que eu vou. Mas você não.

Senti um lampejo de raiva, mas ele tinha razão. Eu não era médica ali, e não médicos não faziam visitas sociais a conhecidos doentes. Eu sabia disso tudo, assim como sabia quais eram as instruções da equipe do Projeto nesta fase da missão.

Era irritante, no entanto, que minha primeira notícia sobre esse encontro com Henry chegasse na carta que o cancelava. Eu passara dias intrigada por sua ausência, enquanto Liam sabia algo que não se dera o trabalho de me contar. Chega um ponto em que a reticência começa a parecer hostilidade. Não era só sua falta de vontade de falar sobre si mesmo, mas também a maneira como ele parecia capaz de criar uma nova personalidade sob demanda, como naquela primeira noite na casa de Henry. Como ele deixava implícito ser Velho Britânico, mas não era. Era um ator, ou ex-ator, de modo que talvez eu devesse esperar vários níveis de enganação. Ainda assim, porém, não gostava disso. Como colega dele, eu merecia saber mais sobre a pessoa sob o personagem.

– Sim, foi o que eu quis dizer – disse eu por fim. – Mas tente reparar em tudo para mim. A cor da pele dele... pergunte sobre o apetite e o funcionamento do intestino. Se ele comeu algo incomum. Verifique se tem febre. Sinta a pulsação dele.

E talvez esse fosse outro problema. Liam havia feito um bom trabalho representando um cavalheiro da época, mas poderia entrar no quarto de um homem doente e fingir-se de médico de forma convincente?

Em 1815, as pessoas não sabiam quase nada sobre doenças ou o corpo humano, portanto, representar um médico deveria ser só uma questão de parecer pensativo, esfregar o queixo, soltar algumas frases relevantes em latim ou grego – como cavalheiros, os médicos tinham educação clássica. Nós havíamos aprendido sobre o estado da Medicina na época, sobre os humores, a persistente influência de Galeno. Em tese, Liam havia sido perfeitamente treinado para esta etapa de nossa missão; ele só precisava agir como médico e esperar que Henry se recuperasse, como eventualmente aconteceria.

Contudo, também era preocupante saber que ele ficaria muito doente e que eu não teria permissão para fazer nada para aliviar seu sofrimento.

Liam, que começou a comer presunto com uma calma exasperante, não dizia nada.

– Vai se lembrar de tudo isso? – Perguntei.

– Sim.

– Repita para mim.

Ele se serviu mais café.

– Cor da pele. Apetite. Intestino. O que ele comeu. Febre. Pulsação.

– E apalpe o abdome dele, se tiver chance.

Os médicos, como cavalheiros, não deviam tocar seus pacientes; usar as mãos era como trabalhar, nada refinado. Alguns membros da profissão, mais modernos, começavam a desafiar essa ideia, embora a verdadeira revolução científica na Medicina mal estivesse começando.

Liam me lançou um olhar que poderia ser divertido, e disse:

– Duvido que possamos chegar a esse nível de intimidade hoje.

– De qualquer maneira, tenha isso em mente.

– E como deve ser um abdome?

Teria sido tão difícil assim para a equipe do Projeto encontrar um médico com experiência em atuação?

– Procure qualquer coisa fora do comum – disse eu, reprimindo um suspiro. – Massas, flacidez... Quando você percute, o que se espera é um som timpânico...

– Percutir?

Dessa vez eu suspirei.

– Venha, vou lhe mostrar.

Atravessei a sala e me joguei no sofá perto da porta, de barriga para cima.

– Venha aqui, ajoelhe-se. Aqui, não, espere.

Lembrando que estava usando um espartilho, através do qual não dá para sentir nada, eu me levantei e indiquei a Liam que se deitasse onde eu estava. Ele arregalou os olhos, mas obedeceu. Seu casaco azul se abriu, revelando um colete marrom sobre uma camisa branco-giz, enquanto eu me empoleirava na borda do sofá e me inclinava sobre ele, colocando as mãos em seu abdome magro. Era reconfortante ser médica de novo, mesmo que brevemente.

– Toque tudo levemente no início, toda a área, assim, e depois com um pouco mais de pressão, levemente, com as mãos assim. Não olhe para suas mãos, olhe para o rosto dele. Se tocar em algo estranho, o rosto vai mostrar. Se isso acontecer, preste atenção onde estava sua mão, para poder me dizer.

Desconsiderando meu próprio conselho, eu estava olhando para minhas mãos, então, ergui os olhos. Notei pequenas manchas douradas no azul de suas íris; seus ombros largos e o leve cheiro de sabonete de folha de louro, café e presunto. Ele estava imóvel, exceto pelo sutil subir e descer de sua respiração; sua expressão era inescrutável, mas eu podia sentir seu foco em mim, como as mulheres sempre conseguem. Tirei as mãos dele e me levantei, irritada. O dia estava cada vez pior.

– Provavelmente você não terá chance de fazer isso, de qualquer maneira – disse eu, indo até a janela.

O salão de café da manhã ficava nos fundos da casa, com vista para nosso jardim, pequeno e malcuidado, e para os fundos de outras casas.

– Provavelmente não – disse ele.

Rapidamente se juntou a mim na janela, mas não olhei para ele. Teria imaginado que eu estava fazendo algum furtivo avanço sexual? *Pode acreditar*, pensei, *se eu fizer, você saberá*.

– Por enquanto, obtenha apenas um histórico. Pergunte-lhe sobre... ah... suores noturnos, falta de ar, formigamento nos membros. Dor de cabeça, fraqueza, vômitos, manchas na visão. Dor ao mexer a cabeça ou dificuldade de engolir. Se sua urina está excepcionalmente escura. Se suas fezes parecem diferentes do habitual. E comichão! Pergunte se ele tem comichão.

– O que você acha que ele tem?

Liam parecia tão alarmado que eu ri. Robert entrou para retirar as coisas do café da manhã e a conversa acabou.

Pouco depois do meio-dia, Liam saiu em sua missão médica, e fui deixada para trás, vagando à toa pela casa. Eu já havia feito minha conferência matinal com a senhora Smith. Grace cuidara de meus cabelos e roupas. Tudo que eu tinha era tempo, e a infeliz combinação de um cérebro ativo e mãos ociosas. Na sala de estar, olhando para a rua, fiquei pensando no desperdício de capital humano do qual eu era parte naquele momento. Criada, mãe, chapeleira, costureira, dona de casa, parteira, vendedora de peixes, cervejeira, atendente, prostituta. Era isso, ou as raras atrizes ou escritoras. No entanto, deviam existir mulheres inteligentes e ativas na mesma proporção em todas as épocas. A natureza humana não muda tão depressa. Como conseguiam, como só poucas enlouqueciam?

Essa foi uma pergunta que o tempo que passei ali não me permitiu responder. Peguei minha costura e me sentei perto da janela. Eu bem que gostaria de ter alfaiates pagos para fazer tudo, mas perpetuar a ilusão da identidade que eu assumira significava um cesto de costura com suprimentos e um acúmulo de projetos. O treinamento médico me tornara habilidosa, mas costurar era tão chato que eu sempre deixava a tarefa de lado em favor de um livro. Nós havíamos lido extensamente sobre o período como parte da Preparação, mas, ao chegar ali, encontramos muitos romances que se perderam na história. Muitas vezes terríveis e merecedores da obscuridade, mas fascinantes de qualquer maneira, pelo que revelavam sobre seu tempo.

Até o momento, eu havia feito duas fronhas, quatro anáguas e meia camisa para Liam, provavelmente uma semana de trabalho para uma mulher normal. Peguei a camisa pela metade; a parte de juntar a manga com a cava era complicada, mas não impossível para mim, se é que havia prestado atenção direito. Soltando um suspiro, enfiei linha em uma agulha e comecei a trabalhar.

HENRY AUSTEN, ACOMETIDO POR SUA MISTERIOSA DOENÇA NO OUTONO de 1815, ficou afastado por semanas, incapaz de negociar em nome de sua irmã com John Murray, que logo seria o editor da *Emma*. Provavelmente sua doença também o levou a dar menos atenção ao banco Austen, Maunde e Tilson do que deveria nesse momento crítico, em que bancos quebravam por toda a Inglaterra, resultado de choques econômicos ligados ao fim da guerra com a França. Tudo o que eu sabia provinha de meus estudos, na Preparação, das cartas de Jane Austen escritas da rua Hans Place a sua irmã em meados de outubro. Uma delas fala de "um ataque bilioso com febre" que fizera Henry sair do banco mais cedo e ir para a cama, e ela acrescentava: "Ele está tomando Calomel, portanto, melhorando.".

Calomel, ou cloreto de mercúrio, em pequenas quantidades é um purgativo. Os georgianos adoravam se automedicar com mercúrio. Entretanto, isso não o ajudou. Como a carta continua, no dia seguinte ele ainda estava de cama: "É uma febre, algo bilioso, mas principalmente inflamatório.".

O boticário já havia ido duas vezes à casa dele, tirando vinte onças de sangue a cada vez. A sangria era outro remédio popular.

Sua doença não era, de certa forma, nada importante: ele se recuperaria. No entanto, se pudéssemos passar a fazer parte de sua vida, Liam como médico e amigo, estaríamos em posição de observar quando, no início de 1816, Jane Austen começaria a mostrar sintomas de qualquer coisa que a mataria um ano e meio depois. Nosso outro objetivo principal era descobrir o que era. Alguém poderia argumentar que isso era irrelevante séculos após o fato, mas sua morte precoce ainda atormentava seus biógrafos e seus fãs. Justamente pela ânsia de responder a essa pergunta que a equipe do Projeto precisava de um médico. Por isso eu estava ali.

A doença de Henry era a abertura, a razão pela qual havíamos sido enviados naquele momento, daquela forma. Mas, poderíamos aproveitá-la?

Dei um pulo ao som de uma batida na porta, e encontrei nossa carruagem parada embaixo e Liam na porta.

– Pensei em darmos uma volta – disse ele ao pé da escada.

Peguei meu bolero e saí pela porta a tempo de ouvi-lo mandar Wilcox de volta aos estábulos. Com Liam conduzindo poderíamos conversar livremente. O que significava que ele tinha algo a dizer.

– E então? – Perguntei.

Estávamos sentados no camarote e havíamos chegado à relativa calma do Hyde Park.

– Ele disse que tem tido algum tipo de ataque, mas não deu detalhes. "Um ataque violento e bilioso, meu querido amigo", ficava dizendo.

– O que provavelmente significa vômito. Ele mencionou isso? Como ele estava?

– Fraco. Amarelado.

– Estava de cama?

– Disse que ia se levantar mais tarde.

– Ele disse se sua pele coçava?

– Disse que sim. Ele pareceu surpreso quando lhe perguntei.

– Ele bebe muito quando as mulheres se retiram?

– Não mais que os outros.

– Mas vocês dois beberam muito naquela noite que se conheceram.

– Mas foi uma exceção. Estávamos tendo uma boa conversa, uma tigela de ponche levou a outra...

– Então, abuso de bebida ocasional.

Eu estava só pensando em voz alta, mas Liam disse:

– Você faz parecer patológico. É apenas a vida, como eles a vivem nesta época.

– Perguntou se a urina dele estava mais escura que o habitual?

– Não.

– Ele teve febre, não é? Estava quente ao toque?

– Não o toquei.

– Bem, ele parecia febril?

Liam não respondeu.

– Talvez ele estivesse suado, ou corado. Seus olhos também talvez estivessem estranhos. Opacos. – Expliquei.

– Talvez ele estivesse um pouco corado – murmurou Liam depois de uma pausa. – E estava tão amarelado que é difícil dizer.

– E quanto ao intestino? Estava muito desarranjado?

Liam não disse nada.

– E suas fezes, você pensou em perguntar?

Seguiu-se outro silêncio, dessa vez longo.

– Não são coisas que eu me sentisse confortável de perguntar a um cavalheiro – disse Liam por fim com voz calma, mas com certo toque hostil. – Ou seja, esqueci o item onze de sua extensa lista de perguntas. E mesmo que me lembrasse, não lhe teria perguntado.

Depois de outra pausa, ele acrescentou com leve hostilidade de novo:

– Então, é isso.

Estávamos dentro do parque, indo em direção ao norte, mas, na oportunidade seguinte, logo depois do Reservatório, Liam virou à esquerda e à esquerda de novo. Registrei o movimento, mas sem refletir, perdida em meus próprios pensamentos, que estavam divididos entre tentar diagnosticar a doença de Henry Austen com informações de segunda mão e saber o que estava havendo com Liam. Nunca sabemos bem sobre pessoas caladas. Então, ergui os olhos, surpresa ao perceber que estávamos saindo do parque, mas pelo lado sul. Liam virou à esquerda na Knightsbridge e depois pegou a Sloane.

– Não é a direção errada? – Perguntei.

O parque era um lugar mais agradável para andar que as ruas. Depois da Sloane Square, a área ia ficando desolada. Havia o Royal Military Asylum ali, orfanato de filhos de soldados mortos na luta contra Napoleão; um grande hospital, sombrio, com um cemitério convenientemente próximo; Ranelagh, o antigo jardim dos prazeres agora fechado e abandonado. Era uma longa viagem de volta a Hill Street.

– Por que pegou este caminho?

Liam não respondeu, mas tive uma pista quando viramos para o passeio da Hans Place.

– Certamente você não está voltando para a casa de Henry Austen, não é?

– Parece que sim.

– É tarde demais para fazer visitas, devem ser quase cinco. E você acabou de sair de lá.

Liam não me olhou nem respondeu, mas eu notei a raiva em seu pescoço e mandíbula. Pensei que se ele decidisse me internar em um manicômio, trancar-me em casa ou me bater, a lei estava do seu lado e todo nosso dinheiro no banco no nome dele. Não que eu achasse que ele faria algo assim, mas o fato de que pudesse, de que eu estava em um lugar onde essas coisas eram possíveis, me assustava.

– Ei, olhe para mim! – Disse eu com voz trêmula. – Você é o quê, louco?

Já estávamos em frente à casa de Henry Austen. Liam puxou as rédeas para deter os cavalos e por fim se voltou para me encarar, mas não com expressão irritada como eu esperava. Parecia estar com dificuldade de encontrar palavras. Por fim, começou:

– A questão é que... precisamos estar do mesmo lado, Rachel, porque...

Ele parou. E nessa pausa, algo aconteceu. Em retrospectiva, eu diria que foi o momento em que eu claramente o vi pela primeira vez. Não a ideia que eu fazia dele, nem os vários 'eus' que ele oferecia, mas o que era: sua timidez, seu estranho carisma. O que havia me possibilitado captá-lo assim?

– Eu sei – respondi. – E estamos. Desculpe. O principal é cativá-lo, fazer que confie em você. E é o que você está fazendo. Eu não deveria ser tão...

A porta da frente abriu, revelando o criado de Henry Austen, Richard.

– Doutor Ravenswood! – Ele parecia encantado. – O rapaz vai cuidar de seus cavalos em um instante. Vou perguntar se o mestre está em casa.

Radiante, ele desapareceu de novo. No entanto, eu duvidava de que nossa visita fosse bem-recebida por seu patrão. Um médico poderia aparecer de novo a essa hora dizendo que havia esquecido alguma coisa, mas, qual era minha desculpa? Senti meu corpo gelar, e então se aquecer de vergonha antecipada.

– Eu devo ser muito generoso – disse Liam. – Achei que ele ia beijar minha mão antes, quando lhe entreguei um dinheirinho na saída. Será que ficou esse tempo todo observando a rua, orando por meu retorno?

Apesar de tudo, isso me fez rir.

– E agora, nunca vou poder dar menos; ele vai me odiar.

– Essa é a nossa menor preocupação. O que vai dizer a Henry Austen?

– Vou pensar em alguma coisa.

TUDO O QUE EU PODIA ESPERAR ERA QUE HENRY NÃO ESTIVESSE "em casa", mas Richard nos conduziu à sala vazia, assegurando-nos que o mestre desceria imediatamente. Ficamos ao lado da lareira como duas pessoas de frente para o pelotão de fuzilamento. Como eu sobreviveria a isso?

Ouvi o leve suspiro de Liam e olhei para cima. Henry estava na porta, mais amarelo do que eu teria imaginado e usando um *banyan*, uma versão mais elegante de um roupão de banho, sobre camisa e calça. Atrás dele estava uma mulher esbelta, alta, com um chapéu de renda e alguns cachos saindo dele. Ela tinha o nariz dele, olhos cor de avelã como os dele, e uma expressão perplexa que parecia adequada. No entanto, eu não podia acreditar, até que Henry entrou na sala e disse:

– Doutor, sinto-me honrado por sua segunda visita hoje. Senhorita Ravenswood, por sua primeira. E minha irmã, senhorita Austen, tendo manifestado o desejo de ser apresentada a vocês...

– A honra é toda nossa – disse Liam, dando um passo à frente e estendendo a mão.

Então, lembrando que uma troca de aperto de mãos era decisão da mulher, puxou-a de volta.

– Eu sou... isso é... seu honrado, ãhn, seu humilde criado – e se curvou, assumindo um tom escarlate profundo.

Jane Austen o observou com uma expressão ilegível e não ofereceu a mão. Inclinou levemente a cabeça e olhou para mim. Seus olhos eram brilhantes, seu olhar direto. Lembrei-me de quando conhecera Eva Farmer: era a mesma sensação de estar na presença de uma inteligência formidável, sentia o ar ao nosso redor distorcido pela força disso. Depois de um momento de silêncio que pareceu se estender demais, consegui dizer:

– Como está?

– Por favor, – ela disse – sentem-se. Muita gentileza sua terem vindo.

Sua voz era rouca, como se estivesse ficando resfriada, com um tom divertido que parecia dar a suas palavras comuns um toque extra. Liam e eu nos sentamos abruptamente, como marionetes, e um longo silêncio se seguiu.

Henry nos socorreu:

– Minha irmã chegou há poucos dias. Eu não estava em condições de sair, mas deveríamos ter convidado vocês antes disso, senhorita Ravenswood, como prometi. Desculpe-me pela omissão.

Jane Austen sorriu para o irmão.

– Não precisa se desculpar. Ouvindo você, parece que eles vieram à cidade sem outro objetivo além de me conhecer. – Ela voltou o sorriso para nós. – Mas Henry é assim. Ele só pensa em promover minha felicidade.

– Então, não está na cidade há muito tempo? – E me contraí diante da banalidade de minha observação.

– Desde sexta-feira apenas.

– E estou certa de que sua viagem foi tranquila.

– Bastante. – Ela fez uma pausa. – Uma parte de nós espera por um assalto; um distúrbio, mesmo que só para recordar mais tarde com tranquilidade.

– Jane! – Protestou Henry.

Ela o olhou de um jeito que excluía os intrusos. Uma vez que já passava bem da hora em que meros conhecidos apareciam sem avisar, e que eles seguramente estavam se divertindo juntos, depois de meses separados, eu me perguntava por que nos deixara entrar, por que ela aparecera para ser apresentada, e se estava arrependida. Nós não estávamos colaborando muito para uma conversa espirituosa.

– Acho que seu irmão disse que visita com bastante frequência a cidade, não é? – Perguntei.

– O mais frequentemente possível.

Houve outro silêncio. Liam não ajudava, ele estava olhando para Jane Austen de olhos arregalados, mordendo o lábio.

– É nova em Londres, senhorita Ravenswood. Achou-a agradável?

– Muito. E ouvi falar tanto da beleza do campo inglês que também confesso que estou ansiosa para conhecê-lo.

– Não é questão de confessar, como se isso fosse uma vergonha. Se me permite perguntar, o que a impede?

Hesitei, uma vez que eu não poderia admitir a verdade da qual ela já desconfiava: que eu estava em Londres sem outra razão além dela.

– Não por falta de dinheiro ou de tempo, imagino – continuou Jane.

Foi como se essas palavras despertassem Liam de seu transe. Levantando-se, ele disse:

– Se as senhoras me permitem, devo falar com o senhor Austen em particular. Vim com o propósito de fazer outro inquérito específico sobre sua saúde, e não me proponho a abusar de sua hospitalidade pela segunda vez hoje mais do que o necessário.

Henry ergueu os olhos.

– Odeio alarde. Já estou me sentindo melhor. Acaso devemos ir para outra sala?

Eu quase não havia reparado nele, tão distraída com sua irmã, mas então, olhei-o bem. Apesar de bem arrumado como sempre, recém-barbeado, reluzente em suas roupas de linho, ele parecia cansado, além de gravemente ictérico.

– Vamos para outra sala, senhor, e então permitirei que julgue.

Henry franziu a testa e hesitou, mas a educação ganhou.

– Então, se me acompanhar... – levantou-se e acenou com uma mão graciosa em direção à porta.

Liam foi na frente pelo corredor, e fui deixada com Jane Austen, quase sem poder acreditar. Quanto tempo eu vinha antecipando este dia, trabalhando para isso, desejando isso! E o que eu sentia mais que tudo era medo. Eu teria dado qualquer coisa para estar em casa, lendo um dos livros dela. Como é possível alguém impressionar Jane Austen?

Enquanto eu ficava paralisada, ela tirou um lenço da manga e assoou o nariz, meio vermelho. Percebi que era provável que eu estragasse tudo conversando, mas certamente estragaria ficando calada. Reuni coragem e disse:

– Para lhe responder, acho que minha principal dificuldade reside em não saber aonde ir primeiro. O que me aconselha? O Lake District? Derbyshire?

Ela inclinou a cabeça, pensativa. Parecia menos brincalhona, e percebi que sua audiência real era seu irmão. Era a ele que ela estava tentando fazer rir.

– Kent é muito bonita. Depois do lugar onde moro, é o que conheço melhor.

– Tem um irmão lá, não é?

– Sim.

Ela não disse mais nada sobre isso, mas prosseguiu.

– Ou pode tentar Lyme Regis, na costa de Dorset.

– Por quê?

Eu me perguntava se ela já havia escrito a parte de *Persuasão* na qual seus personagens vão lá. Talvez estivesse trabalhando nisso nesse momento.

Um erguer de sobrancelhas me sugeriu que minha pergunta havia sido abrupta.

– É muito pitoresco.

Uma pausa.

– Aceitarei seu conselho, então, com prazer. Mas outubro é tarde demais para uma viagem ao litoral? Devo esperar até a primavera?

– Alguns acham o outono a época mais bonita lá, porém é mais frio. – Ela fez uma pausa. – A luz do dia diminui.

Inclinei a cabeça, comentando:

– Deve ser mais melancólico, com certeza.

– Henry disse apenas que a senhorita é nova em Londres. De onde é, que toda a Inglaterra lhe é estranha? Da Irlanda?

Ela contraiu as narinas, como se sentisse leve nojo. Ou estaria pensando em Thomas Lefroy, o estudante de direito de Limerick e futuro Lorde Chefe da Justiça com quem ela havia flertado em 1796? Acaso pensava muito nele?

– Somos da Jamaica, nas Índias Ocidentais. – Parei, mortificada. – Perdoe-me, senhorita Austen, tenho certeza de que sabe onde fica, não preciso lhe dar uma aula de Geografia.

Pela primeira vez, ela olhou para mim com um brilho de diversão.

– Eu sei, mas está certa em não pressupor. Já conheceu muitas pessoas aqui que ignoram onde fica? Não responda, pode não ser lisonjeiro para meus compatriotas. Conheci uma jovem em Alton na semana passada que tinha certeza de que Elba ficava no Mar Vermelho. Não consigo imaginar como adquiriu essa ideia. – Ela fez uma pausa. – Mas a senhorita não foi criada na Jamaica.

– Lamento contradizê-la, mas fui, sim.

– Seu pai fazia parte do governo colonial?

– Ele herdou uma plantação de café de um parente distante.

– Entendo.

– Mas, entenda, ele não era simpático ao tráfico de escravos, assim como meu irmão e eu, seus herdeiros. Nós nos desfizemos de interesses lá e não devemos retornar.

– É mesmo? – Seu olhar era de uma intensidade desconcertante. – E sente saudades de casa?

Ninguém ali havia me perguntado isso. Que resposta a faria pensar que eu era uma pessoa boa e sensível? Ela havia escrito, de forma comovente, sobre o apego a um lugar, sugerindo que sabia bem o que era esse tipo de saudade. Mas, as Índias Ocidentais? Não convencionais, com mãos sujas de sangue, cheias de doenças tropicais como a que matara o noivo de Cassandra em São Domingo, em 1797... Era aceitável sentir falta de um lugar como esse?

– Não se ama menos um lugar por haver sofrido nele – comecei cautelosamente.

– Que noção interessante – ela disse, ainda me estudando. – E, desculpe minhas perguntas impertinentes, mas não posso evitar: seu pai era inglês?

Houve um pequeno silêncio enquanto nos fitávamos.

– Desde Guilherme, o Conquistador – disse eu, imaginando de novo se essa seria a resposta certa.

Talvez algo exótico nos tornasse mais interessantes. Huguenotes, como Thomas Lefroy. Descendentes de refugiados aristocráticos de uma insurreição polonesa. Eu teria sido o que ela quisesse, se soubesse o que seria isso.

– Incomoda-se com o fato de eu ser estrangeira, senhorita Austen?

Ela não sorriu, mas se iluminou.

– Obrigada. Uma pergunta direta é a melhor maneira de repelir uma impertinente. Henry tem um amplo círculo de amigos, como deve saber.

Achei divertido o fato de ela haver louvado minha pergunta sem a responder. Do corredor, ouvimos o regresso de Liam e Henry. Ela prosseguiu:

– Espero que possamos conversar de novo. Gostaria de saber mais sobre a vida lá. Viajei bem pouco, e não espero fazê-lo no futuro.

Inclinei a cabeça.

– O prazer seria meu.

A CONVERSA NA VOLTA PARA CASA FOI DESARTICULADA. LIAM E EU estávamos entontecidos como cabras bêbadas.

– Sobre o que vocês falaram? Como Jane se comportou só com você ali? – Perguntou Liam.

– Bem, você sabe... aterrorizante.

– Eu sei, não pude... eu só...

– Você ficou sem palavras. Nunca o vi assim.

– Está dizendo que eu falo demais?

– Não! Você sempre diz o que é certo na presença de outros. Dá conta de qualquer reunião. Exceto aquela.

– Ah, mãe de Deus, foi humilhante. – Ele fez uma pausa e acrescentou: – E aquilo que ele estava vestindo? Eu quero um. Vou ao alfaiate amanhã mesmo.

Achei divertida sua digressão para a moda, mais do que pretendia.

– O *banyan*? Era bonito. Mas, seja sincero, seu dissimulado: você sabia? Quando decidiu voltar, você sabia que...

– Que íamos conhecer Jane Austen?

– Exato.

Ele não respondeu imediatamente.

– Henry disse algo antes que me fez saber que ela estava na casa. Mas se você quer saber se eu esperava isso, não.

– Ela disse que gostaria de conversar comigo de novo, mas não sei se estava falando sério. – Fiz uma pausa. – Você acha que ela suspeita...

Parei, pensando que minha pergunta pareceria uma loucura para ele.

– Que somos viajantes do tempo e viemos do futuro? Não.

CAPÍTULO 6

17 de outubro
Hill Street, 33

Acordei com o maxilar dolorido, como se houvesse rangido os dentes durante o sono, e a lembrança de um sonho com Isaac de York, o transtornado agiota de *Ivanhoé*. Não foi difícil entender o sonho: Isaac personificava minha ansiedade sobre a pergunta que eu não fizera a Liam no caminho de casa. *Mas, seriam eles capazes de reconhecer uma judia?*, eu me perguntava, ainda de olhos fechados. Ou esperariam a caricatura nariguda de imagens satíricas? Havia chance de que Jane nunca houvesse visto uma antes de perto. Henry, porém... Seria possível ser um banqueiro londrino em 1815 e nunca ter visto um judeu?

Contudo, eu tinha problemas mais imediatos. No dia anterior, conhecê-la pareceu uma grande conquista, mas, nesse dia, fez-me perceber quantos obstáculos ainda restavam. Tínhamos de inventar um motivo para ir a Chawton, e não apenas ser convidados a sua casa, mas também entrar no quarto das duas irmãs, a provável localização das cartas e de... *Os Watsons*.

Precisávamos conquistar sua confiança e conhecê-la tão bem a ponto de ela nos confiar detalhes de sua doença. No entanto, ficara claro que ela não gostava fácil ou imediatamente das pessoas – ao contrário de seu irmão –, e não tinha motivo para cultivá-las por razões comerciais como ele. Como fazê-la gostar de nós? Parecia não haver esperanças disso. O que eu devia oferecer? Meu comportamento de tiete só a assustaria. Meu conhecimento de seu futuro, de sua fama póstuma... de que adiantavam? Como eu poderia alavancar isso?

Talvez, com conhecimento superior. O que sempre adorei em Jane Austen não era o enredo matrimonial. A busca por um marido em seus romances, mesmo quando eu era mais jovem e suscetível, para mim era como um MacGuffin[5], ou pelo menos uma metáfora. Eu sempre suspeitei

---

5. O termo MacGuffin foi criado por Alfred Hitchcock no contexto cinematográfico.

de que era assim que ela queria que seus livros fossem lidos. Muitas pessoas de meu mundo acham estranho, até trágico, que a autora de histórias de amor tão emocionalmente satisfatórias, aparentemente nunca tenha encontrado o amor; mas eu não.

Por um lado, ela era um gênio: ardendo de desejo de criar obras de arte imortais, não uma casa confortável para marido e filhos. Por outro lado, ela escrevia sobre o mundo que conhecia e sobre o que sentia que atrairia os leitores. O enredo matrimonial é interessante especialmente pelo modo como ilumina o coração de seus personagens, pelo que eles aprendem sobre si mesmos a caminho do altar. Ela se preocupa com questões maiores: como distinguir pessoas boas de falsificações plausíveis; o que uma vida moral exige de nós; o problema de ser uma mulher inteligente em um mundo que não tinha lugar para ela. Se eu pudesse chegar ao ponto de falar sobre seus livros com ela e deixar claro que entendia isso, talvez ela visse que eu não era como todos os outros, e eu não precisasse roubar *Os Watsons*.

Ela compartilharia o manuscrito comigo por vontade própria.

A curiosidade em relação a esse livro estava me consumindo. O que revelaria sobre ela a ponto de sentir necessidade de destruí-lo?

Os primeiros cinco capítulos, que foram os que sobreviveram em meu tempo, contam a história de Emma Watson, dezenove anos, criada por seus tios ricos e afetuosos em refinado conforto e expectativas de uma boa herança. Quando a ação começa, seu tio morre, sua tia tolamente se casa de novo e Emma é expulsa, sem um centavo, para retornar aos irmãos e irmãs de quem ela mal se lembrava, e a um pai amável, mas doente, cuja morte iminente com certeza tornará a precária situação financeira das quatro irmãs solteiras ainda pior.

Por que Jane Austen supostamente nunca terminou esse livro é uma questão que vem há muito tempo atormentando os estudiosos. James-Edward Austen, o sobrinho que na velhice escreveu a primeira biografia de sua tia, com arrogância especulou que ela havia cometido um erro ao

---

Designa-se por MacGuffin um objeto ou personagem que faz parte de um enredo, que ajuda a alavancá-lo, que serve como motivação para que exista a história, mas que não tem real importância na trama. (N. T.)

situar o romance entre pessoas de pouco berço. Outros argumentaram que sua representação das brutalidades de classe e dinheiro era dolorosamente realista demais para que ela continuasse. Nunca acreditei nisso, entretanto, mesmo antes da descoberta da carta de Anne Sharpe. *Razão e sensibilidade* começa de forma igualmente desagradável com deserdação e queda pela escada econômica. Se não conhecêssemos seu final feliz, pensaríamos nele de forma diferente.

NAQUELA MANHÃ, MAIS TARDE, QUANDO CHEGUEI PARA VISITAR A senhora Tilson, ela me cumprimentou assim:

– Senhorita Ravenswood, tenho uma boa notícia: a irmã do senhor Austen está na cidade!

– Sim – eu disse –, estive no número 23 com meu irmão, foi por isso que perdi sua visita ontem; e lá tive o prazer de conhecê-la.

– Então o viu? O senhor Tilson disse que ele está excessivamente doente e não aparece no banco há dias.

– Meu irmão estava preocupado com sua saúde e passou para falar com ele.

– E?

– E tivemos o prazer de conhecer a senhorita Austen.

– Ah, ela é uma criatura encantadora! Mas, e o senhor Austen? Está realmente muito doente?

Eu hesitei.

– Meu irmão confia que ele se recuperará completamente.

– Pobre homem, já sofreu o suficiente. A perda de sua esposa...

– Sim, muito triste.

Eu estava tentando decidir como dirigir a conversa de volta para a irmã dele quando não foi necessário: o criado apareceu para anunciá-la.

Naquela manhã, Liam havia decidido ir ver Henry de novo, enquanto eu o acompanhava à Hans Place, mas ficava na casa ao lado, da senhora Tilson, a quem devia uma visita. Não me sentia preparada para ver Jane de novo tão cedo. Apesar de ser o que eu havia ido fazer em 1815, fora avassalador. Eu precisava processar a experiência, talvez pensar em alguns tópicos de conversa adequados que pudesse abordar com aparente espontaneidade da próxima vez que nos encontrássemos. Eu deveria ter antecipado que ela poderia aparecer na casa da senhora Tilson, mas não imaginei.

Ela usava o mesmo vestido azul-claro do dia anterior e seu sorriso caloroso foi diminuindo quando ela entrou na sala e percebeu que a senhora Tilson não estava sozinha. *Ela não gosta de mim*, pensei, e minha coragem desapareceu. E por que deveria?

– Querida Jane! – Disse a senhora Tilson, levantando-se para tomar as mãos de Jane e dar-lhe um beijo em cada face. – Como está seu irmão? Melhor hoje, espero.

Ela levou um momento para responder, ainda segurando as mãos da senhora Tilson.

– Ele disse que vai ao banco, mas ainda não foi. Envia-lhe seu carinho.

Ela me lançou um rápido olhar.

– A senhorita Ravenswood disse que seu irmão está confiante na rápida recuperação de Henry.

Jane me lançou um segundo olhar.

– É mesmo? Isso é reconfortante.

– Não tenho certeza de que ele disse "rápida" – eu disse.

Senti-me pedante ao corrigi-la, mas a reputação médica de Liam estava em jogo.

– Ele está certo de que a recuperação será completa. Mas pode ser lenta – expliquei.

– Seu irmão é muito gentil por ter um interesse tão vivo por alguém que ele conheceu há pouco tempo.

Senti uma fisgada ao ouvir isso, mas não sabia bem a que se devia.

– O calor e sinceridade do senhor Austen faz que pareça um amigo muito mais antigo do que é – respondi.

Ela inclinou a cabeça, reconhecendo a verdade de meu comentário.

– Ele parece melhor esta manhã? – Prossegui. – Menos amarelo?

Ela franziu a testa, dizendo:

– Ele não está tão amarelo, com certeza.

– Amarelo? – Disse a senhora Tilson, levando a mão à boca. – Você não mencionou que ele estava amarelo. Não pode ser febre amarela, pode? Acaso você deveria visitar uma casa com crianças?

– Não pensei nisso – disse Jane.

– Ele não tem febre amarela – interrompi, antes que aquilo pudesse ir longe demais.

Ambas olharam para mim.

– Como pode ter tanta certeza? – Perguntou a senhora Tilson.

– Eu simplesmente sei.

Isso não pareceu satisfazê-las, de modo que prossegui:

– Eu vi febre amarela na Jamaica; não é o que o senhor Austen tem. E mesmo que houvesse tido, o que não aconteceu, não precisamos ter medo do contágio.

– Por que não? – Perguntou Jane.

Eu hesitei. As pessoas pegavam a doença de mosquitos, mas ninguém sabia disso em 1815.

– Ela é contagiosa apenas nos trópicos. Os poucos casos raros observados em climas temperados nunca mostraram essa característica.

– Você parece ter bastante certeza – disse a senhora Tilson, parecendo duvidosa.

– Muitas vezes ajudei meu irmão na enfermaria, madame, que montamos em nossa plantação.

– Ah, é mesmo? – Disse a senhora Tilson. – Então, era uma verdadeira Lady Bountiful, senhorita. Espero que possa encontrar oportunidades semelhantes para boas obras em Londres.

– Pelo que vi, não há escassez de miséria e desespero para aliviar.

Olhei para Jane, que estava suprimindo um bocejo. A senhora Tilson tornaria a me convidar para ler a Bíblia, se continuássemos assim.

– Mas não quero parecer uma santa, senhorita Austen, não me entenda mal.

– Que metáfora alarmantemente papista. Espero que não. – Disse Jane. No entanto, seus olhos se iluminaram, divertidos.

– Henry me assegurou que a senhorita e seu irmão são muito agradáveis, e uma adição bem-vinda ao seu círculo. Embora seu irmão tivesse pouco a dizer ontem. O doutor é geralmente tão avesso a falar?

– De maneira nenhuma! – Disse a senhora Tilson.

– Talvez ele tenha se impressionado ao conhecê-la – sugeri.

Ela ficou impassível por um instante; e então, sorriu.

– A senhorita é cruel. Se alguma vez na vida deixei um cavalheiro bobo de admiração, deixo para que outros determinem. Mas, certamente, não farei isso de novo.

– Ah, Jane! – A senhora Tilson me surpreendeu rindo, enquanto eu ainda estava extraindo o significado daquele emaranhado de palavras.

– Senhorita Ravenswood, dou-lhe minha palavra, ela era uma grande beleza...

– E uma ultrajante sedutora – acrescentou Jane.

– E partia corações às dúzias em sua época. E sei que ela ainda...

– Calma, não mais! – Interrompeu Jane.

Ela, no entanto, também estava rindo.

Eu já estava ali havia vinte e cinco minutos, beirando o tempo excessivo, de modo que, embora estivesse começando a ficar interessante, preparei-me para fazer algumas observações educadas e ir embora. Mas, antes que pudesse dizer qualquer coisa, o criado voltou para a sala.

– Doutor Ravenswood, madame – disse à senhora Tilson.

Um olhar de surpresa tomou o rosto das mulheres. Visitas matutinas eram especialmente o domínio das mulheres. Fiquei surpresa também, uma vez que Liam e eu havíamos combinado de nos encontrar na carruagem lá fora, onde Wilcox esperava, quando acabássemos nossas visitas. Talvez Henry houvesse mencionado que sua irmã estava ali, e Liam decidira aproveitar a oportunidade para causar-lhe uma impressão melhor que a do dia anterior. Eu esperava que conseguisse. Fiquei nervosa só de ele pensar nisso.

No momento em que Liam entrou na sala, expressando-se timidamente, mas com uma postura confiante, vi que ele havia assumido outra personalidade para a ocasião, e estava determinado a não se intimidar. Ele apertou a mão da senhora Tilson, acenou com a cabeça para Jane e se sentou em uma cadeira com um ar de humildade.

– Eu não me portaria como um intruso, senhora Tilson, se não desejasse tranquilizar a senhorita Austen dizendo-lhe que seu irmão me pareceu muito melhor esta manhã – disse ele.

– Eu mesma suspeitava disso – disse Jane.

– Sua perspicácia médica, madame, deixa minha própria envergonhada – ele murmurou. – Mas não tenho certeza de que esteja completamente fora de perigo. Devo lhe pedir que fique atenta a ele e que tente ajudá-lo a evitar o excesso de fadiga. Seus nervos... de modo geral, o senhor Austen não me parece um homem nervoso, mas ultimamente tem sofrido uma tensão considerável, não?

Sua voz era suave, seu tom confiante, mas como olhava seriamente para Jane, eu temia que estivesse se insinuando demais, que a incomodasse com a presunção de uma intimidade da qual não compartilhavam. Contudo, eu estava enganada. Parecia estar funcionando. Ela inclinou a cabeça levemente e pestanejou depressa algumas vezes. Era possível que ela estivesse corando?

– É uma sorte que esteja aqui na cidade com ele agora – prosseguiu ele. – Eu sei que ele tem o mais alto respeito por seu bom julgamento e grande conhecimento.

Lisonja desavergonhada, entrega inocente. Poderia ela se impressionar tão facilmente? Mas se estava rindo dele, escondeu muito bem. Ora, eu não esperaria nada menos dela.

– Posso voltar amanhã, madame? Só para ver como ele passou.

Ela ficou calada um pouco demais.

– Nós havíamos convidado alguns amigos para o chá antes desse episódio recente. Por favor, junte-se a nós, senhor, se puder.

Seus olhos pousaram em mim, como se de repente se lembrasse que eu estava lá.

– E a senhorita Ravenswood também, é claro. Por volta das sete, se desejarem.

Na Hans Place, na noite seguinte, havia um grupo considerável: os Tilson, senhor Seymour, as duas senhoritas Jackson com o pai, um emigrante francês cujo nome eu nunca soube, um amigo náutico de um dos irmãos Austen capitães de mar. Jane, zelosa, presidia a mesa de chá, e Liam se situou perto dela, segurando a xícara e o pires com uma graça negligente, dando-lhe olhares sérios e de lado e de vez em quando dizendo algo breve. De onde eu estava, no meio da sala, eles pareciam estranhos, pelo menos no início. Então, começaram a inclinar o tronco um para o outro. Eu a vi sorrir e afastar um cacho do rosto. Seus comentários foram se estendendo.

Senti a tentação de me juntar à conversa deles, mas temia dar azar a Liam; se ele estivesse tagarelando tão abertamente quanto na manhã anterior, eu poderia atrapalhar. Além disso, tinha de pensar em Henry. Ele me cumprimentara calorosamente à chegada, e embora circulasse entre todos os convidados, voltava para mim – um favoritismo que fez a senhorita Jackson resolutamente voltar as costas para nós. Achei que ele parecia melhor do que da última vez que o vira, mas ainda não estava bem. Seus olhos estavam preocupantemente embaçados, e a parte branca continuava levemente amarelada. Ele havia me impressionado com sua vestimenta perfeita na noite em que nos conhecemos, mas agora sua roupa estava folgada, como se houvesse perdido peso. Eu tentava observar essas coisas sem ser óbvia, mas a investigação visual é crucial no diagnóstico. Eu só podia esperar que ele interpretasse minha discreta avaliação como admiração, não como algo esquisito. E havia admiração também – percebi quando meus olhos focavam nele com prazer, além de interesse profissional. Um homem bonito e inteligente que não faz nenhum esforço para esconder sua admiração nunca é uma coisa ruim.

Ele retomou o fio de nossa conversa de uns dias atrás sobre viagens, cheio de ideias sobre aonde meu irmão e eu precisávamos ou não deveríamos ir.

– Ninguém mais vai a Bath, exceto almirantes gotosos aposentados e viúvas ricas. Mas Cheltenham vale a pena conhecer, encantadora, intocada. Tenho ideia de ir para lá por alguns dias, se juntar um grupo.

– Esse parece um excelente plano.

Ele se aproximou um pouco e disse mais baixo:

– Talvez a senhorita e seu irmão possam se juntar a nós.

Era uma oferta estranhamente íntima de alguém que até pouco tempo eu não conhecia, mas talvez pessoas educadas propusessem esse tipo de coisa levianamente.

– Ficarei encantada. É um balneário?

– Suas águas são famosas por seus poderes restauradores.

– Então, talvez possa ajudá-lo – disse eu.

Ele franziu a testa.

– Já estou totalmente recuperado – disse. – Cheltenham tem muitas atrações para quem não é inválido.

– Com certeza; e ninguém o chamaria de inválido, senhor Austen.

Ele se curvou.

– No entanto, meu irmão e eu nos preocupamos com sua saúde. Espero que permita que ele continue a visitá-lo com frequência.

– É sempre um prazer receber vocês dois. Mas, não se preocupe comigo. Estou totalmente recuperado.

– Assim espero. No entanto, há algo em seu semblante que me incomoda – eu disse.

Entretanto, baixei o olhar; eu o estava estudando abertamente.

– Perdoe-me por falar com tanta franqueza, é apenas preocupação.

– Sua amável preocupação me honra. Isso raramente se encontra neste mundo, onde receio que as pessoas pensem principalmente em si mesmas.

– Acaso é cínico, senhor Austen?

– Não, se está se referindo àqueles que não reconhecem a realidade da bondade humana – murmurou ele. – Tenho provas dela diante de mim.

Seu olhar me atraiu, caloroso, suave e inocente. Não, inocente não. Tive a súbita ideia de como ele seria na cama – brincalhão, destemido, pronto para qualquer coisa – e corei diante de meus próprios pensamentos, de minhas suspeitas em relação a ele.

– Está gostando de *Orgulho e preconceito*? – Perguntou.

Ele havia me mandado os outros dois volumes logo após nossa conversa.

– Talvez até mais que antes.

– Sim, é melhor ainda quando relido. E ainda pensa que um homem o escreveu?

Nossos olhares foram para Jane, que continuava conversando com Liam, mais animada agora.

– Seu argumento foi tão persuasivo. Sinto-me... balançada – respondi.

Ele me lançou um olhar cheio de significado, e me pareceu que talvez flertar não fosse tão difícil, se fosse com a pessoa certa.

– Então? – Perguntou Liam a caminho de casa. Estávamos dentro da carruagem, Wilcox conduzia. – Henry Austen estava grudado em você. Isso é bom. Ele fez todo tipo de perguntas promissoras sobre você esta manhã, quando o vi no banco.

Eles haviam se encontrado lá para acompanhar o investimento do canal de Cornwall – quinhentas libras, às quais poderíamos dizer adeus para sempre.

Fiquei desconcertada com a ideia de que falavam sobre mim, embora soubesse que não deveria ficar. Era assim que as coisas deveriam se desenrolar.

– Como o quê? O que ele perguntou? O que você disse a ele?

– Que você é virtuosa, rica e desimpedida. Não é tudo verdade?

Liam educadamente desviou de meus esforços de saber mais, até que desisti.

– E sua conversa com ela? – Perguntei.

– Não foi um desastre absoluto, graças a Deus.

Seu tom foi tão grave que eu ri, e ele me olhou espantado. Quando me deixo levar, tenho uma risada de louca, uma gargalhada que nunca acaba. Eu treinei para modulá-la a 1815, mas risos são como espirros, não totalmente controláveis.

– Que foi?

– Você é um sedutor desavergonhado. Pelo menos foi ontem, de modo que vou assumir que estava hoje também, embora não conseguisse ouvir você.

Ele olhou para mim, pensativo.

– Eu fiz o meu melhor – disse ele.

E dessa vez, eu não me permiti rir.

– Sobre o que falaram? – Perguntei.

– Livros, principalmente.

– Dela?

– Entre outros.

– Como você ousou fazer isso?

– Não admiti saber que ela os escreveu, o que tornou mais fácil falar sobre como são maravilhosos. Foi uma transição natural de Fanny Burney e Samuel Richardson. Realismo, comédia, o enredo matrimonial.

Fiquei pensando nisso, tentando decidir o que achava. Por um lado, o sucesso dele era meu sucesso. Por outro lado... por que aparentemente era tão fácil para ele? Não parecia justo.

– Imagino que não conseguiu levar a conversa para *Os Watsons*.

– E como você... – começou ele, mas percebendo em meu rosto que eu estava brincando, sorriu. – Vou cuidar disso da próxima vez.

Geralmente, eu não sou dada a recordar meus sonhos, ou a achá-los muito interessantes quando me lembro deles. Com frequência, estou suturando uma série interminável de pacientes feridos ou realizando buscas inúteis de objetos importantes perdidos. No entanto, chegar a 1815 e conhecer Jane Austen aparentemente havia feito alguma coisa comigo. Primeiro, houve aquele sobre Isaac de York, que me urgia a tentar me misturar mais, como ele nunca poderia em 1194; e então, na noite depois desse chá, um sonho com Henry.

Estou com ele em sua sege, passeando pelo Hyde Park em uma manhã estranhamente iluminada pelo sol. Eu deveria estar me divertindo, mas estou intrigada, pensando: *isso não pode estar certo. Eu não pertenço a este lugar*. E, então, a cena muda: não estamos mais nos arredores bem cuidados do parque, mas sim em uma paisagem escarpada de um romance de Ann Radcliffe. Uma encosta arborizada, uma forte cascata. A estrada adiante se curva até fugir de vista, mas o ângulo é alarmante, como de desenho animado. Henry parece despreocupado, segurando as rédeas frouxamente e sorrindo de lado para mim; a luz do sol salpica as folhas, que reluzem atrás de nós.

– Não acha que devíamos descer e andar? A estrada... os cavalos... – digo.

Estamos ganhando velocidade. É tarde demais. Não haverá parada até chegar ao fundo, um longo caminho para baixo. Estou morrendo de medo, ou talvez seja desejo, acho. É possível que eu nunca tenha conhecido o homem certo porque ele morreu séculos antes de eu nascer? No entanto, isso é bobagem, mesmo que ele diga com sua voz agradável e irônica:

– Um excesso de cautela, senhorita Ravenswood, pode ser mais fatal do que o contrário.

Abri os olhos para a fraca luz do amanhecer e o som da chuva. Havia deixado minha janela aberta, e o ar frio entrava, o cheiro de fumaça de carvão, os sons da Londres que acordava. Meu sonho – Henry Austen, uma carruagem, uma cachoeira – estava fugindo, e com alívio o deixei ir. *Mas é verdade*, pensei, ainda meio adormecida, como se estivesse respondendo a uma pergunta ou me justificando perante um ouvinte imaginário, a própria Jane. Eu nunca amei.

Eu não quero sossegar, nem mentir para mim mesma, definhar nos compromissos de casal, perseguir a ilusão de felizes para sempre. O casamento de meus pais foi feliz até a morte prematura dele, de modo que não posso dizer que me faltam modelos.

Vivi o fascínio, a luxúria, o desejo por homens impróprios, ficava entediada com a atenção de diversos homens inadequados, fiz sexo o mais frequentemente que pude. Paixões idiotas, casos tórridos, namorados tediosos e amigos íntimos, com e sem benefícios: elementos que nunca se juntaram.

Talvez eu nunca tenha conhecido a pessoa certa. Talvez nunca conheça. Isso não significa que haja algo errado comigo.

CAPÍTULO 7

21 de outubro
Hill Street, 33

MEU HUMOR DEPOIS DAQUELE CHÁ NA HANS PLACE ERA DE OTIMISMO cauteloso: Henry era atencioso; Jane, se não estava exatamente cativada, parecia gostar um pouco de nós. Na manhã seguinte Liam lhe escreveu, repetindo a promessa de ir investigar sua saúde sempre que solicitado. Quarenta e oito horas ansiosas passadas sem resposta.

– É possível que a carta tenha sido perdida? – Perguntou Liam.

Ele andava em círculos lentos pela biblioteca, parando para olhar o dia sombrio. Eu supostamente estava costurando uma camisa, mas ficava esquecendo e parando.

– Ou o ofendemos. Eu fiz algo errado.

– Chega – eu disse. – Mande preparar a carruagem. Se ele está bem e foi para o banco, veremos Jane, pronto. E isso vale a pena.

TIVE A SENSAÇÃO DE ALGO ERRADO ASSIM QUE ENTREI NA CASA. Richard, feliz por nos ver, como sempre, mas parecendo cansado, indicou-nos a sala de estar.

Jane estava sozinha, em pé, torcendo um lenço nas mãos.

– Ah – ela disse. – Estou muito feliz por ter vindo, doutor Ravenswood.

Ela me lançou um olhar e voltou para Liam. Vestia-se tão bem como de costume, mas seus olhos estavam vermelhos, com novas olheiras.

– Meu irmão estava muito melhor na noite em que vieram para o chá, mas piorou consideravelmente desde então. Andei bastante ocupada.

– Ocupada demais para pedir ajuda? – Perguntou Liam gentilmente. – Eu teria vindo muito antes. Por que não me mandou uma mensagem, senhorita Austen?

– Posso abusar de sua boa natureza e lhe pedir que vá vê-lo? – Ela perguntou. – Ele não sai da cama desde antes de ontem.

– Não será uma imposição, mas uma honra – ele respondeu, curvando-se.

– É muita gentileza, senhor. Richard vai levá-lo para cima. Richard?

Ele apareceu para levar Liam, e Jane se voltou para mim com um sorriso fraco.

– Seu irmão é muito bom. Mas não preciso lhe dizer isso.

– Venha, sente-se – eu disse. – Perdoe-me, mas é que parece cansada.

Parecendo surpresa, ela obedeceu. Eu me sentei também e fitei-a longamente.

– Tem dormido bem, ou passou metade da noite cuidando dele?

Sua expressão foi a resposta.

– E comer? Quando fez uma refeição adequada pela última vez?

– Eu andei...

– Mas precisa comer, e dormir. Não fará bem nenhum a seu irmão se ficar doente cuidando dele. – Toquei a sineta. – Já tomou seu café da manhã?

– Não consigo pensar em comida neste momento.

– Considero isso um não.

Quando Richard apareceu, tão depressa que supus que ele devia estar no corredor nos ouvindo – algo a me lembrar depois –, eu disse:

– Pode nos trazer um chá? – E voltando-me para ela. – Ou prefere café?

– Chá – ela disse debilmente.

– E... alguma coisa. O que tiver na cozinha. Tem alguma carne fria, Richard? Talvez a cozinheira possa fazer um sanduíche de carne assada para a senhorita Austen. Poderíamos persuadi-la a ferver um ovo? Tem algum bolo?

O olhar assustado de Richard foi de mim para Jane e parou nela. Ela acenou quase imperceptivelmente com a cabeça.

– Muito bem – disse ele, e desapareceu.

Nós nos fitamos por um momento.

– Perdoe-me, senhorita Austen, mais uma pergunta. Lavou as mãos desde que deixou o quarto de seu irmão doente? Isso é muito importante, embora não seja algo a que as pessoas atentem sempre.

Ela ergueu as sobrancelhas, dizendo:

– Está bastante decidida em suas opiniões hoje.

– É apenas preocupação com a senhorita.

– É melhor eu ir lavá-las.

Sozinha na sala de estar, eu me levantei, mais inquieta que o habitual, e fiquei andando pela sala. Notei em um canto uma mesinha de escrever portátil – uma espécie de caixinha com compartimentos – aberta em cima de uma mesa. Era dela. Da última vez que eu a vira estava atrás de um vidro na Biblioteca Britânica, junto com seus óculos de aro de metal e um capítulo manuscrito de *Persuasão*, que ela acabara não usando. Parei e fiquei olhando para aquilo. De todas as maravilhas de 1815, foi o que mais me impressionou: a mesa de trabalho dela. Havia algumas folhas de papel parcialmente presas embaixo, uma delas coberta com sua letra inconfundível, pequena, mas precisa: talvez uma das cartas para Cassandra que eu acabaria roubando. Ao ouvir passos se aproximando, afastei-me e me sentei onde estava antes, bem no momento em que Jane voltava.

– Foi muita gentileza sua vir aqui – ela disse em tom formal de novo, sentando-se.

Ela pegou um trabalho de sua cesta de costura, olhou para ele e o largou.

– Não era necessário, mas foi gentil. Tenho certeza de que ele vai melhorar em breve. O boticário esteve aqui ontem e tirou um pouco de sangue. Isso tem de ajudar.

– Ah, imensamente.

Não consegui esconder totalmente a ironia de meu tom de voz.

Ela me lançou um olhar penetrante.

– Ele tem uma boa compreensão do caso.

Ouvi uma batida, e a seguir os passos de Richard dirigindo-se à porta.

– Deve ser ele agora – disse Jane. – Ele disse que voltaria hoje. O senhor Haden é tão cuidadoso.

Ela fez um gesto com a mão pedindo licença e desapareceu no corredor, de onde ouvi o murmúrio suave de sua voz e a do homem, mas não consegui distinguir palavras. Então, ouvi passos subindo as escadas quando ela voltou para a sala.

Senhor Haden, inteligente e agradável, era presença constante na Hans Place durante a doença e a recuperação de Henry. Ao menos um biógrafo suspeitava que Jane havia flertado com ele, embora o homem fosse uma década mais jovem. Outros afirmam que se houve algum flerte, foi entre o senhor Haden e Fanny Knight, sobrinha de Jane e Henry. De qualquer maneira, eu tinha curiosidade em conhecê-lo. Bem, Liam o conheceria.

Jane se sentou, dizendo:

– Estou pensando em escrever à minha irmã e aos meus irmãos para informar sobre a doença de Henry, mas não quero alarmá-los desnecessariamente.

Ela se levantou de novo, andando pela sala.

– Por que não ouve o que meu irmão tem a dizer? – Eu sugeri.

– Sim, talvez eu devesse fazer isso. – Ela se sentou. – Está cheia de ideias úteis esta manhã, senhorita Ravenswood.

Uma criada que eu nunca havia visto antes, uma jovem de expressão dolorosa, entrou e deixou uma grande bandeja com as coisas de chá e mais: pão, manteiga, um prato de fatias finas de carne, um pedaço de bolo de sementes. Jane olhou tudo aquilo e fez uma careta. Eu servi uma xícara de chá e a coloquei em suas mãos.

– Tome – eu disse. – Deixe-me dar-lhe um pedaço deste bolo, parece excelente.

– Não estou com fome.

Ela tomou um gole de chá.

– Mesmo assim, deve comer – eu disse, acrescentando impulsivamente: – Talvez queira desconsiderar o corpo; talvez o considere um pouco abaixo de si mesma, meio grosseiro, até, ter um. Mas, pense nisto: onde acha que residem a razão e a imaginação? – Coloquei uma fatia de bolo em um prato e o passei a ela. – Se o clima melhorar amanhã, eu gostaria de levá-la a passear em nossa carruagem. Precisa de ar, senhorita. Promete que irá?

Ela arregalou os olhos diante de meu discurso.

– Prometo pensar – ela disse, e comeu um bocado de bolo, e depois outro.

Estava quase terminando quando ouvimos passos descendo as escadas. Ela limpou a boca e se levantou.

– Doutor Ravenswood – Ela disse com expressão interrogativa enquanto Liam entrava.

– Tem razão, ele piorou. Mas estou confiante em sua recuperação completa. Neste momento, ele está em crise. Seu fígado está muito desordenado.

Reprimi um sorriso diante da convicção com que Liam pronunciou essa frase.

– Será que devo... se estivesse em minha situação... quero dizer, acha aconselhável convocar minha irmã e meus irmãos, se houver o menor risco de ele...

Para minha surpresa, Liam estendeu a mão e tocou o ombro dela por um instante, dizendo:

– Ah, senhorita Austen, que corajosa! Mas não pode carregar tudo isso sozinha. Seria um conforto tê-los aqui, não é? Não hesite, escreva para eles.

– Escreverei, se julgar conveniente, não alarmista. Se me dão licença, farei isso agora mesmo.

Ela foi até a mesa, puxou uma cadeira e se sentou. Tentei não ficar encarando quando ela pegou um novo pedaço de papel, abriu seu pote de tinta, examinou duas penas antes de escolher uma terceira, mergulhou-a, escreveu uma linha, rápida e segura, e parou para olhar para Liam:

– O senhor Haden continua com Henry?

– Já vai descer. Trocamos alguns pensamentos sobre o caso, que ele compartilhará com a senhorita. Não quero me impor, ele é responsável pelos cuidados a seu irmão. Eu apenas procuro aconselhar.

Eu queria que Liam assumisse o caso e parasse com a sangria e as doses de mercúrio; um médico tinha mais conhecimento que um boticário. Aquela resposta, porém, pareceu agradar a Jane, que lhe lançou um olhar mais caloroso que qualquer outro que me houvesse dirigido. Ele continuou:

– E se houver qualquer coisa que eu possa fazer, não hesite em me chamar, a qualquer hora. – Ele se curvou. – Vamos deixá-la com suas cartas.

– ENTÃO? – PERGUNTEI A CAMINHO DE CASA.

Havíamos deixado Wilcox para trás de novo, de modo que éramos livres para conversar.

– Sua aparência está péssima. Está muito mais amarelo. Queixou-se de náuseas e vômitos. Disse que só tomou chá e água de cevada desde aquela outra noite, quando o vimos. E você vai gostar de saber que dei uma olhada no urinol dele. – Ele fez uma pausa, como se quisesse aumentar meu suspense. – Urina muito escura.

– Tudo aponta para o fígado. Lave bem as mãos quando chegarmos à casa. Se for uma cepa de hepatite transmitida por via oral-fecal...

– Eu não toquei em nada fecal – disse Liam, parecendo preocupado.

– Mantenha as mãos longe da boca e dos olhos até que você possa lavá-las. Não podemos pegar hepatite.

No dia seguinte, o sol apareceu. Voltamos à Hans Place, e Liam foi levado imediatamente ao andar de cima, como se isso já houvesse se tornado uma rotina, enquanto eu fui deixada na sala de estar vazia com a informação de que a senhorita Austen estaria comigo em breve. Meus olhos voltaram-se para a mesa de trabalho, que estava trancada dessa vez. Concentrada em me sentar quieta e corretamente, para não ser apanhada em alguma atitude errada se ela entrasse de forma inesperada, encontrei-me olhando para minhas mãos; fortes, embora pequenas, que antes suturavam pacientes e agora se reduziam a costurar camisas. Pensei em nossas células, que estão constantemente morrendo e se formando de novo, e que quanto mais eu ficasse ali, mais me tornaria um produto de 1815. Pelo menos no nível celular. Não achava que meus pensamentos e meus sentimentos haviam mudado. Mas, acaso eu necessariamente saberia?

Depois de dez minutos ou mais, quando eu estava começando a me perguntar se acontecera algum mal-entendido, passos que desciam a escada anunciaram a chegada de Jane Austen.

– Senhorita Ravenswood – ela disse, e pela primeira vez pegou minha mão, dizendo: – Não tenha medo, eu as lavei. Por favor, perdoe-me por tê-la feito esperar. Estava falando com seu irmão.

– Pode compensar indo dar uma volta comigo. O dia está ótimo, e me parece que a senhorita está precisando sair um pouco.

Ela parecia melhor que no dia anterior, mas ainda cansada. Diante de minhas palavras, deu um sorriso débil.

– Não consigo pensar nisso neste momento. Meu irmão...

– Ele está nas mãos capazes de meu irmão. Venha. Hoje trouxe comigo não só meu cocheiro, mas também meu lacaio, para que possamos nos locomover apropriadamente.

– Ora, seu lacaio!

Lacaios eram artigo de luxo. O próprio Henry não tinha um.

– Ele tinha muitas tarefas e não queria nos acompanhar, mas insisti, porque era meu desejo levá-la para dar uma volta, e sabia que a senhorita não o faria sem um lacaio. Veja, ele está ali fora, melancólico.

Eu a havia atraído para a janela com minha tagarelice. Não podia permitir que só Liam desempenhasse seu papel com aparente facilidade.

– Muito bonito – disse Jane.

E por seu tom, eu sabia que ela iria.

Pensei em levá-la para fazer compras. Não seria perfeito estar em uma livraria com Jane Austen? Contudo, no fim, ficamos no parque, desfrutando a rara luz do sol e as pessoas; observando da carruagem, cuja cobertura havia sido abaixada para maximizar nosso deleite.

– Ali está o notório senhor Manwaring, naquela charrete – disse Jane. – Eu o conheço das festas de Henry. Ele está olhando... está olhando para mim sem entender como posso estar andando em uma carruagem tão fina, com uma senhora que ele nunca viu e um lacaio. Vou acenar para ele; tarde demais para ele reagir. Isso lhe dará algo em que pensar.

– Gosta das festas de seu irmão? Ele me passou a impressão de que a senhorita gosta mais de calma.

– Já estou velha.

Rejeitei o comentário sacudindo a cabeça.

– E Henry também não é mais como era antes. Quando sua esposa ainda vivia... aquelas sim eram festas. Com músicos, muitos emigrantes franceses, cada um com uma mais improvável história de fuga. Aqueles dias se foram, senhorita Ravenswood.

Suas palavras eram nostálgicas, mas seu tom era vigoroso e seu olhar divertido enquanto olhava a paisagem a nossa frente, iluminada pelo sol.

– Mas não se pode viver no passado. Nem eu gostaria. Às vezes, sinto que a parte mais interessante de minha vida acaba de começar.

Suas palavras me causaram um arrepio. Eu sabia quão pouco disso lhe restava.

– Por que pensa isso?

Ela me deu um sorriso enigmático, mas não respondeu.

– Talvez – arrisquei – seu sucesso literário lhe esteja dando certa gratificação...

Tentei olhá-la nos olhos, porém ela se voltou, aparentemente estudando algo na distância onde o verde parque cedia à cidade cinzenta. Por fim, ela disse:

– Ah, Henry nunca consegue guardar um segredo.

– Na verdade, foi a senhora Tilson – deixei escapar.

E Jane soltou uma gargalhada gutural e travessa.

– Melhor ainda! Devo admitir que sempre suspeito dele. Mas foi divertido, naquela outra noite, ouvir seu irmão falar sobre meu trabalho com ar de admiração inocente – ela deu de ombros –, suspeitando que ele soubesse, e suspeitando que ele sabia que eu sabia que ele sabia... Ele é um grande galanteador, não é? Perdoe-me, não é algo que eu devesse lhe dizer.

Eu lhe assegurei que era exatamente o que deveria me dizer.

– Mas espero que não o tome para algum tipo de janota – disse eu.

– Eu? Ah, não.

No mesmo dia em que pedira conselho a Liam, Jane escrevera a sua irmã, Cassandra, bem como a seus irmãos, James e Edward, contando-lhes sobre a doença de Henry em termos que deviam ter sido terríveis, pois os levara a Londres correndo. Bem, *correndo* é um termo relativo.

O primeiro dia depois disso foi o do passeio ao sol, quando ela admitira ser a autora de seus romances. O segundo dia estava nublado, mas ela saiu comigo de novo. Fomos à Hatchards, onde comprei vários livros sobre os quais ela havia manifestado interesse e, depois, a uma confeitaria tomar sorvete, que eu insisti em pagar. No terceiro dia choveu, e não fomos a lugar nenhum; ficamos na sala de estar, conversando e rindo, enquanto Liam e o senhor Haden atendiam a Henry, que, segundo meu "irmão", estava na mesma, talvez um pouco melhor.

Jane estava começando a ficar confortável na minha presença, mas ficava claro, quando Liam descia no final de suas visitas ao quarto do doente para lhe informar e se despedir, que ela preferia ele. Quando estávamos os três no mesmo ambiente, era ele quem recebia o olhar dela, eram suas palavras que a cativavam. Eu tentei não me importar com isso, afinal, ele e eu éramos uma equipe.

No quarto dia, Richard não levou Liam diretamente para Henry, mas nos indicou a sala de estar, onde estava Jane, olhando pela janela. Ela nos cumprimentou calorosamente, mas parecia perturbada.

– Acho que ele está melhor hoje – ela disse, olhando de mim para Liam e mantendo os olhos nele. – Pergunto-me se concorda, doutor, ou se pensa que é apenas a fantasia de uma irmã.

– Tenho certeza de que é uma observadora acurada.

– Pedirei que vá lá em um instante e avalie, mas há um assunto delicado que devo abordar primeiro.

Ela lhe lançou um olhar de confiança através dos cílios, inclinando a cabeça.

– Meu irmão Edward chegou à cidade ontem à noite e ficou tão alarmado com a visão de Henry que insistiu em chamar um médico que ele conhece. Expliquei-lhe que já o estamos consultando, bem como ao senhor Haden, mas ele foi inflexível.

– Nada poderia ser mais natural – disse Liam em um tom tranquilizador. – Acaso esse é recomendado pelos amigos de seu irmão?

– Ah! De fato. O doutor Baillie atende ao próprio príncipe regente. Em minha opinião, isso não é uma recomendação, mas Edward pensa diferente.

– Consulte-o para ter certeza, se isso deixar seu irmão descansado.

– Não se sentirá ofendido? Henry teme que sim. Ele ficou agitado, e até discutiu com Edward.

– Senhorita Austen, agitação é o que ele mais deve evitar.

– Isso não significa desprezo em relação ao senhor.

– Eu não sou conhecido em Londres. Nada poderia ser mais natural que consultar alguém que o seja. – Ele fez uma pausa. – Mas vai me deixar continuar a monitorá-lo? Como amigo. Como consultor. Não pretendo interferir em nenhum tratamento que doutor Baillie possa aconselhar.

E se o doutor Baillie recomendasse aumentar a sangria? O mercúrio, o ópio e as sanguessugas? Suspirei antes que pudesse me controlar, mas eles não perceberam.

– Não precisa sequer perguntar, como se fosse um favor que lhe devêssemos conceder. É muita bondade sua...

Ela deu as costas para a janela, mas se voltou depressa, olhou para fora e correu para o corredor.

– Richard! – Gritou. – Richard, depressa! Eles chegaram!

Eu fui até a mesma janela e vi uma carruagem parada do lado de fora. Um rosto pálido se assomou da escuridão de seu interior, mas ninguém se mexeu, exceto o cocheiro, que deixou seu assento para tirar dois baús do porta-bagagens e deixá-los cair na rua. Richard correu para fora, abriu a porta da carruagem e ajudou duas pessoas a descerem.

A mulher, que vestia uma *pelisse* marrom, era alta e de compleição sólida, sem ser gorda. Em seu rosto havia uma expressão impassível, na cabeça um chapéu com babado de renda. Ela subiu as escadas e desapareceu de minha vista antes que eu pudesse notar qualquer outra coisa. Da sala, ouvi:

– Minha pobre querida!

– Que bom que por fim chegou. Como foi a viagem?

O homem, que usava o casaco preto e o colarinho característicos de um clérigo, esticou as pernas e esfregou os olhos. Deixou cair uma moeda na mão estendida do cocheiro, disse algo a Richard e entrou na casa. Eu me afastei da janela quando Jane voltava para a sala de braço dado com a recém-chegada.

– Senhorita Ravenswood, permita-me apresentar minha irmã, senhorita Austen. Doutor Ravenswood, minha irmã.

Cassandra Austen inclinou friamente a cabeça e não disse nada.

– Doutor Ravenswood tem sido extremamente prestativo – explicava Jane enquanto o segundo passageiro entrava.

Sem dar atenção a ninguém, ele gritou para o corredor:

– Um copo de água, por gentileza. Estou engasgado de poeira.

James Austen, como só poderia ser, levantou as caudas de seu casaco e jogou seus longos membros em uma cadeira. Inclinando-se para trás, fechou os olhos.

– As últimas cinco milhas são sempre as mais longas, é o que dizem, mas eu nunca antes havia sentido completamente a força desse aforismo tão batido. Querida Jane, que cabeça a minha. Como está Henry? Edward vem? E Fanny?

Ele tinha uma voz agradável e melodiosa, e imaginei que seus paroquianos a apreciavam ao ouvir seus sermões.

– Edward está aqui, mas Fanny deve ficar em Kent por enquanto. Espero que ela venha um pouco mais tarde. Edward saiu para tratar de negócios que não conseguiu evitar, mas retornará. Quanto a Henry...

– Não está no quarto do doente? – Perguntou Cassandra. – Não deveria deixá-lo sozinho, dado seu informe alarmante da condição dele.

– Só por um instante. Eu desci para receber os Ravenswoods.

– Eu ficaria honrado de ir ver o senhor Austen agora – disse Liam.

Cassandra lançou-lhe um olhar rápido, mas minucioso.

– Deve ir sem demora – disse Jane.

O que não era bem verdade, porque ela ainda nos apresentou James Austen. Suspirando levemente – parecia que nós dois éramos mais um inconveniente no dia cheio deles –, ele se levantou para nos cumprimentar.

– O doutor e sua irmã são novos na cidade – explicou Jane. – Henry os conheceu pouco antes de adoecer, e o doutor Ravenswood tem sido muito útil. Eles são das Bermudas e conhecem nosso primo Hampson lá.

– Jamaica – disse eu, esperando que só ela me ouvisse.

– O que disse? Não murmure! Odeio murmúrios – disse James, mas em um tom levemente mais amigável.

– Nós somos da Jamaica, não das Bermudas... uma bobagem – eu disse.

– Jamaica. Minha inteligência me abandonou hoje – Jane balançou a cabeça e levou a ponta dos dedos à testa.

– Duvido muito que isso aconteça – disse Liam.

Isso lhe rendeu outro olhar de Cassandra.

– Se eles fossem das Bermudas, Jane, conheceriam os Palmer.

Seu discurso era diferente do de sua irmã Jane, mais lento e cuidadosamente enunciado. Havia algo de hostil em sua precisão.

– Mas talvez os conheçam, de qualquer maneira – Concluiu, fixando seu olhar em mim.

– Não tenho esse prazer.

Eu sabia o ela queria dizer. Charles, seu mais irmão novo, capitão de mar, casara-se com uma das filhas de John Grove Palmer, ex-procurador-geral das Bermudas. Ela morrera no ano anterior de complicações do parto de seu quarto filho.

– Onde está minha água? – Perguntou James, e puxou o cordão da sineta.

– A Jamaica e as Bermudas não estão muito distantes – observou Cassandra.

Percebi uma censura implícita por não conhecermos os Palmer, mas, antes que eu pudesse responder, Jane disse:

– Mais de mil milhas.

– E isso é o quê? Nem uma semana de vela em um cúter rápido com ventos favoráveis.

Não consegui concluir se estavam se alfinetando ou se era assim que brincavam.

– Cass, você deve estar cansada. Não gostaria de lavar as mãos? Talvez um pouco de chá? Temos uma torta muito saborosa que Henry quase não conseguiu tocar.

– Preciso vê-lo! – Disse Cassandra, saindo da sala e subindo a escada.

James sentou-se de novo e jogou a cabeça para trás.

– Estou começando a ficar desesperado pela minha água. Jane, que tipo de pessoas Henry mantém a seu serviço? Sabe onde ele as encontra? Você tem a menor ideia de onde ele as encontra?

Jane ainda estava em pé no meio da sala, bem como Liam e eu. Ela ficou cor-de-rosa e parecia prestes a dizer algo, quando ouvimos sons provindos do corredor. Uma criada que eu nunca havia visto entrou correndo, carregando uma bandeja com um único copo vazio e uma jarra de água. Era quase tão baixa quanto eu, com o rosto enrugado, mas o corpo esbelto de uma garota. Seu chapéu tinha fitas roxas e carregava um cheiro de lavanda. Seu vestido preto era elegante em sua simplicidade.

– *Et alors!* – Gritou ela, pousando a bandeja. – O senhor está aqui, *Monsieur* James! Eu sabia que viria!

Para meu espanto, James se levantou e a abraçou.

– Como está Henry? – Perguntou ele. – Conto com a verdade irrepreensível de sua parte, Bigeon.

É claro! A governanta de longa data, que trabalhara para a esposa de Henry, quando ela ainda era Eliza de Feuillide, depois para o casal, e agora só para Henry.

– *Monsieur* Henri, *hélas* – ela disse, balançando a cabeça enquanto James se servia um copo de água e o virava na garganta. – Só vendo para crer. Terei de procurar outro emprego em breve.

– Madame Bigeon, que vergonha – disse Jane.

– *Mademoiselle* Jane sabe que não sou pessoa de adoçar as palavras.

No silêncio que se seguiu, Liam e eu nos entreolhamos, e então, ele se voltou para Jane.

– Posso vê-lo agora? – Perguntou. – É desejo de meu coração tranquilizá-la em relação a isso.

Surpreendendo-me de novo, James terminou um segundo copo de água e se levantou.

– Vamos então, doutor, e vejamos por nós mesmos, certo?

Ele levantou a mão para sua irmã, dizendo:

– Jane, fique. Você já foi enfermeira dele por tempo suficiente. Está feito um trapo. Cassandra está aqui, ela pode assumir o controle.

Ele deu um passo atrás, erguendo a sobrancelha, para deixar Liam sair da sala primeiro, e saíram.

Madame Bigeon deu de ombros para Jane, pegou a bandeja e saiu também.

Jane deu um suspiro e sentou-se em uma cadeira junto à janela. Escondeu o rosto nas mãos e começou a tremer – precisei de um momento para perceber que estava rindo. Controlando-se de novo, levantou o olhar para encontrar o meu.

– Ah, senhorita Ravenswood – ela disse. – Como é raro que as coisas corram como esperamos! E como seria tediosa a existência se assim fosse.

– Está com disposição filosófica hoje – eu disse, sentando-me ao seu lado.

– Certamente, a ironia de desejar o conforto dos mais queridos, convocando-os por vontade própria, e depois, quando eles chegam...

– Ela estendeu as mãos. – Acho que Henry está melhor hoje, de verdade. Eu criei essa crise, porém, essa agitação, acabei com a paz de todos; agora, ele vai ter de ficar mais doente que nunca, para justificar a dor de todos.

– Mas, pense como se sentiria se o resultado fosse diferente. Se não houvesse dito a eles, e ele...

– A senhorita é pura lógica e sensatez, duas coisas que eu não posso tolerar – ela disse, sorrindo. – Não suponha que me arrependo de minhas ações, raramente isso acontece. – E depois de uma pausa. – É divertido, só isso.

– Então, como ele estava? – Perguntei na carruagem.

Mais uma vez, havíamos deixado Wilcox em casa e tomado o longo caminho do parque, porque embora o vento estivesse frio e o ar úmido, havia muito a discutir.

– Ela está certa, ele está melhor. Não ótimo, mas vi uma diferença. E ele conseguiu comer um pouco.

– O que você achou de Cassandra e James?

– Viu aquele olhar que Cassandra me deu? Como se eu fosse algo que ela encontrou grudado na sola de seu sapato – ele disse.

– Acha que Jane mencionou algo sério sobre nós quando escreveu para eles?

Senti um arrepio ao pensar nisso. Como Jane nos descreveria? Seria muita metaficção aparecermos como personagens nas mesmas cartas que fomos roubar para os estudiosos do futuro. Para Eva Farmer.

– Acho que ficaram contrariados por ver estranhos em um momento como aquele, mas essa é uma ideia interessante.

Houve uma pausa, enquanto olhávamos para o outro lado do parque: folhas mortas rolavam na clareira sob um céu cinzento sombrio, onde apenas alguns cavaleiros intrépidos faziam seus exercícios.

– O que ela poderia ter dito para deixar Cassandra em guarda desse jeito?

– Ou talvez ela esteja exatamente “em guarda”.

– Mas precisamos conquistar Cassandra. Ela é crucial. Ela tem as cartas – disse Liam.

Nesse momento, pensei nelas – e no manuscrito – como nunca antes:

não apenas o fruto dos pensamentos passageiros e da genialidade persistente de Jane Austen, mas artefatos físicos, com volume e solidez. Cassandra guardaria as cartas na gaveta trancada de uma mesa? Em uma urna debaixo da cama? Os georgianos gostavam de trancas: chá e açúcar, e não só dinheiro e talheres de prata, eram objetos de valor que eles guardavam em segurança, e abrir fechaduras foi uma das artes que aprendemos na Preparação.

Eu estremeci. Liam prosseguiu:

– E tudo que nos ajudou com Henry e Jane: dinheiro, no caso dele; certo charme, suponho, no dela; nosso exotismo, digamos, não ajudará com Cassandra. Pelo contrário, não parece ser o tipo de coisa de que ela gosta.

– Então, você precisa descobrir do que ela gosta. Precisa ser o Henry Crawford aqui, trabalhando com as duas irmãs ao mesmo tempo.

Henry Crawford, o vilão inteligente e encantador de *Mansfield Park*, é uma das criações mais complexas de Austen; dá a impressão de que ele quase poderia ser bom, como se ao escrever ela ainda estivesse tentando decidir sobre ele.

Liam me lançou um olhar azul de soslaio, surpreso.

– É assim que você me vê? Um cínico de olhos frios?

– Eu não disse isso! Ele estava sempre atuando, não se esqueça.

– Eu me lembro.

Mantivemos um silêncio que durou tanto tempo que comecei a me perguntar se o havia ofendido. Realmente, não havia como descobrir.

– Por que a surpresa? – eu disse por fim. – Somos um pouco como Henry e Mary Crawford, não acha? Entramos na vida deles, e com nosso dinheiro e ideias estranhas, provocamos drama e tensão. Tentamos seduzi-los, porém, é claro, por motivos mais nobres.

Liam me olhou longa e divertidamente.

– Eu não havia pensado nisso – disse.

– Eu sempre pensei – comecei – que se houvesse alguma pista da pessoa de Jane Austen escondida em suas obras, seria em *Mansfield Park*. Nessa dualidade entre Fanny e Mary. Diligente e humilde, ou espirituosa e amoral. É como a luta que se travaria dentro dela.

– E agora que a conheceu?

– Agora, estou mais confusa do que nunca – afirmei.

Outro silêncio, mais confortável.

– Só precisamos conquistar Cassandra – eu disse por fim.

Naquele momento, não parecia impossível. Já havíamos feito muitas coisas difíceis.

– Acho que Jane já gosta um pouco de mim. E, definitivamente, ela gosta de você – concluí.

Isso era mais verdadeiro do que eu queria admitir. Pensei no olhar cheio de confiança com que ela fitara Liam enquanto ele explicava a estranheza do problema com o doutor Baillie. O jeito como se olhavam... era como se eu nem estivesse na sala. Talvez os biógrafos nunca houvessem se sentido intrigados sobre a presença dos flertes dela com o senhor Haden nas cartas desse período porque isso não estaria mais nelas. Talvez as cartas falassem de um tal de doutor Ravenswood e seus cuidados para com Henry durante a doença dele.

– Acha mesmo? – Ele me perguntou.

E parecia tão solene e inseguro que não pude evitar: eu ri. Desta vez, sem medo de ser ouvida diferente de minha personagem, joguei a cabeça para trás e rugi. Liberar a tensão foi tão bom que não pude parar e uma risada provocou outra. Eu roncava e engasgava, meu rosto se contorcia, até que meu estômago começou a doer, e até que Liam, que primeiro me fitara com desânimo, também estava rindo.

CAPÍTULO 8

26 de outubro
Hans Place, 23

FOMOS CONDUZIDOS À SALA DE ESTAR DE HENRY, E ALI ENCONTRAMOS Jane com outro irmão para conhecer: Edward, cujo sobrenome agora era Knight, porque herdar a fortuna de parentes ricos sem filhos que o adotaram exigia adotar o nome deles também. Isso sempre me intrigou: um menino tirado de seus pais e levado a uma posição superior, como Frank Churchill em *Emma*. E eu tinha curiosidade de saber como seus irmãos se sentiam com isso. Felizes por ter um irmão tão importante, ou com inveja por não haverem sido escolhidos? Teriam chorado de saudades dele quando partira? E ele deles?

Após a recepção de Cassandra e James no dia anterior, eu estava pronta para o pior, mas Edward Knight me surpreendeu:

– Senhorita Ravenswood, estou encantado por conhecê-la, por fim! Jane me falou muito de sua bondade para com o querido Henry durante sua doença.

De repente, encontrei minha mão na dele... como isso havia acontecido? Ele era louro, rosado e corpulento; parecia pertencer a um grupo genético diferente dos Austen cor de oliva e nariz pontudo que eu havia conhecido até então.

Seus olhos azuis eram suaves. Ele olhava para mim como se pelo menos nesse momento não existisse mais ninguém no mundo. Comecei a entender por que os Knight o haviam escolhido.

– E o bom doutor, encantado, encantado – disse ele, voltando-se para Liam. – Devo lhe agradecer por todos os seus incômodos, seus cuidados solícitos.

– Não foi nada, senhor. Estou feliz por fazer o que posso.

– Não se ofenda com minha insistência em chamar o doutor Baillie. Ele salvou a vida de um amigo há alguns anos, tirando-o das presas da morte. Desde então, tenho a mais alta opinião sobre ele, e quando ouvi dizer que Henry estava tão doente, não pude... Mas a intenção não foi desrespeitá-lo.

Liam inclinou a cabeça, dizendo:

– Nem o tomei como tal. Estou certo de que descobriremos que estamos de acordo. – E perguntando a Jane: – O doutor esteve aqui esta manhã?

– Está aqui agora. Com o senhor Haden, minha irmã e meu irmão James. O quarto mal acomoda o paciente. Vai se juntar à multidão?

– Como ele está? – Perguntou Liam.

– Ele continua melhor. É quase uma ocasião social, uma reunião de amigos, e Henry se adapta ao papel do Rei Sol como se houvesse nascido para ele.

– Jane, quanta bobagem você fala às vezes. Nossos novos amigos vão pensar que está falando sério.

– Eles sabem que não. Vai se juntar a eles, doutor Ravenswood?

– Se desejar... – seus olhos se encontraram e ele se levantou. – Estou às suas ordens.

Com uma reverência, ele saiu da sala.

Houve um momento de silêncio, enquanto nós três nos entreolhamos, até que Jane disse:

– Espere, eu esqueci... pode me dar licença, senhorita Ravenswood...

E se levantou e saiu da sala atrás de Liam, deixando-me sozinha com Edward Knight.

Ele não deu sinal de achar estranha a saída abrupta dela, apenas sorriu e disse:

– Jane disse que a senhorita cresceu nos trópicos. Que diferença deve encontrar em Londres!

– Sim, mas agradável.

Observei bem esse exemplo aristocrático rural pensando que talvez não tivesse outra oportunidade. Em certo sentido, Edward tornara possível a vida literária de sua irmã, uma vez que havia fornecido a casa de campo em Chawton, onde ela agora morava. Era a primeira casa permanente de Jane depois de uma década financeiramente instável e de mudança com seus pais e irmãs após a aposentadoria de seu pai e, mais tarde, a morte dele: uma temporada em Bath, no litoral, longas visitas a amigos e parentes, não era uma vida propícia à escrita. Uma vez estabelecida em uma rotina, ela compensara o tempo perdido. Eu sempre quis saber, porém, por que ele não havia feito algo por ela antes.

– Já viajou muito? – Perguntei.

– Ah! Quando eu era jovem. Agora, tenho responsabilidades demais para me aventurar longe de casa.

James, não parecendo mais satisfeito com a vida que no dia anterior, entrou, afundou-se em uma cadeira, olhou para Edward e me deu um aceno de cabeça.

– Senhorita Ravenswood.

Olhou-me de cima a baixo com seu olhar agudo. Tive a impressão de estar sendo examinada, como se eu fosse uma criatura exótica no anfiteatro de Astley.

Cassandra, logo atrás dele, cumprimentou-me com menos secura que James, talvez até mais calorosamente, e disse:

– E Jane? Ela não estava aqui?

– Estava. – Eu lhe disse, já que ninguém mais parecia disposto a responder.

– Ela é inexplicável – disse Cassandra, sentando-se e olhando ao redor da sala com ar tão insatisfeito quanto o de seu irmão. – Está em Londres há muito tempo, senhorita Ravenswood?

– Desde setembro.

– E pretende se estabelecer aqui?

– Estou certa de que não posso dizer ainda, madame.

– Acaso tem família que precisará visitar em outros lugares da Inglaterra?

Não tendo resposta para isso, eu simplesmente inclinei a cabeça. Aquela enxurrada de perguntas abruptas era rude, como todos sabíamos. James parecia maliciosamente divertido, ao passo que seu irmão era mais difícil de interpretar.

– Acho que... – começou Edward.

No entanto, Cassandra o interrompeu:

– Jane não soube me falar muito de sua família.

– O que gostaria de saber? – Perguntei.

Não havia sido uma observação amigável a dela.

– Cass... – disse Edward, suave, mas decisivo.

Não sei o que teria acontecido se Jane e alguém que eu nunca havia visto não entrassem, conversando. Ele era um velho cavalheiro, que por sua expressão grave, terno preto à moda antiga, peruca distintiva e bengala de cabeça prateada, só poderia ser o doutor Baillie. Parecia exatamente um médico, ao contrário de Liam, que depois de conhecer Jane, deixara de usar sua peruca de médico e deixara crescer as costeletas.

– Será uma honra – dizia Jane, mais corada que o habitual. – Diga ao senhor Clarke que estou em casa na maioria dos dias. Ele deve escrever, espero, antes de aparecer.

– Vai descobrir que ele é um homem muito a favor da cerimônia.

Doutor Baillie deu um sorriso sutil e assentiu com a cabeça para o resto de nós.

– Vai se sentar um pouco, doutor? – Jane perguntou. – Gostaria de um chá?

– É muita gentileza, mas meu trabalho urge, madame; talvez outra hora. – Curvou-se e olhou em volta. – Fico feliz por seu irmão se sentir melhor. Bom dia a todos vocês.

E ele se foi, deixando o silêncio em seu rastro.

– Bem – disse Jane, sentando-se ao meu lado e olhando para todos nós. – Parece que serei convidada a visitar a biblioteca real na Carlton House. – Ela soltou sua risadinha perversa. – Não quando Sua Majestade estiver em casa, felizmente. Parece que ele admira meu trabalho...

– Talvez devêssemos discutir isso mais tarde – disse Cassandra, olhando para mim.

– Oh, a senhorita Ravenswood sabe – Jane disse.

Eu poderia tê-la abraçado.

– Ela já é como da família. Certamente mais que o doutor Baillie, a quem Henry conseguiu revelar que sou escritora. Então, quando doutor Baillie disse ao príncipe que seu novo paciente era irmão da mulher que escreveu *Orgulho e preconceito*, o regente disse... – ela deu de ombros e sorriu. – Seu bibliotecário virá me ver em breve, ele me disse, para organizar a visita.

– Muito condescendente! – Disse James, parecendo mais alegre. – Realmente uma distinção.

Lembrei-me de que sabia que ele havia sido considerado o gênio escritor da família, escrevendo versos para todas as ocasiões e fundando uma revista com Henry em Oxford.

– Mas você precisa ser educada com ele, Jane, e não revelar o que pensa do príncipe – disse Edward.

– Ela não seria tão tola – disse Cassandra, sem parecer convencida.

– É uma honra – eu disse – mas não mais do que merece. Seu trabalho tem dado grande prazer a muitas pessoas, e dará ainda mais no futuro, tenho certeza. E o príncipe tem discernimento estético, independentemente de qualquer outra coisa que possamos recriminar nele.

O príncipe regente, mais tarde George IV, era notoriamente glutão e devasso; em 1815, um monumento ao excesso de todo tipo.

No curto silêncio que se seguiu a meu discurso – que temi haver sido muito sincero – surgiu o som de passos descendo as escadas, e Liam entrou e sentou-se ao meu lado. Meu alívio me surpreendeu. Enfrentar todos esses Austen sozinha havia sido enervante. Liam passou os olhos sobre todos e deixou-os descansar em Jane.

– Estávamos discutindo minha visita a Carlton House – ela disse. – Menciono isso só para que entenda em que tipo de companhia exaltada se encontra, a que tipo de posição e consequências deve se acostumar.

Olhei para Cassandra, cujo rosto era impassível, só um leve estreitar de olhos.

Liam inclinou a cabeça.

– A senhorita será um ornamento para esse estabelecimento, madame – ele disse, e seu tom de leve zombaria combinava com o dela.

Depois de uma pausa, Cassandra disse:

– Como estamos falando abertamente de seus assuntos privados, Jane, posso perguntar o que aconteceu com o senhor Murray desde a última vez que lhe escreveu?

Pelo que eu sabia, John Murray e Jane Austen ainda estavam tentando chegar a um acordo sobre a publicação de *Emma* – uma negociação interrompida pelo drama da doença de Henry.

– Ah! Ele é um vigarista, como já disse; mas civilizado. Concordou em vir em dois dias, e espero que possamos resolver o assunto, então. Henry insiste que se levantará da cama e me ajudará a falar com ele. – Ela fez uma pausa. – Mas não creio que isso seja necessário. Eu sinto que me equiparo ao senhor Murray.

– Eu posso ajudar – disse Edward. – Vender um livro pode ser muito diferente de vender cevada ou porcos? Devemos insistir em um preço justo. Sou um homem de negócios, Jane, entendo dessas coisas. Deixe-me tratar com ele.

– Não estou muito convencido de que vender um livro seja como vender um porco – disse James. – Ao menos por...

– Talvez possamos concluir esta discussão em outro momento – disse Cassandra. – Deve ser muito tediosa para nossos hóspedes.

Não era, mas sua intenção era clara. Liam e eu trocamos um olhar e nos levantamos ao mesmo tempo. Quando nos despedimos, Jane parecia preocupada, mas não fez nenhum esforço para nos impedir.

– Eu sempre vi Cassandra como defensora de Jane – disse Liam.

Era tarde. O ruído de Londres havia sido subjugado por uma chuva fria e estável. Depois de um jantar deprimente com torta de pombo e batatas cozidas, estávamos sentados tomando vinho, desanimados e levemente embriagados, falando tão baixinho que tínhamos que nos debruçar sobre a mesa para ouvir um ao outro.

– Ela sempre ficou entre Jane e sua mãe, não importando o que acontecesse. Não apenas sua mãe, o mundo. Tudo. Cassandra é a pessoa com mais influência sobre Edward. Ela conseguiu que ele as deixasse usar a casa de Chawton para que Jane pudesse viver em um só lugar e trabalhar na escrita. Ela dirige a casa, então, Jane não precisa se preocupar com isso. Mas agora... – ele parou.

– Agora?

O vinho deixara Liam mais falante que o habitual. Estava me dando sono.

– Jane não precisa mais dela. Ela tem algo próprio, não é? Seus livros, sua vida londrina com Henry. Cassandra poderia se sentir negligenciada, deixada para trás? Com inveja, até?

– Você acha?

– Seu senso de certo e errado, seu amor pela irmã, não a deixa se ressentir de Jane, por isso, ela se ressente de tudo. O que afasta Jane dela, o que a distrai. Londres. Henry e seus amigos mundanos. Pessoas aleatórias de quem ninguém sabe nada.

– Como nós?

– Exatamente.

Enchi de novo nossos copos.

– Ela correu atrás de você para dizer o quê? – Perguntei.

Liam olhou para mim.

– Você deixou Edward, Jane e a mim na sala para ir ver Henry. Então, ela correu da sala, suponho que atrás de você. Ela lhe disse alguma coisa?

– Ah. – Ele apoiou o queixo na mão. – Para não ter medo de Cassandra. Não explicitamente, mas sua intenção era essa. Que ela cuidaria de Cassandra.

– O que significa isso?

Ele deu de ombros.

– Quando cheguei ao quarto de Henry, Cassandra e James estavam em um canto, sussurrando. Eles me deram o olhar mais reprovador e continuaram sussurrando. Ela não se juntou a mim – foi até a porta, mas depois foi a outro lugar.

– Que estranho!

– Henry, pelo menos, pareceu feliz em me ver. – Ele ficou em silêncio por um momento. – Mas não, eles não me assustam. James não interessa. Cassandra poderia ser um obstáculo, mas pensaremos em algo.

Parecia que ele estava tentando se convencer disso.

– O pior é... – comecei. – Não, parece ridículo.

– O quê?

– A sensação que tenho é de que eles olham para mim e sabem.

Liam, que estava olhando para a mesa, levantou o olhar e me observou.

– O mais importante é não demonstrar medo. Não deixe transparecer nada. Nunca lhes dê uma abertura.

Em um insight, ou pelo menos na ilusão de um – um daqueles confusos saltos da lógica que o álcool propicia –, pareceu-me que ele estava falando de si mesmo: não só na missão, mas no geral.

– Foi assim que você fez?

– O quê?

– Tudo o que você fez. Tão convincente como Velho Britânico...

Achei que Liam ia seguir o próprio conselho e não deixar transparecer nada, mas ele se recostou e sorriu para mim, cruzando os braços. A luz tremeluzente do fogo dava uma qualidade escultural a suas feições escarpadas, e percebi que eu gostava do rosto dele. Havia me acostumado a seus ângulos e planos feios.

– Que bom que você achou convincente.

– Talvez você não deva dar muito peso a isso. Eu sou americana, não sei de nada.

Pensei em nossos primeiros dias no instituto e como eu o havia visto então: seu jeito de falar, sua formalidade reservada. E então, a namorada. Sabina estava com ele quando nos conhecemos no instituto, antes das entrevistas, dos testes psicológicos e dos exercícios de interpretação que reduziram o monte de candidatos finais a dois? Era estranho não conseguir me lembrar. Se bem que todas as minhas lembranças do instituto eram vagas, enferrujadas por falta de uso. Fiquei com uma impressão de frieza, altura aristocrática, mas era incapaz de recordar detalhes.

– Sabina – eu disse, e ele parou de sorrir. – Ela é Velha Britânica, não é?

– Muito.

– Acho que isso ajudou a me convencer também – justifiquei.

– Efeito halo?

– Ela parece ser uma pessoa adorável – coisa que não era. – Então, você a conheceu na faculdade?

Ao lhe perguntar isso, pensei que Sabina era a última coisa sobre a qual eu queria falar.

– E como você foi parar lá? Não deve ser fácil entrar. Especialmente... – parei. Não tinha como terminar a frase com tato.

– Especialmente não sendo ninguém, de nenhum lugar em particular? – Ele concluiu.

– Eu não disse isso, foi você.

– Eu passei no exame.

– Simples assim? Você foi aprovado em um exame?

– Foi um exame muito difícil.

Um pedaço de carvão em brasa soltou um leve assobio. Ouvi o grito de um vigia noturno, o chacoalhar de uma carruagem distante.

– Um professor que eu tive me encorajou a concorrer a uma bolsa, ele sabia um pouco como funcionava. Ele viu em mim o que eu sempre senti: que não me encaixava naquela cidade esquecida por Deus, naquela família aleatória. E, para o espanto de todos, passei.

– E veio para a Inglaterra. Você tinha o que, catorze anos?

– Treze.

Ele dividiu o resto de vinho entre nós dois.

– E encontrou um lugar onde se encaixava.

– Mãe do céu, não! – Ele respondeu, apoiando a testa na mão. – Nunca encontrei. Talvez aqui em 1815... Eu gosto daqui; há regras, e é só segui-las. Sentirei falta de ser o doutor Ravenswood quando acabar. Não levo jeito para ser eu mesmo.

– Você estará diferente quando tudo acabar – eu disse, desconcertada diante da confissão de Liam.

De repente, pensei que talvez isso também fosse uma atuação, que ele estava encenando algum papel para mim. No entanto, por que ele se daria esse trabalho?

– Você será importante: a pessoa que encontrou *Os Watsons*. Será ótimo.

– Certo – ele disse, em seu velho tom polido e neutro.

E foi como se uma porta se fechasse na minha cara. Percebi que desejava abri-la de novo, mas não sabia como. Então, ele limpou a garganta, estranho.

– Antes da partida, Sabina e eu ficamos noivos.

Sabina me causara arrepios nas poucas vezes em que eu conversara com ela; em retrospecto, uma impressão bem desfavorável. Recentemente minha percepção de Liam havia mudado. Antes, eles pareciam perfeitos um para o outro; mas, agora? Senti uma obscura decepção nele.

Demorei um momento antes de levantar a taça.

– Parabéns! Que maravilha. Tenho certeza de que vocês serão muito felizes.

Olhando para a mesa, ele não parecia especialmente feliz, mas, de qualquer maneira, Liam nunca se deleitava muito com os próprios triunfos. Por que ele havia escolhido esse momento para compartilhar suas novidades era outro mistério. Talvez só porque raramente bebíamos muito, ele se sentira confiante. E eu havia tocado no assunto.

Se ele houvesse simplesmente sorrido e me agradecido, como qualquer pessoa normal que ficava noiva, poderíamos ter continuado a conversa, mas o silêncio se prolongou. Eu nunca fui casada, nunca fiquei noiva. Em tese, não sou contra relacionamentos sérios, mas, na prática, acho que sou. Talvez eu goste mais da liberdade. Recordei Sabina no instituto de novo: parada ao lado de Liam em uma pequena comemoração do final da Preparação, pouco antes de partirmos para 1815. Ela era quase tão alta quanto ele, estava com a mão no braço dele, ficava terminando as frases por ele. Sobre o que era a conversa? Não consegui me lembrar. O que teria me deixado uma impressão tão desagradável dela? Algo relacionado a suas pernas longas e graciosas, sua expressão arrogante.

– Espero que você seja muito feliz – eu disse, e percebi que já havia dito quase a mesma coisa.

– Também espero – murmurou ele. – Pelo menos a família dela vai ter tempo para se acostumar com a ideia enquanto eu estiver fora.

– Qual é o problema com a família dela?

Contudo, eu já tinha uma suspeita.

– Você sabe... eles têm dinheiro; mas não é dinheiro – ele acenou vagamente com a mão. – Na primeira vez que fui à casa deles, foi como adentrar a história. Não conseguia entender que as pessoas viviam daquele jeito de verdade, fora dos livros, com pinturas a óleo de seus antepassados e móveis comprados em 1800.

Então, talvez as pessoas se apaixonassem por uma casa, pensei. Quem sabe se apaixonassem por uma ideia. Não falei nada, porém, o que eu conhecia do amor? No entanto, senti de novo uma decepção obscura nele. Talvez ele fosse como todos os outros. Isso me surpreendeu, pois eu não havia percebido que achava que ele não era como os outros. Enrolei um cacho de cabelo no dedo e tentei pensar em uma resposta apropriada.

– Eles vão mudar de ideia, se entenderem que é isso que Sabina quer. E se eles não... bem, que vão para o inferno.

– É exatamente por atitudes assim que as pessoas adoram os americanos.

– De verdade?

– As que têm bom senso, pelo menos.

Continuamos a visitar a Hans Place quase todos os dias. Henry melhorava lentamente, mas levou quase duas semanas para estar bem o bastante a ponto de descer as escadas.

Cassandra assumiu o cargo de sua principal enfermeira, o que evitou que eu a visse muito e liberou Jane para outras coisas. Como as negociações com John Murray. Um dia, quando fui levada à sala de estar vazia, notei uma pilha de papéis na mesa de Pembroke e arrisquei olhar mais atentamente, suspeitando que eram provas de página, pois estavam datilografadas, não escritas à mão. *Emma Woodhouse, bonita, inteligente e rica...* foi tudo que ousei ler, mas foi suficiente: *Emma* estava indo para frente.

Havia o bibliotecário real também, James Stanier Clarke. A vida de Jane Austen era surpreendentemente constrita, considerando a grandeza de sua fama subsequente. Ela nunca tentara se encontrar ou corresponder com outros escritores, e sua visita à Carlton House foi o que teve de mais próximo da História com H maiúsculo. Isso intriga seus biógrafos e também os frustra, porque não sobreviveu nada escrito sobre a ocasião: o que ela viu e pensou, tanto da opulência do palácio quanto do senhor Clarke, cujas cartas subsequentes o pintavam como um cômico monstro cheio de si, um Collins da vida real.

Certa manhã, Liam e eu fomos à Hans Place, como fazíamos na maioria dos dias, para ver como Henry estava, e encontramos Jane sozinha na sala, usando um vestido que eu nunca havia visto nela antes. Como eu já conhecia bem seu guarda-roupa – que não era extenso –, aquilo foi digno de nota.

– Ah! – Ela disse. – São vocês.

– Estava esperando alguém mais *formidável*? – Perguntou Liam afetando gravidade, com pronúncia francesa, tomando-lhe a mão e beijando-a.

Embora seus gracejos e flertes já estivessem bem estabelecidos, ainda me surpreendiam. A segurança com que Liam se portava era um tributo a suas habilidades de atuação; o que ela sentia, porém? Isso era mais um enigma.

– Simplesmente minha sobrinha, Fanny Knight. Edward voltou para Kent para buscá-la, e já estão na cidade desde ontem. Ela é querida para mim, mas ninguém a descreveria como *formidável*. Embora seja muito talentosa. Mas não – ela olhou de Liam para mim com um grande sorriso –, receio que tenham perdido o visitante importante do dia. Senhor Clarke, o bibliotecário do príncipe, saiu há alguns minutos apenas. – Ela fez uma pausa. – É raro encontrar um homem desse nível... O que ouço é uma carruagem parando lá fora?

Liam foi até a janela.

– Sua acurácia é surpreendente – disse. – São o senhor Knight e uma jovem saindo de uma carruagem.

O relato da visita do bibliotecário real teve de esperar enquanto cumprimentávamos Edward e éramos apresentados a Fanny, sua filha mais velha. Ela era loira, rosada, uma versão mais bonita de Edward, com um ar digno que a fazia parecer mais velha que seus vinte e dois anos. Ela tinha apenas quinze anos quando sua mãe morrera de complicações após seu décimo primeiro parto. Edward nunca se casara de novo, deixando Fanny ser efetivamente a mulher da casa a partir daí, com muitos servos para comandar e muitos irmãos e irmãs com quem se preocupar. Seria um bom treinamento para seu posterior casamento com Sir Edward Knatchbull, um viúvo com seis filhos a quem ela daria mais nove.

Fanny abraçou fortemente sua tia e nos cumprimentou com frieza, mas Edward foi amigável como sempre.

– Bem, Jane – ele disse quando já estávamos todos acomodados –, e quanto ao príncipe?

Os olhos de Jane brilhavam, divertidos.

– O senhor Clarke veio nesta manhã, Ned, você o perdeu por pouco. Alimentei suas grandes esperanças. Tão cheio de si, tanta solenidade absurda! Foi uma sorte eu o haver recebido sozinha. Teria sido incapaz de manter meu semblante inalterado se todos estivessem aqui.

– O que ele disse que foi tão cômico? – Fanny perguntou.

– Não foram tanto as palavras, minha querida, mais sua maneira de conferi-las a mim. Cada frase era polida até um brilho lapidar e medida como ouro na balança de um penhorista.

– Jane, você já esteve em um penhorista? – Edward perguntou. – A menos que esteja levando uma vida mais dissoluta do que pensamos aqui na cidade com Henry, não posso imaginar uma coisa dessas.

– É a influência perniciosa do senhor Clarke. Esse cavalheiro transtornou minha razão, e minhas metáforas estão revoltadas como ludistas em Lancashire.

Uma agitação no ar fez que eu me voltasse, e vi Cassandra parada à porta.

– Ah – ela disse, examinando a todos nós com o olhar e parando em Liam. – Doutor Ravenswood, está aqui. Henry tinha esperanças disso. Vai subir para vê-lo?

Seu tom, se não caloroso, era pelo menos educado. Ela me cumprimentou com um rápido aceno de cabeça.

Liam levantou-se imediatamente.

– Não vim com outra intenção, madame. Leve-me até ele.

– Acho que já conhece o caminho até o quarto. Vou testar seus poderes de navegação – ela disse com um sorriso ambíguo, sentando-se na cadeira que ele ocupara.

Liam curvou-se e dirigiu-se para cima, enquanto eu tentava decidir se tamanha familiaridade era insultante ou um sinal de que ela estava se suavizando com ele. Liam havia visto Cassandra mais que eu nos últimos dias, uma vez que ambos estavam frequentemente no quarto com Henry. E algo que ele dissera no dia anterior sugeria que talvez ela estivesse ficando menos hostil.

Sobressaltei-me ao perceber que Cassandra estava falando comigo, no mesmo tom polido que usara com Liam.

– Henry disse que está se sentindo bem melhor. Se continuar assim, ele gostaria de abandonar o leito e vê-la amanhã. A senhorita e seu irmão poderão vir para o chá?

– Nada poderia nos dar maior prazer – respondi.

Ao ver as duas irmãs trocando olhares, eu me perguntei se uma delas havia originado o convite e pedira à outra que o fizesse. Era interessante essa inversão naquilo que eu pensava ser a linha de comando usual delas. Ver Henry depois de tanto tempo também seria interessante.

CAPÍTULO 9

7 de novembro
Hans Place, 23

NA NOITE SEGUINTE, ENCONTRAMOS CASSANDRA, HENRY E JANE, Edward e Fanny Knight, e o senhor Haden, o boticário muitas vezes mencionado nas cartas de Jane dessa época. O senhor Haden era quase tão baixo quanto eu, e de compleição esbelta. Isso, mais seus notáveis olhos – tão azuis que eram quase violeta, com os cílios mais longos que eu já havia visto em um homem adulto –, davam-lhe uma qualidade infantil. Havia algo estranho no modo como se inclinara para mim, mas seus modos eram gentis, ansioso por agradar. Ele era atencioso com Fanny, mas não sedutor. Talvez os biógrafos tenham interpretado errado isso. Também pensei que ele e Jane não davam sinais especiais de preferência um pelo outro – ela só flertava com Liam. Acaso nossa chegada poderia impedir que aquela amizade se aprofundasse?

Henry beijou minha mão com tanta intensidade que me fez corar e olhar ao redor, mas ninguém nos dava atenção. Liam havia reunido todos os outros em torno do grande atlas sobre a mesa e explicava algo sobre as Índias Ocidentais.

– Senhorita Ravenswood – disse Henry em um tom igualmente intenso, sem a ironia habitual. – Que bom vê-la de novo. Senti sua falta.

Sua pele e o branco de seus olhos estavam só levemente amarelos, mas seu olhar brilhava um pouco demais e ele parecia cansado. Parecia haver perdido vinte libras e ganhado dez anos desde que eu o vira pela última vez.

– Estou feliz por vê-lo melhor, senhor. Deu-nos um susto.

– É preciso fazer algo para atrair a atenção e a compaixão das mulheres, afinal – disse ele, já mais natural.

Seu olhar pousou em meu peito, como se fosse uma visão que ele havia resolvido não se negar. Olhou-me nos olhos de novo, sorriu, inclinou-se um pouco mais perto, baixou os olhos outra vez e os subiu. Inalei seu cheiro de linho limpo e senti um calor se espalhar pelo meu corpo, cuja origem estava entre minhas pernas. Eu havia feito sexo na noite anterior à partida para 1815, com Ezra Inverno, um dos codificadores do servidor Prometheus. Já havia se passado mais de dois meses, ou séculos no futuro. Estava em um longo período de seca. Bem, ninguém havia dito que viajar no tempo seria fácil.

– Esse seu algo foi um pouco extremo – retruquei.

Ao observá-lo à luz de velas, senti a excitação dar lugar à compaixão. Recuperado de uma doença perigosa, ele não podia saber tudo que em breve daria errado: o colapso de seu banco, a perda de seu dinheiro e de sua casa.

– Nada se arrisca, nada se ganha. – Ele fez uma pausa. – Como passou seu tempo desde a última vez que a vi? Imagino que encontrou muito para fazer na cidade e fez alguns novos amigos.

Amigos homens estava nas entrelinhas, ou talvez fosse apenas minha imaginação.

– Nenhum de quem eu goste tanto quanto dos antigos, como o senhor e sua irmã.

– A senhorita é muito generosa, diz apenas o que eu desejo ouvir. Diga-me, porém, minha família foi gentil? Trataram-na como merece? – Ele perguntou, levando o olhar para Cassandra, que conversava com Edward perto da janela que dava para a rua.

Só havia uma resposta possível, e eu a dei:

– Ah! Pode estar certo disso.

Contudo, foi uma pergunta inusitada. Eu teria pensado mais nela, não fosse o fato de ter sido expulsa de minha mente por coisas estranhas que aconteceram mais tarde.

Circulavam chá, torta de sementes e muffins, e falávamos sobre o teatro. Surgiu o tema da peça *Juras de amor*, que figurava de forma proeminente em *Mansfield Park*, e Fanny, com mais animação do que havia demonstrado antes e um pedaço de torta de sementes a sua frente, debochava de uma versão particularmente exacerbada que ela havia visto em Bath. Ficava balançando o garfo no ar e declamando: “Estou bem, apenas fraca! Uma alimentação saudável!”, até que se calou e deixou cair o garfo, que bateu no prato com um som forte.

– Qual é o problema? – Gritou seu pai.

Ela, porém, não disse nada. Seus olhos se arregalaram, e ela levou suas mãos elegantes a seu pescoço branco.

– Fanny! – Gritou Cassandra.

Levei os olhos a seu tórax, que, como a moda exigia, estava exposto, com seus seios levantados pelo espartilho, o que facilitava ver sua respiração. Fanny, porém, não estava respirando. Fiquei observando pelo que pareceu um longo tempo, até que me convenci de que era verdade, e então, levantei-me.

– Vou ficar atrás de você e... e ajudar. Não tenha medo.

Ela também havia se levantado; em um instante estava andando pela sala em busca de ar, mas em vão.

Eu bati nas costas dela várias vezes, cada vez com mais força, mas sem efeito. Alguém gritava:

– Fanny!

Coloquei os braços ao redor do tronco de Fanny, situei uma mão fechada logo acima do umbigo dela, envolvi meu punho com a outra mão e empurrei para cima e para trás. Surpresa, ela estremeceu, mas a obstrução continuava ali. Fiz de novo. Nada aconteceu.

Mais uma vez, fiz força para cima e para trás, mais forte – tinha medo de machucá-la, pois ela era insubstancial sob a musselina esvoaçante, e seu espartilho, como uma armadura, desviava minha força –, e dessa vez funcionou. Um pedaço de torta de sementes saiu de sua traqueia e pousou perto da lareira. Ela respirou fundo e tossiu em seu lenço, com os olhos marejados. Dei-lhe um tapinha nas costas, gentilmente dessa vez, e me sentei, sentindo-me tonta.

Vermelha, ela enxugou os olhos, soltou um suspiro e afundou na cadeira. Depois de um longo momento, Cassandra lhe serviu mais chá. A xícara e o pires tilintavam nas mãos de Fanny enquanto ela bebia.

Por fim, Henry disse em voz baixa:

– A senhorita salvou-lhe a vida. Como sabia que devia fazer isso? De verdade, é ainda mais notável do que seu irmão disse.

– Teria saído, eu apenas ajudei.

– Não, de verdade – disse o senhor Haden. – Nunca aprendi uma coisa dessas, doutor Ravenswood; mas gostaria. Uma vez, um camponês morreu diante dos meus olhos, engasgado com um pedaço de nabo; eu o poderia ter salvado se houvesse visto isso antes! Como aprendeu? Pode me mostrar?

Ele se dirigia a Liam, apesar de eu haver realizado o procedimento de salvamento. Fiquei sentada em muda indignação por um momento antes de notar Jane, que olhava para o senhor Haden. Ela olhou para mim, rolou os olhos e torceu os lábios com sarcasmo – só por um instante, mas foi o suficiente. Para sobreviver como mulher ali e não perder a cabeça, era essencial ter um senso saudável do ridículo. Isso era algo que ela havia aprendido antes mesmo da adolescência. Eu era amadora perto dela; acaso não éramos todos?

– Mais tarde – disse Liam. – Ficaremos felizes em lhe mostrar, mas não na hora do chá. Foi emoção suficiente por um dia.

– Mas, senhorita Ravenswood, conte-nos – disse Cassandra. – Onde aprendeu isso?

Então, todos estavam olhando para mim com a mesma pergunta nos olhos; exceto Liam, que parecia não saber bem para onde olhar, e escolheu o chão. Eu hesitei. Onde eu poderia ter aprendido isso?

– Minha velha babá fez isso comigo uma vez, quando eu tinha cerca de dez anos e havia inalado uma bala. Lembra-se disso, William?

Eu vi alívio no sorriso que Liam me deu.

– Como poderia esquecer? Depois, você não descansou enquanto ela não lhe ensinou. Ela disse que era um segredo de seu povo Ashanti, juntamente com um amuleto para garantir que o leite de cabra não amargasse.

– Mas esse não funcionava muito bem – eu disse.

– E a cura para corações partidos – Liam disse.

Temi que nossa improvisação estivesse indo longe demais.

Jane quebrou o silêncio que se seguiu.

– Já tentou isso, senhor? – Perguntou a Liam.

– Nunca – disse ele.

E a conversa retomou canais mais normais.

Mas senti uma diferença depois. Talvez só em mim. Senti que, por fim, depois de semanas costurando camisas, tomando chá e vendo Liam flertar com Jane, eu havia feito algo útil. Para minha surpresa,

Cassandra se sentou ao meu lado – do outro lado estava Henry – e começou a me contar baixinho sobre os desafios de manter Madame Bigeon na linha, e quanto Jane havia trabalhado na revisão de *Emma*. Na narração de Cassandra, ela mesma era a única coisa na Hans Place entre a desordem moderada e o caos total. Eu sorria e concordava com cada palavra, enquanto Henry nos observava com um ar satisfeito.

Edward, que parecia quase em lágrimas depois do que havia acontecido, levou Liam para um canto para uma longa conversa, que parecia séria e terminou em um vigoroso aperto de mãos.

– O QUE EDWARD ESTAVA LHE DIZENDO? – PERGUNTEI QUANDO JÁ estávamos na carruagem a caminho de casa.

– Bem – começou Liam, com a cautela de alguém que dá más notícias –, parece que ele nos convidou a ir a Chawton Great House.

Eu gritei de alegria e fiquei pulando no banco. Liam estremeceu e apontou para Wilcox, do lado de fora.

– Que ótimo! Quando ele disse que podemos ir? – Perguntei em sussurros. E depois de uma pausa: – ou ele estava só sendo educado?

– Ele disse que nos visitaria em breve e, então, poderíamos combinar os detalhes.

Liam, descansando a cabeça nas mãos, como se estivesse esgotado pela tarefa de personificar doutor William Ravenswood, prosseguiu:

– Ele queria lhe dar um cavalo.

Senti o riso crescendo dentro de mim como um espirro, como um orgasmo, e o engoli, ciente da presença de Wilcox.

– Ele queria o quê?

– Ele ficou muito tempo explicando que tinha uma égua bonita que achava que seria adequada para uma mulher de seu tamanho.

Imaginei que Liam também devia estar tentando não rir.

– Era um pônei Shetland?

– Eu disse que tínhamos cavalos, mas que não conhecíamos nada da Inglaterra e que gostaríamos de sair de Londres; perguntei se ele conhecia alguém que tivesse casa em algum lugar bonito do campo que pudesse recomendar. Então, ele insistiu que fôssemos a Chawton, e que se gostássemos de Hampshire, ele nos ajudaria a encontrar um lugar nosso, mas que agora seríamos seus convidados.

– Então, estaremos bem perto da rua de Jane Austen.

Perto das cartas. E de *Os Watsons*.

Eu ainda estava tentando absorver tudo quando Liam disse:

– Ele estava louco para encontrar uma maneira de lhe agradecer por salvar a vida de Fanny.

Houve uma pausa, enquanto os cavalos batiam seus cascos pela Sloane Street, iluminada por lâmpadas cintilantes e estranhamente silenciosa, considerando-se que não era tão tarde.

– Você salvou mesmo, não foi? Ela teria morrido se você não estivesse lá?

Eu olhei para ele com espanto quando percebi aonde ele queria chegar. Como não havia visto isso eu mesma?

– Impossível. Ela se casa com um baronete, tem nove filhos e vive até 1882.

– Então, ela se salvaria, sem sua ajuda.

– Teria de se salvar – disse eu lentamente, vendo Fanny no momento em que levara as mãos à garganta. – Você tem outra teoria?

– Talvez o fato de estarmos lá na hora do chá a tenha feito engasgar. Nós a deixamos nervosa.

– Então, fomos a causa do problema e a solução? – Eu disse.

– Talvez. – Ele fez uma pausa. – Mas não acredito.

– Você está dizendo que nós alteramos o campo de probabilidades?

Liam apoiou a testa na mão, dizendo:

– Parece que sim, não é?

Eu olhei pela janela, vi Londres passando, vi de novo em minha memória os corredores cinzentos do Instituto Real para Assuntos Especiais de Física. Como estava animada por estar lá! Tão impressionada por estar indo para 1815! Teria eu pensado que isso poderia acontecer? Achava que sim, mas, agora, diante das circunstâncias, percebi que não havia pensado de verdade.

NO ANDAR DE CIMA, NORTH ME AJUDOU A VESTIR A CAMISOLA E arrumou meu cabelo, fazendo tranças frouxas para dormir e colocando papelotes para formar os cachos da frente. Eu geralmente gostava dessa parte privada, indulgente do dia e da presença calma de North. Entretanto, ela devia ter percebido que eu estava tensa. Perguntou-me se havia acontecido alguma coisa.

Depois de ouvir meu breve relato sobre o engasgo de Fanny, ela estalou a língua, dizendo:

– Então, a senhorita salvou-lhe a vida! Já é a segunda que salva.

Estávamos de frente para o espelho enquanto ela arrumava meu cabelo, e nossos olhos se encontraram no reflexo. Minha expressão era interrogativa.

– Tom – ela explicou. – Qual teria sido a sina dele se a senhorita não o houvesse comprado daquele homem? Quanto tempo acha que vivem esses meninos que limpam chaminés?

Eu desviei o olhar.

Quando North terminou e saiu, fiquei sentada à penteadeira por um longo tempo. Pensei em Fanny quando não conseguia respirar; em Tom, na manhã em que eu o encontrara no salão. Nas moedas roubadas de minha bolsa em meu primeiro dia em Londres. O dinheiro era veloz; por quantas mãos já teria passado, quantas vidas teria alterado?

No entanto, a intervenção não precisa ser tão dramática. Nós modificamos o curso dos eventos só de estar ali: contratamos empregados que teriam arranjado outros empregos ou passado fome e ocupamos uma casa que teria sido alugada para outra pessoa ou ficaria vazia. O bom senso sugeria que coisas tão pequenas não deveriam mudar o curso da história, mas, certamente poderiam, por meio de algum curso de causalidade impossível de rastrear. A intensidade da missão e a possibilidade de alteração do campo de probabilidades haviam sido medidas segundo as três principais variáveis: quão distante o passado, quanto tempo passado ali e o grau de envolvimento necessário para atingir os objetivos do Projeto. Pessoas haviam viajado muito mais para trás que nós – mas nunca ficavam muito tempo no passado remoto, e raramente faziam mais que observar com cautela. Nossa missão era de oito e meio em uma escala de dez pontos. Eu sabia disso. No entanto, meu conhecimento, até esse instante, havia sido abstrato.

Olhei para meu rosto assustado no espelho. À luz fraca do fogo moribundo, com a cabeça eriçada de papelotes, eu era como uma estranha vagamente familiar: os mesmos olhos escuros e o queixo proeminente, mas alterada. *O que vou fazer*, perguntei a meu misterioso reflexo. *O que vou fazer?*

Tirei a manta enrolada em torno de mim, peguei minha vela e fui na ponta dos pés para o corredor. Senti o chão gelado contra meus pés descalços. Hesitei diante da porta de Liam, e então a abri como um gatuno, entrei e a fechei atrás de mim.

Sussurrei:

– Está acordado?

O quarto dele estava mais escuro do que o meu, e mais frio. Uma janela semiaberta deixava um sopro de ar noturno entrar. Ouvi um farfalhar e um rangido, e uma inspiração rápida:

– Rachel?

Levantei minha vela para olhar ao redor.

– Eu queria...

Havia uma cadeira Windsor no canto. Levei-a para perto da cama e me sentei. O quarto cheirava a noite e alguma outra coisa vagamente familiar, como sabonete, folha de louro e lã; terroso, mas agradável.

– Eu queria falar com você.

Ele se sentou, esfregando os olhos com as mãos.

Seu olhar parou nos papelotes em meu cabelo.

– O que aconteceu?

– Eu só precisava conversar um minuto. Acordei você? Desculpe-me.

Descabelado, pestanejando, mas já alerta, ele abraçou os joelhos e inclinou a cabeça com um leve sorriso.

– Sem problemas.

– Eu sabia que eu não conseguiria dormir... pensando no que você disse.

– Há uma diferença entre nós, então. Não vejo como ficar acordado poderia mudar as coisas.

– Eu não consigo dormir de imediato. A mente não funciona assim.

– Ah, mas você precisa treiná-la.

– Você sabe fazer isso? – Perguntei, intrigada, mesmo contra minha vontade. – Precisa me mostrar uma hora.

– Posso lhe mostrar agora.

– Provavelmente vai me mandar respirar e pensar em algo legal. Mas é hora de entrar em pânico.

Liam riu, bastante e baixinho, meio dissimulado, e eu me senti melhor. Ao contrário de mim, ele não tinha uma risada de louco.

– Tudo bem. Você primeiro.

Eu me recostei. Meus pés estavam frios, então, sentei-me sobre eles.

– Pelo que me lembro, nossa missão tinha 1,003 chance de alteração “significativa” do campo de probabilidades, o que significaria uma perturbação de mais de cinco por cento do campo em qualquer ponto.

– Esse número a deixa mais tranquila?

– Não é isso que você lembra?

Passou-se um tempo antes de ele responder:

– Parece tão longe, não é? Como algo que aconteceu com outra pessoa. O instituto, tudo aquilo...

Ele tinha razão, mas eu não queria admitir que ambos pensávamos assim. Ele prosseguiu:

– E o que isso significa? Cinco por cento dos bilhões... sei lá... de quarks colidindo que compõem um dia médio em 1815? – Disse eu.

– Isso seria algo macro.

Olhei em volta do quarto escuro me perguntando o que estava fazendo ali. Se eu acordasse e visse Liam parado no meu quarto, não teria reagido tão calmamente quanto ele.

– Como uma pessoa, que deveria viver até 1882, morrer sufocada.

– Mas ela não morreu. Então, talvez seja como eles disseram. O campo de probabilidades é como uma rede de malha, é elástico. Ela engasga, mas não morre. Equilíbrio restaurado. – Ele concluiu.

– Como você pode ficar tão indiferente em relação a isso? – Perguntei.

– Porque é inútil se preocupar com coisas que não podemos controlar.

Eu não concordava, mas esse era um labirinto filosófico no qual não desejava entrar.

– E Tom? Você disse que foi uma má ideia eu tentar ajudá-lo. Talvez tenha sido aí que erramos.

Desmanchei minha posição de pretzel, estiquei as pernas e coloquei os pés na cama.

Liam disse:

– Você acha que Fanny Knight sufocou com um pedaço de bolo porque você salvou um menino que limpava chaminés?

– Não estou dizendo que há uma causalidade direta, mas, se o campo é dinâmico... e é... uma ação distante se conecta em modos quânticos e imprevisíveis, não é?

Houve outro longo silêncio. Dois andares abaixo, o relógio bateu meia-noite.

– Você estava certa ao fazer o que você fez aquele dia.

– Mas, mesmo que...

– Alguém já me salvou também. Não tinha razão para isso, além da decência humana, e toda minha vida foi diferente por causa disso. Se foi aí que erramos, com Tom... é uma pena.

– Como você foi salvo?

Ele me ignorou, prosseguindo com mais energia:

– E eu não acredito nisso. Um limpador de chaminé, mais ou menos... pessoas assim não mudam as coisas. Se houvéssemos atropelado Wilberforce com nossa carruagem, talvez.

Estremeci, lembrando minha primeira manhã em 1815, quando quase fora atropelada.

– Pessoas pequenas não importam. Exceto no coletivo – completou.

– Elas gostam da vida tanto quanto as grandes – disse eu.

– Quero dizer que elas não mudam as coisas.

Liam disse isso com tanta segurança que fiquei calada um instante, querendo acreditar nele. Entretanto, por fim, quando percebi para que havia ido ao seu quarto e o acordado, tive de falar:

– Se realmente perturbamos o campo de probabilidades, o que vai acontecer? E se voltarmos e o mundo que conhecemos houver desaparecido, e se precisarmos ser retificados e esquecer quem somos?

Só as memórias inconvenientes, recordei a mim mesma, mas isso não foi consolo. Foi a vez de Liam ficar em silêncio. Por fim, ele disse:

– Nós corremos o risco, não é? Junto com todo o resto. Está arrependida agora?

A casa estava silenciosa, mas eu podia ouvir o vento nas chaminés lá fora, o grito de um vigia noturno, ferraduras nos paralelepípedos ao longe. Foi como se um pensamento passasse entre nós, silencioso como um suspiro.

– Não – eu disse. – Não estou. Apesar de tudo.

– E o que quer dizer com "tudo"?

– Se tudo desaparecer. Se voltarmos e... não sei... – parei. – É impossível saber, não é? Como poderia ser? É como tentar imaginar o mundo ainda existindo sem você depois que estiver morto. Você sabe que tem de continuar, mas... – Parei, contrariada com o caminho pelo qual meu pensamento estava me levando.

– Isso a assusta? – Liam murmurou. – Não sei. Eu até que sempre gostei da ideia de o mundo continuar sem mim. Suponho que por isso gostei tanto da ideia de viajar no tempo. Nosso mundo está continuando sem nós agora, e não estamos pior.

– Isso é porque estamos vivos, bobinho.

– Acho que sim – ele disse, rindo baixinho.

Pensei de novo que ele tinha uma risada legal. Formava uma unidade com sua voz versátil, seu andar gracioso, seus ombros largos e o jeito de inclinar a cabeça de lado enquanto sustentava meu olhar, com seus olhos.

Que estavam fixos em mim, brilhando na semiescuridão, com uma expressão... como se ele houvesse acabado de pensar em algo. Constrangida, baixei os olhos e me descobri olhando para as mãos dele, que ainda estavam em torno de seus joelhos. Não ajudou muito; eram mãos que pareciam fortes, com nós firmes e dedos longos. Suas mangas, arregaçadas até o cotovelo, deixavam à mostra braços que eu nunca vira durante o dia: de um pálido leitoso, com musculatura visível e pelos escuros e brilhantes que me controlei para não acariciar. Deviam ser macios ao toque, como veludo.

E assim, eu não sabia o que fazer. Meu coração estava acelerado, e me esqueci de respirar. Tentei pegar um cacho com o dedo e senti o papelote. Eu havia ido até ali com aquilo na cabeça? *Mãe do céu*, como diria Liam.

Tirei os pés da cama, pois agora me parecia sugestivo estar com eles ali, a um passo de entrar debaixo das cobertas, e me levantei. Sentia-me uma estranha em meu próprio corpo; minhas pernas obedeciam ao comando da mente, mas desajeitadamente. Peguei minha vela, dizendo:

– É melhor eu ir. Obrigada por me deixar desabafar. Desculpe-me ter perturbado você.

E se eu puxasse as cobertas e deslizasse ao lado dele, perto o suficiente para sentir o cheiro do sal de sua pele, para ouvir sua respiração se acelerar?

Só para me aquecer, eu diria. *Vamos conversar sobre isso mais detalhadamente*. Ele não resistiria a mim, porque, por minha experiência, os homens não conseguem resistir. Uma abordagem direta, corretamente dirigida, raramente falha.

Contudo, não consegui. Fiquei paralisada.

Ele olhou para mim.

– Não perturbou.

No claro-escuro da luz de minha vela, ele parecia intrigado e inocente.

– Eu estava... estou melhor agora que conversamos. Obrigada. Boa noite!

Minha boca estava seca, consegui pronunciar essas palavras com dificuldade. E então, voltei-me tão depressa que a vela se apagou, e tive de tatear o caminho em direção à porta. Deveria ter sido um alívio não ver nem ser vista, mas a escuridão parecia mais íntima sabendo que ele estava ali.

– Boa noite, Rachel querida. Volte sempre.

Ouvi um rangido e um farfalhar quando ele se recostou, e minha mão cega encontrou a maçaneta da porta.

Quando abri os olhos para a luz do sol de novembro, tudo que havia acontecido na noite anterior ainda permanecia em minha mente, mas eu não estava mais atordoada. Era como se durante o sono eu houvesse ajustado meu pensamento para conter essas ideias, como tecido cicatricial que cresce sobre um pequeno objeto estranho na carne. Perturbação do campo de probabilidades. Um convite para Chawton. E Liam. Olhei para o pedaço de céu que podia ver de minha janela e deixei minha mente ruminar essas coisas.

Ninguém jamais acreditou que poderíamos viajar para 1815 e não mudar nada. No entanto, Liam devia estava certo: a História consistia de grandes eventos e personagens maiores que a vida. Waterloo, Trafalgar, Borodino, Napoleão, Nelson, Kutuzov. Jane Austen. O resto de nós contribuía para a História em nossos pequenos caminhos, como gotas de água que formam um oceano: coletivamente poderosos, sem sentido sozinhos. Nessa visão, o fato de Fanny Knight quase morrer engasgada não era importante. Ela não morrera, isso era o principal.

E então, seu pai nos convidou para ir a Chawton. Isso era o que importava. Provavelmente nunca teria acontecido de outra forma. Isto é, se ela não houvesse quase morrido. Senti um arrepio passar por mim enquanto considerava isso. Era como se algo – o mundo, o futuro – precisasse que ela passasse por aquilo para que a próxima pedra do dominó caísse. Como se nossa chegada a 1815 com uma missão houvesse agitado algo que estava quieto, alterando a energia do mundo e o resultado dos eventos. Essa linha de pensamento estava fazendo minha cabeça doer, de modo que voltei para o que eu sabia.

A propriedade principal de Edward ficava em Kent. A de Chawton, em Hampshire, era menor, onde ele não passava muito tempo. Entretanto, em 1809, quando ele oferecera a sua mãe e irmãs que escolhessem uma das duas casas, elas preferiram Hampshire a Kent, pois parecia mais um lar. Chawton ficava perto da casa paroquial de Steventon, onde todas as crianças, exceto Edward, haviam crescido; onde a senhora Austen havia sido esposa de um clérigo atarefado, com um rebanho de vacas leiteiras, um grande jardim e uma casa cheia de meninos a quem o reverendo Austen dava aulas. As vacas e os meninos haviam ido embora e o senhor Austen morrera havia dez anos, mas, em muitos aspectos, a vida das três Austen e de sua amiga solteira, Martha Lloyd, em Chawton, era um retorno a esse tempo: calma e autossuficiência, plantando seus vegetais, fazendo cerveja de abeto e criando galinhas. O mundo além de sua aldeia, com tumultos alimentares e distúrbios têxteis, quase não existia; pelo menos era o que eu imaginava. Seria fascinante sair de Londres e ver. E como Cassandra reagiria ao convite de Edward? Ela teria de nos aceitar. Na verdade, na noite passada parecera que estava começando. Restava o problema de Liam, porém. O que havia acontecido? De onde saíra aquilo, pegando-me tão desprevenida? Eu havia ido a seu quarto sem nada na cabeça além de uma necessidade de conversar: insônia iminente, o desejo de um ouvido amigo. E saíra de lá com um desejo irresistível de dormir com ele.

E não havia feito nada, outro mistério. Eu sou direta. Minhas necessidades são simples. Gosto de sexo, de preferência com homens, embora não descarte as mulheres. Ninguém precisa ser amarrado ou espancado, e ninguém precisa estar apaixonado. Descobri que não pensar demais funciona bem. Eu deveria ter me sentado na cama dele, ter lhe dado um longo olhar, tomado uma das suas lindas mãos e deixado as coisas se desenrolarem naturalmente. O que fiz, porém, foi gaguejar como uma adolescente apaixonada e fugir. Inexplicável.

É verdade que estaríamos presos no início do século XIX, posando como irmãos, até setembro e a Oportunidade de Retorno. Vivendo como estávamos, existia o risco de sermos flagrados por um criado. E não haveria como fugir quando as coisas não dessem certo se ele acabasse sendo mais um dos meus erros – sombrio, contido, disfuncional ou complicado. Isso não parecia impossível. E também, ele estava noivo. Era um homem apaixonado.

Eram todas boas razões para hesitar, mas perdiam sentido diante do fato de que na noite anterior nenhuma delas havia me ocorrido. Qual era o problema, então? Ele nunca havia dado muitos sinais de se sentir atraído – talvez eu não fosse seu tipo –, mas isso não era desqualificador. Nós éramos humanos. Eu duvidava que ele rejeitasse um avanço inequívoco. E mesmo que rejeitasse, eu não ficaria pior que agora. Então, por que eu havia fugido?

Vi de novo na memória o rosto de Liam quando olhara para mim, pouco antes de eu fugir do quarto. Havia algo tão inocente em sua expressão que eu senti vergonha dos meus desejos. Os Velhos Britânicos são prudentes, lembrei – esquecendo, por um momento, que ele não era Velho Britânico, que só fingia ser. Ele não tinha a experiência que eu tinha de trabalhar em locais remotos e em condições extremas, não entendia como isso afeta uma pessoa. Talvez, nesse sentido, ele fosse um pouco ingênuo. Ou talvez ele tivesse escrúpulos religiosos – não que ele já houvesse falado de religião. Ou talvez estivesse se guardando para o casamento.

A ideia de meu colega ser um virgem de trinta e sete anos me bateu tão forte – triste, mas engraçada –, que caí na gargalhada e me senti melhor. Virei de bruços e levei a mão para baixo da camisola, curtindo o calor e a suavidade de minha pele, a suave resiliência de minha carne. Imaginei as mãos dele em mim e me permiti esquecer, pelo menos até acabar de resolver meu problema, sem realmente resolver nada.

Poucos dias depois, quando comecei a me preocupar pensando que Liam poderia haver entendido mal, ou que o dono de Chawton House houvesse mudado de ideia, Edward apareceu quando ainda estávamos no café da manhã para reiterar o convite. Seus negócios o manteriam na cidade por mais tempo, precisaria passar três ou quatro semanas em Kent, e então, estaria em Hampshire durante o novo ano, indo e voltando. Nossa visita seria bem-vinda no mês seguinte, embora talvez preferíssemos esperar a primavera, um tempo mais agradável ali.

Dezembro, dissemos: queríamos ir para o campo o mais depressa possível, respirar ar puro e nos livrar da influência corruptora de Londres. Liam se expressou tão calorosamente sobre esse ponto que Edward pareceu surpreso, e sugeriu uma semana em Cheltenham ou Weymouth – seria ótimo para nós. Tivemos de prometer considerar o assunto.

– Preciso ir ao alfaiate – disse Liam, indo até a janela para ver a rua e Edward Knight entrando em sua carruagem. – Certamente haverá prática de tiro. Preciso de roupas.

– Como você se liga em moda! Em nosso tempo, você também comprava roupas o tempo todo? – Imagino que sim. – Concluí.

Eu havia resolvido tratar Liam exatamente como antes, seguir seu manual e me manter mais contida. Até então, estava indo bem.

– Eu nunca tive dinheiro – ele disse.

– Ah... Ótimo, então você pode ser indulgente com suas necessidades reprimidas.

– Meu desejo reprimido de ser Beau Brummell? – Murmurou Liam. – Às vezes, 1815 parece um baile a fantasia sem fim.

– Ou o desejo de ser um cavalheiro – eu disse.

Ele me lançou um olhar penetrante.

– Quer ir ao alfaiate comigo? Pensei em darmos uma volta, depois. Seria uma pena desperdiçar o dia.

Estávamos no Hyde Park – o tempo ameno, fora de época, perdurava – quando vi Jane Austen a certa distância.

– Ali – eu disse, tentando indicar sem apontar –, perto daquele grupo de pessoas. Não olhe; perto daquele salgueiro, com mais duas mulheres.

Quando ele por fim a viu, ela também nos notou. Despediu-se das mulheres com quem estava caminhando e se aproximou. Perguntamos pela saúde de Henry.

– Ele está muito bem. Tão bem que insistiu em sair. Eu o deixei em um banco para poder dar uma volta com a senhorita East e a senhora LaTournelle. Vão me acompanhar para voltar a ele?

Começou a ventar. Parecia novembro de novo. Jane se colocou entre nós e fomos. Ela começou a nos contar sobre o livro que havia começado a ler à noite: *Guy Mannering, ou O astrólogo*, do autor de *Waverley*, mas temia que ninguém gostasse mais do primeiro que desse último.

– Onde o deixou? – Por fim perguntei.

– Em algum lugar por aqui.

E então, eu o vi. Estava acompanhado por um cavalheiro robusto de casaco de uniforme azul e um grande chapéu, rosto assolado pelo tempo e um rabo de cavalo louro. Henry nos viu e levantou a mão. O oficial da marinha se curvou, trocou um aperto de mãos com Henry e se foi.

– Você os encontrou no parque, Jane? Que empreendedora!

Henry estava alegre, mas me pareceu cansado.

Ele se levantou e seguimos, mais devagar, em direção à Sloane Street e à Hans Place. Começamos seguindo os quatro juntos, mas Jane e Liam, mais próximos e falando seriamente, aceleraram; Henry e eu ficamos para trás.

– Já estava pronto para um passeio tão longo? – Perguntei. – Podemos parar e descansar. Veja, há um banco aqui.

– Senhorita Ravenswood, temo que me considere um inválido.

– Estou tão acostumada a dizer o que penso sem avaliar como pode ser interpretado. Deve me achar uma selvagem – eu disse.

– Em absoluto. – Ele sorriu para mim. – Admiro um temperamento aberto, caloroso e ardente. Não me interesso por pessoas cautelosas demais, que não arriscam dar um passo em falso.

– O senhor é a caridade encarnada para dar essa interpretação a minha falta de tato – eu disse.

– Mas desejo corrigir sua impressão sobre minha saúde. Estou melhorando diariamente, e espero estar totalmente recuperado em semanas.

– Fico feliz por isso.

À nossa frente, Liam e Jane, longe demais para serem ouvidos, pararam um momento, voltando-se um para o outro e depois para nós.

Ambos tinham o mesmo olhar frio e avaliador de quem está tentando decidir algo. Então, voltaram-se e prosseguiram.

– Mas, se eu puder falar francamente, como amiga...

Ele pegou minha mão enluvada e a pressionou contra seu coração, fazendo o meu coração dar um salto. Disse:

– Eu não gostaria que falasse de outra maneira.

– Recomendo que seja moderado no comer e no beber. Não estou sugerindo que já não seja, não... mas seu fígado sofreu uma injúria. Esse será sempre seu ponto fraco. Consuma carnes gordurosas, bebidas alcoólicas de todo tipo, e vinho, com a mais estrita moderação.

Observei-o de soslaio para ver como ele estava aceitando aquilo. No entanto, eu também poderia ter lhe dito para amarrar uma corda no dedão, ou beber uma poção de pérolas e caracóis triturados, e meu conselho médico certamente também parecia aleatório, particularmente porque eu era mulher, e, por definição, não sabia nada. Queria que houvesse algo que eu pudesse fazer, que realmente o ajudasse. Eu tinha a sensação de que ele era um homem andando alegremente à beira de um penhasco, e de novo sentia essa mistura de compaixão e desejo que me intrigara na noite em que eu salvara Fanny.

Ele me deu um sorriso malicioso.

– E chá? – Perguntou.

– Inofensivo. Benéfico.

– Isso significa que eu posso, de consciência tranquila, convidá-la e a seu irmão a se juntarem a nós para o chá na terça-feira. Cassandra vai para Hampshire com Edward esse dia, de modo que o pequeno grupo remanescente precisará animar o ambiente.

Fiquei feliz com o convite, mas a desculpa para o chá me pareceu particularmente frágil quando chegamos: ninguém na Hans Place carecia de alegria. Jane e Fanny estavam mais bobas e animadas que nunca, sentadas uma de cada lado do senhor Haden. Liam se sentava em frente a elas e conversavam baixinho, rindo, inclinando-se e quase tocando os narizes como pôneis antes de sair galopando em mais uma extravagância discursiva. Eu só ouvia fragmentos, mas suspeitava que estavam falando sobre o senhor Clarke e a Carlton House; Jane por fim havia feito a prometida visita.

Eu estava encurralada entre a harpa alugada de Fanny de um lado e Henry do outro. Falávamos sobre a fabulosa festa na Burlington House, dada pelo clube White para comemorar o fim da guerra com a França – em 1814, um ano antes, quando acabara. Pelas cartas de Jane Austen, eu já sabia que Henry estivera presente.

– Eu li em um jornal que custou dez mil libras. É verdade?

– Ah! Não faço ideia. Fico triste por a matéria se concentrar em um aspecto tão vulgar.

Achei estranho que um banqueiro considerasse o preço de qualquer coisa uma questão vulgar e não interessante. Talvez isso explicasse alguns dos seus problemas nos negócios.

– O que recordo é que nunca vi tantas pessoas felizes em um só lugar ao mesmo tempo.

– Com razão. Derrotar Bonaparte foi o trabalho de uma geração, não foi? A sua.

– Eu posso reivindicar pouco crédito nisso. Meus dois irmãos é que são capitães de mar.

– Espero poder conhecê-los e agradecer por seus serviços ao rei e ao país.

– Conhecerá Frank. Ele está em Chawton. Mas terá de esperar por Charles. – Ele fez uma pausa. – Seria desagradável dizer que já sinto falta dele?

– De seu irmão Charles?

– Não, de Bonaparte.

– Desagradável não, talvez não patriótico.

– Mas eu nunca o desejaria de volta; fugido do exílio, mais uma vez à frente de um exército... ah, não.

– Nem mesmo os franceses poderiam suportar tamanha excitação.

– No entanto, Frank e Charles já desejam uma nova guerra. Há poucas oportunidades para avançar em tempos de paz, e ainda menos para ganhar um prêmio.

– Acaso as pessoas em cargos superiores aos deles não morrem rápido o suficiente em tempo de paz?

Ele riu.

– Senhorita Ravenswood! A senhorita é pior que Jane!

– Eu desejaria ter apenas metade da inteligência dela – eu disse.

– Ela é única – ele disse, olhando para Jane. – Mas está correta; o segredo do avanço reside na sobrevivência àquilo que mata os outros. E à sorte, com certeza, especialmente no caso dos soldados.

Ele olhou ao redor da sala. Seus olhos brilhantes voltaram para descansar em meu rosto.

– E é igualmente verdade na vida civil, embora de forma menos dramática. Não voltamos para casa com buracos de bala e feridas abertas. Pelo menos, não visíveis.

Ele se calou de novo, olhando ao redor mais uma vez. Não precisei de muito para especular que ele estava pensando em seu banco.

– De fato. Uma paz tão desejada e, ainda assim, não é fácil se ajustar. Se considerar o que aconteceu com o preço do trigo...

Parei. Mulheres provavelmente não falavam sobre os preços das commodities.

Ele deu um suspiro.

– Meus negócios estão bastante envolvidos – disse.

Seus negócios? Por que ele discutiria suas finanças comigo? Isso levaria a um pedido de empréstimo? Certamente, isso era algo que ele pediria a Liam.

– A situação parece grave agora, mas estou confiante de que ainda pode haver um bom resultado – prosseguiu.

No banco? Foi minha vez de suspirar. Pobre Henry. Pobre condenado e alegre Henry.

A menos que... Eu havia salvado Fanny quando engasgara. Talvez eu pudesse salvar o banco de Henry. O fracasso bancário muitas vezes dependia tanto da perda de confiança quanto da realidade de seu estado financeiro. Uma oportuna infusão de liquidez pode fazer toda a diferença. O colapso do banco significava não só a ruína pessoal de Henry, mas também a perda de tudo que seus irmãos haviam investido com ele. O apoio deles mantinha a Chawton Cottage, de modo que o choque reverberaria na vida de Jane também. Esse foi um dos estresses que se pensa haver contribuído para o início de sua doença fatal. Talvez ajudar o banco de Henry desse a ela mais alguns anos, mesmo que isso significasse que eu nunca poderia diagnosticar sua doença. Tempo suficiente para terminar *Sanditon*? Pois se houvéssemos interrompido o campo de probabilidades, talvez fosse mais produtivo aproveitar melhor isso: poderíamos ser uma influência positiva e heróis para toda a família Austen.

Ele prosseguia:

– Hesito em falar com essa espada de Dâmocles pendurada sobre minha cabeça. No entanto, sabendo que vai sair de Londres em breve, senhorita, devo.

Ele, porém, não falou. Ficou em silêncio por tempo suficiente para que a conversa no sofá acabasse e Fanny cedesse aos pedidos de Jane e do senhor Haden e se sentasse à harpa.

– Venho ensaiando uma nova música com meu professor – ela disse. – Mas a toco notavelmente mal.

– Deixe que nós julguemos – disse sua tia.

Fanny começou a tocar, acompanhando-se vocalmente. Tinha uma voz agradável, embora não marcante; no tom, pelo menos.

Eu não estava ouvindo com atenção. Olhei para Henry. Senti seu constrangimento e me compadeci dele. É embaraçoso pedir dinheiro.

– Por favor, não hesite em falar de qualquer problema que tenha – eu disse.

– Acho que a senhorita entende o que me aflige – disse ele por fim, tão baixinho que tive de me inclinar um pouco para ouvi-lo.

Nossos olhos se encontraram. Ele prosseguiu:

– A senhorita, com seu notável entendimento.

Fiquei olhando para Henry enquanto ele prosseguia, ainda baixinho, mas falando mais depressa:

– Não me atrevo a perguntar se o sentimento é recíproco. Isso seria o cúmulo da presunção. Eu só perguntaria se pode me deixar ter esperanças.

Ele não estava pedindo um empréstimo. Fiquei paralisada, de boca levemente aberta, enquanto minha autossatisfação para com a minha intenção generosa desaparecia e dava lugar ao espanto. Nosso plano estava indo bem demais. O que eu faria?

– Posso visitá-la amanhã? – Sussurrou.

– Sim. – Respondi, antes que pudesse pensar melhor.

CAPÍTULO 10

15 de novembro
Hill Street, 33

Meus pensamentos me mantiveram acordada até o amanhecer. Era possível que eu houvesse entendido mal e que Henry fosse mesmo pedir um empréstimo? Ou poderia ser algo mais, que sequer me ocorria? Na Preparação, nós havíamos dedicado pouquíssima atenção à possibilidade de um pedido de casamento, apesar da ênfase de que na representação de meu papel isso poderia ser um risco. Nós dois fomos escolhidos, entre outras coisas, devido à nossa capacidade de improvisar. Era hora de mostrar de que material eu era feita.

Por fim adormeci. Acordei tarde e dediquei uma atenção especial aos meus cabelos e às minhas roupas. No andar de baixo, encontrei o salão do café da manhã vazio e a mesa arrumada. Chamei o belo Robert e solicitei café e pãezinhos.

– Meu irmão saiu?

– Ele pediu a carruagem e partiu há pouco tempo.

Ótimo. Outro problema que eu não havia resolvido era se deveria contar a Liam o que acontecera.

– Sabe aonde ele foi?

– Ele não me disse, madame. Posso ver se Jencks sabe.

Soltei um breve suspiro devido à liberdade dos homens para ir aonde quisessem, sem aviso prévio.

– Não, não se preocupe.

Tomei o café da manhã, mas minha boca estava seca, e os pães de senhora Smith, geralmente deliciosos, pareciam serragem. No andar de cima, escovei os dentes com minha escova de raiz de alteia e pó dental de coral. A última coisa de que eu precisava era de mau hálito.

Na sala de estar, forcei-me a costurar uma camisa, tentando combinar minha respiração com a entrada e a saída da agulha e esvaziar minha mente. Eu não cobrara de Liam seu oferecimento de me mostrar como treinar meus pensamentos para adormecer – uma habilidade que teria sido útil na noite anterior. Na semana passada eu havia invadido seu quarto, mas isso já parecia pertencer a um mundo perdido, arquivado sob coisas que eu nunca mais faria, pois agora estava sempre alerta. Reservada. Era assim que ele passava pela vida, então? Como podia suportar?

No andar de baixo, ouvi uma batida na porta, mas mesmo antes de olhar para ver a sege familiar parada fora, eu sabia que era Henry.

Ele entrou com semblante sério.

– Senhorita Ravenswood.

– Receio que tenha se desencontrado de meu irmão, senhor. Espero-o de volta em breve.

Eu havia abaixado minha costura e me levantado quando ele entrara. Estávamos no meio da sala, mais próximos que a distância social normal.

– Vim principalmente para vê-la. Acho que a senhorita pode entender isso.

Ele estava com as mãos apertadas; levou-as ao coração. Ficou olhando para mim com seus olhos castanhos brilhantes e, dessa vez, sem o menor brilho de humor.

– Quase desde o primeiro momento que a vi, senti que havia algo... algo diferente na senhorita, diferente de qualquer outra que já conheci. Permita-me lhe dizer quão ardentemente a desejo e a amo.

Fiquei tonta. Meu coração batia tão loucamente que eu tive a sensação de que deveria ser visível. Não pude evitar baixar os olhos; vi o espectronanômetro em sua corrente de prata descansando entre meus seios – minha passagem para casa.

– Está calada – disse ele, pegando minha mão. – Posso entender, com isso – e para meu espanto, ele se ajoelhou –, que vai considerar me fazer o mais feliz dos homens?

Fiquei olhando para ele. O tempo parecia se expandir, a luz da sala adquirir peso, como se houvéssemos entrado em um quadro de Vermeer. Fiquei pensando se Jencks poderia estar ouvindo pelo buraco da fechadura, ou no que aconteceria se Liam voltasse para casa e entrasse. Então, parei de pensar nessas coisas quando algo se mexeu dentro de mim como placas tectônicas se raspando, mas mais assustador. Senti o papel que eu estava representando assumir o comando e me engolir. Eu estava tendo uma conversa que poderia determinar o curso de minha vida: tomar ou não esse homem em sagrado matrimônio, entregar-lhe minha fortuna, meu destino. Era terrível. E se ele realmente me amasse e não estivesse só atrás de meu dinheiro, qual seria minha responsabilidade? O que eu deveria fazer? Como as pessoas sabem o que fazer?

– Preciso de tempo para pensar – tentei dizer, mas minhas palavras saíram como um suspiro sussurrante.

Ainda segurando minha mão, ele se inclinou e me puxou para mais perto.

– Não a ouvi, doce anjo.

– Precisa me dar tempo para pensar – repeti.

Ele ainda estava de joelhos, de modo que meu decote estava no nível de seus olhos. Eu queria que ele se levantasse, mas Henry não estava com pressa. Talvez o homem não se levante enquanto a mulher não disser sim.

– Essa é uma decisão importante na vida de uma mulher, como estou certa de que entende – prossegui.

Ele ergueu os olhos para mim.

– Eu entendo – e começou a falar depressa. – Mas, por favor, seja misericordiosa, não demore muito. A senhorita me fez sentir como um jovem de novo, senhorita Rav... Ou posso chamá-la pelo nome pelo qual a chamo em meu coração? Posso chamá-la de Mary? – Ele prosseguiu sem esperar resposta: – como disse o poeta: "*Mas ouço às minhas costas, sempre, a alada carruagem do tempo se apressando*"[6]. Sou ardente como um homem de vinte e um anos, mas estou... e minha saúde... minhas perspectivas são... Estou... Talvez eu possa conversar com seu irmão... eu...

Sua cabeça estava praticamente em meu peito, de modo que o puxei para mais perto, qualquer coisa para deter aquela torrente de palavras. Seu nariz encontrou porto na fenda ao lado do espectronanômetro. Seu

6. Versos de *To His Coy Mistress*, célebre poema do poeta inglês do século XVII Andrew Marvell: "But at my back I always hear, / Time's wingèd chariot hurrying near."(N. T.)

gemido de prazer vibrou através de minha caixa torácica enquanto ele passou seus braços trêmulos ao redor de minha cintura.

– Mary – disse ele. – Ah, Mary.

Ficamos assim um tempo, nossa respiração se acelerando. O momento foi decepcionantemente pacífico, como se algo houvesse sido resolvido. Contudo, quando ele virou a cabeça e começou a mordiscar ao redor da borda de meu decote, erguendo as mãos para soltar meu xale e depois para tentar aliviar meus seios dos limites do espartilho em direção a sua boca, percebi que não estávamos em *Mansfield Park*, e eu tive de tomar uma decisão depressa.

– Senhor Austen! – Gritei, empurrando-o para longe e dando um pulo para trás.

Minha indignação era em parte genuína, mas eu também tentava segurar o riso. Acaso eu esperava que ele demonstrasse a contenção de um dos heróis dos romances de sua irmã?

– É assim que oferece sua mão? – Questionei.

Ele levou um momento para recuperar o equilíbrio antes de se levantar com – diante das circunstâncias – notável dignidade, ajeitando o colete e alisando as calças. Ele estava corado. Lançou-me um rápido olhar e depois se afastou.

– Senhorita Ravenswood, perdoe-me. A senhorita me fez perder a cabeça.

– Talvez seja melhor o senhor ir – eu disse.

Usar meu primeiro nome parecera presunçoso, mas voltar para o sobrenome parecia frio. Ele tinha no rosto o constrangimento que alguns homens demonstram depois do sexo quando não querem mais nada conosco.

– Vou pensar muito no que disse – respondi.

Um olhar divertido tomou seus olhos pela primeira vez nessa conversa, e com um sorrisinho ele deu um passo à frente e se curvou sobre minha mão estendida.

– Vou deixá-la com seus pensamentos, madame.

E com mais um olhar conspiratório, ele se foi.

Afundei em uma cadeira e cobri o rosto com as mãos. Fiquei sentada um tempo, bem quieta, de olhos fechados, tentando não reproduzir na mente o que havia acabado de acontecer. Pensaria nisso depois. Então, ouvi passos subindo a escada.

– Henry esteve aqui? – Perguntou Liam, entrando na sala. – Julguei tê-lo visto em sua carruagem agora, mas pareceu que ele não... – Ele parou. – O que houve? Aconteceu alguma coisa?

Eu baixei os olhos e descobri que ainda estava segurando meu xale.

– É... – eu disse, indo até o espelho sobre a cornija e colocando o longo tecido de volta no lugar. – Sim, ele esteve aqui.

Meu rosto estava corado, meu cabelo bagunçado mais que o normal. Ao arrumá-lo, olhei para o reflexo de Liam. Ele havia me seguido até o espelho, e olhava para mim com uma expressão que parecia de horror.

– Você está bem? Ele... ele fez alguma coisa?

Eu dei as costas para o espelho e me voltei para Liam quando ele estendeu as mãos, como se fosse me tocar de uma forma tranquilizadora, mas não conseguisse decidir onde, e depois mudasse de ideia. Ele deu um passo para trás, ainda olhando para mim com os olhos arregalados.

– Ele fez algo com você?

– Eu estou bem. – Indiquei com a cabeça a porta aberta e levei um dedo aos lábios. – Vamos dar um passeio.

O TEMPO NÃO ESTAVA PARA PASSEIOS FRÍVOLOS. O AR ERA ÚMIDO e as nuvens densas, e a chuva ameaçava cair a qualquer momento. Eu tremia, apesar do bolero e do xale, enquanto virávamos em direção a Berkeley Square.

– Ele me pediu para torná-lo o mais feliz dos homens – eu disse sem preâmbulos.

– É mesmo? Surpreendente...

O tom de Liam era baixo e cauteloso, e ele ficava olhando de soslaio para mim.

– O que você respondeu?

– Seu espanto não é muito lisonjeiro. É como se eu nunca houvesse recebido uma proposta de casamento antes.

Na verdade, nunca havia, mas agora que o choque estava passando, sentia meu humor melhorar. Não consegui suprimir um sorriso de triunfo.

Liam me lançou outro olhar rápido, como se estivesse avaliando minha sanidade mental.

– Incrível, magnífico, excelente. Isso significa que conseguimos convencê-los de que nós... Mas o que você disse a ele, Rachel, querida?

– Eu disse que precisava pensar.

– E como ele aceitou isso?

Eu parei, lembrando a agradável sensação de seu nariz em meu decote.

– Tão bem quanto se pode esperar.

– Ele não pediu para falar comigo?

Henry precisaria conversar sobre dinheiro com os parentes homens daquela com quem esperava se casar. Casamento era uma questão tanto de dinheiro quanto de amor. O que cada um de nós poderia oferecer, os termos do acordo...

– Acho que ele comentou algo sobre falar com você. Mas não discutimos isso.

– Ele estava muito ocupado retirando peças de roupa suas? – Perguntou Liam, erguendo a voz.

Pestanejei. Ele havia mesmo acabado de dizer isso?

– Sussurrando palavras doces? Prometendo seu amor eterno? – Prosseguiu.

– Você perdeu a cabeça? – Retruquei.

Ele virou a cabeça e por um longo tempo não respondeu. Eu olhava a rua, um túnel de casas geminadas cheias de ferragens e janelas vigilantes. E, no final, a Berkeley Square se abria para nuvens cinzentas por trás de silhuetas de árvores nuas, como uma promessa de liberdade.

– Desculpe-me, não tenho o direito de perguntar sobre nada que aconteceu entre vocês. Exceto em relação à missão.

Suas palavras eram formais, e seu tom cuidadoso. Poderia estar com ciúmes?

Senti uma onda de esperança, e também diversão.

– Não há nada para...

– É claro que você se sente atraída por ele. Ele é persuasivo, porém, tenha cuidado, só isso. Nós dois precisamo que ter cuidado. Isso... Você não pode mudar a história, é o que estou dizendo. Pelo menos... pelo menos não mais do que aparentemente já mudamos. – Ele se calou, parecendo desolado. – Ele é o tipo de homem que não se pode evitar; mas tenha cuidado, Rachel. Este não é nosso mundo.

– Acaso imagina que sinto algo por ele? Estou representando um papel, lembra?

– Eu vejo como vocês se olham – murmurou Liam. – Não estou julgando, mas eu vejo. Você nunca atuou, não sabe. A coisa acontece antes que você perceba, quando os sentimentos que você finge se tornam os sentimentos que...

Ele parou. Pensei na sensação que havia me tomado quando estava com Henry, de desaparecer no papel. Quando chegamos à praça e entramos embaixo das árvores nuas, o céu ficou mais escuro. Uma gota de chuva bateu na borda de meu *bonnet*, e depois outra.

– Eu não vou me apaixonar. Não é o tipo de coisa que eu faço.

Isso soou tão involuntariamente melodramático que fiquei envergonhada e senti a necessidade de rir e acrescentar:

– Nem vou dormir com ele. Não que eu me importasse, se ele não fosse o sujeito de uma pesquisa.

Liam parou de andar e olhou para mim, corando, hesitando. Fiquei admirada por antes o achar sem graça, pois seus defeitos agora me encantavam: o nariz levemente torto, o excesso de queixo, a expressão habitualmente sombria em seus belos olhos. A chuva havia passado do estágio de gotas e era já uma garoa, mas nós a ignoramos.

– Que foi? Estou só sendo honesta. Ele é bonito, e engraçado, e é irmão de Jane Austen. É claro que me atrai. Isso é tão terrível? Não tenho doces sentimentos por ele. Nem sou de sentimentos doces.

– Tudo bem – disse Liam, aparentemente fazendo um esforço para tirar os olhos de mim.

Começou a andar de novo tão abruptamente que espantou um bando de corvos. Batendo as asas e gritando, eles se afastaram de um pedaço de pão que estavam comendo.

– Há algo mais que eu deva saber, já que estamos explorando o assunto? – Perguntou ele.

Respirei. Talvez essa fosse minha abertura.

– Há algo mais que queira saber? – Perguntei divertida, colocando a mão em seu braço.

– Rachel! – Disse, voltando-se de novo para mim com o mesmo olhar de desânimo que usava em casa. – Como você é cruel!

– O que quer dizer com isso? – Perguntei, deixando cair minha mão.

– Não... simplesmente não... eu não... Não deboche de mim, por favor.

– Quem estava zombando de você?

E a chuva já não podia ser chamada de garoa. O céu desabou. Demos meia-volta e retornamos a um ritmo mais rápido, mas tarde demais. Antes de chegar à casa estávamos correndo e sem fôlego, acelerados por rajadas de vento que lançavam cortinas de chuva em nós. Minhas botas de cano baixo estavam cheias de água, meu xale encharcado, e a metade inferior de meu vestido colado sugestivamente em meu corpo e pesando. Meu *bonnet* estava arruinado. Jencks e North, com toalhas e a certeza de que morreríamos, levaram-nos para nossos quartos separados para trocar de roupa.

QUANDO NOS REUNIMOS DE NOVO NA SALA DE ESTAR, TIVE A SENSAÇÃO de que um perigo havia sido evitado. Bebemos chá e não dissemos nada que não pudesse ser ouvido. Eu não tinha provas, nunca o peguei em flagrante, mas tinha a sensação de que Jencks ouvia atrás das portas. Ele parecia sempre estar ocupado no corredor quando eu às vezes saía da sala furtivamente; estava endireitando um quadro sempre torto, ou passando o dedo pelos painéis de madeira em busca de poeira. Nada que um criado não pudesse normalmente fazer, mas, por que sempre nessas horas?

Liam, retomando seu velho ar de formalidade, olhava para qualquer lugar menos para mim, o que era um alívio. Eu estava confusa pelo que ele havia dito em nossa caminhada, mas o senso geral era claro: ele estava me avisando para ficar longe. Liam tinha alguns escrúpulos, talvez relacionados à sua noiva. Eu não havia perdido a esperança, mas precisava repensar minha abordagem.

Discutimos o problema de Henry Austen laconicamente.

– É estranho – disse eu. – Um "não" definitivo fechará as portas com as irmãs. Mas preciso dizer algo, cedo ou tarde. Quanto tempo tenho para pensar?

Liam, olhando para o fogo, sacudiu a cabeça.

– Meu conselho é que leve o tempo que puder. Mas quando acontecer a coisa com o banco...

Ele não concluiu o pensamento.

– Queria ter conseguido evitar isso. Eu não deveria ter ficado sozinha com ele.

Os olhos de Liam encontraram os meus por um instante, antes de ele baixar o olhar e murmurar:

– Talvez eu devesse falar com ele, dizer-lhe que você está pensando. E conversar sobre o dinheiro.

Fiquei brevemente tentada; pareceria que as coisas estavam avançando sem a necessidade de eu encarar Henry.

Mas balancei a cabeça, dizendo:

– Preciso fazer isso eu mesma.

Se Liam conversasse com Henry, este saberia que eu havia contado o que acontecera. No entanto, ele poderia imaginar que eu teria dito tudo? Meu comportamento indiscreto, sua resposta ansiosa? Impossível, mas a simples ideia de os dois falarem sobre mim, de um saber o que o outro meramente suspeitava, causou-me um arrepio.

O TEMPO ÚMIDO CONTINUOU POR VÁRIOS DIAS, DANDO-ME UMA desculpa para não ir à Hans Place. Liam foi e me informou que a saúde de Henry continuava melhorando, que este não havia dito nada sobre querer se casar comigo e que Jane mandara lembranças.

Então, certa manhã, ela foi nos visitar – coisa que nunca havia feito antes.

– Henry me deixou aqui – explicou. – Eu disse a ele que o encontraria na Henrietta Street; preciso fazer umas compras e, depois, vamos para casa. Ele ainda não está forte o bastante para passar um dia inteiro no banco.

Foi uma honra, mas uma surpresa também. Eu sabia que ela devia estar ocupada com a revisão de *Emma*.

– Vou pedir para prepararem a carruagem, posso levá-la até a Henrietta Street. Ou talvez prefira meu irmão como escolta. Ou podemos ir os três. Ele ainda está se vestindo, descerá em breve.

– Ele demora mais para se vestir que a senhorita? – Ela perguntou, divertida. – Mas tudo bem. Fico sempre feliz de vê-lo, mas é agradável conversarmos tranquilamente, só nós duas.

Houve uma pausa, enquanto eu me perguntava se Henry teria dito a ela que havia me pedido em casamento.

– Não está ofendida por Henry não parar e simplesmente me deixar aqui, não é?

– De modo nenhum. Ele tem um banco para administrar.

– Verdade. – Ela fez uma pausa de novo. – Ele não queria que parecesse que a estava provocando.

– Ah, ele nunca faria isso.

Ele devia ter contado a ela, então.

Ela me estudou com seus olhos brilhantes, muito parecidos com os de seu irmão.

– Se houver qualquer coisa que eu possa lhe dizer, senhorita Ravenswood, para tranquilizá-la, não hesite em me perguntar.

Sons de passos se ouviram no andar de cima.

– Sua aia arrumou seu cabelo? – Ela prosseguiu depressa.

Eu assenti com a cabeça, animada pela mudança abrupta no assunto.

– Ela deve ser mais que dotada, pois sempre penso que tem os cachos mais encantadores e naturais. Como consegue deixá-los tão flexíveis e singulares?

– A natureza, madame, os fez assim.

Eu estava desconcertada. No mundo dela, elogios pessoais eram rudes, exceto entre os amigos mais próximos. O que significava esse novo tom íntimo?

– Ah, agora entendo. – Ela se inclinou mais perto para olhar. – Eu fui induzida a me enganar, pois o cabelo de seu irmão, embora igualmente escuro, é liso.

Nesse momento, para meu alívio, Liam entrou.

CAPÍTULO 11

1º de dezembro
Em viagem

De Hill Street a Chawton são cerca de cinquenta milhas: um curto dia de inverno e parte de outro. O clima esfriara; havia gelo nas fendas da estrada e poças congeladas se quebravam como vidro sob as rodas da carruagem. Fazia muito tempo que eu deixara de ouvir o rugido de Londres, mas só percebi quando a cidade já estava para trás, com sua periferia desmazelada: tijolos, campos de branqueamento, confusão, curtumes. Surpreendentemente depressa, tudo havia dado lugar a campos cobertos de restolhos das colheitas limitados por cercas-vivas. O céu era cinza, e parecia que não acabava mais.

Eu havia estado ocupada organizando as coisas, fazendo as malas, escolhendo coisas a enviar na frente, porque o espaço para carga no landau era mínimo; decidindo quem iria – Wilcox, para os cavalos; Jencks como pajem de Liam; North como minha aia –, e quem ficaria em Londres cuidando da casa. Tínhamos de pagar contas de comerciantes e despedirmo-nos de nossos novos amigos. Depois de tudo isso, a inatividade forçada da viagem parecia estranha. Chacoalhava demais para ler o romance que eu havia levado, de modo que tudo o que eu conseguia fazer era olhar pela janela, lembrando a longa viagem anterior para Londres, em setembro.

Minha apreensão era quase a mesma agora, mesmo já estando mais acostumada a esse mundo. Ser hóspede em casa alheia implicava perigos relativos à etiqueta que foram ficando mais vívidos conforme nossa partida para Chawton se aproximava, impedindo-me de dormir. Eu ficava acordada pensando em todas as maneiras em que talvez pudéssemos ficar expostos lá. E também me perguntando o que ia fazer em relação a Henry: por quanto tempo eu poderia enrolá-lo e o que aconteceria quando eu por fim dissesse não.

Embora ela nunca houvesse declarado abertamente, estava claro pelos modos de Jane que Henry lhe contara sobre o pedido e que ela era a favor. Ela era amigável antes, mas ficara mais calorosa, quase confidente. As observações estranhamente pessoais sobre meu cabelo foram só o começo. Ela continuou flertando com Liam, mas ele não era mais tão obviamente seu favorito, o foco de sua atenção, parecia ser eu.

Impossível não me sentir seduzida por isso, impossível não me sentir em perigo. Havíamos ido à Hans Place algumas vezes antes de sair de Londres, incluindo a noite anterior à nossa viagem. Henry era circunspecto perto de outras pessoas: os Tilson, os Jackson, senhor Seymour. Não fosse pelo ardor sutil no modo como me olhava às vezes, eu mesma não teria suspeitado. Depois, porém, quando nossa carruagem estava na porta, os outros convidados haviam ido embora e Jane, a meio caminho da escada, distraía Liam com uma história sobre uma briga entre Madame Bigeon e o ajudante do açougueiro, ele pegou minha mão e a beijou demoradamente depois de me ajudar a vestir minha *pelisse*.

– Está pensando no que eu lhe disse? – Murmurou, olhando-me nos olhos.

– Penso nisso dia e noite.

Senti sua mão tremer levemente enquanto ele tirava minha luva, beijava cada junta dos meus dedos e continuava segurando minha mão. Fiquei de boca aberta e meu peito se debatia contra a prisão do espartilho.

– Preciosa Mary – sussurrou. – Irei para Chawton assim que puder. Terá piedade de mim então, não é?

Teríamos poucas oportunidades de falar em particular ou como nós mesmos uma vez que estivéssemos hospedados em Chawton House, mas, mesmo assim, Liam e eu falamos pouco durante a viagem, exceto para nos maravilhar com a vista. Um novo constrangimento parecia nos oprimir nas últimas semanas. Liam andava mais calado que o habitual, e eu também. Minha mente voltava o tempo todo à nossa conversa no dia do pedido de Henry, inconclusivamente, como se tentasse encontrar pistas e não achasse a resposta que eu queria.

Por fim, eu disse:

– Os Tilson pareciam estar conversando bem seriamente com você na noite passada.

Na Hans Place, eles ficaram em um canto com Liam, que me lançava um olhar de vez em quando, como se estivesse pedindo ajuda, enquanto eu estava sentada em um sofá com Jane, que me dizia baixinho coisas que ela achava que eu precisaria saber sobre meus futuros vizinhos em Chawton.

– Parece que estão pensando em se mudar para o Canadá, e queriam meu conselho – explicou Liam.

– Por que eles pensam que você sabe alguma coisa sobre isso?

– Queriam saber mais sobre a viagem pelo Atlântico, como era e se era tão terrível como ouviram dizer.

– O que eles vão fazer no Canadá? Com todas aquelas crianças!

– O que as pessoas fazem lá. Comércio de peles...

– Acha que tem a ver com o colapso do banco?

– Parece que eles têm um primo lá. Ele os está encorajando.

Os Tilson não iriam para o Canadá. A senhora Tilson morreria em 1823, aos quarenta e seis anos, em Marylebone, para onde se mudariam após o colapso do banco. Sua filha Anna, de quinze anos, morreria alguns dias depois; algumas doenças contagiosas deviam ter atingido a família. Senhor Tilson viveria mais quinze anos depois disso, voltando para sua nativa Oxfordshire.

A menos que houvéssemos mudado a história e este fosse mais um sinal disso. Olhando a paisagem invernal pela janela da carruagem, estremeci.

– Tentou dissuadi-los?

– Eu disse que faz muito frio no Canadá.

O silêncio caiu sobre nós, mas senti que ambos pensávamos no campo de probabilidades; uma suspeita confirmada quando Liam prosseguiu:

– Não há motivo para que não pensem nisso. Não significa que eles vão se mudar.

– Tenho certeza de que você foi persuasivo mostrando-se contra.

– Fiz o melhor que pude.

Ele parecia melancólico. Esfregou os olhos, dizendo:

– E quanto a Henry? Ele estava pressionando você por uma resposta?

– Não demais. Mas tenho certeza de que ele quer uma.

Liam não respondeu, e eu continuei:

– Andei pensando... – fiz uma pausa, sem saber como prosseguir, mas por fim disse: – E quanto a um noivado longo?

Afora uma inspiração súbita e certa intensidade no olhar, ele não demonstrou nenhuma reação, e eu prossegui:

– Isso nos daria uma desculpa para lhe emprestar algum dinheiro e tentar salvar seu banco. Porque eu continuo pensando, se bagunçamos a história, por que não fazer algo útil? Sabemos que o estresse da quebra pode ter sido parte da causa da doença de Jane. E se pudéssemos... adiá-la?

Liam desviou o olhar, olhando pela janela da carruagem.

– É uma visão muito generosa – ele disse por fim. – Admiro sua audácia. Mas há tantas coisas erradas nisso que nem sei por onde começar.

Ele ficou em silêncio.

– E então? – Insisti.

– Bem, como aquela pesquisa, que não conseguiu determinar exatamente o que aconteceu com o banco. Poderíamos lhe dar cada centavo que tenhamos, e ainda assim, ele quebrar.

– Precisamos guardar o suficiente até voltarmos, mas eles nos mandaram para cá com mais do que poderíamos gastar para nos passar por burgueses e impressionar Henry. E uma vez que já fizemos isso...

Liam se inclinou para a frente, perguntando em um sussurro:

– Mas, e se algo der errado? E se não conseguirmos voltar?

Em tese, um buraco de minhoca pode entrar em colapso, tornando-se inutilizável, seja por uma perturbação no campo de probabilidades ou por outra coisa. Não há como saber o que aconteceu com as três equipes que nunca voltaram, mas essa é uma possibilidade. Eu olhei para ele, mas não pude falar, pois tudo parecia se inclinar levemente, reorganizando a paisagem de tudo que me era familiar, deixando-me encalhada em uma terra estranha.

– Sempre imaginei que foi por isso que viemos com tanto dinheiro. Por via das dúvidas.

– Por via das dúvidas – consegui dizer.

– Ou, é possível que só um de nós dois possa voltar. Temos de considerar isso. Não tenho habilidades úteis, estaria morto em um ano sem dinheiro.

– Eu poderia trabalhar como parteira.

Pensei em todas as vidas que eu poderia salvar e, por um momento louco, a ideia me deixou tentada.

– Se só um de nós pudesse ir, certamente eu não a deixaria ficar aqui – disse, parecendo irritado, e acrescentou, olhando pela janela: – A menos que você queira se casar com Henry e ser cunhada de Jane Austen. Como você disse, se bagunçamos o campo de probabilidades, por que não fazer direito?

– Você está louco? – Perguntei, percebendo que ambos estávamos, um pouco.

Sem pensar duas vezes, eu me inclinei sobre o banco e peguei as duas mãos dele, olhando-o nos olhos.

– Liam! Não vamos ficar presos aqui, pare de falar assim. Mas você tem razão, precisamos ter cuidado. Não podemos entregar todo o nosso dinheiro.

Fiz uma pausa. Nossos dedos enluvados estavam entrelaçados. Eu estava perto o bastante para ver as manchas douradas nas íris azuis dele. Ele parecia aterrorizado.

– Mas talvez ainda haja alguma maneira de ajudá-los. Temos de pensar como.

As narinas de Liam se dilataram quando ele respirou fundo e olhou para mim, por um instante apertando minhas mãos tão forte que gritei e ele me soltou.

– Você é uma pessoa muito boa – disse ele, recostando-se no assento e fechando os olhos. – Gostaria que...

– O quê?

Uma pausa.

– Digamos que gostaria de tê-la conhecido antes. Como quando eu tinha sete anos, por exemplo.

Eu sorri.

– Eu teria três. Não teríamos tido muito em comum.

Ele abriu os olhos e pareceu pensar nisso.

– Quer dizer que temos agora? – Perguntou.

Fiquei confusa com seu tom provocador, mas grata.

– Eu precisaria ter sido criada em sua cidade para isso? De que parte da Irlanda você disse que era?

– Não, não, eu precisaria... onde você foi criada? Em Nova York?

– No Brooklyn.

– No Brooklyn. E como era lá?

– Legal.

Tentei pensar em como resumir as coisas para ele.

– Morávamos em uma casa antiga. Meus pais, eu e minha avó.

Por um instante, tudo surgiu diante de mim na memória: os degraus de pedra desgastados na frente, o leve cheiro a madeira velha quando se entrava, a inclinação da luz do sol na escada até a cozinha, que ficava no andar mais baixo, como na casa que Liam e eu alugávamos em Londres.

– Deve ter sido construída não muito tempo depois desta época que estamos vivendo agora. Tínhamos um jardim nos fundos, e meus amigos sempre iam brincar lá porque a maioria morava em apartamento. Minha mãe tinha um estúdio no último andar, com claraboias, e tinha sempre um cheiro maravilhoso, como de tinta. Tinha não, tem; ela ainda tem.

Parei, vendo tudo com muita clareza e controlando um súbito desejo de chorar. Pensei no mundo como parecia ser em minha infância e como eu me sentia na época, querida e segura no amor de minha família.

– Tenho tanta saudade dela...

– É mesmo? Ela é artista?

Ele me pareceu intrigado.

– Ela colocava uma tela pequena para mim ao lado da dela e me fazia fazer projetos. – Sorri ao pensar nisso. – E eles sempre me levavam a museus, concertos e tal, desde muito antes de eu ter alguma ideia de qualquer coisa, exceto de que isso era extremamente importante. Eu me lembro-me da primeira vez que fui à ópera, quando tinha seis anos. Com meu pai. *A flauta mágica*.

– Você gostou? – Ele perguntou em tom cauteloso.

– De verdade? Adorei. Foi como se a música me levantasse e me jogasse no chão.

Olhei pela janela da carruagem e vi que estávamos nos aproximando de alguma cidade.

– Acha que aqui é Guildford? Deve ser, não é? Estamos indo em direção à escuridão.

Esse era o ponto intermediário onde havíamos feito arranjos para passar a noite: Jencks e North haviam ido à nossa frente na carruagem do correio para ajeitar as coisas, tornando a chegada ao Angel muito diferente da noite em que entramos no Swan para ser insultados pelo estalajadeiro. Depois de nos indicarem um escuro lance de uma escada rangente e encontrarmos nossos quartos à espera; depois de tirar nossas coisas da mala e da promessa de jantar no melhor salão privado, eu me lavei; com a cabeça não nos desafios futuros, e sim no mundo de onde eu provinha. Eu raramente permitia que meus pensamentos se desviassem para lá, e agora entendia por quê: um sentimento raro de saudade me dominara diante da visão de minha mãe pintando no sótão, pensando se eu estaria bem.

Bebi muito clarete no jantar e falei demais sobre minha infância, como se falando dela a pudesse viver de novo.

– Meu pai me ensinou a jogar xadrez – expliquei. – Isso me surpreende quando penso; ele era cardiologista e lecionava na faculdade de Medicina, mas sempre parecia ter tempo para mim. Como se eu fosse a pessoa mais importante do mundo para ele. Mas suponho que a memória... deve ter havido momentos em que... eu me lembro de quando era pequena e ia dormir antes de ele chegar à casa; ficava tão decepcionada...

Havíamos acabado de beliscar o pato, ainda sentados à mesa, o salão à meia-sombra. Os olhos de Liam estavam fixos em mim. Era difícil dizer com qual emoção.

– Ele morreu de repente, há cinco anos. Sinto falta dele todos os dias. Ele teve um problema cardíaco não diagnosticado. Irônico, não? Ele teria ficado bastante fascinado com a própria doença.

Afastei meu prato e baixei a cabeça sobre a mesa, lutando contra as lágrimas. Já havia ficado tão bêbada em 1815? Ou talvez fosse só emoção.

– Sinto falta dele todos os dias.

Liam esticou o baço e acariciou meu ombro, incerto. Seu toque foi como um choque elétrico, e me endireitei.

– Desculpe-me – tentei rir. – Autopiedade.

– Rachel querida, estaremos em Chawton House em breve, e em nossas melhores condições.

– Fiquei falando sobre mim e não perguntei nada sobre você.

– Não se preocupe – ele disse.

Levantei-me, e imediatamente fiquei tonta.

– Suponho que acordaremos cedo – disse.

– Café da manhã às sete e meia, foi o que o homem me prometeu – disse Liam.

Eu me voltei para sair, mas dei meia-volta.

– Liam, você me daria um abraço? Preciso de um abraço.

Ele se levantou sem hesitar e contornou a mesa para me envolver em seus longos braços. Foi um abraço melhor do que eu esperava, não superficial. Ele era um ator, porém... Não ficamos, como muitas vezes acontece, mantendo o torso afastado um do outro; havia uma emoção ilícita ali, enquanto eu descansava minha testa no lenço de seu pescoço e inalava os aromas de sabonete de louro e fumaça de carvão e interior de carruagem e a roupa de linho e Liam. Ele balançou levemente, como uma bétula ao vento, e acariciou meu cabelo. Senti a respiração dele em meu cabelo, e então, quando me aproximei mais, senti a vibração de sua ereção se mexendo, crescendo e se solidificando contra mim.

Ficamos assim por muito tempo, sem dizer nada, respirando forte. Fui baixando os braços, que estavam castamente em seus ombros, admirando a musculatura de suas costas no caminho, e o apertei mais, provocando um gemido. Ele deixou suas mãos deslizarem de minha cintura para pegar minha bunda e me levantar, juntando-nos com tanta força que todo o ar escapou de meu peito e meus pés deixaram o chão. Surpreendente, mas não desagradável, ele enfiou a língua em meu ouvido, mordiscou o lóbulo de minha orelha e traçou uma trilha ardente e molhada de beijos por meu pescoço, respirando quente e depressa.

– Ah, meu Deus – sussurrou. – Rachel...

Então, ele me soltou e deu um passo para trás.

– Desculpe-me – disse ele, olhando para o chão. – Desculpe-me, eu não devia fazer isso.

– Devia sim – respondi.

Fui em direção a ele, mas Liam rapidamente colocou uma cadeira entre nós, e eu parei, surpresa e humilhada.

Ele cobriu os olhos com a mão, como se quisesse apagar a visão de mim. Sua excitação ainda era evidente em suas calças.

– Você está vulnerável, não pode consentir. Você bebeu demais, vai me odiar depois. Eu não sou um animal para tirar proveito...

Eu ri, não porque fosse divertido – apesar de que era –, mas porque fiquei confusa, e ele estremeceu. Pegando-me pelos ombros, ele me fez girar e me empurrou suave, mas decisivamente, até a porta.

– Fora. Eu não sou feito de pedra. Vá curar essa bebedeira dormindo.

Na entrada, paramos. O corredor estava vazio, na semiescuridão de algumas velas acesas em candeias ao longo das paredes. Achei que Liam ia fechar a porta atrás de mim, mas ele continuou me guiando para o quarto que me haviam designado. Coloquei a mão na maçaneta da porta, lembrando que me haviam dado uma chave. E onde estaria? Ah, sim, meu bolero tinha um bolso. Pesquei-a e destranquei o mecanismo volumoso e antigo na primeira tentativa, pensando que não poderia estar realmente bêbada se havia conseguido realizar essa tarefa complexa com tanta facilidade. E uma vez que eu não estava realmente bêbada, o consentimento não era problema. Abrindo a porta, eu me voltei para compartilhar esse pensamento com Liam. Mas, antes que eu pudesse falar, ele me empurrou para o quarto usando não apenas suas mãos, mas todo o seu corpo – uma oportunidade para beijar minha nuca e encostar uma ereção ainda notável na parte inferior das minhas costas. As duas coisas no mesmo instante, e apenas por um instante. Então, a porta se fechou e eu fiquei sozinha, meio desequilibrada, cambaleando na escuridão.

Que diabos acabou de acontecer? Não parecia uma pergunta irracional. Eu me inclinei na direção em que corretamente imaginei que estava a cama e caí nela. Meus olhos foram se acostumando à escuridão e comecei a distinguir formas vagas. Então, ouvi passos no corredor, uma batida seguida de uma porta se abrindo, o barulho de pratos, um murmúrio de vozes masculinas. Jencks! Tirando a mesa jantar. Se as coisas houvessem acontecido como eu queria, teríamos sido apanhados, com certeza.

Eu havia me esquivado de uma bala, mas não me sentia uma garota de sorte. Levantei-me e fui tateando para a porta de novo. Quando ouvi Jencks aparecer, assomei a cabeça para fora e lhe pedi que mandasse North para mim. Já podia ver o bastante na escuridão para distinguir uma vela em cima de uma mesa, que eu acendi na mais próxima do corredor antes de voltar ao meu quarto e me sentar para esperar North, que me ajudaria a me preparar para dormir.

– Veja – disse Liam baixinho. – Ali na frente.

Incrível e enganosamente comum, era a casa de Jane Austen: baixa, de tijolos, próxima da estrada, com um muro baixo ao redor. Em nosso próprio tempo, é o coração de um complexo que cobre vários milhares de hectares dedicado à escritora e à sua época, oferecendo uma mistura surreal de erudição e frivolidade. Há ali uma biblioteca incomparável de escritos de mulheres à frente de seu tempo, graças a Eva Farmer, e uma recriação das Assembly Rooms de Bath, onde há aulas de dança diariamente. Uma guilhotina doada pelos franceses fica incongruentemente no meio do verde, nas proximidades de Alton, uma cidade inteiramente incluída no Austenworld, onde os visitantes a caráter podem pagar para mergulhar na vida de um tecelão, de uma ordenhadeira, de um membro da nobreza rural. Essa ânsia por tudo relativo a Austen, mesmo que levemente ligado a ela, é um aspecto do meu mundo que sempre me pareceu normal; mas, agora, parecia emocionante e louco. O que as pessoas tão desesperadamente queriam de Jane Austen, afinal? A propósito, o que eu mesma queria?

Era meio-dia quando nos aproximamos de Chawton. Eu havia dormido excepcionalmente bem, acordara revitalizada, sem ressaca e muito confusa. Por que havia me comportado tão impulsivamente? E por que Liam me rejeitara daquele jeito, contrariando as evidências dentro das suas próprias calças? Sua explicação era absurda. Não, havia mais alguma coisa ali, algo obscuro, que ficar longe dele parecia uma boa ideia. Na verdade, ele me havia feito um favor na noite anterior. Contudo, quando me lembrei de seu corpo pressionado contra o meu, o coração dos dois batendo forte, o cheiro de sua pele, não me pareceu um favor. Pareceu mais algo em que eu nunca mais ia querer pensar de novo.

Naquela manhã, eu me demorei demais na arrumação de meus cabelos e reclamei desnecessariamente de minhas roupas, mas, por fim, tive de caminhar pelo corredor para o mesmo salão privado que jantáramos na noite anterior, onde o café da manhã estaria servido para nós. Dessa vez, a porta estava aberta, como se a própria sala insistisse em afirmar que não tinha segredos. Liam, sentado à mesa, olhou para cima e acenou um bom dia com a cabeça. Ele teve a decência de corar. Sentei-me e me servi um pouco de café.

– Desculpe-me se o deixei constrangido na noite passada. Não foi minha intenção – eu disse.

Eu poderia ter parado por aí, mas tomei um gole e continuei, em um tom impossível de manter livre de ironia:

– Claramente você é um homem honrado. Sua devoção a seus princípios, e a sua noiva, é admirável. Vamos fingir que aquilo nunca aconteceu.

Liam ficou com o queixo apoiado no punho durante todo meu pequeno discurso, olhando para a mesa. Então, ergueu os olhos, encontrou os meus e desviou o olhar.

– Vamos.

Foi tudo que ele disse, e nesse momento eu senti um ódio tão ardente por ele, um desejo de jogar meu café em seu rosto e explodir, que devia significar alguma coisa. No entanto, engoli minha raiva, junto com uma torrada, e nos preparamos para seguir para Chawton.

Depois da casa de Jane Austen, passando o cruzamento com a estrada para Winchester, havia mais casas, menores que as dela e em piores condições. Mais além delas, vi campos pontilhados de ovelhas, e brevemente, Chawton House, quadrada e escura contra o céu pálido no topo de uma colina, antes que virássemos e a casa ficasse escondida atrás das árvores. Passamos por celeiros e uma igreja de pedra antes que a casa aparecesse de novo: uma longa entrada que conduzia a uma rotatória, gabletes e chaminés, e a uma figura de preto parada à porta.

Quando a carruagem parou, a figura de preto, que era a governanta, cumprimentou-nos, pedindo desculpas pelo assunto profissional súbito que impedira o senhor Knight de estar ali para nos receber pessoalmente. Ele estaria em casa para o jantar e ansioso por nos ver. O capitão Austen e sua esposa estariam também, assim como senhorita Austen, senhorita Lloyd e senhora Austen, além de alguns vizinhos seletos. Algo em seu tom insinuava que isso era bastante incomum, e uma homenagem a nós. O jantar seria servido prontamente, como todas as noites, às 18h30. Ela esperava que não fosse cedo demais para pessoas requintadas como nós. Com uma expressão divertida, Liam lhe assegurou que não era.

Enquanto nos dizia tudo isso, ela nos conduzia por uma entrada de pedra até uma sala grande. Quando meus olhos se ajustaram à escuridão, vi paredes forradas de painéis escuros avivados por uns chifres emoldurados, uma lareira apagada, grande o bastante para se entrar nela, e uma escadaria enorme e sem graça. Os cheiros eram de madeira velha e umidade, e estava tão frio que dava para ver minha respiração. Estremeci. Era como se eu houvesse viajado mais uma vez no tempo. Essa sala não poderia ter sido muito diferente no reinado de Elizabeth. Ficamos parados por um momento, atordoados e calados, diante da governanta, enquanto ela nos contava uma breve história da casa e nos conduzia por um corredor mal iluminado, até que subimos um pequeno lance de escadas virando uma esquina, descemos outro virando outra esquina e, por fim, chegamos a uma sala com ar mais humano que o hall de entrada.

As paredes também estavam cobertas de madeira escura, e as janelas de treliça com vidro texturizado davam para uma suave colina que acabava em um bosque. Em uma ponta de uma longa mesa havia carne fria, pão e vinho. Queríamos chá? A essa altura, eu já sabia que havia apenas uma resposta a essa pergunta. Esperando que o chá chegasse, olhei pela janela de novo e vi que havia começado a nevar.

Nevou a tarde toda. Começava e parava, o suficiente para cobrir as telhas e as árvores nuas, e os claros restolhos de grama. Apesar de dedicar mais cuidado que o habitual, pensando em todas as novas pessoas que conheceria, acabei de me vestir bem antes das 18h30 e não sabia bem o que fazer a seguir. Dispensei North e fiquei andando pelo quarto que me haviam atribuído, olhando pela janela e me perguntando se ousaria vagar pela casa, ou se me perderia, indo parar em algum lugar onde não deveria estar: as cozinhas, por exemplo. De modo que fiquei encantada quando uma criada apareceu com uma mensagem de minha colega visitante, a senhora Frank Austen, esposa do capitão de mar: ela estava no segundo melhor salão, e ficaria honrada de me encontrar antes do jantar, se eu desejasse. Acaso a criada faria a gentileza de me levar ao segundo melhor salão? Sim, é claro. Era uma sala agradável, com tapeçarias de um cor-de-rosa desbotado e um fogão Rumford de estilo moderno.

– Senhorita Ravenswood, perdoe-me por tomar a liberdade.

Uma mulher rechonchuda, de olhos cansados e chapéu de renda, largou sua costura, levantou-se de uma cadeira perto da janela e se aproximou para me cumprimentar, estendendo as mãos.

– Eu estava ansiosa para conhecê-la, e sei que haverá uma multidão no jantar. A emoção de um recém-chegado a uma aldeia tão pequena, ainda mais no inverno, não poderia ser maior. E tive muita coisa a fazer aqui em casa, é claro.

– Sei que tem seu próprio recém-chegado, madame. Meus parabéns – eu disse.

Sorrindo, a senhora Austen levou um dedo aos lábios e me conduziu até onde estava antes. Uma criança adormecida, com não mais que algumas semanas de vida, embrulhada firmemente como uma crisálida, estava deitada em um cestinho ao lado da cadeira.

– Herbert-Grey – ela disse. – Eu o acho perfeito, mas talvez não possa ser objetiva.

Seu olhar complacente contrariava sua afirmação.

– Ele é lindo – eu disse, inclinando-me para vê-lo mais de perto enquanto nos sentávamos a ambos os lados da cesta.

A senhora Frank Austen, assim como a senhora Tilson, era um desses prodígios de fertilidade que abundavam nessa época. Aos trinta e um anos, era casada havia nove anos e Herbert-Grey era seu sexto filho. Ela teria mais cinco, e morreria logo após o décimo primeiro, em 1823. Isso era chocante.

– Existe algo mais milagroso? Esse cheiro de bebê, essas orelhinhas perfeitas!

Percebi que minha melhor chance de conquistá-la era por meio de seus filhos.

– Mas, como consegue, madame? Não é fácil ser mãe tantas vezes.

Toquei o calombo em meu braço – já uma remota lembrança de um calombo – onde havia tomado a injeção hormonal, e refleti que a proteção contra a gravidez indesejada não era apenas uma salvação e uma conveniência; determinava uma divisão intransponível entre mim e as mulheres de 1815. Essa conscientização me deixou triste, apesar de não ter o menor desejo de ter filhos.

– Nunca estive melhor, obrigada. Estou me sentindo muito bem. Já tenho bastante experiência.

– Terá uma ama de leite, ou... – parei para pensar como falar delicadamente. – Nas Índias, é comum. Mas, qual é o costume hoje em dia na Inglaterra? Estou bastante curiosa.

Ela arregalou os olhos, mas respondeu sem hesitação.

– Entendo. Eu mesma o amamento. As coisas eram diferentes na época de nossos pais, mas deixar seu bebê querido com uma... mulher de hábitos desconhecidos... é algo em que não se deve pensar. – Ela olhou para mim com mais atenção. – Mas não devo falar dessas coisas com mulheres solteiras, senhorita Ravenswood. Perdoe-me.

– Fui eu quem tocou no assunto, madame. Perdoe-me, então.

– Mas talvez se case em breve – continuou, de forma vaga.

Lancei-lhe um rápido olhar, imaginando se aquilo era só um bom augúrio generalizado ou um comentário baseado em algo que ela havia ouvido. Acaso Henry seria tão indiscreto? E sua irmã? Seria muito estranho quando eu por fim dissesse não. Voltou à minha mente a ideia de um longo noivado. Eu havia pretendido discutir isso com Liam no dia anterior como uma séria possibilidade: se seria ousado demais, como poderia ser administrado, as oportunidades que nos proporcionaria o fato de sermos próximos das irmãs para o que havíamos ido fazer ali. Em vez disso, porém, nossa conversa rapidamente desviou seu curso para tópicos que jamais deveríamos ter abordado. Tentei recordar como isso havia acontecido e considerei de novo a possibilidade de ciúmes: Liam com ciúmes de mim por causa de Henry Austen, mas era impossível. Eu havia me atirado nele na noite anterior, e precisava parar de pensar nisso.

– Foi criada nas Índias, então? O capitão Austen me disse que é uma terra muito bonita, mas bárbara.

– Ele está certo – eu disse, e começamos a falar sobre a Jamaica.

Na sala de estar, antes do jantar, descobri que Liam havia ido visitar Cassandra naquela tarde e já conhecera Martha Lloyd e a senhora Austen. Ele as apresentou a mim com um ar de triunfo mal disfarçado. Aparentemente, naquela última noite em que fomos à Hans

Place, Jane lhe havia dado uma carta para que entregasse a Cassandra, de modo que ele havia ido até a casa, apesar de saber que a veria naquela noite no jantar. Isso era um gesto muito educado, muito ao estilo do senhor Knight: um curto período de tempo entre sua chegada a Chawton e uma visita; conceder-lhe essa honra, apesar da diferença de status entre um cavalheiro rico e uma solteirona insolvente. E estava nevando.

– Por que não disse que estava planejando ir, William? – Perguntei afetando indignação, que na verdade não era fingida. – Eu gostaria muito de ter ido também.

Em contraste, ficar em casa me fazia parecer fria, preguiçosa e indiferente às pessoas que eu mais precisava impressionar.

– Só tive a ideia após o almoço, e eu não sabia onde a encontrar nesta casa enorme – disse, fazendo Martha Lloyd rir.

Os olhos dela eram escuros e proeminentes. Mediram-me com perspicácia por baixo de seu chapéu de renda de solteirona. – E, claro, ninguém pode pedir a um criado que nos dê um recado – eu disse.

– Os criados de Chawton House às vezes são bastante aterrorizantes – disse Martha secamente. – Não é de espantar que seu irmão tenha medo de os incomodar em seu primeiro dia aqui.

– Está difamando meus criados, senhorita Lloyd? – Perguntou Edward Knight, aparecendo ao nosso lado.

Seu rosto estava mais rosado que o habitual. Ele estava alegre e descontraído, aristocraticamente em seu elemento.

– Não sugira ideias absurdas à senhorita Ravenswood; e se ela não tiver senso de humor e a levar a sério?

– Ela poderia morrer de frio antes de tomar coragem para tocar a sineta e pedir que acendam a lareira – murmurou Martha.

Edward riu, e a seguir, voltou-se para Liam:

– Doutor Ravenswood – disse baixinho –, posso falar-lhe um momento? Há algo que...

Não pude ouvir mais nada. Ele pegou o braço de Liam e o levou, deixando-me em um círculo composto por Cassandra, Martha e a velha senhora Austen, que me avaliava tão meticulosamente que beirava a grosseria.

– Então, conhece o querido Henry de Londres, não é?

Seu sotaque era diferente do de seus filhos: mais meloso, antiquado. Encurvada, mas ainda assim alta, ela era uma figura imponente. Apesar de ser em grande parte desdentada, passava uma impressão de vitalidade que desmentia sua idade.

– Lamento por você, sendo de Londres. Não consigo imaginar viver em um hospício como esse, que não serve nem a Deus nem ao homem. Não sei como Henry aguenta. Mas ele vem bastante aqui, seu outro banco fica em Alton.

Eu assenti.

– Seu irmão disse que a saúde de Henry está melhor, depois desse recente ataque. Posso acreditar nele?

– Ele é médico, madame – eu disse, divertida por sua franqueza. – Deve acreditar nele. E como está sua saúde?

– Tenho setenta e sete anos, sabe, de modo que não devo esperar muito. Acho que a morte se esqueceu de mim. Não sei o que mais pensar.

– Surpreendente. Em regra, sua família vive muito?

– Os Leigh aproveitam a vida. Não têm pressa de deixá-la. – Ela olhou para mim com mais interesse. – Perdoe esta velha senhora: qual é seu nome mesmo?

– Ravenswood, madame.

– Não é comum. Não sei se já o ouvi. Qual era o de sua mãe?

– Massie, dos Massie de Derbyshire.

– Não conheço o ramo. Eles têm alguma ligação com os de Norfolk?

– Talvez, distante.

– Ou de Sussex?

– Acho que não... não.

Aquilo era uma versão tenebrosa da geografia judaica, menos a sensação divertida de mútua descoberta que geralmente acompanha esse jogo. Eu estava prendendo a respiração e a senhora Austen estava pensativa.

– E de onde é, senhorita? Não originalmente de Londres, certamente.

– O doutor e sua irmã são da Jamaica, mamãe – disse Cassandra, que nos observava com o cenho levemente franzido. – Têm ligação com os Hampson lá.

– Ah... os Hampson.

Expirei, impressionada por ela saber de quem Cassandra estava falando, apesar de serem primos de sua sogra. Se ela conhecera esses parentes distantes, e os registros não falam nada sobre isso, devia ter sido pouco depois do casamento, na década de 1760.

– Os Hampson – repetiu. – Então, possui propriedades na Jamaica, porém não mora lá. Ninguém mora lá.

– Nós vendemos e nos mudamos.

– Que sorte a sua. As coisas ficaram ruins depois do fim do tráfico de escravos?

– Mamãe! Não conclua que eles eram donos de escravos.

– Que outro tipo de propriedade pode haver? Tudo é construído sobre a escravidão, não é?

Em Londres, como por instinto, todos que havíamos conhecido – exceto a senhora Tilson e seus amigos abolicionistas – evitavam as perigosas conversas sobre escravidão.

– Mamãe – disse Cassandra de novo, balançando a cabeça.

– De fato – eu disse. – Foi por isso que entregamos nossos interesses lá e viemos para a Inglaterra.

Uma pausa se seguiu.

– Entregaram... entendo. – Disse a senhora Austen, em um tom que sugeria que não entendia, mas que era educada demais para perguntar mais.

– Isso foi muito gentil de sua parte – disse Martha. – Exige ser um cristão extremamente rigoroso.

Inclinei a cabeça em agradecimento, sem saber se ela estava zombando de mim ou se aquela era sua expressão habitual.

Martha parecia pronta a perguntar mais, mas Cassandra disse:

– Já ouvi a história toda da senhora Tilson, na cidade, de modo que lhe peço que não a questione, Martha. Eles alforriaram seus escravos pouco a pouco e depois venderam a terra. O próprio Wilberforce não poderia pedir mais. Portanto...

As duas mulheres trocaram um olhar, e Martha assentiu e sorriu para mim.

– Perdoe-me, senhorita Ravenswood. Estou acostumada a dizer o que me vem à cabeça. É o privilégio de ser uma velha solteirona, entende? Quase o único. Mas a culpa é de Cassandra; ela foi muito misteriosa em relação aos mais novos convidados de Edward.

Ela me estudava tão meticulosamente quanto a senhora Austen.

– A senhorita e seu irmão pretendem se estabelecer na Inglaterra?

– Ele espera encontrar uma casa em algum lugar bonito e viver calmamente. Se pudermos encontrar algo para comprar, compraremos.

Todas me olhavam como se não estivessem satisfeitas com minha resposta, e eu me perguntei se não pareceria ingênua.

– Entendo que propriedades adequadas não aparecem no mercado todos os dias.

Houve outra pausa.

– Poderiam me informar se ouvirem falar de algo próximo?

As mulheres riram educadamente, como se eu houvesse feito uma piada, mas não muito boa.

CAPÍTULO 12

19 de dezembro
Chawton House

Eu me estabeleci na vida de hóspede melhor do que ousara esperar quando minhas preocupações sobre me expor por meio de algum sutil erro de etiqueta rural se mostraram infundadas. Edward Knight se preocupava com nosso conforto, mas não de uma maneira sufocante, assim como seus criados, que eu tinha o cuidado de gratificar bem e frequentemente. Eu não era mais responsável por administrar uma casa; minhas tarefas principais eram aparecer corretamente vestida e pontualmente na hora das refeições, e ser agradável com todos. Eu podia fazer isso.

Sentada com a senhora Frank Austen e seus filhos, também fiz muitas camisas. Comecei a achar menos chato costurar. Havia certa satisfação em uma fileira perfeita de pontinhos, na conclusão do trabalho. Era até meio erótico contemplar o trabalho de minhas mãos na pele de Liam, embora eu tentasse não pensar nisso.

Passavam-se os dias. Ele e eu nos víamos apenas nas refeições, o que era bom, pois, apesar do fiasco no Angel, eu me sentia estranhamente atraída por ele. Não o tipo de atração de quando queremos ver a pessoa; mais do tipo de quando desejamos esquecê-la e não conseguimos. Nossos quartos ficavam em alas opostas da casa, as atividades eram divididas por gênero. Liam e o capitão Frank Austen, um homem compacto com nariz de Austen e a autêntica cordialidade de um oficial naval saído de *Persuasão*, saíam muito para caçar, partindo na escuridão matinal e desaparecendo até o jantar. Edward nunca se juntava a eles. Ele ia e vinha de Kent, e mesmo quando estava por ali, andava ocupado com negócios imobiliários ou atolado em papelada.

Poucos dias antes do Natal, a senhora Frank Austen e eu estávamos no segundo melhor salão com seu filho mais novo e a mais velha, Herbert-Grey e Mary-Jane, quando o criado abriu a porta para Cassandra e Jane, recém-chegada de Londres.

O rostinho puro de Mary-Jane sofreu uma transformação extraordinária.

– Tia Jane! – Gritou, saltando de seu banquinho e correndo para pular na tia quando esta entrou na sala.

Quando Jane se ergueu depois de saudar sua sobrinha e me deu a mão, eu me assustei. Ela estava magra e cansada, mas sua pele estava bronzeada, como se houvesse estado sob um sol tropical.

– Como foi sua viagem? – Perguntei, tentando não ficar olhando. – Veio com seu irmão?

Mulheres não viajavam sozinhas. Tinha de estar acompanhada. Eu ia dizer Henry, mas era estranho dizer seu nome. Nós não podíamos trocar correspondência, e era apropriado que ele me deixasse em paz enquanto eu pensava em sua proposta. No entanto, estávamos em Chawton havia quase três semanas, e seu silêncio estava se tornando desconcertante. Acaso ele não havia conseguido encontrar um motivo para visitar seu banco em Alton até o momento, ou para escrever a Liam e perguntar por mim?

– Richard foi comigo até Farnham, e meu sobrinho James-Edward veio de Winchester, onde estuda. – Ela me observou. – Henry lhe manda seu amor. Está se consumindo no banco ultimamente, e ainda não está perfeitamente bem.

– Lamento ouvir isso.

Ela me olhou de novo, de um jeito mais penetrante e atento, e disse:

– Ele virá assim que puder.

– Chegou ontem, Jane? – Perguntou a senhora Frank Austen. – Que bom que veio nos ver!

– Eu não podia esperar, minha querida, para ver o pequeno Herbert-Grey e informar Henry de que seus novos amigos não morreram com este tempo chocante, acostumados como estão às Índias. E para ver Mary-Jane eu atravessaria trilhas muito mais profundas na neve.

Mary-Jane riu, feliz, e levamos Jane para a melhor cadeira junto ao fogo, onde ela foi brevemente autorizada a admirar Herbert-Grey e depois questionada: Londres, a saúde de Henry, Fanny, a estrada de Londres, o clima durante a caminhada de sua casa até ali. Apesar de parecer doente, ela se mostrou descontraída, menos cautelosa do que na cidade, enquanto descrevia uma ida ao teatro com Henry, Fanny e o senhor Haden.

– Senhor Haden a acompanhou ao teatro? – Perguntou Cassandra. – O boticário de Henry?

– Eu já disse, meu amor, ele não é um boticário. Ele é um *Haden*, algo entre um homem e um anjo. – Ela olhou para mim. – Não é verdade?

– Ele tem modos delicados, e os cílios mais extraordinários.

Cassandra, insatisfeita, olhava para mim e para Jane.

– Mas, não acha que Fanny...

– Fanny certamente entregará suas afeições racionalmente. Ao contrário da maioria das sobrinhas que conheço, com exceção de Mary-Jane! O que me faz lembrar: e Anna?

Anna era a filha mais velha de James, que se casara no ano anterior e agora, aos vinte e dois anos, era mãe.

– E sua pequena Jemima? Quero muito vê-las. Por que Wyards é tão longe?

– Mas não é, certo? – Perguntei. – Não fica a algumas milhas de Chawton?

– Não em linha reta, como voam os corvos – respondeu Jane. – Mas não somos corvos. E pior, não há transporte para lá. Vivemos à maneira de uma aldeia pequena. Com um tempo melhor, eu poderia pegar a carroça de burros de mamãe, mas no inverno não.

– A carruagem do senhor Knight está à sua disposição, não é?

Eu não poderia imaginar que não estivesse. Ele era muito gentil com todos. Havia lhes dado um lugar para viver. E ela era Jane Austen! Tudo devia estar à disposição dela. O fato de eu pensar essas coisas apenas demonstrava que em minha excitação por vê-la de novo, eu havia temporariamente perdido a cabeça.

Um silêncio se seguiu, antes que Cassandra respondesse:

– Certamente, em caso de necessidade. Edward é o melhor dos irmãos e nunca nos recusaria nada. No entanto, não abusamos de sua boa natureza.

Lembrei que sabia que Cassandra passava temporadas de meses em Godmersham, propriedade dos Knight em Kent, após o nascimento de um ou outro dos muitos filhos destes, ajudando com os mais velhos ou com o que fosse necessário. Poder-se-ia dizer que uma tia solteira não tinha nada melhor para fazer. A senhora Frank Austen, porém, apesar de seis crianças menores de oito anos, não parecia esperar que suas cunhadas fossem suas criadas gratuitas.

Sentindo-me menos encantada com Edward que antes, eu disse:

– Então, espero que considere nossa carruagem como sua, mesmo para os passeios mais frívolos.

Todos riram, até Mary-Jane.

– É muito gentil, senhorita Ravenswood – disse a senhora Frank Austen –, e muito liberal com a carruagem de seu irmão.

– É tanto minha como... – Comecei e parei, percebendo meu erro.

– Devemos colocar doutor Ravenswood entre os primeiros na lista de excelentes irmãos – disse Jane rapidamente. – Não creio que nenhum dos nossos possa se comparar, Cassandra. E o fato de ele ter um landau, em vez de uma sege, diz tudo que se precisa saber sobre a consideração desse cavalheiro por sua irmã. E, de fato, por qualquer outra pessoa que esteja ao alcance de sua benevolência.

Ela havia começado o discurso com sua gravidade debochada habitual, mas, no meio do caminho, tornara-se quase sonhadora, como se um novo pensamento surgisse em sua mente.

– Estou confusa – eu disse, grata pelo modo como ela havia desconversado. – Por que um landau torna um irmão melhor?

– A sege é um veículo egoísta, se analisarmos bem. É uma carruagem para um cavalheiro, mas só para ele. Já uma mulher pode sair sozinha em um landau com total decoro e conforto.

– Muito prático – disse a senhora Frank Austen. – Especialmente quando o marido está ausente, no mar, por anos – e soltou um pequeno suspiro.

– Ele será um excelente marido – continuou Jane. – Se eu pensasse nessas coisas... mas, felizmente para você, senhorita Ravenswood, minha imaginação é canalizada em outras direções, e ele pode continuar sendo seu mais excelente irmão. Sua nova esposa não a expulsará, sem dinheiro e tremendo de frio, de sua casa suntuosamente decorada na Berkeley Square, ou de onde ela achar que seja incumbente viver.

Jane me surpreendeu com um sorriso perverso, e eu percebi quanto havia sentido falta dela.

– Eu gostaria de vê-la tentar! – eu disse quando Cassandra balançou a cabeça, advertindo Jane.

– Mas é claro, senhorita, que é também amplamente competente – prosseguiu Jane, parecendo sonhadora de novo. – Mais que amplamente, talvez?

– Jane! – Disse Cassandra.

Nesse momento, Herbert-Grey acordou, gritando desconsolado e acabando com aquela peculiar linha de inquérito, e nos voltamos para admirar seus pulmões.

O tempo do Natal até o Dia de Reis passou entre fascinantes banquetes, drinques, a tradicional *Yule log*[7] e mímicos, antes de a vida entrar na calma rotina de um inverno rural. Duas coisas, porém, incomodaram-me. Nós não podíamos ficar em Chawton para sempre; embora Edward insistisse, com seu jeito calado, que éramos seus convidados pelo tempo que desejássemos, era opressor ser um hóspede, mesmo na casa mais amigável. Precisávamos de um lugar perto o bastante para visitar Jane e os outros facilmente, mas nada parecia estar disponível. Edward continuava nos assegurando que ficaria atento, que tudo daria certo, e que, de qualquer forma, éramos bem-vindos.

E havia o problema de conquistar as mulheres da casa, dar um jeito de chegar às cartas e ao manuscrito.

O progresso era lento, particularmente antes do retorno de Jane. Eu visitara várias vezes Martha, senhora Austen e Cassandra nessas semanas, e fora recebida com mais formalidade que calor. Sentia que elas não sabiam o que fazer comigo. A riqueza, que havia atraído a atenção de Henry, tornara-nos quase demasiadamente grandiosos e isso poderia estar causando desconforto nelas. No entanto, era irritante notar como ficavam muito mais felizes nas poucas vezes em que Liam me acompanhava. Ele era melhor nos gracejos, mas me resignei. Pior era minha suspeita de que o consideravam mais importante só por ser homem. Essa

7. *Yule log* (Tronco de Natal) é uma sobremesa típica, servida próximo ao final do ano. (N.E.)

era uma atitude generalizada em 1815, mas, entre todos os lugares, encontrá-la na casa de Jane Austen era perturbador.

MARY-JANE, DE SETE ANOS E MEIO, GOSTAVA DE JOGAR PEGA-VARETAS – também acabei ficando boa nisso – e costurava mais depressa e melhor que eu. Ela gostava de me fazer perguntas sobre a Jamaica, demonstrando viva curiosidade, mas conhecimentos de Geografia estranhamente fracos para a filha de um capitão de mar. Com Jane de volta, ela sentia renovado entusiasmo por visitar suas tias, e eu muitas vezes a acompanhava. Fui entrando em sintonia com os ritmos daquela casa, aprendendo a não chegar muito cedo, quando Mary-Jane e eu corríamos o risco de encontrar Martha Lloyd e Cassandra ocupadas com alguma tarefa doméstica e Jane à sua mesinha na sala da frente, deixando a caneta e o papel e olhando para nós com um sorriso tenso. Uma ou duas horas depois do meio-dia era melhor. A fraca luz invernal entrava no salão e todas se sentavam para costurar, e a conversa fluía mais livremente quando éramos apenas mulheres: fofocas da aldeia, de família, discussão sobre o livro que estivesse sendo lido em voz alta no fim da tarde.

O retorno de Jane, e seu óbvio tratamento caloroso para comigo, pareciam tranquilizar as outras. No entanto, minha sensação de estar mais próxima de todas elas tinha limites. Eu não estava mais perto das cartas ou de *Os Watsons*. Nunca tinha acesso aos quartos de cima, onde presumivelmente estavam. Um dia, encontrei-me sozinha na sala da frente, com a mesa de escrita de Jane tentadoramente aberta, e papéis espalhados sobre ela cobertos com minúsculas linhas de sua bela caligrafia. Fiquei olhando aquilo, fascinada, mas não queria me aproximar, sem saber naquele momento se era o medo de ser pega ou a desonra do ato que me impedia. Talvez um não excluísse o outro.

ENQUANTO JANE AUSTEN IMAGINAVA A FAMÍLIA DAS IRMÃS WATSON, solteiras, deixadas em dificuldades financeiras pela morte do pai, seu próprio pai morreu. Como o fictício senhor Watson, senhor Austen era um clérigo aposentado, amável e inteligente. Como as mulheres Watson, as

Austen precisaram se virar com uma renda assustadoramente escassa, mas eram mais ricas em irmãos que suas colegas fictícias. Sem James, Edward, Henry, Frank e Charles, Jane teria acabado como as Brontë, preceptora ou professora. Esse é o terrível destino que se esconde nos bastidores da obra dela. E talvez não por acaso fosse a sua amiga Anne Sharpe, ex-preceptora de longa data dos filhos de Edward Knight, que Jane confidenciasse que havia terminado *Os Watsons*, mas que nunca tentaria publicá-lo.

"Acontece, minha querida Anne, que mostrei muito de meu coração", ela explica na carta de Croydon sobre *Ivanhoé*.

"A pobreza é um grande mal. Mas, para uma mulher com educação e sentimentos, não deveria, não pode ser o maior", diz seriamente Emma Watson em *Os Watsons*, acrescentando: "Eu preferiria ser professora de uma escola (e não posso pensar em nada pior) que me casar com um homem de quem não goste.".

E uma das irmãs responde: "Eu preferiria fazer qualquer coisa a ser professora de uma escola.".

Nossas caminhadas para ver Jane e as outras me deleitavam não só por causa do destino: Mary-Jane fora de casa era ainda mais divertida que Mary-Jane dentro da casa. Instruída por seu pai, ela sabia muito sobre a natureza – muito não apenas para uma menina, mas para qualquer um. Nós pegávamos o caminho longo, pela floresta, onde, mesmo desfolhadas, ela era capaz de identificar cada árvore sobre a qual eu perguntasse, além de apontar as tocas de vários animais.

– Uma raposa vive ali – disse, apontando para uma. – Ou vivia. Espero que tenha se mudado. Eles as caçam. Eu acho horrível.

Eu também achava, mas evitava concordar prontamente, como se pudesse entregar minha condição de estranha ali.

– Mas raposas comem as galinhas. Isso não é bom – eu disse.

– Nós comemos as galinhas. Por que isso é melhor? A raposa também precisa viver.

– Mary-Jane, você é sábia demais para sua idade. Que árvore é esta?

– Por favor! É um carpino. Todo o mundo sabe disso. E olhe lá...

Olhei para onde ela apontou, mas não vi nada.

– Uma coruja! No buraco daquela árvore, ali.

Então, eu vi: um rosto em forma de coração, assustadoramente pálido, olhando para nós com olhos grandes e nenhum bico visível.

– Que tipo de coruja é essa? – Perguntei.

– Coruja-das-torres – disse, compadecida. – A senhorita não sabe nada, não é?

– Você conhece os nomes de todas as plantas também? Vai me ensinar, conforme forem aparecendo?

– Não conheço o nome de *todas* as plantas – corrigiu-me.

Contudo, prometeu me ensinar o que sabia, e quando chegou a primavera, ela se mostrou fiel à sua palavra.

A ESSA ALTURA, MARY-JANE E SUA FAMÍLIA JÁ HAVIAM SE MUDADO da casa de Chawton para um lugar perto de Alton que haviam conseguido alugar. E também Liam e eu, com uma facilidade surpreendente, considerando toda a energia que eu gastara me preocupando com isso. Edward havia garantido que seria o primeiro a saber de qualquer coisa adequada, mas, no fim, foi Jane quem nos salvou.

– Quem me falou foi o velho John Waring, que entrega leite para os Prowting, que ouviu do carpinteiro de lá – ela disse certo dia, no início de janeiro. – Eles encontraram um novo inquilino para Ivy Cottage, até fizeram alguns reparos, muito necessários, mas tudo deu errado. – Ela ergueu os olhos de sua costura. – Como disse que está procurando algo, pensei em mencionar. Mas Ivy Cottage é muito humilde, provavelmente não vai servir.

– É uma daquelas de tijolos e telhado de palha, passando a curva para a estrada de Winchester?

– Não a que parece que um vento forte pode derrubá-la a qualquer momento. A outra. – Ela fez uma pausa. – É ainda menor que esta casa. Eu não deveria ter mencionado, é que...

– Não, fico muito feliz por tê-lo feito.

FIQUEI FELIZ NÃO SÓ PELA PERSPECTIVA DE MORAR TÃO PERTO, MAS também por ela haver me contado sobre a casa. Isso significava que ela estava disposta a nos ter por perto. Quando toquei no assunto com Edward, no jantar, ele pareceu surpreso, depois duvidoso.

– Eu sabia dessa casa, porém não é o tipo de lugar onde vocês gostariam de viver, eu lhe asseguro. É muito pequena.

– Não temos necessidade de um palácio – disse Liam. – Parece encantadora. Melhor escrever ao senhor Prowting de uma vez.

– Podemos ir vê-lo amanhã – disse Edward, ainda incerto. – Estou com a manhã livre, e tenho certeza de que ele ficaria feliz... Mas vocês não... Bem, vocês vão ver.

IVY COTTAGE ERA CERCADA POR UM MURO BAIXO DE TIJOLOS E UMA grossa cerca de buxos. Eu gostei dela antes mesmo de entrar, quando fui recebida pelo cheiro de madeira velha e cera de abelha. A porta da frente se abria para um corredor e uma escada íngreme e estreita, que levava a quatro aposentos pequenos no primeiro andar e quatro acima, ao passo que outra escadaria – mais uma escadinha – levava a dois sótãos com tetos inclinados. Os quartos eram escuros e decorados em um estilo que poderia ter sido popular cinquenta anos antes; as janelas pequenas e os tetos de madeira baixos. Liam precisava se abaixar para passar pelas portas. O mordomo do senhor Prowting mencionou com orgulho a recente substituição da palha, a bomba recém-instalada na cozinha original, e menos orgulhosamente a latrina nos fundos, uma das várias dependências descendo um caminho pela horta, com árvores frutíferas e um belo poço, e campos mais além, que desciam para uma lagoa. Descobrimos que havia a possibilidade de alugar mais terra adjacente também, e Liam começou a perguntar ao mordomo sobre pastagens, tipos de solo, campos alagados e ciclos do feno, enquanto eu escutava calada, maravilhada. Havíamos estudado a agricultura da época na Preparação, mas não tão detalhadamente.

Edward parecia sem palavras também. Por fim, quando o mordomo foi ao portão para falar com um inquilino que passava, ele disse:

– Vocês não podem querer viver aqui.

Liam e eu nos entreolhamos. Depois de um momento, Edward continuou, como se houvesse encontrado alguma resposta em nossas expressões:

– Vão precisar limpar tudo, assegurar que tudo seja completamente esfregado. Não é tão ruim quanto eu temia. Terão de manter os cavalos no estábulo de Crown. Eles são os melhores. – Ele fez uma pausa. – Ou pretendem desistir dos cavalos?

Ele devia pensar que havíamos perdido todo nosso dinheiro. Ou que nunca tivemos algum. Que estávamos apenas posando de ricos e que agora voltávamos a nosso verdadeiro nível. Viver voluntariamente em uma casa de campo era incompreensível para uma pessoa como Edward Knight.

– Não faremos isso – disse Liam, chocado. – Desejamos viver com simplicidade, senhor Knight, mas não em abjeta pobreza. Não perdemos o juízo.

Edward se animou, e Liam prosseguiu:

– Acho que com as melhorias que está sugerindo, e mais algumas que tenho em mente, pode ficar muito agradável. O senhor verá. Venha comer carne de carneiro ao lado de nossa lareira e verá.

CHEGAMOS A UM ACORDO PARA FICAR COM A CASA POR UM ANO, A uma fração do preço do aluguel da Hill Street. Não ficaríamos um ano, porém; teríamos de desaparecer um dia para voltar ao portal em Leatherhead, e deixaríamos todos se perguntando o que teria acontecido. Não, não faríamos isso. Precisaríamos de uma história. Um passeio impulsivo a Lake District, talvez. Afinal, por que eu havia acabado de deixar de me preocupar em encontrar um lugar para viver e já estava ansiosa com meu plano de ir embora?

Parecia um defeito de meu personagem essa necessidade constante de uma preocupação para alimentar. Então, com uma guinada intuitiva, percebi que meu verdadeiro problema não era como sair da casa, e sim como ocupá-la, como viver em um espaço tão pequeno com Liam.

– Você estava fazendo muitas perguntas – eu disse.

Estávamos caminhando de volta para Chawton House sozinhos. Os negócios haviam mandado Edward Knight para Alton.

– Não sei se ele ficou impressionado, mas eu fiquei – prossegui em um tom divertido, que parecia mais seguro. – Como sabe todas essas coisas?

– Edward tem muitos livros sobre Agronomia.

– Temos seriamente a intenção de plantar?

– Não há como morar em uma casa com tanta terra sem plantar.

– Eu não sei nada a respeito disso.

A alimentação em nosso mundo era feita em impressoras 3-D, usando técnicas de laboratório refinadas ao longo dos anos desde a Extinção, para maximizar nutrientes e minimizar o desperdício. Era bom, em sabor e aparência semelhantes ao original. Pelo menos era o que eu pensava, até que cheguei a 1815 e comi comida de verdade.

– Isso nos dará a desculpa perfeita para visitar os Austen. Tudo o que eles fazem, como fabricar cerveja, plantar batatas, fazer pão, criar galinhas, nós teremos de observar, e fazer perguntas. Ficar por perto.

– Que esperto! Estou dentro; mas nada de porcos. Meu limite são os porcos.

– É preciso impor limites – concordou ele gravemente.

No dia seguinte, quando compartilhei a notícia, Jane pareceu satisfeita, mas quase tão surpresa quanto o irmão.

– Vocês vão mesmo ficar com ela, então? Martha, você me deve um xelim.

– Vocês jogam? Apostaram no que faríamos?

– Só uma aposta amistosa; ela não precisa me pagar. E tenho certeza de que não o fará, já que honra não significa nada para ela.

– Não vou ver o fim disso se não pagar – disse Martha, erguendo os olhos do tricô. – Quantos criados terá, senhorita Ravenswood? Não terão muito lugar para colocá-los. Talvez possam encontrar pessoas da aldeia, porém.

Eu ficara pensando nisso enquanto não dormia, na noite anterior, perguntando-me onde havia me metido, triste por ter de dispensar os criados com os quais estava muito satisfeita. Senhora Smith provavelmente ficaria horrorizada com a pequenez primitiva de Ivy Cottage depois de Hill Street. Eu sentiria falta das tortas dela e de sua calma constância. North talvez ficasse; ela gostava de mim. Mas, e a irmã, Jenny? Wilcox perderia o emprego, dada a falta de estábulos em nossa nova casa, mas o ar do interior seria bom para Tom, que havia desenvolvido uma tosse preocupante. Esperava que essa fosse uma oportunidade para me livrar de Jencks.

– É uma grande mudança para vocês, pelo que nos contou de sua vida na Jamaica – observou Cassandra. – Não achará tudo muito pobre?

Ela não era mais hostil como da primeira vez em Londres, mas eu sempre tinha a sensação de que não estava totalmente segura em relação a mim.

– Eu gosto da ideia de levar uma vida mais simples – respondi.

– Às vezes, a ideia é melhor que a realidade – disse Jane. – Vão manter a casa na cidade?

– Não sei o que decidimos. Acha que devemos mantê-la?

Ela riu com sua risada gutural.

– Esse é o tipo de vida simples que me agrada, quando se podem fazer perguntas desse tipo.

Houve uma batida na porta antes que a criada, nervosa, introduzisse Henry Austen e Liam.

– Vejam quem eu encontrei – disse Liam.

Houve um silêncio atônito e, então, Jane se levantou e abraçou o irmão, seguida por Cassandra e Martha. Eu também me levantei, sem saber que tipo de saudação seria apropriado.

Ele acabou de abraçar suas irmãs e Martha e, então, voltou-se para mim. Estava coberto por uma fina camada de poeira, e suas roupas exalavam um forte fedor a cavalo. Ele vestia um casaco para cavalgar de várias camadas e uma grossa calça de camurça enfiada dentro das botas altas. Ficamos parados por um instante; todos na sala olhavam para nós. Eu estendi a mão e ele a pegou em ambas as suas.

– Acaba de chegar da cidade? – Perguntei.

– Essa é a única explicação para minha aparência desgrenhada. Seu irmão me viu e me puxou para dentro, mas vou a Crown em um instante fazer-me decente.

– Você não pretende ficar lá, não é? – Perguntou Jane. – Não seja absurdo! Você ficará conosco.

– Deixe-me dizer a Betty que prepare o quarto para você – disse Cassandra, apressando-se.

– Eu posso ajudar – murmurou Martha, seguindo-a.

– Doutor Ravenswood – disse Jane, indo até Liam e tomando-lhe o braço –, empreste-me sua força um instante. Há um pote na sala de estar que nenhuma de nós conseguiu abrir.

E eles se foram, deixando Henry e a mim sozinhos de uma forma teatralmente súbita. Não pude ignorar como cada uma conseguiu fazer isso de uma maneira delicada. E o que eu faria? Estávamos parados junto a uma janela, ainda de mãos dadas.

– Como está, senhor Austen? – Perguntei como uma tola.

Ele olhou para mim. A área ao redor de seus olhos estava vermelha, e havia um estranho brilho neles, uma intensidade que me fez pensar que ele poderia estar febril de novo.

– Tenho pensado sobre o que disse com muito cuidado – acrescentei.

Ele apertou minhas mãos.

– Devo ser sincero. Eu vim ao meu banco em Alton a negócios dolorosos e urgentes. Sou otimista por natureza, mas temo o pior. E nesse caso... não serei mais um homem em posição de... minha proposta... entenda... – Ele parou. – Na verdade, é por isso que não falei com seu irmão, como deveria, expressando meu... Tudo aconteceu tão depressa, senhorita Ravenswood, tão depressa e ainda tão devagar. Não posso dizer como meu verdadeiro estado financeiro pode ser de um dia para o outro. Tem sido uma agonia.

Ergui os olhos para ele, desarmada por sua franqueza. Sentindo um pouco de minha força interior ruir como uma parede desabando em uma chuva de tijolos e poeira, eu tremia de medo – ou de alegria.

– Não pode supor que seja por dinheiro que eu hesito!

– Minha querida, é sempre por dinheiro. Vivemos no mundo, afinal.

– Sabe que eu tenho algum dinheiro próprio, não é?

– Se me toma por um caçador de fortunas, devo lhe dizer que está bastante enganada.

Apertei a mão dele, dizendo:

– Henry... posso chamá-lo assim?

O efeito de minhas palavras foi surpreendente. Um tremor percorreu o corpo de Henry enquanto ele olhava para mim.

– Eu me casarei com você. Mas acho que devemos tentar salvar seu banco primeiro antes de contar a todos, não é?

E FOI ASSIM QUE ASSUMI UM NOIVADO SECRETO, ALGO QUE NUNCA se deve fazer, por razões que *Emma* e *Razão e sensibilidade* deixam bem claras. No entanto, desde o início não foi exatamente um segredo. Assim que voltaram para a sala, senti que Martha e Cassandra suspeitavam de alguma coisa, ao passo que Jane mais que desconfiava. Ela olhou primeiro para Henry. Sua expressão e seus modos não deixavam transparecer nada, mas, de alguma forma, ela sabia. Sorriu para mim e apertou minha mão quando Liam e eu partimos.

– Minha querida senhorita Ravenswood – ela disse, erguendo a sobrancelha.

Uma vez que a ideia era arranjar dinheiro para Henry, o que, sendo mulher, eu não podia fazer sozinha, tive de contar a Liam. E o fiz com o mínimo de palavras possível, quando ficamos fora do alcance dos ouvidos da casa.

Eu tremia quando comecei a falar. Nós não havíamos conversado sobre isso – ou sobre qualquer assunto sério relativo à missão – desde que saíramos de Londres, semanas atrás. O que era uma loucura. É verdade que a casa era grande e que estávamos divididos por nossas atividades específicas de gênero, com pouca privacidade. É verdade que eu o estava evitando – mais do que reconhecia até esse momento. O incidente no Angel, estranho e constrangedor mesmo na época, havia ficado mais horroroso em retrospectiva. Mesmo assim, porém, era indigno ficar emburrada por causa de uma rejeição. Era algo inferior para mim, como admiradora dos livros de Jane Austen e como uma mulher independente. Por que eu deveria lhe conceder tamanho poder?

Antes de terminar de falar, comecei a me sentir melhor, quase desafiadora.

Liam não disse nada por muito tempo. Havíamos saído da rua para o caminho que levava a Great House, e nos aproximamos da igreja, a meio caminho da colina. Quando ele por fim falou, mantinha os olhos fixos na paisagem que nos cercava e a voz baixa.

– É ousado – disse. – Mas talvez seja o que precisamos ser neste momento. Não fez progresso nenhum em subir as escadas e procurar as cartas, ou em perguntar sobre *Os Watsons*?

– Ainda não.

A crítica implícita me incomodou, mesmo ele tendo falado em tom suave. Antes que eu pudesse me defender, porém, ele prosseguiu:

– Vou falar com Henry, talvez à noite. Quem sabe eu possa acompanhá-lo quando ele voltar à cidade. Ele lhe deu alguma ideia de quanto dinheiro poderia precisar?

– Na verdade, não falamos sobre isso.

– Talvez esse não seja um assunto que se discuta com a noiva – disse Liam com um sorrisinho, por fim me olhando nos olhos, mas não sustentando o olhar. – Bem, vou falar com ele.

– Não está com raiva? – Perguntei.

Recordei o infeliz episódio no Angel. Com esforço, afastei a lembrança.

Ele me olhou com tristeza, mas não disse nada.

– Eu acho que vai ser bom. Estou feliz por você entender que era necessário.

– Apenas tenha cuidado – ele disse.

– Sempre tenho.

CAPÍTULO 13

24 de janeiro de 1816
Chawton House

No fim da tarde, pouco antes de deixarmos a casa de Edward, eu estava sozinha na biblioteca, que era grande e impressionante como aposento, mas não em livros. Havia ali muitos volumes do *The Spectator*[8], da metade do século anterior – emocionante só em comparação com todos aqueles livros sobre Agronomia. Provavelmente eu deveria ler um desses, mas fui procurar um romance. Não algum em particular, embora soubesse de qual tipo queria: algo como *Memoirs of Miss Sidney Bidulph* [Memórias da senhorita Sidney Bidulph], ridículo e fascinante. Aparentemente, Edward Knight não tinha nenhum romance – coisa estranha para um irmão de Jane Austen. Nem consegui encontrar os dela. Estava ficando difícil ler os títulos com o aposento cada vez mais escuro; eu estava no canto mais mal iluminado, longe da lareira. Pensava em pegar uma vela na cornija quando a porta do outro lado da sala se abriu e dois homens entraram, conversando: Edward Knight e Frank Austen.

– Espera que eu o resgate desta vez! – Disse Edward. – Ele vive além de seus recursos há anos. É um oportunista, e não dos eficazes. E com esse processo jurídico que me oprime... ele não pode pensar que vou resgatá-lo.

– Tenho certeza de que ele não tem expectativas que não sejam razoáveis, Ned. O que diz a carta? Pode me mostrar?

– Uma porção de autojustificativas como jamais vi na forma escrita! Aqui está, deleite seus olhos.

Houve uma pausa, quando eu deveria ter revelado que estava ali. Eu não estava tentando espionar; embora ouvisse coisas que não deveria ouvir, não eram nada terríveis. No entanto, fiquei surpresa demais para reagir, e então, era tarde demais, pois Edward prosseguia:

---

8. Revista britânica publicada semanalmente. (N.E.)

– E essa dica que ele dá no final, sobre um oportuno casamento... acaso perdeu a razão inteiramente?

– Não há nada de errado em se casar com uma herdeira. Você fez isso.

– Isso não é a mesma coisa. Eu tinha recursos independentes, e ela era de uma família conhecida, de respeitabilidade bem estabelecida. Se ele se refere à mulher que imagino, não sabemos nada sobre eles, nada... Proprietários de escravos... negócios estranhos, e a mudança para Ivy Cottage...

Ele baixou mais a voz, e eu não consegui ouvir o resto. A essa altura, eu estava de quatro atrás de um sofá. Meu coração batia forte e eu tinha certeza de que eles poderiam ouvi-lo, como algo saído de uma história de Poe. E o que eu diria quando me descobrissem?

– Eles têm boas maneiras e boa conversa. Mas, hoje em dia, isso não significa nada. Ainda assim, você os convidou para se hospedar em sua casa. Você pôs o imprimátur de aprovação sobre eles, mais que Henry. Como ele não pensou que...

– Ela salvou a vida de minha filha! Convidá-la à minha casa não é nada perto disso. Não tenho nada contra eles como conhecidos, como convidados, mas, para se aliar assim? – Ele fez uma pausa e soltou uma gargalhada sem graça. – Mas devo escrever para Sir Thomas-Philip assim que tiver um momento livre, e saberemos de tudo. Mas, é claro, sendo Henry, ele provavelmente vai se casar com ela antes que a resposta chegue.

Seguiu-se um silêncio. Presumivelmente, Frank Austen ainda estava lendo a carta de Henry. Eu estava com o rosto perto do chão, respirando o pó do tapete. Com medo de espirrar, cobri o nariz com as mãos.

– Bem, ele está acabado.

– Do que pensava que eu estava falando? Quanto você investiu?

– Como isso aconteceu? Você pode... você é um homem de negócios, pode explicar?

– Da maneira usual, suponho. Empréstimos em termos moderados, ao gosto de lorde Moira, para cavalheiros que levam a sério apenas suas dívidas de honra. E quando se é um oportunista, um cabeça-dura e, aparentemente, um caçador de fortunas... por Deus, eu não era... o que eu...

Ele se interrompeu quando a porta se abriu, acrescentando em um tom diferente:

– Doutor Ravenswood.

– Desculpem-me, eu estava procurando minha irmã. Disseram-me que ela veio para a biblioteca.

– Ela não está aqui – disse Edward.

Houve uma pausa.

– Não quis interromper, senhor. Devo ir.

– Não, não há necessidade de desculpas ou de dissimulação. Você saberá em breve. Nosso irmão, seu amigo, está acabado. Seu banco está arruinado.

Houve um silêncio, e então Liam disse:

– Infelizmente, eu sabia que isso ia acontecer. Não havia nada que pudesse ser feito. Eu fui até a cidade na semana passada para lhe oferecer um empréstimo, mas ele recusou.

– É mesmo? – Disse Edward, surpreso.

Na verdade, Liam havia ido a Londres não para oferecer um empréstimo a Henry, mas para efetivá-lo: trinta mil libras, metade da quantia com que havíamos chegado a 1815. E a julgar pelo que eu havia acabado de ouvir, não fora suficiente. E agora, o dinheiro havia desaparecido. Senti medo diante dessa perspectiva, mesmo dizendo a mim mesma que isso era ridículo. Tínhamos mais que o bastante para o tempo que ainda passaríamos no passado.

– Ele recusou? – Perguntou de novo Edward, suspirando.

– Foi nobre da parte dele, mas ainda me pergunto se isso teria ajudado.

– Não adianta se fazer essas perguntas, Ravenswood – disse Edward. – Já aconteceu, e temos de aceitar. Se puder me dar licença, tenho algumas cartas a escrever antes do jantar.

Houve uma pausa, e depois de um momento, ouvi a porta se abrir e fechar de novo. Outro longo silêncio. Teriam todos saído? Seria possível?

Não.

– Às vezes sinto falta de estar no mar. Se o Almirantado me desse um navio agora, eu não pediria mais nada. Poderia ser um brigue com vazamento que meu coração estaria leve. Mas perdoe-me, estou divagando. Essa triste situação nos chateou a todos.

– Eu entendo bem – disse Frank.

– Se me permite perguntar... se foi capaz de oferecer a meu irmão... devo presumir que não tinha muito dinheiro investido no banco dele, então?

– Muito pouco.

– Muito presciente de sua parte.

Frank Austen suspirou. Mais uma pausa.

– Capitão, acaso me acompanharia? Preciso ir ao estábulo ver... receio que meu cavalo esteja manco.

– Preciso encontrar minha esposa e dar a ela as terríveis notícias. Esta casa é muito grande, estamos sempre nos perdendo um do outro.

– Eu a vi na sala rosada há não muito tempo.

– Obrigado, senhor.

A porta se abriu e fechou, e a sala ficou em silêncio. Minhas pernas estavam adormecidas e meu pescoço doía, mas tinha medo de me levantar. E se alguém houvesse esquecido algo e voltasse? Com o rosto no tapete, fechei os olhos, desejando que o tempo passasse. Então, para meu horror, a porta se abriu de novo. Passos se aproximaram de mim e pararam. Levantei a cabeça. Liam.

– Há quanto tempo estava agachada aí, pobrezinha?

Senti suas mãos frias e fortes quando me levantaram e rapidamente esfregaram meu cabelo, minha testa, meu nariz, meus ombros...

– Você está toda empoeirada!

Era nosso primeiro contato físico desde o fiasco no Angel. Senti uma onda dolorosa de luxúria e me joguei no sofá, incapaz de olhar para ele.

– Não posso acreditar que não me viram. Você obviamente me viu de imediato – eu disse.

– A senhora Frank Austen me disse que você havia ido procurar um livro. Então, imaginei, quando entrei... Você não estava exatamente invisível aqui atrás, mas eles estavam distraídos.

Ficamos em silêncio por um tempo, eu no sofá, ele parado ao lado, de braços cruzados. Tentei não lembrar a sensação de suas mãos em mim. E não admirar seus ombros.

– Então, nosso dinheiro parece não ter ajudado – eu disse por fim.

– É o que parece.

– Você estava certo, e eu errada.

– Não coloque as coisas assim. Ambos concordamos em tentar, e não deu certo. Ainda temos o suficiente para viver.

Desde que possamos voltar ao nosso próprio tempo e não ficarmos encalhados aqui para sempre, foi a conclusão tácita de seu pensamento. Eu senti medo de novo.

– Especialmente se abrirmos mão da casa da cidade. Coisa que claramente devemos fazer agora.

– Estou meio indignada por ele ter contado a Edward antes de nos contar.

– Suponho que ele estava envergonhado. – Liam fez uma pausa. – Ele deve se sentir arrasado. Estava péssimo quando o vi semana passada. E ele ainda tinha alguma esperança.

– Mas, por que você contou a Edward que tentou lhe oferecer um empréstimo?

– Acho que pensei... estava tentando fazer Edward me ver de forma diferente. É como senhor Darcy tentando consertar o casamento de Lydia. Nós somos praticamente membros da família, estamos ajudando.

Eu tinha de admitir que isso era inteligente; que Liam tinha uma espécie de inteligência completamente diferente da minha.

– Um verdadeiro cavalheiro nunca teria revelado isso, mas desde o negócio com a cabana, sinto que o senhor Knight não se sente seguro em relação a mim, de modo que não perdi muitos pontos. – Ele fez uma pausa. – Acha que eu deveria ter lhe dito a verdade, que realmente lhe dei dinheiro? Eu quase falei, mas algo me impediu.

– Antes de você entrar, ele estava dizendo que vai escrever a Sir Thomas-Philip Hampson para fazer algumas perguntas.

Liam bateu com a mão na testa.

– Isso será nosso fim, então.

– A coisa ainda piora. Você deve estar se perguntando o que o está motivando a escrever. Aparentemente, em sua carta, Henry fez alguma referência a querer se casar comigo.

– Mãe do céu!

Liam conseguiu pôr muito sentimento em apenas três sílabas, acrescentando depois de um momento:

– Quanto tempo acha que temos se Edward escrever para a Jamaica?

O vento e as correntes tornavam imprevisível a duração da travessia do Atlântico, mas de uma coisa nós sabíamos: uma carta e sua resposta poderiam fazer ida e volta antes de setembro e da Oportunidade de Retorno, supondo que ambas as pessoas fossem rápidas na correspondência. Eu só podia esperar que Sir Thomas-Philip fosse o tipo de pessoa que deixava sua correspondência sem resposta empilhada em cima da mesa.

– Não o suficiente – respondi.

Poucos dias depois, Liam foi para Londres mais uma vez, para romper o contrato de aluguel da casa da Hill Street e resolver as coisas com os criados. Eu disse a ele que não fazia sentido que o acompanhasse, que meu tempo seria mais bem gasto supervisionando o trabalho em nossa nova casa. Na realidade, eu não podia imaginar ficar presa dentro de uma carruagem por horas com ele, ou passar outra noite em uma pousada.

– Mas Henry estará lá – disse Liam, como se fosse um argumento para eu ir, em vez de outro motivo para não ir.

Eu não sabia bem como me sentia em relação a Henry nesse momento, exceto que não estava com pressa de vê-lo de novo. Certamente seria uma cena dolorosa, com as trinta mil libras perdidas entre nós e minha necessidade de lhe assegurar que ainda o amava e que queria me casar com ele, só não já; e que ainda não precisávamos contar a ninguém, apesar de que o motivo do segredo era muito menos claro, uma vez que não conseguimos salvar seu banco. Eu não estava pronta para todas as duplicidades necessárias.

Então, eu lhe escrevi uma carta tentando falar um pouco disso. Eu podia fazer isso agora, estávamos noivos. Entreguei a carta a Liam, ainda aberta.

– Leia para saber em que pé estamos com ele – eu disse. – Não tenho segredos para você.

Estávamos na biblioteca de novo, um raro momento sozinhos.

Ele olhou para mim.

– Todo mundo tem segredos.

– Tudo bem, mas não coloquei nenhum nessa carta.

– Eu não quero ler suas cartas para Henry! – Disse.

– Pode pelo menos me dizer se acha que me expressei corretamente? É meio complicado.

– Só se você insistir.

Com uma careta, ele começou a ler.

Na manhã seguinte à partida de Liam para Londres, o mordomo do senhor Prowting passou por Chawton House com uma grande chave e uma mensagem: o trabalho estava terminado e a casa era nossa quando estivéssemos prontos para entrar. Peguei minha *pelisse* e desci a colina, ansiosa para ver o lugar de novo e tentar imaginar minha nova vida ali. Eu me sentia desconfortável em relação a Edward Knight desde a conversa que havia escutado, mas a ideia de me mudar para Ivy Cottage, viver em um espaço tão apertado com Liam, também era desconcertante.

Parando diante do portão, vi uma mulher descendo a rua em minha direção: Jane.

– Ah – ela disse quando se aproximou, olhando de mim para a chave. – Então é sua? Que encantador. Já entrou?

– Ainda não. Acompanha-me?

Consegui usar a chave com dificuldade, empurrei a porta pesada e entrei na escuridão, que cheirava a água com limão e madeira velha. Ao meu lado, Jane olhava para cima e para baixo, torcendo o nariz discretamente, avaliando tudo.

– Não é tão ruim quanto eu temia – disse por fim.

– Isso me faz pensar no que as Dashwood devem ter sentido quando chegaram a sua nova casa em Devonshire.

– Quanta gentileza pensar em meu trabalho.

– Sempre penso.

– Mas vocês não perderam... como as Dashwood... quero dizer, espero que...

Inesperadamente, ela pegou minha mão e a apertou. A mão que havia escrito *Razão e sensibilidade* era maior que a minha, bem torneada e fria, e como seu rosto, estranhamente bronzeada.

– Henry me contou o que aconteceu. Que vocês lhe deram

dinheiro, e que agora se foi. Espero que não seja... espero que não seja mais do que poderiam perder. Não posso nem pensar nisso, depois de tudo o que já deu errado.

– Não se preocupe – eu disse.

Apertei a mão dela também quando entramos em um dos aposentos da frente. As paredes eram brancas e frescas. Os pisos meio inclinados, mas as tábuas largas estavam limpas. Havia duas cadeiras de Windsor com encosto de varetas de cada lado de uma mesa redonda e robusta. Estremecendo, antecipei a estranheza de ficar ali sozinha com Liam.

– Precisaremos de mais cadeiras – eu disse. – Assim, poderemos convidá-la para o chá. Gostaria de poder lhe oferecer um agora, mas não há bule. Nem chá. Compra o seu por aqui ou na cidade?

– Não mude de assunto. Eu lhe fiz uma pergunta séria e quero a verdade. Mesmo tendo medo de ouvi-la.

– Não lhe demos nada que não pudéssemos perder. Por favor, pare de pensar nisso.

Eu me perguntava se Henry lhe teria revelado o montante. Trinta mil libras era uma soma impressionante.

Ela se sentou, inclinando-se para a frente. Notei que ela se contraiu.

– Suas costas estão doendo? – Perguntei.

– Ah, um pouco. Já sou velha, afinal.

Sentei-me também e a observei.

– A dor é constante? Ou só quando faz certos movimentos?

Ela ignorou minha pergunta.

– Posso ser bem honesta? Estou muito feliz porque vai ser minha irmã. Sabíamos que Henry se casaria de novo; ele não serve para a vida de solteiro, mesmo o tendo sido durante tantos anos, enquanto tentava conquistar Eliza. Mas eu tinha medo de que... estou muito feliz por ser você.

Ela me olhou nos olhos, sorrindo, mas também séria, e senti vergonha de minha mentira.

– Ele deve ter amado muito sua primeira esposa. Não pretendo ocupar o lugar dela em seu coração. Ou em sua família. – Fiz uma pausa. – Acha que o senhor Knight ficará muito chocado, senhorita Austen?

Eu me perguntava se ele já havia escrito a carta para a Jamaica.

– Edward não deve pensar que pode comandar a vida de todos.

– Ela fez uma pausa. – Seremos irmãs em breve. Acha que seria muito apressado... poderíamos usar nossos nomes de batismo?

Ela fez silêncio, como se estivesse realmente preocupada com o que eu pudesse responder, enquanto eu me concentrava em tentar parecer feliz, mas não excessivamente, quando, na verdade, queria pular da cadeira, jogar a cabeça para trás e rir. Isso era um triunfo muito maior que um pedido de casamento.

– Jane – eu disse, experimentando.

Se eu me inclinasse e a beijasse na boca, não me sentiria mais íntima ou mais ousada.

– Eu ficaria honrada – completei.

Ficamos sentadas em silêncio pacífico por um momento, até que ela disse:

– Em geral, Mary querida, noivados secretos são coisas terríveis; no entanto, quando se trata do particular, acho difícil desaprovar Henry. E sinto certo prazer de fazer parte do segredo, devo confessar.

Ela falou gentilmente, mas uma sensação de frio me dominou.

– Sim – foi tudo o que consegui dizer.

– Entendo a necessidade de discrição, tão logo após a quebra do banco. Quem sabe se os credores dele não viriam atrás de você, se pensassem que a aliança já havia sido selada?

Em meus momentos mais selvagens de preocupação, nas noites acordada pensando em coisas que poderiam dar errado, isso nunca me havia ocorrido.

– Seria possível? – Perguntei.

– Não é provável, mas é melhor ser cautelosos. Por enquanto. – Ela estendeu a mão e acariciou a minha. – Mas não espere muito para contar, ou pode ser desagradável para com todos.

Eu não queria falar sobre isso.

– Você mostra os perigos disso muito bem em *Emma* – comentei.

– Não sabia que você já o havia lido.

– Eu não lhe disse? Adorei. Sua melhor obra até agora. É maravilhoso como você esconde a verdade à vista de todos.

Ela pestanejou, dizendo:

– Que maneira interessante de colocar as coisas.

– Não é isso o que você fez? O noivado secreto, o amor não reconhecido de Emma pelo senhor Knightley... está tudo ali.

– Mas não esperava que as pessoas o vissem tão facilmente. Talvez eu seja tristemente transparente.

– Não, não – protestei.

Embora eu não pudesse admitir minhas numerosas relidas e um artigo de trinta páginas que escrevi na faculdade, disse:

– Assim que terminei, eu o li de novo. Dessa vez, sabendo o que estava por vir e procurando as pistas.

– É mesmo? Estou em choque. Henry escolheu muito bem sua esposa, de fato, se eu for ouvir sempre tanta lisonja.

Liam retornou com uma carta de Henry e muitas notícias sobre os criados. Romper o contrato de aluguel havia sido fácil, e ele supervisionara o empacotamento e a remoção das posses que havíamos adquirido em Londres e que poderiam ser úteis no campo. As coisas fariam uma viagem lenta e cara de carroça para Chawton. A senhora Smith e sua irmã declararam que ficariam felizes de se mudar para o campo, o que foi uma agradável surpresa. Acontece que elas haviam crescido perto de Basingstoke e tinham parentes nos arredores. Jenny, como eu esperava, queria sair e tentar sua sorte em outro lugar, assim como o belo Robert, para meu desapontamento. Isso significava que Jencks seria de novo nosso único criado, exceto pelo ex-limpador de chaminé, Tom.

– Jencks disse que quer cuidar da horta.

Nós havíamos saído para caminhar para que não nos ouvissem discutindo tudo isso: era cedo, um dia de fevereiro de sol fraco e nuvens dramáticas. Fazia frio, ainda havia um pouco de neve no chão, mas a luz era diferente. Eu sentia que o mundo se movia em direção à primavera.

– Disse que sabe tudo sobre jardinagem, e que fazia isso na Escócia.

– Ele é de lá?

– Yorkshire.

– Ele sabe que as plantas são diferentes aqui?

– Ele parecia realmente querer ficar conosco.

– Como ele vai cuidar da horta e ser seu pajem ao mesmo tempo?

– Vamos dar um jeito. Talvez seja bom para ele, ficará cansado demais para escutar atrás das portas.

Eu nunca havia manifestado essa suspeita, e me surpreendi ao perceber que Liam a compartilhou.

– Eu queria que você conseguisse se livrar dele e ficasse com Robert.

Liam não respondeu.

– Há algo em Jencks que me preocupa. Acho que ele tem uma queda por você – prossegui.

– Tenho certeza de que não é isso – respondeu.

A CARTA DE HENRY ERA BOA, CHEIA DE SENTIMENTOS E INFORMAÇÕES. Eu sentia minha afeição por ele crescer conforme a lia. Ele estava indo para Oxford, onde passaria os próximos meses com um velho amigo enquanto se preparava para sua ordenação. Edward lhe prometera o cargo de vigário em Chawton quando isso acontecesse. Era uma renda pequena, mas melhor que nada. Com meu dinheiro, teríamos o suficiente para nos casar. Admirei a delicadeza política com que ele expressava tudo isso, mas senti um pouco menos de afeto por ele depois de passar por essa parte da carta. Ele concluía prometendo que iria a Chawton para me ver assim que pudesse.

– Então, você falou com ele sobre dinheiro? – Perguntei quando terminei e entreguei a carta a Liam. – Qual é o tamanho de minha fortuna, afinal? Nós já decidimos isso?

– Quinze mil me pareceu bom – disse ele, dobrando e desdobrando a folha de papel, mas sem pressa de lê-la.

– Só isso?

Era muito dinheiro para uma mulher possuir, mas parecia pouco considerando quão ricos fingíamos ser.

– Ele ficou desapontado?

– É um pouco mais da metade do que nos resta. Pareceu-me justo. – E acrescentou: – É muito bom para ele se casar com qualquer uma, com qualquer fortuna, neste momento da vida. Se ficou desapontado, não admitiu.

Seus olhos encontraram os meus; havíamos parado de andar sem perceber.

Minha pergunta havia sido jocosa: *Qual é o tamanho de minha fortuna?* No entanto, sua resposta me deixou perturbada, com a implicação de que nosso fingimento poderia assumir realidade, que o portal poderia falhar, e com Liam me dando metade do dinheiro e me fazendo casar com Henry Austen. Contudo, ele não poderia ter pretendido que fosse assim. Se eu tivesse de passar minha vida ali, só seria suportável com Liam, percebi, mas afastei esse pensamento perigoso.

– Como vamos administrar tudo isso? – Perguntei. – Se eu pudesse, de alguma forma, chegar às cartas e ao manuscrito a tempo de terminar o noivado antes que Henry se mude para Chawton...

E antes que uma carta volte da Jamaica. E a tempo de chegar ao portal.

Eu havia temido viver em uma casa tão pequena com Liam, e, de certa forma, era tão desconcertante quanto meus receios. Nossos quartos ficavam frente a frente em um corredor estreito. Se tentasse, eu podia ouvir o rangido de Liam entrando na cama à noite, ou se higienizando no lavatório de manhã. Embora eu zombasse de mim mesma por isso, sempre saía para a latrina, independentemente de quão chuvoso, tarde ou frio estivesse, em vez de arriscar ser ouvida urinando em um penico.

A plantação começou na horta, em caixas plásticas. Compramos galinhas e duas vacas Jersey, das quais Tom era encarregado. Uma gatinha preta, exceto por uma pata da frente branca, acomodou-se por ali, primeiro nas dependências, e depois se insinuando na casa. Eu não queria lhe dar um nome, pois então ela seria nossa. Logo, porém, ficou conhecida como Alice B. Com a ajuda de Sarah e da senhora Smith, aprendi a fazer manteiga e queijo cremoso, a distinguir as ervas daninhas das mudas, e a fermentar cerveja. Vários vestidos, dentre os primeiros que eu havia comprado no outono anterior, foram rebaixados a vestimenta de trabalho. Eu ficava ocupada desde as primeiras luzes até o anoitecer, e estava estranhamente feliz. Cansada demais para ter insônia, raramente acordava pensando em todos os meus problemas, nem em Liam tão provocantemente perto.

Em Londres, o Shabat passara despercebido, mas no campo, para não chamar a atenção, precisávamos comparecer aos serviços matutino e vespertino na igreja, descendo a colina de Chawton House. "Observar os protestantes em seu habitat natural", dizia Liam, mas eu gostava do cheiro da igreja: cheiro de mofo, como o tempo. Gostava de observar o interior mal iluminado, o vitral, pensando em Cranmer, Henrique VIII e Thomas Cromwell, ruminando na mente as frases arcaicas e ressonantes do *Livro de oração comum*: *Portanto, vede prudentemente como andais, não como néscios, mas como sábios, remindo o tempo, porquanto os dias são maus.* Observava as escolhas *fashion* de minhas colegas de igreja, satisfeita sempre que conseguia reconhecer um chapéu da semana anterior disfarçado com fitas novas. *Disse, então, o rei aos servos: Amarrai-o de pés e mãos, levai-o, e lançai-o nas trevas exteriores; ali haverá pranto e ranger de dentes. Porque muitos são chamados, mas poucos escolhidos.*

Nos outros dias da semana, eu abria os olhos quando o quarto ainda estava escuro, cheia de expectativa, tomada pela sensação. No andar de baixo, na cozinha, Sarah estaria reavivando o fogo da noite anterior e a senhora Smith preparando massa de pão ou moendo café. Tom, que havia crescido vários centímetros desde o dia em que caíra da chaminé, inclinaria a cabeça para mim e sorriria timidamente a caminho do rebanho. "Está acordada, senhorita?", diria a senhora Smith, como se isso fosse uma surpresa toda vez. E eu pararia para apreciar o cheiro do café, sempre desejando tomar um ali mesmo, mas ainda não estaria pronto, e o gosto seria ainda melhor depois de duas horas de trabalho. O sol estaria chegando, a névoa subindo sobre a lagoa e as galinhas despertando.

Falando assim, parece que tudo era um idílio rural, não é? Mas não era.

Plantar era divertido, mas um desastre. Só as caixas de plástico nos salvaram. A horta sofria devido às temperaturas anormalmente baixas decorrentes de cinzas vulcânicas na atmosfera após uma enorme erupção nas Índias Orientais Holandesas, no ano anterior. Haveria colheitas perdidas e fome em grande parte da Europa Ocidental e da América do Norte nos próximos anos. Se tivéssemos realmente de viver com o que produzíamos, como muitas pessoas faziam, nossa dieta teria sido inadequada, na melhor das hipóteses. Com dinheiro, porém, podíamos mandar a senhora Smith ao mercado nos dias em que havia, e muitas vezes o fazíamos. Além de contar com as entregas constantes de café, vinho e outros luxos, que compartilhávamos com nossos amigos na medida em que nos permitiam.

Arranjamos mais cadeiras e os convidamos muitas vezes naquelas noites frias. Até a velha senhora Austen, que raramente ia a algum lugar, muitas vezes foi, uma vez que Ivy Cottage ficava tão perto. Reunidos em torno da grande e primitiva lareira na sala da frente, a luz do fogo cintilava enquanto ríamos e contávamos histórias, e líamos em voz alta. E nesses momentos eu sentia que não podia querer mais nada. Não fosse por algumas preocupações irritantes, talvez aquilo fosse a Arcádia, afinal.

CAPÍTULO 14

3 de abril
Chawton

Eu havia ficado impressionada com a mudança em Jane quando ela voltara de Londres, perto do final do ano anterior: com a perda de peso e aquela estranha hiperpigmentação, o bronzeado. Depois, suas costas, que pareciam continuar a incomodá-la.

Nas primeiras semanas após nossa mudança para Ivy Cottage, nós a víamos muito. Ela e as outras apareciam muitas noites, e eu mantive o hábito de visitá-las no início da tarde, não mais na companhia de Mary-Jane, mas de Liam. A ideia dele de pedir conselhos sobre plantação e criação de animais era boa, pois não havia fim para as coisas a perguntar, mas as visitas ganhavam um tom diferente com ele lá. Um cavalheiro é um elemento de disrupção em uma casa de mulheres, e no começo, elas pareciam não saber o que fazer com ele, por mais sério que fosse com suas perguntas sobre agricultura. Aquele peculiar tom de flerte que ele utilizava com Jane em Londres era menos visível agora, sempre sob o olhar atento de Cassandra, Martha e senhora Austen. Ainda assim, eu tinha a sensação de que havia algo entre eles, o que era mais uma questão de silêncios do que de palavras, mais de olhares do que de risos.

Então, no final de março, Jane começou a ficar em casa quando as outras apareciam, e a se ausentar quando íamos nós. "Ela está descansando", explicavam. Certa tarde, na terceira vez consecutiva que não a víamos, Martha havia dito quando estávamos de saída:

– Jane ficará muito triste por não ter visto vocês.

O clichê e sua ironia me fizeram duvidar de tudo o que ela havia dito. No entanto, ela fez uma pausa e acrescentou:

– Voltem esta noite, para o chá, se quiserem. Espero que ela se sinta melhor então.

Quando partimos pela segunda vez naquele dia em direção à casa dela, estava ventando. Nuvens navegavam em um céu azul-escuro enquanto apareciam as primeiras estrelas.

– Acha que ela está escrevendo? – Perguntou Liam. – É a maneira que ela encontrou de não perder tempo conosco?

– Ela não tem muito a perder.

– Verdade.

Se havia algo com que eu nunca me acostumava, era com o céu noturno. Olhei para ele enquanto respirava ar fresco, que cheirava a terra úmida e folhas novas. Era começo de abril. No início de setembro seria a Oportunidade de Retorno. Isso pressupondo que ainda existisse. E se não existisse? Olhei de lado para Liam, que estava olhando para o céu também com uma expressão que me pareceu melancólica, e subitamente vi a imagem do menininho que ele deveria ter sido: inteligente, mas já sombrio, sincero, mas sem a armadura necessária para sobreviver. Esta apareceria mais tarde.

– Ou ela não mais gosta de nós – disse ele.

– Ela gosta de você, Liam, eu sei que gosta.

– Ah, mas ela gosta mais de você.

Trocamos um sorriso conspiratório. *Talvez tudo dê certo, afinal*, pensei, sem saber bem, nesse momento, o que exatamente eu queria dizer com "tudo".

– Estou muito feliz por vê-los mais uma vez.

Jane estava extraordinariamente séria quando nos cumprimentou, estendendo a mão primeiro para mim, depois para Liam. Quando entramos, ela havia se levantado de uma das cadeiras cor-de-rosa avulsas próximas à lareira e caminhara até o meio da sala. Foram poucos passos para eu ter certeza, mas achei que estava mancando. E aquilo era uma bengala na cadeira que ela havia acabado de deixar?

– Andou doente? – Perguntou Liam baixinho, levando-a de volta a sua cadeira e sentando-se na outra. – Pode me dizer. Deve, como sabe.

Enquanto íamos para lá, eu havia urgido Liam a tentar avaliar a saúde de Jane, mas não esperava que ele agisse tão depressa.

– Tem alguma dor? – Continuou ele, tão baixinho que tive de me esforçar para ouvir as palavras. – Suores noturnos?

– A doença é uma indulgência perigosa na minha idade – ela disse com voz fraca. – Estou me sentindo bem melhor.

Ela é do tipo estoico, pensei. *Ou está mentindo, talvez até para si mesma.*

– E o que é isto? – Ele perguntou, pegando a bengala. – Está usando isto, ou é de sua mãe?

Eu desviei o olhar e encontrei os olhos de Martha, a única pessoa na sala, fixos em mim.

– Já o colocaram direto para trabalhar, não é? – Indagou. – Como abusamos de sua boa natureza!

– Ele fica feliz por ser útil – respondi.

Demos alguns passos para longe dos dois, e eu perguntei baixinho:

– Ela tem andado doente?

A expressão de Martha era triste.

– Ela não gosta de se queixar, mas está pior. Em outra pessoa, dificilmente se notaria, porém ela sempre foi ótima caminhante. E agora, não mais.

Nós duas voltamos o olhar para a conversa à lareira.

– Talvez seja apenas a idade. Ninguém aqui está ficando mais novo – ela comentou.

No entanto, seu tom sugeria que ela não acreditava nisso. Tinha cinquenta anos, dez a mais que Jane, e não mostrava sinais de decadência.

– Ela tem problemas para andar? Ou se cansa facilmente?

– Ela disse que tem dor nas articulações. E não tem mais o vigor que tinha. Ela quis visitá-la um dia na semana passada e saímos, mas tivemos de voltar. E, como sabe, não é longe.

– Não, de fato.

Eu estava pensando no que fazer a seguir quando a senhora Austen e Cassandra apareceram. Ambas me cumprimentaram e se voltaram com mais ansiedade para Liam.

– Estava esperando o doutor Ravenswood para ouvir minha tosse – disse a senhora Austen. – Está pior desde hoje cedo.

– E eu tenho me esforçado para convencer minha mãe de que o doutor está aqui para tomar chá, e não para ouvir falar das doenças das pessoas – acrescentou Cassandra.

Nem Liam nem Jane ficaram satisfeitos por serem interrompidos, mas não demonstraram. Ele entregou sua cadeira à senhora Austen e assegurou que estava sempre pronto para ouvir sua tosse com total deleite.

Assim que a senhora Austen começou a tossir para demonstrar, Jane se levantou, fez Liam tomar sua cadeira e se juntou a nós, dizendo-me:

– Seu irmão não pode evitar. Ele traz à tona o valetudinário que há em nós. Até em minha mãe.

– Até? – Murmurou Martha.

– É algo no semblante doloroso dele; faz que logo confiemos nele. – E prosseguiu, olhando para mim: – Uma pessoa precipitada diria que o irmão e a irmã não se parecem em absoluto, Martha, mas nós não somos tais elfos enfadonhos. Eu comecei a discernir, embora ele seja tão alto e ela tão pequena, e os olhos dele tão azuis e os dela tão – ela pousou os olhos entediados nos meus por um instante perturbador – escuros, que entre suas feições em geral, apenas um ponto de semelhança pode ser notado...

– Onde você começa a ver a semelhança? – Perguntou Martha, divertida.

Meu coração batia forte, e eu não sabia para onde olhar. Jane disse:

– Ambos têm um ar de ter caído do céu. Com um simples olhar pode-se dizer que não são verdadeiramente ingleses. São muito corretamente, muito perfeitamente ingleses.

Horrorizada demais para falar, eu fiz uma reverência. Senti os olhos das duas em mim, e não consegui fitá-las. Olhei para onde estava a senhora Austen, que parara de tossir, e Liam, debruçado, inquirindo-a. Eu ansiava por alguma maneira de avisá-lo de que ela suspeitava de nós, mas não havia como.

– Jane, você é implacável – disse Martha, tocando gentilmente meu braço. – Senhorita Ravenswood, sabe que ela questiona apenas pessoas de quem gosta, não sabe? Ela considera isso uma marca de distinção.

Ergui os olhos, surpresa com suas palavras e sua expressão, sem uma gota de ironia.

Antes que eu pudesse pensar em uma resposta, Cassandra disse:

– Desculpe-me. Minha mãe às vezes reivindica demais o privilégio da idade. Deixe-me ver como anda o chá.

Quando o bule ficou vazio e os pedaços de bolo de sementes menores, a conversa foi diminuindo, e comecei a pensar em ir embora. E, então, Martha perguntou a Jane sobre uma nova música que Fanny Knight havia copiado e enviado de Kent, e Liam a encorajou a tocar. Logo estávamos ao redor do piano, Liam nomeado responsável por virar as páginas. Embora a melodia fosse simples e doce demais para meu gosto, seu dedilhado era bom e ela tocava com uma intensidade precisa que se encaixava em seu personagem.

Eu disse:

– Você é realmente proficiente. Vai tocar outra para nós?

– Você é muito gentil. Não há mais nada próprio para ouvir.

No entanto, ela não fez nenhum movimento para se levantar. A sala parecia ecoar com sua música.

– Talvez possa tocar algo para nós – disse Cassandra para mim. – Jane mencionou que havia um piano de cauda em sua casa na Cidade. Não é musicista, senhorita?

– Eu não me atribuiria essa distinção – respondi.

Eu queria evitar ser observada; ainda estava sentida pelo *muito corretamente, muito perfeitamente ingleses*. Provocação ou não, isso apontava uma falha em nossa apresentação, e eu queria ir embora e pensar nela. Ao piano, Liam pegou uma partitura de uma pilha arrumada e a mostrou a Jane, perguntando-lhe algo. Ela assentiu e tocou uma parte; eles conferiram, e ela jogou outra.

– Toque essa! – Disse ele. – É uma de minhas favoritas.

– É mesmo, senhor? Bem, lamento, pois quase não me lembro dela.

Ela tocou mais algumas notas, e quando Liam as acompanhou com a voz, inesperadamente ressonante e afinada, ela ergueu os olhos com surpresa – que eu compartilhei. Nas longas horas que eu passava nas aulas de música durante a Preparação ele sempre estava fora aprendendo a atirar ou a conduzir uma carruagem. Eram tarefas difíceis de dominar e essenciais para representar um cavalheiro, coisa que a música não era.

– Tocarei só se o senhor cantar – ela disse, erguendo as mãos do teclado e olhando em volta para obter apoio. – Vê, as palavras estão todas aqui, se precisar delas.

– Estou tristemente fora de forma – disse ele.

– Ah, por favor – disse Cassandra. – Desde que Charles voltou para o mar, não ouvimos nenhum canto que valesse a pena ouvir. Henry alega nunca estar em condições de cantar, e quanto às Digweed mais jovens... – Deixou a frase inacabada.

Liam hesitou e olhou para mim. Eu assenti quase imperceptivelmente, pensando que ele havia ido longe demais para recuar educadamente. Ele se voltou para Jane, dizendo:

– Não posso lhe negar nenhum desejo.

Estudou o papel por alguns instantes, cantarolando baixinho e seguindo as notas com o dedo; a seguir, colocou a partitura no piano, acenou com a cabeça para ela e deu um passo para trás, girou os ombros e respirou fundo. Começaram.

Ele era ator; fazia sentido que tivesse treinamento vocal. Tinha um bom alcance, um excelente controle da respiração e uma facilidade surpreendente, sem afetação, como se cantar fosse tão natural para ele quanto falar. E não era só isso. A textura áspera de sua voz dava à música – triste, sobre um amor frustrado – uma ferocidade melancólica. Era como se alguém houvesse aberto uma janela e deixado entrar as Brontë. Cassandra, Martha e a senhora Austen olhavam para ele com a surpresa que eu tentava esconder, enquanto Jane se perdeu e parou de tocar a certa altura, de modo que ele teve de terminar sem acompanhamento, o que intensificou o efeito.

Ah, a chuva cai sobre meus pesados bloqueios
E o orvalho molha a minha pele,
Meu bebê está com frio
Em meus braços
Ah Gregory, deixe-me entrar.[9]

Quando a música terminou, ninguém disse nada. Então, Jane se levantou e apertou a mão de Liam vigorosamente, como um homem faria.

9. Tradução livre. Letra original: "O, the rain falls on my heavy locks / And the dew wets my skin, / My babe lies cold / Within my arms / O Gregory, let me in". (N.E.)

– O senhor me surpreende, o senhor me surpreende – disse, e seus olhos brilhavam. – Obrigada.

E saiu correndo, mancando levemente. Houve um som de passos rápidos escadas acima, um soluço e uma batida de porta. Ficamos os cinco olhando um para o outro, abalados. *Como ficarão quando ela estiver morta?*, pensei. *Em breve.*

– Lamento afligir sua irmã – disse Liam a Cassandra, e o som familiar de sua fala me trouxe de volta à realidade. – Há alguma associação dolorosa com essa música? Eu não poderia saber.

Cassandra apenas balançou a cabeça.

– Talvez eu devesse ir até ela – disse eu.

Todos olharam para mim.

– Ver se está bem – acrescentei, e me voltei e subi depressa.

Eu precisava sair daquela sala. Julgava entender por que ela havia fugido, porque eu também sentia o que vira no rosto dela.

Parei no alto da escada, diante de um corredor escuro e estreito, com uma janela no final, várias portas fechadas e um nó na garganta. Então, eu me dei conta de que estava ali. Nós havíamos visitado o museu da casa em nosso tempo como parte da Preparação. Se os historiadores estivessem certos, o quarto dela, que dividia com Cassandra, seria o primeiro, bem à minha frente. Fui em direção a ele e bati.

– Sou eu, Mary. Posso entrar?

Não esperei a permissão. Abrindo a porta, entrei na escuridão profunda do quarto e vislumbrei uma forma pálida deitada em uma das camas. As cortinas estavam abertas, oferecendo um quadrado de céu noturno, fui tateando até uma cadeira perto da cama e me sentei. Quando meus olhos se acostumaram à escuridão, vi que ela estava com o rosto no travesseiro e as mãos cruzadas atrás da cabeça. Depois de um tempo, ela se voltou para me olhar, mas não disse nada. Estava muito escuro para ver sua expressão.

– Eu queria ter certeza de que você não está se sentindo mal.

– Não estou – ela disse, acrescentando depois de uma pausa: – Só senti um desejo incontrolável de ficar sozinha.

– Eu também precisava; mas não vou perturbá-la. Devo sair?

Eu ouvi a diversão em sua voz quando ela disse:

– Talvez possamos ficar sozinhas juntas. Se não conversarmos.

– Sim.

O silêncio que se seguiu foi estranhamente confortável, e durou tanto tempo que comecei a me perguntar o que estariam fazendo no andar de baixo. Provavelmente eu deveria voltar para lá. Eu estava prestes a me levantar e dizer isso quando ela falou:

– Não vou voltar lá para baixo esta noite. Seria um grande espetáculo. Por favor, transmita minhas desculpas a seu irmão por ter fugido.

– *Você* não precisa se desculpar – eu disse, com um pouco mais de veemência que o necessário.

– Você é encantadora com sua rápida compaixão, mas também misteriosa. O que implica essa sua singular ênfase?

– Que você pode reivindicar todos os privilégios de uma artista. Incluindo, o de ser caprichosa.

– Artista?

De novo, tive a sensação de um riso contido em suas palavras.

– Acha que a palavra foi mal escolhida? Eu acho que não – respondi.

Ela se ajeitou para ficar deitada de costas e olhar para mim.

– Perdoe-me se feri seus sentimentos antes, Mary.

Eu já ia negar que havia me magoado quando ela prosseguiu:

– Martha está certa. Sinto muita afinidade com você e seu irmão, por tudo o que conheci de vocês em tão pouco tempo. – Ela fez uma pausa. – Se bem que, nos romances, uma intimidade tão imediata geralmente não é confiável.

– Como Isabella e Catherine em *A Abadia de Northanger* – eu disse.

E prendi a respiração, horrorizada ao perceber meu erro. Acrescentei apressadamente:

– Quero dizer, como Elizabeth e Wickham conversam tão despreocupadamente na primeira vez que se veem em *Orgulho e preconceito*.

– *A Abadia de Northanger*? – Ela repetiu, justamente intrigada.

Esse romance veio ao mundo intitulado *Lady Susan*, o nome original de sua heroína, e foi vendido para a Crosby e Co. por dez libras em 1803, mas apodreceu inédito, por motivos perdidos na história. Apenas quando ela por fim teve o próprio dinheiro pôde pedir a Henry que comprasse o livro de volta pela mesma soma, só depois mencionando que era do mesmo autor do bem-sucedido *Orgulho e preconceito*. Gosto de imaginar Henry revelando isso ao sair do escritório de Crosby, com o manuscrito nas mãos; mas também me pergunto: seus irmãos não poderiam ter disposto de dez libras um pouco antes, para que ela pudesse tentar a sorte em outra editora? Não viam isso como importante, ou ela era orgulhosa demais para pedir?

– Esse romance existe? Acho que não ouvi falar. Eu me lembraria desse título. E os personagens chamados Catherine e Isabella? – Inquiriu.

Mais tarde, ela mudaria Susan para Catherine, ou talvez já houvesse feito isso. O livro só seria publicado depois de sua morte.

– Eu me enganei – eu disse, esperando que a escuridão do quarto escondesse a confusão em meu rosto. – Eu estava pensando em outra coisa, outro romance...

– Então, Henry lhe contou sobre minhas desventuras com esse livro.

Foi uma declaração, não uma pergunta, e respirei aliviada.

– Ele é incapaz de guardar um segredo. Não importa, porém, agora somos quase irmãs. – Ela fez uma pausa. – Ainda assim, eu o exortei, em minha última carta, a não manter esse noivado escondido por muito tempo, e vou dizer o mesmo a você.

Eu não tinha resposta para isso. Não queria alterar a história mais do que já havia feito. Uma pessoa misteriosa que concorda em se casar com o irmão favorito de Jane e depois desaparece certamente se tornaria parte da tradição familiar de Austen, e seria irresistivelmente fascinante para os mesmos biógrafos que eu estava tentando ajudar com o resgate das perdidas cartas para Cassandra. Era tudo muito "meta". Além disso, ficaria evidente para o pessoal do instituto, em meu próprio tempo, que eu havia feito isso – algo que eu absolutamente não deveria fazer.

– Existe algum motivo para você desejar manter isso em segredo? – Perguntou, não acusadora, mas tão gentilmente que me senti envergonhada. – Pode me dizer, você sabe. Ao contrário de meu irmão, sou muito discreta.

– Parece rápido demais depois do que aconteceu com o banco – eu disse.

Não me pareceu particularmente convincente, mas foi o melhor que pude inventar.

– E o que você mencionou, o risco de os credores virem atrás do dinheiro que eu levaria para nossa aliança – prossegui. – E mesmo que isso seja improvável, perder o dinheiro de tantas pessoas, e então, imediatamente se casar com uma herdeira do café das Índias Ocidentais... o mundo pode ver isso como falta de escrúpulos.

– Você está certa, é claro. Eu não havia visto as coisas sob essa luz. – Ela fez uma pausa. – Precisamos casar seu irmão primeiro. Assim, seu casamento com Henry pode passar quase despercebido.

Era difícil saber, por seu tom, se ela estava brincando.

– Mas, nesse caso, por que ele está se enterrando no campo? Não parece ser o caminho certo para cuidar desse assunto. Qual é a idade dele, Mary?

– Trinta e sete.

– Acho que entendo por que ele não se casou nas Índias. Mas o que você acha que o está segurando aqui?

Ela avaliava esse problema desapaixonadamente, como se Liam fosse o personagem de um romance.

– Não era essa sua intenção ao vir para a Inglaterra?

– Minha intenção e a dele ao vir para a Inglaterra – comecei lentamente – foi, primeiro, mudar para um lugar mais temperado e civilizado, onde não nos confrontássemos diariamente com o horror moral da escravidão. Em segundo lugar, o sonho de conhecer o autor dos meus livros favoritos no mundo todo.

Ela riu.

– Espero que nos conheçamos o suficiente para que eu possa dizer isso e você não me achar uma lunática. Desde a primeira vez que li suas obras, fiquei impressionada. São espirituosas, e vivas, têm uma compreensão tão profunda da natureza humana... Eu me consumia de curiosidade sobre a pessoa que poderia escrever dessa maneira.

Parei, sentindo-me um pouco tonta.

– É claro, minha maior aspiração era, talvez, encontrá-la uma vez. Nem em meu mais selvagem voo de ambição eu teria aspirado a chamá-la por seu nome de batismo e me sentar com você em seu quarto.

Ela ficou em silêncio e receei ter falado demais.

– Não me considere uma lunática, eu imploro – acrescentei.

– De modo nenhum – ela disse.

Mas seu tom era diferente, mais cauteloso.

– Você não quer ser conhecida, ser uma figura pública, eu entendo. No entanto, deve estimar as consequências de sua genialidade.

– E quais são? – Perguntou ela, divertida.

– Que todos vão querer um pedaço de você. Pense no senhor Clarke, o bibliotecário do príncipe. Agora, imagine um mundo cheio de pessoas como ele, mas menos educadas. Mais exigentes.

– Senhor Clarke é um excelente argumento para eu permanecer o mais anônima possível.

– E eu ousarei lhe perguntar algo que sempre quis saber, mas que temia trazer à tona.

– Que introdução alarmante! O que é?

– Seu irmão me disse que os dois livros que você publicou primeiro, bem como *Lady Susan*, foram trabalhos do início da idade adulta, terminados antes dos vinte e cinco. Entendi corretamente?

– É algo próximo à verdade. Mas, por que...

– E não escreveu mais nada entre 1800 e alguns anos atrás? Um silêncio tão longo, de uma mente tão inventiva, confesso que foge à minha compreensão.

Ela não disse nada por um momento.

– Suponho que andei perdida.

– Realmente não escreveu nada em todos esses anos?

– Foi o que Henry lhe disse?

– Talvez eu tenha entendido mal.

– Eu escrevi. Como poderia não escrever? Eu revisei e editei esses três, é claro. Mas, principalmente... – Ela parou. – Talvez eu houvesse perdido a fé em mim mesma. A vida que eu levava naqueles dias não era adequada à composição, mas isso não é desculpa. Se eu quisesse o bastante... Mas não é isso. Eu escrevi. Eu queria muito, estava tudo distorcido em meu coração.

Ela fez uma pausa e acrescentou:

– Queimei a maior parte do que escrevi. Um caro desperdício de papel.

– Ah, isso é trágico – eu disse, antes que pudesse me controlar. – Mesmo que eu suspeitasse de algo assim, ouvi-la dizer assim, com tanta calma...

– Eu lhe asseguro que estão melhor queimados.

– Mas você não destruiu tudo!

Houve uma longa pausa antes de ela responder.

– Não, nem tudo. – Ela se sentou. – Acho que já compartilhamos informações suficientes para um dia, Mary. Eu gostaria de descansar. Pode se desculpar com todos lá embaixo por mim?

QUANDO VOLTÁVAMOS A PÉ PARA CASA, O VENTO HAVIA SE ACALMADO e as nuvens desaparecido, expondo as estrelas com seu brilho indomável. Eu estava atarantada devido à conversa que havia acabado de ter e à música; meus pensamentos eram como um monte de fios emaranhados e eu não conseguia encontrar a ponta.

– Que música era aquela? – Perguntei por fim.

Parecia a pergunta mais simples do mundo.

– Chama-se *The Lass of Aughrim*.

Fiquei pensando por que o título me era familiar.

– Ah. Aquela música em *Os mortos*, é isso?

Como James Joyce aparece misturado nisso? Quem seria o próximo, Samuel Beckett?

– Estou impressionado por você saber disso.

– Surpreso, você quer dizer.

– Surpreso com o aperfeiçoamento de sua mente pela leitura extensiva? Nunca – disse Liam, no melhor modo doutor Ravenswood, antes de continuar como ele mesmo. – Eu apresentei um trabalho sobre isso uma vez, no decorrer do qual também aprendi a cantar. Quando vi a música no piano dela, foi como ver um velho amigo. Mas eu não deveria ter cantado. Homens musicais são suspeitos em seus romances. Isso foi um erro.

– Um erro? Eu não sei. Elas podem se apaixonar por você agora, o que pode ser estranho.

– Isso está bem no topo de minha lista de preocupações.

– Liam!

– O quê?

– Cante outra coisa.

Depois de se convencer de que eu estava falando sério, ele começou uma música, acho que em italiano, que eu nunca havia escutado, enquanto elevava meu olhar às estrelas e minhas preocupações, pelo menos por esse momento, silenciavam-se.

Somos apenas recipientes. A arte é eterna.

Quando chegamos perto de casa, paramos de andar e ele parou de cantar. Paramos um momento ao portão, como se estivéssemos esperando que algo acontecesse. Tive o desejo de puxar a cabeça dele para baixo e beijá-lo. Mas, em vez disso, eu disse:

– Podíamos caminhar um pouco. Está tão bonito.

Sem responder, ele se afastou da casa e continuamos pelo mesmo caminho que seguíamos. A rua serpeava depois da casa principal e atravessava campos margeados por sebes. Eu caminhava por ali no inverno, mas, ultimamente, andava muito ocupada com a plantação.

– Por que não me disse que sabia cantar? – Perguntei, ciente de novo de não estar fazendo a pergunta que realmente queria fazer.

E qual era? Ela ficava pairando à margem dos meus pensamentos emaranhados, fora do alcance.

– Você nunca sequer cantarolou, caramba. E tem uma voz maravilhosa! Tenho tanta inveja de gente que sabe cantar...

– Talvez seja por isso. Eu não queria que você ficasse com inveja – ele disse.

– Sempre um cavalheiro.

– O que você conversou com ela lá em cima?

– Muitas coisas.

– *Os Watsons*?

– Estava chegando a isso, porém, então, ela me mandou embora.

Eu lhe contei resumidamente a conversa, acrescentando:

– Você teria se saído melhor em fazê-la falar sobre isso.

– Não tenha tanta certeza.

Caminhamos por um tempo em silêncio, ouvindo os estranhos sons de coisas raspando e farfalhando; os sons da noite trabalhando. Eu enxergava muito pouco, mas, ainda assim, sentia-me confiante. Era como se a visão fosse uma função não apenas dos meus olhos, mas de todo meu corpo. Eu tinha a sensação, sempre presente, mas raramente notada, de sentir o mundo escuro ao meu redor: o movimento do ar em minha pele, o chão sob minhas botas. Ia comentar como isso era estranho quando Liam disse:

– Eu queria me desculpar por uma coisa. Está pesando em minha consciência.

– O que é?

Caminhamos um pouco mais antes de ele por fim murmurar:

– Aquela noite, no Angel.

– Ah – dei uma risada fingida. – Ainda está pensando nisso?

– Diga-me que você não está – retrucou ele, não mais parecendo sem palavras. – Olhe em meus olhos e me diga que você não está pensando nisso.

Estava muito escuro para olhá-lo nos olhos.

– De vez em quando – respondi. E isso queria dizer o tempo todo. – Mas não precisa se desculpar. Não existe uma lei que diga que duas pessoas têm de trepar só porque uma quer.

Eu ouvia sua respiração; a escolha do verbo o deixara horrorizado? Eu esperava que sim.

– Seria bom saber por que você... Mas, quer saber? Não preciso saber. As pessoas são complicadas, cheias de contradições.

Especialmente pessoas como você, fiquei tentada a acrescentar, mas não disse nada: seria cruel, não necessariamente verdade, e, sinceramente, poderia entregar meus sentimentos. O que era um perigo real, sozinhos no escuro como estávamos, dessa vez sem medo de ser ouvidos.

– Então, você nunca me perdoará.

– O quê? Não seja arrogante. Acha que eu dei tanta importância a... àquilo?

No entanto, meu tom revelava que sim. Como ele conseguia fazer isso? Era como um *aikido* verbal.

– Se é perdão o que você quer, conseguiu – Concluí.

Houve uma pausa antes de ele dizer:

– Na verdade, não é o que eu quero.

Meu coração começou a bater forte, mas eu estava determinada a não facilitar as coisas para ele. Não muito, pelo menos.

– Então, o que é?

Paramos de andar. Ele se voltou para olhar para mim, e seu rosto era só um contorno pálido no escuro. Ele hesitou, pegou meu queixo e levantou meu rosto. Depois de aparentemente pensar no que estava fazendo, ou de esperar ser detido, ele me beijou, incerto, e depois com mais segurança. Sua boca era forte, seu hálito cheirava a chá. Eu podia sentir a fragrância de sua pele, sal, sabonete, e terra do jardim. Então, ele enterrou o rosto em meu pescoço com um gemido, puxando-me contra si, seguindo a linha de meu espartilho por minhas costas, descansando as mãos onde acabava.

– Desculpe, não posso evitar, ando distraído. Sou um louco – sussurrou em meu pescoço. – Não aguento mais, preciso falar. Saber que você está ali... do outro lado do corredor...

– Não precisa falar – eu disse, curtindo estar pressionada contra ele.

Logo eu estaria procurando uma entrada em suas calças, mas, por que apressar esse momento? Seu pau ainda estaria lá. Pelo menos, eu esperava que desta vez ele não ficasse nervoso.

– Suas ações falam por si mesmas. Fluentemente – acrescentei.

Minhas mãos, apreciadoras, desceram por toda a extensão de suas costas e afastaram as caudas de seu casaco em busca de sua bunda, firme, mas espremível, superando as expectativas. Fazia mesmo muito tempo que eu não transava, mas aquilo era como estar faminta a ponto de ser capaz de comer qualquer coisa e se encontrar em um banquete. Eu não conseguia acreditar em minha sorte. No entanto, eu me perguntava, ali, no escuro por um longo tempo, abraçando-nos e respirando forte, o que havia mudado nele. O que havia acontecido? Pensei de novo em como ele havia cantado para as mulheres de Chawton Cottage. Talvez alguma coisa houvesse se sacudido dentro dele.

Ele me apoiou contra uma espécie de escada de madeira que dava acesso por sobre a cerca; subindo o primeiro degrau, fiquei da altura dele. Como o mundo deve ser diferente visto daquela altura! *O que mudou nele*, eu me perguntei de novo, com uma apreensão que tentava ignorar enquanto mordiscava seu pescoço e curtia seu cheiro.

– Estou ficando louco, Rachel. Desde o momento em que a vi.

Acho que foi isso que ele disse. Eu estava ocupada com os botões de sua calça, que resistiam a minhas tentativas. Já não havia muito espaço nas casas dos botões, e menos ainda com o estado das coisas dentro das calças.

– Inferno – murmurei.

E parei para me perguntar se era uma boa ideia. Não a coisa em si, mas onde estávamos: uma rua enlameada, sebes, luz de estrelas. Parei para tentar ouvir: poderia haver mais alguém por perto? Outra pessoa que gostava de fazer passeios durante a noite? Não ouvindo nada além dos sons habituais da noite, voltei ao problema das calças.

– Ajude-me aqui – eu disse.

Pegando-me pelos pulsos, ele puxou minhas mãos.

– Você é maravilhosamente direta – murmurou ele, caindo em silêncio e pegando na boca o lóbulo de minha orelha, fazendo algo com a língua que me fazia estremecer.

– É adorável, mas posso curtir você um momento? Não queria que isso acontecesse assim. Você merece algo mais imponente.

Ele soltou um pulso meu para colocar a mão em meu peito, encontrando principalmente espartilho.

– Eles parecem prisioneiros aí, não é?

Ele levou a outra mão ali para estudar mais a questão, e eu tremei de prazer.

– Liberte-me – eu disse, desabotoando minha mantilha, jogando longe o xale e arqueando as costas, forçando contra o espartilho e me liberando um pouco. Puxei meu decote até que meus seios escaparam do vestido. O ar fresco provocou um choque na pele nua antes de Liam engolir em seco e enterrar a cabeça em meu peito, segurando-me pela cintura para me levantar um pouco mais.

– Rachel querida, eu a amaria para sempre só por isso – conseguiu dizer antes de me tomar em sua boca enquanto eu me retorcia em prazerosa agonia e procurava de novo os botões da calça, agora muito abaixo de mim.

Eu me contorci para alcançar o botão de cima e o abri com uma mão. Encorajada por esse sucesso, desci um degrau.

CAPÍTULO 15

4 de abril
Chawton

NA MANHÃ SEGUINTE, ACORDEI ANTES QUE DE COSTUME, MAS QUANDO olhei do outro lado do corredor, a porta de Liam estava aberta. Sua cama estava desfeita e vazia. Vestindo-me depressa, desci a escada com uma estranha urgência e saí pela porta dos fundos até a horta e o amanhecer nebuloso.

Era como se tudo dependesse desse momento. Nosso sexo na rua havia sido melhor do que eu poderia ter imaginado. Voltamos rindo para casa, conspiramos para nos comportar normalmente na frente de Jencks – que estava esperando por nós, como sempre –, e seguimos pelo corredor de cima como velhos amigos. Mas tudo poderia dar errado de várias maneiras, e senti que eu saberia quando o visse de novo.

Encontrei Liam agachado na área que, conforme nos haviam dito, era o leito dos aspargos, examinando uns pontos verdes que haviam emergido desde a última vez que eu olhara. Quando me viu, ele se levantou. Estendeu a mão, pareceu lembrar que não podíamos confiar que não seríamos observados, baixou a mão de volta e ficou olhando para mim.

– Ah, Rachel, é você – foi tudo que ele disse, mas com tamanha intensidade, com tal luz em seus belos olhos que eu me lembrei, talvez tardiamente, que estava lidando com um ator.

– O aspargo brotou mesmo? – Perguntei, agachando-me para olhar mais atentamente.

E quando ele fez o mesmo, acrescentei mais baixo:

– Fico feliz por você não estar arrependido do que aconteceu.

– Você está louca? Do que está falando?

– Eu não sabia se você poderia estar.

Ele parecia não ter nada a dizer sobre isso, de modo que continuei:

– Porque há só uma coisa que fico me perguntando, e depois, prometo parar de falar sobre isso.

Ele inclinou a cabeça, curioso:

– O que mudou entre dezembro no Angel e agora?

– Nada! É daquela noite que eu me arrependo. Naquele mesmo momento já estava arrependido. – Ele riu baixinho. – Eu pensei: como sou idiota! Pensei: é assim que as espécies desaparecem. E pensei: estou refutando a teoria da evolução.

Ele baixou a cabeça e riu mais, longamente, baixinho, mas eu não entendi a piada.

– Então, por quê?

– Digamos que não via a possibilidade de que você gostasse de mim, nem um pouco.

Pensei naquela noite, perguntando-me se seria possível fazer um avanço mais direto do que o que eu havia feito, mas tudo que eu disse foi:

– E agora vê?

– E agora vejo.

Ele me olhou de soslaio, sorridente, mas tímido, como uma criança que esconde um segredo.

– Que bom – eu disse.

Fiz uma pausa. Estava em uma encruzilhada. Eu poderia perguntar, porque eu me perguntava, *Então, o que o fez descobrir isso?* E iríamos entrar em um buraco de coelho de análises e especulações sobre quem pensou o quê, e quando, e aonde ia dar, e o que significava. Então, perguntei:

– Como vamos administrar isso para que os criados não descubram?

– Precisamos ter muito cuidado.

Uma pausa.

– Não há mais nada que queira saber? – Ele perguntou.

Senti apreensão outra vez.

– Como o quê?

– Terminarei o noivado no instante em que voltarmos, mas talvez isso seja óbvio demais para precisar dizer.

E então, entendi qual era minha preocupação. Sabina.

Sentindo que ele esperava atento a minhas palavras, hesitei.

– Não precisa fazer promessas – eu disse, de um jeito mais amável do que esperava. – As coisas podem parecer diferentes quando voltarmos. Em geral, eu não ando por aí roubando o noivo das pessoas.

Houve um longo silêncio antes de Liam dizer:

– Eu não sou propriedade de ninguém.

– Só quero dizer que não precisamos nos preocupar com as coisas do nosso próprio mundo agora. Temos muitas preocupações aqui.

– Se você gosta um pouco de mim, já é um começo. Eu não sou digno de você, mas dê-me uma chance para tentar ser.

Com uma expressão grave, ele me olhou nos olhos.

– Mas, talvez haja alguém. Você nunca me disse. Na verdade, como poderia não haver, adorável do jeito que você é?

Mesmo tão habilmente abordada, essa é uma pergunta que eu odeio. Soltei:

– Se houvesse, eu não diria. Porque eu também não sou propriedade de ninguém.

– *Touché*! – Disse ele, sorrindo de novo.

Eu sentia que ele via através de mim. Não havia ninguém. Como poderia haver, levando em conta a pessoa que sou e a maneira como sempre vivi a vida?

QUANDO COMECEI MEU TRABALHO MATINAL NA HORTA, FIQUEI pensando muito. Talvez ele fosse do tipo que precisava se imaginar apaixonado antes de poder fazer amor. De alguma forma, isso combinava com ele: a constante representação de papéis, a vergonha de suas origens... Gostei mais dessa teoria que da alternativa, que era que ele havia resolvido conquistar meu coração como um desafio performático, como Henry Crawford faz com Fanny Price em *Mansfield Park*. Uma terceira possibilidade – de que ele pudesse gostar de mim, quero dizer, mais que como dois colegas em uma missão desafiadora naturalmente gostariam um do outro – passou por minha cabeça, mas não se sustentou. Ele me havia professado muitas coisas, habilmente demais para eu lhes dar um peso especial.

No entanto, estremeci ao pensar em uma coisa que havia acontecido na noite anterior. Esgotada, grudenta entre as pernas, por fim eu havia sentido frio quando nos vestimos, ajeitando tudo para caber de novo dentro de nós mesmos. Ele havia enrolado um dos meus cachos, em cima da orelha, no dedo, gentilmente puxando-o, e ficara maravilhado ao vê-lo voltar ao lugar. "Tenho vontade de fazer isso há muito tempo", ele sussurrara, e eu senti um aperto no coração diante da simplicidade desse desejo.

No café da manhã, horas depois, a notícia chegou na forma de um criado de Chawton Cottage carregando uma folha de papel selada para mim com letra e assinatura de Cassandra. Jane ficara muito doente durante a noite. Perguntava se poderia incomodar meu irmão.

Liam bebeu correndo o café, limpou a boca e vestiu o casaco.

– Pode parecer estranho se formos juntos, mas não demore para ir. Não me deixe sozinho lá. E se ela estiver morta?

– Ela não está morrendo. Tente apenas deixá-la confortável. Estarei lá em breve – respondi.

Cassandra desceu as escadas com olhos perdidos, torcendo um lenço nas mãos.

– Ah, senhorita Ravenswood – estendeu-me a mão –, que bom que veio também.

– Eu não poderia ficar em casa imaginando. O que aconteceu? Por favor, conte-me.

– Ela adoeceu algumas horas depois de vocês partirem, ontem à noite. Um violento ataque bilioso.

– Quer dizer náuseas e vômitos?

Cassandra me olhou com estranheza, mas assentiu.

– Ela comeu algo diferente do restante das pessoas?

– Por que comeria?

– Mas, tem certeza? – Insisti.

Ela me lançou outro olhar penetrante.

– Todos nós comemos o mesmo: uma salada verde da horta e um lindo lombo de veado de Edward. – Sua voz tremia, mas prosseguiu, com um suspiro: – Seu irmão foi muito gentil de vir tão prontamente. No entanto, temo que não haja nada que alguém possa fazer.

Ela se voltou com um soluço, e depois outro a sacudiu.

– Senhorita Austen – disse eu, tocando cautelosamente seu ombro. – Não deve dizer isso. Não abandone a esperança.

Ela respirou fundo, e quando se voltou para mim, sua expressão era vazia.

– Sim. Devo me entregar à vontade de Deus. Obrigada por me recordar meu dever.

Não pude pensar em nada para responder.

– Posso vê-la? – Perguntei.

– Não precisa perguntar.

Ela se voltou e se dirigiu à escada, e eu a segui depressa.

Ela estava em uma das duas camas de solteiro, meio sentada apoiada em travesseiros. O quarto estava limpo e cheio de luz natural, fraca, mas meu nariz detectou cheiro a urina e vômito, apesar da janela aberta. Liam estava sentado em uma cadeira reta, encurvado, ao lado da cabeceira, com o queixo apoiado no punho. Levantou-se prontamente quando Cassandra e eu entramos.

– Ah, graças a Deus – sussurrou para mim. – Sente-se aqui.

Apertei-lhe a mão quando passei para me sentar na cadeira, que ainda estava morna dele, e me voltei para Jane.

– Estou triste por saber que está doente – eu disse.

Devido ao suor, seu cabelo estava colado ao couro cabeludo e seus olhos vidrados e fundos. Seu rosto estava estranhamente bronzeado, como sempre, mas seus lábios pálidos. Contudo, ela me deu um leve sorriso e estendeu a mão. Notei que com a outra apertava seu flanco.

– Como está a Esculápio feminina? – Balbuciou.

– Agora sei como você fala de mim quando não estou aqui – comentei.

Segurando-lhe a mão, quente devido à febre, eu a virei para ver-lhe a palma. Estava tão bronzeada quanto o outro lado; mas não era realmente um bronzeado, claro. Não na Hampshire de 1816, onde chovia quase todos os dias e as mulheres, se trabalhassem no jardim, faziam-no cobertas.

– Somou a leitura de mãos às suas outras habilidades?

– Vejo em sua mão que você será uma escritora famosa – eu disse, tentando imitar seu tom. – As gerações vindouras mencionarão você equiparada a Shakespeare.

– Shakespeare? E quanto a Maria Edgeworth?

Isso foi tão inesperado que, apesar de tudo, tive de rir, enquanto continuava fingindo ler a mão dela:

– Estas linhas prometem eclipsar senhorita Edgeworth.

Nenhuma de nós disse nada enquanto eu tomava seu pulso e apalpava as laterais de seu pescoço; não notei inchaço nas glândulas linfáticas. Ela se recostou e fechou os olhos.

– Diga-me como começou – eu disse.

Jane olhou para cima, e meu olhar seguiu o dela até onde estavam Cassandra e Liam, junto à janela, cada um com sua tristeza.

– Senhorita Austen, pode descansar. Deixe-me ficar com ela um pouco – sugeri.

Lancei a Liam um olhar significativo, combinado com um movimento de cabeça em direção à porta.

– Sim – ele disse, voltando-se para Cassandra –, deve estar cansada. Esteve com ela a noite toda, não foi?

Enquanto ela murmurava um consentimento, ele já a guiava para fora do quarto.

– E sua mãe, como está esta manhã? Está bem de saúde? – Ia dizendo Liam, e então, a porta se fechou.

– Há quanto tempo vem se sentindo mal? – Perguntei a Jane. – Semanas, ou meses?

– Deste jeito? – Ela disse, indicando com a mão sua posição horizontal.

– Não. Quero dizer, diferente de como é sempre.

– Não sei bem. – Uma pausa. – Começou devagar, não sei bem. Na cidade, no outono, foi tão emocionante, mesmo depois que Henry ficou doente. Conheci o senhor Murray, visitei a Carlton House, Fanny esteve lá. Eu estava sempre cansada, porém pensei que era só emoção, e que me sentiria melhor quando voltasse para Chawton. Mas não.

– O que a deixou de cama? O vômito? Ou sente dor em algum lugar?

– Sinto uma dor chata aqui, que vem e vai – disse, indicando o lado direito, perto do fim do tórax. – Tem sido minha companheira fiel todos esses meses. Na noite passada, porém, uma nova dor me fez esquecer dessa.

Ela soltou e apertou de novo o lugar que segurava com uma mão.

– Às vezes é insuportável, outras simplesmente agonizante. – Ela estremeceu. – Nunca senti nada parecido.

– Deram-lhe láudano? Tem isso em casa?

Ela balançou a cabeça lentamente.

Fui até a porta e a abri; encontrei Liam sentado no primeiro degrau com a cabeça nas mãos. Ao me ouvir, ele olhou em volta e se levantou.

– Láudano – disse eu. – Pergunte se elas têm. Caso contrário, mande pedir ao boticário.

Ele assentiu sem dizer uma palavra e desceu a escada enquanto eu voltava para minha paciente. No caminho de volta ao quarto, notei o urinol debaixo da cama, e, com cautela, puxei-o para olhar, encontrando uma pequena quantidade de urina, turva e levemente rosa.

Sentei-me de novo na cadeira.

– Importa-se se eu...

Contudo, já havia retirado o lençol sem esperar a permissão. *Estou apalpando o abdome de Jane Austen!* Eu estava tão tonta pela estranheza daquilo que, no início, não conseguia me concentrar. Entretanto, vi que seu fígado estava inchado. Mantive as mãos ali, como se a resposta estivesse debaixo de sua pele. Estava, mas não de uma forma que pudesse me ajudar.

– Esta é a localização da dor chata, aproximadamente?

– Sim.

– E a aguda? – Toquei onde estava sua mão. – Por aqui?

– Por aí.

Ela estremeceu de novo e fechou os olhos.

– Você transpira muito durante a noite? Quero dizer, geralmente. Vejo que está com febre agora.

– Não.

Retirei as mãos do fígado e apalpei seu pescoço de novo, e ao redor da garganta.

– Você sente alguma dor em outro lugar?

– Nos joelhos. Nos quadris. Nos dedos. Às vezes é difícil segurar a caneta... andar.

– Há quanto tempo?

– Não consigo me lembrar exatamente. Há algum tempo.

– Você...

Percebi que não tinha vocabulário para isso – um intrigante descuido da Preparação. Eu não conhecia os termos que as pessoas educadas usavam, não conhecia os termos vulgares. E como eu não tinha esse problema, a questão nunca surgira com minhas criadas. Por um momento paranoico, pensei que elas deveriam achar isso suspeito: nada de indisposição, nada de trapos ensanguentados...

– Seu sangramento, você sabe. Está normal?

Ela me encarou.

– Ele vem... todos os meses, como de costume?

– Ah! – Ela olhou para o teto. – Parou.

– Há quanto tempo?

– Há uns doze meses, pelo menos, creio. – Ela olhou para mim. – Por que essas perguntas? Você sabe o que há de errado comigo?

Eu hesitei, mas ela prosseguiu:

– Você e seu irmão são muito inteligentes. Ninguém esquece a noite em que você salvou Fanny. Tenho confiança de que você – ou seu irmão, pois Cassandra e eu temos certas dúvidas sobre quem é a inteligência orientadora nesta questão – pode operar uma cura.

Ela fez uma pausa e se mexeu, inquieta, parecendo distraída, menos presente.

– Apesar de minha vida serena, às vezes sinto que mal comecei a viver.

Ela fechou os olhos, fez uma careta, sentiu engulhos e vomitou, enquanto eu me abaixava para pegar o urinol.

O material não dava nenhuma indicação de sangramento interno; boas notícias. No entanto, parecia bilioso, e não era muito, apesar do esforço que o vômito lhe custara. Limpei seu rosto e pescoço com um pano úmido que Cassandra havia deixado; Jane se recostou e fechou os olhos.

– Estranho como me sinto melhor logo depois – murmurou.

– Não é estranho. É simplesmente fisiológico...

Contudo, eu me interrompi.

Ela abriu os olhos. Avaliou-me. Fechou-os de novo. Ficamos em silêncio um tempo, enquanto eu olhava minha paciente, pensando.

Uma batida na porta. Liam, com um frasco e uma colher.

– Excelente, obrigada – peguei as coisas. – Consegue encontrar a criada? – Perguntei mais baixinho. – O...

Seguindo meu olhar, ele entrou no quarto, abaixou-se e pegou o urinol com um ar indiferente, como se isso não fosse nada incomum para um cavalheiro.

– Volte logo.

Quando a porta se fechou suavemente atrás dele, voltei para a cama e encontrei Jane surpresa, de olhos arregalados. Ela, porém, não disse nada enquanto eu me sentava e abria a garrafa da solução de ópio.

Agiu depressa. Em poucos minutos vi as tensas rugas de dor em seu rosto se suavizarem, e seus olhos, opacos, fecharam-se levemente.

– Doutor Ravenswood realmente pegou meu urinol e o levou? – Perguntou, com palavras lentas e sonhadoras. – Ou foi minha imaginação?

– Procure dormir um pouco – eu disse, acariciando sua mão. – Ele o devolverá antes que necessite dele de novo.

– O mundo é um lugar ainda mais estranho do que eu imaginava, Mary querida.

– Eu sei. Eu sei.

Minha existência se resumiu a estar ao lado da cama dela. Fiquei ali durante o resto daquele dia. As horas passavam como sombras enquanto eu segurava sua mão, enxugava sua testa, dava-lhe tanto ópio quanto ousava e a encorajava a beber a água de cevada que Martha fornecia em intervalos regulares com mãos trêmulas e um olhar preocupado. Cassandra desaparecera por um tempo, para dormir. Liam aparecia de vez em quando, mas, na maior parte do tempo, ficava sentado na escada, caso eu pedisse algo, e às vezes ia falar com a senhora Austen, que passara o dia na jardinagem, como se ter uma filha gravemente doente não fosse nada fora do comum. Fiquei horrorizada com sua frieza, mas quando ela por fim entrou no quarto, sentou-se e olhou para a filha, algo em sua expressão me fez perdoá-la.

Jane conseguiu manter a água de cevada no estômago; pelo menos a maior parte. A febre não estava melhor, mas não parecia pior. Levemente aérea graças ao láudano, ela não estava desorientada. Quando a escuridão começou a invadir o quarto, Cassandra, que havia aparecido várias vezes já oferecendo assumir os cuidados, por fim insistiu tanto que me levantei, dei um beijo na testa de minha paciente, como quisera fazer o dia todo, e prometi voltar de manhã.

– O QUE VOCÊ SUPÕE QUE ELA TEM? – PERGUNTOU LIAM QUANDO já estávamos fora.

Hesitei, pois todos os sentimentos que eu havia evitado durante o dia todo pareciam me dominar: incerteza, tristeza, medo.

– É possível que sejam duas coisas. Uma que a fez ficar de cama com dor e febre. E outra que ela tem faz tempo, que a deixou com uma cor estranha e lhe causa dor nas articulações e fadiga. É claro, isso pode ser uma apresentação aguda da mesma doença subjacente, mas não sei.

Liam não disse nada, só ficava me olhando de soslaio, preocupado.

– Na verdade, rezo para que seja pedra nos rins. Ela se sentirá péssima por alguns dias, mas depois ficará melhor; mas se for, digamos, apendicite...

Parei. *Ela vai morrer*. Eu não podia dizer isso.

– Mas ela não vai morrer ainda. Só em 1816 – disse Liam.

O pensamento sobre o campo de probabilidades e o que poderíamos ter feito com ele pairava no frio ar da noite, presente, mas calado. Depois de um longo silêncio que durou quase toda a volta para casa, ele disse:

– E a coisa crônica? Acha que é o que eles acreditam que Jane tinha? Doença de Addison?

– É possível.

A insuficiência adrenal primária, cujo nome se deve a Thomas Addison, quem primeiro a descreveu, em meados do século XIX, é causada pela destruição do córtex adrenal pelo próprio sistema imunológico do corpo. É rara. Um médico pode passar a carreira inteira sem ver um caso. Seu mal-estar e as náuseas poderiam ter sido causados pela resultante falta de hormônios do estresse, mas por muitas outras coisas também.

A hiperpigmentação, porém, era interessante. Um comentário em uma carta a Fanny Knight em março de 1817 – *[...] Estou bem melhor agora, e recuperando minha aparência um pouco, que estava péssima, preta e branca e de todas as cores erradas* – levou doutor Zachary Cope, em 1964, a propor o diagnóstico de Addison.

Testes laboratoriais poderiam haver determinado os níveis de hormônios do estresse no sangue. Uma ressonância magnética poderia haver revelado aumento bilateral e calcificação das glândulas adrenais. No entanto, nada disso poderia me ajudar ali.

– O que você pode fazer, se for isso mesmo? – Liam me perguntou.

– Fazer? Se for Addison? Nada. Posso aconselhá-la a evitar o estresse, que tende a piorar o estado. Aconselhá-la sobre dieta. Com Doença de Addison não tratada, a desnutrição pode acabar matando-a.

Contemplei essa possibilidade com uma tristeza profunda.

Em casa, fizemos um jantar simples e fomos dormir cedo, cansados do pelo dia, dando-nos as mãos no corredor antes de irmos para nossos quartos separados.

Acordei ao perceber que não estava sozinha na cama. Talvez eu houvesse sentido o cheiro dele nos meus sonhos, ou sentido seu calor perto de mim. Abri os olhos na escuridão sem surpresa, só prazer e a emoção do perigo. Abraçamo-nos sem palavras e nos preparamos para encarar o problema de fazer amor com o mínimo de barulho possível.

Meus lençóis, lembro que pensei depois, sozinha de novo, satisfeita, semiadormecida. *Haverá sêmen em meus lençóis*. Estaria arruinada por isso? Lavar roupa era um trabalho pesado, entre buscar água, fervê-la em uma grande panela, deixar de molho, torcer, passar... Não existia nenhuma maneira plausível de eu fazer isso sozinha. O bom era que éramos tão ricos em linho que esse trabalho era necessário só de meses em meses, e, na verdade, não havíamos lavado nada depois da mudança para Ivy Cottage – mas teríamos de lavar em breve. Eu estava planejando chamar uma lavadeira e tirar a irmã de senhora Smith, Sarah, de seus deveres habituais para ajudar. Entretanto, de repente, mandar lavar fora, em Alton, por exemplo, onde isso poderia ser mais anônimo, parecia uma ideia melhor. *Preciso perguntar a alguém sobre isso*, pensei, e então, adormeci.

CAPÍTULO 16

Junho
Chawton

Provavelmente era uma pedra nos rins. Após dois dias e meio de agonia, Jane se sentia melhor, recuperara o apetite e insistira em se levantar. Em uma semana ela voltou ao normal.

Contudo, – não pude deixar de notar – o normal era pior. Seu fígado ainda estava inchado, sua pele tinha cores estranhas, às vezes bronzeada, às vezes acinzentada. Tinha dores nas articulações, ela admitia, e continuava perdendo peso. Quando aquela primavera fria e úmida se tornou um verão frio e úmido, ela declinou. Não foi linear, mas inexorável. Havia dias em que ela não saía da cama. No começo, isso era incomum, mas logo não era mais.

Às vezes, no entanto, ela estava quase como antes, e saía para o jardim – não ia mais longe que isso – ou descia ao salão para sentar-se à sua mesinha e escrever. Estava lúcida e alegre. Falava sobre o que faria quando se recuperasse.

Teriam os outros percebido o que eu havia feito? Martha, talvez. Eu via isso em seu rosto às vezes, quando ela achava que ninguém a observava.

No entanto, ela estava cuidando da casa, assumindo as tarefas que Jane não conseguia mais fazer e as que Cassandra não tinha tempo para lhes dedicar. Não conversamos em particular. Senhora Austen continuava consumida pela jardinagem, sua reserva e as próprias doenças, parecendo indiferente à de Jane. Os biógrafos se intrigavam com o relacionamento da senhora Austen com sua segunda filha. E observá-lo de perto não resolveu o enigma. Elas nunca eram abertamente hostis, mas se falavam o mínimo possível, como duas pessoas presas juntas que concordavam em se ignorar mutuamente.

Cassandra podia, com dificuldade, fingir que as coisas estavam bem com Jane, mas não traía nenhuma outra emoção, pelo menos não para mim. Ela, como sua irmã, falava sobre o futuro como se ele estivesse esperando as duas, planejando uma viagem a Cheltenham, pelas águas, no outono.

Ela passava as noites ruins sentada ao lado de Jane e, em junho, começaram a haver mais ruins que boas. Durante o dia, eu insistia para que ela descansasse e muitas vezes passava o dia com Jane, algumas vezes com Liam, companhia com a qual todas as mulheres já estavam mais confortáveis. Depois daquela noite em que ele cantara para elas, algo como o que eu havia previsto em brincadeira aconteceu. A senhora Austen era ainda mais implacável no relato de suas doenças, Martha muitas vezes fazia um bolo especialmente para Liam, com geléia de frutas, depois que ele elogiara um, certa vez. Jane o fazia cantar. E até Cassandra parecia suavizada. Era como se elas por fim houvessem decidido o que fazer com ele: computá-lo como um irmão ou filho a mais, que não precisava ser deixado de lado, mas que poderia receber algumas ordens, fazer pequenas tarefas, educadamente interrogado. Talvez ajudasse o fato de haver escassez de irmãos e filhos reais por ali: Edward voltara para Kent, e Henry estava em Oxford. O capitão Frank Austen, embora estivesse em Alton, estava sempre ocupado com projetos domésticos em sua nova casa, e James, embora não muito longe em Steventon, raramente aparecia, e quando o fazia, era sem muita animação.

Eu tinha um motivo extra para a vigília à cabeceira de Jane: as cartas e *Os Watsons*. Continuava convencida de que o quarto era o lugar mais provável para eles, mas procurar era algo que eu não havia ousado até então. Apesar de todo o tempo que passava lá, nunca estava sozinha, e Jane não dormia mais que sonecas intermitentes. Aqueles dias de cálculos renais, quando ela estava dopada de ópio, teriam sido ideais, como percebi logo depois. Contudo, na época, as cartas dela eram a última coisa em que eu pensava.

Então, certo dia, no início de junho, Jane, que havia passado a manhã na cama, reclamou que suas articulações doíam mais que o habitual: poderia beber um pouco de láudano? O fato de ela me pedir me preocupou; o láudano é altamente viciante. Entretanto, também percebi que essa era minha chance. O fato de a médica e a espiã estarem em conflito dentro de mim também me preocupou. Era uma inquietação que tentei ignorar quando lhe dei uma dose, com uma advertência sobre os perigos de se apegar demais a isso.

– Você dá suas opiniões tão decididamente em assuntos médicos, Mary – disse com um sorriso provocante. – Tão médica quanto seu irmão. Tem certeza de que não participou das aulas com ele em Edimburgo?

– Eu o fiz me dizer tudo o que aprendeu. Eu li seus livros.

– Notável.

À medida que sua expressão relaxava, tornando-se sonhadora, eu tinha a sensação de que seu feroz intelecto, sob a influência do narcótico, não mais focava um ponto, mas se tornava difuso, espalhando-se e estendendo-se, encontrando conexões inesperadas entre as coisas.

– Um dia talvez não seja – sugeri. – Homens e mulheres serão livres para trabalhar nos mesmos ramos de atividade. Talvez apenas uma falta de educação nos impeça, como sugeriu Mary Wollstonecraft.

– Quer dizer que os escritos dessa pessoa chegaram às Índias?

– Eu já havia ouvido o nome dela, mas não consegui encontrar suas obras até chegar a Londres. – Fiz uma pausa. – Você concorda com ela? Não pergunto sobre sua vida escandalosa, mas suas ideias. O que acha delas?

Ela olhou para mim e soltou seu riso baixo.

– Ela só diz o que todos já sabem – começou Jane, e bocejou. – No entanto, se ela espera que os homens quebrem nossas correntes, não posso deixar de considerá-la ingênua. Por que alguém abandonaria voluntariamente as vantagens que o nascimento e a natureza lhe conferiram? Só falta me pedir para descer e insistir com minha criada que me deixe esfregar o piso.

Ela fechou os olhos e se acomodou confortavelmente, esticando-se, agitando-se, até se aquietar.

– Mary Wollstonecraft, de fato… – Disse ela, em um tom que sugeria uma piada que só ela entendia.

E ficou em silêncio. Sua respiração foi ficando mais lenta e profunda, até que tive certeza de que ela estava dormindo.

Imóvel em minha cadeira ao lado da cama, observei os arredores. Se eu fosse uma coleção de cartas, onde estaria? Havia dois pequenos armários no quarto, cujas portas estavam parcialmente abertas, oferecendo vislumbres de roupas cuidadosamente dobradas em prateleiras abertas, e outras penduradas em cabides. Alguns sapatos no chão. Uma penteadeira, com uma gaveta rasa demais para coisas como cartas, continha a coleção usual de itens de toucador.

Olhando de novo para me certificar de que ela estava realmente dormindo, caí de joelhos para olhar debaixo da cama de Cassandra, onde vi uma caixa retangular de um tamanho encorajador. Indo para o lado oposto da cama, onde ficaria menos visível se Jane abrisse os olhos, puxei-a para fora.

A caixa era feita de madeira escura, suavemente acabada, fechada com um trinco de metal, mas não trancada. Olhando rapidamente para a porta – que permanecia fechada –, levantei a tampa.

Folhas de papel dobradas em quadrados, amarradas com fitas pretas em uma dúzia de feixes, carregavam a letra inconfundível de Jane Austen, dirigidas a... Senhorita Cassandra Austen.

Sentindo meu coração se acelerar, fechei a caixa de novo, empurrei-a para baixo da cama e me inclinei para trás, apoiada nas mãos. Fiquei ajoelhada por algum tempo, concentrando-me na respiração, antes de ousar espreitar por sobre a cama de Cassandra para ver Jane. Ela, porém, ainda estava dormindo.

Percebi – da maneira como o óbvio pode estar à vista de todos e ainda nos emboscar – que eu não tinha o menor desejo de ver essas cartas. Ela era Jane para mim agora, minha brilhante amiga sarcástica; não uma figura histórica, não um tema de pesquisa. O que ela escrevia para sua irmã não era da minha conta, e ler a correspondência de alguém era um ato profundamente desonroso. Pensar nisso me encheu de vergonha.

Todavia, era por isso que eu estava ali. Pensei nas palavras do doutor Ping: "Você deve resistir à tentação de se envolver". Hesitei, empalada nos chifres de meu dilema, e então, puxei a caixa de novo, peguei um feixe ao acaso e o enfiei pelo decote do vestido, raspando a pele macia com as bordas afiadas do papel enquanto o empurrava para além de meus seios, do jeito que havia feito com minha fortuna forjada todos aqueles meses antes. Ficaria ali? Meu espartilho estava apertado, mas não havia nada embaixo para segurar as cartas, e imaginei o pesadelo de elas caírem aos meus pés enquanto eu estivesse me despedindo de Cassandra ou Martha ao ir embora. Fechei a caixa e a coloquei de volta embaixo da cama, voltando para a cadeira ao lado de Jane. A partir daí, porém, até estar em segurança em casa, mantive recatadamente uma mão na barriga o tempo todo, como a noiva de *O casal Arnolfini*.

A luz do dia ainda entrava pela janela do meu quarto – os dias eram longos, embora cinzentos. Fechei e tranquei a porta atrás de mim, tirei o maço de papel do fundo de meu espartilho e o coloquei sobre minha cama. Por um momento, tive medo de olhar, como se as cartas tivessem algum poder malévolo representando minha traição a Jane. Então, desamarrei a fita, tentando memorizar como estava amarrada, e contei treze. Cuidadosamente desdobrei cada uma, olhando apenas as datas no canto superior direito. Todas eram de 1800. Eu sabia que existiam apenas cinco cartas desse ano de Jane para Cassandra. Abri a corrente que levava ao pescoço e levantei o espectronanômetro para a luz, tentando lembrar a sequência de comandos para ativar a função câmera.

Nossa orientação havia sido fazer uma cópia física de cada carta, usando a tecnologia contemporânea de papel e tinta, e digitalizá-las como backup. Eu me comprometera comigo mesma a fazer só o último; assim, não as teria de ler. Quando voltasse a meu tempo, as cartas estariam armazenadas na memória de meu espectronanômetro, Jane estaria morta, e outra pessoa as reproduziria, leria e transcreveria. Eu somente as teria roubado e devolvido sem ser pega.

– É uma diferença irrisória – disse Liam mais tarde. – Talmúdica, até. Adorei. Mas, como vamos saber se isso gravou as imagens corretamente?

Havíamos saído para caminhar no longo e prolongado crepúsculo do verão.

Quando voltássemos ao nosso tempo, o espectronanômetro teria de emparelhar com um dispositivo que extrairia seus dados. Não haveria certeza até então. No entanto, era uma tecnologia robusta, não nova. Não havia motivos para pensar que ficaria ruim.

– O principal é: concorda comigo sobre não querer ler as cartas?

Liam, olhando a rua à frente, em direção ao sol que se punha entre um emaranhado de árvores e cercas-vivas, não respondeu de imediato.

– Nenhuma missão ficou tanto tempo no passado quanto a nossa, nem ninguém tentou mergulhar tão fundo. Eu me pergunto se eles deixarão alguém fazer isso de novo, uma vez que perceberem o que pode causar a uma pessoa. – Ele fez uma pausa. – Mas, talvez não percebam. Vamos fingir lá, como fingimos aqui, e aquilo se tornará nossa realidade de novo. – Ele olhou de relance para mim. – Acredita nisso?

– Quer dizer que vamos apresentar o fato de não copiarmos fisicamente as cartas como um problema logístico, não um obstáculo moral?

– Mais ou menos isso.

– Seria difícil explicar o contrário, não é?

– Impossível.

Ele esfregou os olhos, e eu senti com uma repentina nitidez o enorme fosso entre um mundo e outro.

Roubar, escanear e devolver as dezenas de cartas foi uma tarefa delicada que exigiu paciência, astúcia, e tomou a melhor parte do verão. Jane continuava tendo altos e baixos. Muitas vezes, ela passava o dia fora da cama, sentada à sua mesa de escrever ou no jardim, o que significava que eu não tinha acesso ao quarto. E mesmo nos dias em que se sentia pior e ficava na cama, ela seguia meu conselho sobre o láudano e raramente o pedia. Quando não estava drogada, ela raramente dormia profundamente a ponto de me fazer sentir que eu poderia pegar a caixa debaixo da cama de sua irmã.

O que fazíamos era conversar.

Eu dizia a mim mesma que não precisava ler as cartas porque estava descobrindo, mais diretamente em 1815, as respostas para muitas das perguntas que tínhamos. Sobre Thomas Lefroy, Jane confessou que se sentira atraída por ele, e ele por ela. Ele era, de longe, o homem mais inteligente que ela já conhecera e mais brilhante que seu pai ou seus irmãos, e o mais bonito também.

– Mas não era possível, e nós sabíamos disso. E aí estava toda a beleza: que não poderia durar.

– Então, foi quase como se vocês se imaginassem personagens de uma história – eu disse.

– Ah! O tempo todo.

– Um notável grau de desapego para uma mulher tão jovem, devo pensar – comentei.

– O que eu tenho além de meu intelecto e o bom senso para usar?

– Também diz isso como se não fosse nada notável.

Ela me fez uma careta.

– Mary, há quanto tempo nos conhecemos?

Noutro dia, perguntei sobre Edward.

– Como foi quando ele partiu e foi adotado pelos Knight? O que vocês pensaram a respeito?

– Eu era muito nova, talvez sete ou oito anos. Não pensei nada em particular na época. A casa era cheia de meninos para lá e para cá; foi nessa época que meu pai começou a aceitar alunos internos. Mais tarde, é claro, eu me perguntava sobre isso. Todos nós nos perguntávamos. – Ela fez uma pausa. – Henry ficou furioso por muitos anos por não ter sido escolhido. Mas não diga a ele que eu lhe contei. Acho que os Knight fizeram a escolha certa. Ned parece ter nascido para ser proprietário de terras.

– Mas talvez ele tenha assumido o papel, uma vez que lhe foi imposto – comentei.

– E talvez não haja separação entre uma coisa e outra.

– Ainda assim, não lhe pareceu peculiar, um menino escolhido, como um cachorrinho de uma ninhada?

Ela riu.

– A vida está cheia de curiosidades assim, não é? Como o senhor Darcy se apaixonou por Elizabeth Bennet, quando ele poderia ter tido qualquer mulher do reino?

– Porque você a fez adorável.

– Ah, sim. Talvez fosse por isso.

Tudo correu sem problemas, até um dia, no início de agosto. Eu havia quase terminado o projeto das cartas. Estava no penúltimo maço para devolver e o último para pegar, e feliz por isso.

Henry, dando uma pausa em sua preparação para a ordenação, era esperado a qualquer momento – o que seria perturbador. Mesmo que ele não ficasse na casa de campo, como da última vez, e sim na Great House, ele ficaria em meu caminho, interferindo em minha capacidade de pegar a caixa de cartas e conversar com Jane livremente, como fazíamos quando estávamos sozinhas. Eu estava muito perto de poder lhe perguntar sobre *Os Watsons*; quase havia tocado no assunto várias vezes, mas, depois, perdia a coragem, ou decidia que precisava fazer uma transição mais suave.

E também, não via Henry desde que começara a dormir com Liam. Não que eu pensasse que ele intuiria. Entretanto, eu temia o momento em que me encontraria de novo na companhia dos dois juntos, oficialmente irmã de um e noiva secreta do outro. Desejava romper o noivado; era uma complicação a mais, mas terminar com Henry poderia me tornar menos bem-vinda na casa de Jane.

Eu não podia correr esse risco. Precisava obter o resto das cartas e *Os Watsons* primeiro, e queria continuar monitorando a doença de Jane – apesar de ser uma tarefa cada vez mais desesperadora, uma preocupação que eu ficava tentando descartar e que continuava voltando. Ela tinha mais dez meses de vida, mas parecia definhar um pouco a cada dia. Não havia indícios de que *Persuasão* estivesse terminado, e poucos sinais de que ela estivesse trabalhando nele. Nos dias em que ela descia para se sentar à sua mesa, parecia escrever cartas, a julgar pelas pilhas delas que mais tarde eu veria na mesa perto da porta, esperando que o criado as levasse ao correio: para Anne Sharpe em Yorkshire, para Fanny Knight em Kent, para o irmão Charles no mar, para Henry em Oxford. O fato de que, de alguma forma, nós poderíamos ter alterado o campo de probabilidades a ponto de fazê-la morrer antes, era uma possibilidade na qual eu odiava pensar, mas, cada vez mais me encontrava fazendo isso.

Ela parecia estar dormindo naquele dia. Esperei muito tempo até me convencer de que estava, antes de me levantar e ir para o outro lado da cama de Cassandra para retirar a caixa e tirar um maço de cartas de dentro de meu vestido. Eu havia me voltado para fazer isso. Quando acabava de pôr meu espartilho de volta no lugar e estava alisando minhas várias camadas de saia, ouvi um sussurro e me voltei, com as cartas na mão, para encontrar Jane não apenas acordada, mas sentada na cama, olhando para mim.

– O que está fazendo? – Perguntou.

Não era um de seus melhores dias. Ela reclamara de dor e tomara uma pequena dose de láudano. Não o suficiente, aparentemente.

Paralisada de horror, caí de joelhos, devolvi as cartas e empurrei a caixa de volta para baixo da cama. Então, levantei-me de novo e tentei parecer inocente.

– O que estava fazendo com essas cartas? – Ela insistiu.

Primeira regra do mentiroso: evadir-se à pergunta.

– Teve algum sonho? – Perguntei.

Ela ficou parada por tanto tempo que comecei a pensar que poderia dar certo. E então, ela disse:

– Eu sei o que vi. Não insulte minha inteligência, eu lhe imploro.

Isso atingiu um ponto fraco em mim. Quem ousaria fazer isso? Baixei os olhos. A seguir, olhei para ela, mas descobri que não conseguia falar.

– Quem é você realmente? – Ela perguntou, estreitando os olhos, desconfiada. – Há algo estranho com você, senhorita Ravenswood. Se esse for realmente seu nome. Você sabe coisas que não deve saber e mostra um interesse incomum por minha família. É algum tipo de espiã? É francesa, talvez?

Fiquei encarando-a, ainda sem palavras.

– Vai me dizer o que estava fazendo com essas cartas?

– Jane, eu...

– Não use meu nome de batismo. Amigos não se comportam como você está se comportando. Explique sua conduta, com sinceridade e em palavras simples, ou vá embora, e nunca mais será recebida nesta casa. Eu direi a Henry que...

Ela parou, talvez percebendo quanto eu já estava enredada em sua vida.

– Quem é você? – Perguntou de novo.

E dessa vez com um quê de impotência que fez meus olhos se encherem de lágrimas.

Eu contornei sua cama e caí de joelhos. A vergonha me dominava – não só em relação às cartas, mas a tudo. *O que eu estava fazendo ali?*

Que tipo de maluco viaja no tempo? Independentemente de como seja castigada, pensei, *terei merecido.*

– Perdoe-me – eu disse, estendendo as mãos para ela e escondendo o rosto nas cobertas de sua cama. – Perdoe-me. Ah, por favor, perdoe-me. A verdade, senhorita Austen, é tão estranha e improvável que temo não conseguir pronunciá-la.

– Pois é melhor encontrar coragem.

Fui sacudida por um soluço; funguei, pegando meu lenço e enxugando os olhos. Então, resolvi parar de chorar.

– Você pensará que estou mentindo, ou que perdi a cabeça.

– Deixe-me julgar o que pensarei – ela respondeu.

Ousei olhar para ela. Seu rosto, não mais frio de raiva, parecia austero e desconfiado, mas também curioso. O fato de ela pensar que poderia haver uma explicação para minha conduta, e a quisesse conhecer; de que apesar da aparência condenatória, ela não havia me abandonado por completo, encheu-me de uma coragem imprudente, como a dessas pessoas que entram em batalha contra um inimigo mais equipado em número e armas e preferem morrer lutando.

– Eu venho de longe – comecei lentamente. – De um lugar diferente. E conheço o futuro. Nos séculos vindouros, você será reconhecida como uma das maiores escritoras que o mundo já conheceu.

Ainda sentada na cama, ela abraçou os joelhos e ficou olhando para mim.

– Não apenas entre as primeiras escritoras, nem escritores ingleses, nem escritores do século XIX, nem o que quer que seja. Você será imortal. É por isso que estamos aqui. Para... para pesquisar.

Um longo silêncio se seguiu a meu discurso, com o qual, como nem preciso dizer, havia acabado de violar uma instrução básica de nossa missão. Jane continuava olhando para mim com olhos brilhantes e expressão ilegível.

Constatando que eu não tinha mais nada a perder, prossegui:

– Mas a fama tem suas desvantagens. Nos séculos vindouros, as pessoas vão querer saber tudo sobre você. Tudo! Vão debater se ter sido criada por uma babá aos poucos meses de vida causou danos permanentes a seu relacionamento com sua mãe. Especularão sobre o que realmente houve de errado com seu segundo irmão mais velho, George, mandado embora e sobre quem ninguém nunca fala.

Ouvi-a inspirar subitamente, mas fui fundo.

– O que a fez mudar de ideia do dia para a noite, em 1802, quando Harris Bigg-Wither a pediu em casamento, eles vão se perguntar. Se o senhor Darcy foi inspirado em uma pessoa real, e se você o ama. Se sua tia Leigh Perrot de fato roubou aquele cartão de renda da loja de Bath. E por que você decidiu nunca publicar seu romance sobre os Watson?

Outro longo silêncio se seguiu. Jane abriu levemente a boca.

– Senhorita Ravenswood... – Começou, mas parou.

– Tem razão, esse não é meu verdadeiro nome.

– Com quem, então, tenho a honra de falar? – Ela questionou.

Estranho que depois de todas as revelações impróprias que havia feito, eu hesitasse em revelar isso. Enquanto eu fazia uma pausa, houve uma vigorosa batida na porta.

– Senhorita Austen? Minha irmã está aí? Tenho uma surpresa para vocês duas.

Liam.

Eu me levantei, com o coração batendo como um louco. Nós nos fitamos, e ela balançou a cabeça.

– Não posso aguentar mais surpresas por hoje. Saia. Não deixe ninguém entrar.

– Desculpe-me – disse eu. – Poderá um dia me perdoar?

– Eu imploro. Saia agora.

Fui para o corredor tão rapidamente que quase esbarrei em Liam e Henry. Fechei a porta atrás de mim e me encostei nela, invocando todas as minhas reservas de talento teatral.

– Estou muito feliz por vê-lo de novo, senhor Henry. – Estendi a mão para ele, e olhando para a porta, disse: – Ela está muito cansada agora, e não quer ver ninguém.

O sorriso expectante desapareceu do rosto de Henry.

– Ela está tão doente assim? Elas me disseram que... Mas, preciso vê-la, Mary, certamente ela vai me receber.

– Tenho certeza de que ela vai querer vê-lo. Mais tarde.

Liam olhava de mim para Henry com seu olhar azul atento. Senti que ele sabia que havia algo errado, mas podia ser só minha imaginação. Eu atribuía a ele todo tipo de intuição naquela época, o que se relacionava com a estranheza de transarmos com a maior frequência possível, mas raramente conversarmos – pelo menos fora dos personagens –, de modo que a troca mais simples – uma palavra, um olhar, um gesto – podia adquirir um peso vertiginoso. Era uma situação perfeita para um ator, pensava eu muitas vezes; e, na verdade, ele parecia se deleitar em seu papel. No entanto, o que eu só percebi mais tarde, depois que eles já não existiam mais, foi como eu também estive feliz naqueles dias.

– Mais tarde – disse eu de novo, já que Henry ainda estava parado ali, imóvel. – Dê-lhe uma oportunidade de descansar.

Passei meu braço no dele, afastei-o da porta e descemos as escadas.

– Está vindo direto de Oxford? Como foi sua viagem? Está muito cansado? Vamos dar um passeio, aproveitar que não está chovendo, para variar. Eu passei a manhã toda sentada à beira da cama e um pouco de ar seria ótimo.

Cassandra e sua mãe, e Martha, deviam estar dispersas em suas diversas tarefas domésticas. Não vi ninguém além da criada quando saímos para o jardim. O ar estava úmido e parado, e o céu cheio de nuvens. Parei e respirei fundo.

– Que bonito – eu disse, ciente de que estava agindo como uma louca, mas incapaz de parar. – Vamos dar uma volta?

Henry, de braço dado comigo, assentiu, intrigado. Liam, que nos seguira escada abaixo, hesitou.

– Talvez eu deva ficar... – Começou, antes que eu o pegasse pelo braço com a mão livre e saísse andando.

Eu temia que ele subisse e tentasse ver Jane. Racionalmente, isso não era provável, mas poderia acontecer. Eu precisava avisá-lo primeiro, coisa que não teria chance de fazer com Henry ali.

E, se eu deixasse Henry sozinho, ele também poderia tentar ver Jane. E então, o que aconteceria?

Eu estava pensando alucinadamente em tudo isso, caminhando depressa, puxando os dois e falando sem parar – a viagem de Henry, seu progresso na ordenação, as temperaturas de verão inusitadamente baixas, a preocupação de Cassandra com as péssimas condições de seu burro, uma visita esperada no dia anterior de James Austen e sua esposa, que não apareceram... não havia nada aleatório ou trivial demais que eu não mencionasse.

E isso não foi o pior. Enquanto continuávamos andando, soltei o braço de Liam para focar mais em Henry, a fonte imediata de perigo. Comecei a flertar escandalosamente, como nunca havia feito na vida. Inclinei-me sobre o braço dele e lancei-lhe um olhar fascinado; perguntei onde poderíamos viver quando nos casássemos e ele fosse vigário de Chawton, dali a alguns meses. Mencionei, de uma forma desnecessariamente sugestiva, que estava trabalhando em meu enxoval, como se o incitasse a imaginar camisolas, anáguas e lençóis conjugais.

Tinha ciência de Liam como uma presença taciturna atrás de nós, mas não podia olhar para ele, assim como não podia parar de fazer o que estava fazendo. Tinha medo de que se deixasse o silêncio se instalar, algo terrível acontecesse. E se esse "algo terrível" fosse simplesmente voltar para a casa de Jane – e os eventos que se seguiriam –, talvez meu comportamento não fosse tão irracional.

Continuando nossa caminhada rápida, percebi que havíamos chegado ao local onde Liam e eu havíamos transado pela primeira vez, vários meses atrás. Eu já estivera ali outras vezes, mas, esse dia, não foi como nos outros. Ao chegarmos àquela escada, real e histórica, apoiei minha mão livre nela, e depois a cabeça. Eu via manchas negras diante de meus olhos e tinha a sensação de que o som ia e vinha, mas não cheguei imediatamente à conclusão adequada acerca disso.

– Acho que este é o campo mais bonito em toda Chawton – disse eu a Henry, dando um passo para longe da escada.

– Também acho – disse Liam, com voz estrangulada.

– É uma doce visão – continuei. – Doce para os olhos e a mente. Verdor inglês, cultura inglesa, conforto inglês...

Assim que mencionei esse trecho de *Emma* tive uma sensação de erro, de Henry me olhando com estranheza. Ele parecia estar falando, mas eu não ouvia nada mais que um rugido em meus ouvidos. E então, o mundo ficou preto.

CAPÍTULO 17

6 de agosto
Chawton

Abri os olhos, deitada no solo úmido; a grama fazia cócegas em minha nuca. Vi o rosto preocupado de Liam e Henry olhando para mim. Liam estava com os dedos na lateral de meu pescoço, tomando meu pulso – mas não no lugar certo. Envergonhada, fechei os olhos de novo.

– Viu? Suas pálpebras vibraram – disse ele. – Ela está perfeitamente bem. Seu coração é forte. Só precisa descansar. Acho que cuidar de sua irmã está cobrando seu preço.

– Ah, é verdade, pobre Mary – disse Henry em um tom doce, com a mão em minha face.

De meu outro lado, Liam retirou a mão. Ouvi o farfalhar de tecido enquanto ele se levantava e se afastava.

– Você tem se esforçado demais! Cassandra me escreveu contando tudo o que você fez. – Houve uma pausa antes de ele continuar. – Mas é melhor a levarmos para casa. Não é bom ficar deitada na umidade. Deixe-me ajudá-la a se sentar, pelo menos...

Ele foi por trás de mim para me erguer pelos ombros. Senti sua respiração quente em meu pescoço e soube que era hora de parar de fingir inconsciência. Eu tinha de encarar esse momento e o que quer que viesse depois. No entanto, não conseguia abrir os olhos.

– Não levante a cabeça dela de repente, ou ela vai desmaiar de novo – disse Liam com um fio de voz. – Deixe-a. Ela vai...

– Precisamos levá-la para casa, senhor. Ela não pode ficar aqui em um campo como este. Não é apenas úmido, é impróprio. E acho que vai chover em breve. – Uma pausa. – Não acha que...

Henry, colocando um braço debaixo dos meus joelhos e o outro sob minhas costas, ergueu-me com um leve grunhido de esforço. Depois de alguns passos cambaleantes, eu abri os olhos e encontrei seu rosto ao lado do meu, cintilando de entusiasmo. Contudo, se ele estava excitado com a ideia de me carregar como um troféu, eu não estava. Fiz que me assustei e me estiquei, caindo de seus braços em um movimento deselegante, tropeçando nele. Ele aproveitou a oportunidade para me beijar na testa e apertar furtivamente meu peito esquerdo antes de dar um passo para trás e passar meu braço no seu.

– Mary, que susto nos deu! – Ele disse. – Consegue mesmo andar?

– Estou bem, eu lhe asseguro.

Concentrei-me em ficar parada; não estava pronta para tentar outro passo. Foi um retorno rápido demais à posição vertical.

Liam nos olhava de braços cruzados, inexpressivo.

– Precisamos levá-la para casa – disse Henry, olhando para mim com um brilho voraz nos olhos. – Consegue chegar até lá? Venha, apoie-se nesta escada um instante. Talvez deva ir buscar sua carruagem para levá-la – sugeriu a Liam. – Eu fico aqui. – Ele apertou meu braço. – Ela estará segura.

– Eu lhe asseguro que sou capaz de caminhar – respondi.

Afastei-me da escada e retomei o caminho, sem esperar o braço de nenhum dos homens, mas Henry me alcançou e insistiu em me dar o dele.

– Estou inteiramente recuperada – insisti.

Soltei-me dele, esperando que Liam pegasse meu braço, mas ele não o fez; caminhava ao meu lado olhando para o chão. Continuamos voltando, desta vez em silêncio. Minha insanidade temporária havia passado, e eu não tinha mais ânimo para flertar ou conversar.

Ser flagrada por Jane parecia agora algo absorto no tecido da realidade, e se ela contaria a Henry era algo que eu não podia controlar. Eu queria ir para casa e pensar calmamente em tudo aquilo: no que havia acontecido e no que eu faria. Mais que isso, eu queria fugir de Henry e parar de representar o papel ridículo da noiva desmaiada. E, acima de tudo, queria que anoitecesse, para poder me deitar ao lado de Liam, cheirar sua pele, sentir o suave ritmo de sua respiração.

– Então, eu lhe contei.

– O que exatamente?

– Que não somos quem afirmamos ser. Que somos de outro mundo.

Isso foi mais tarde, por fim, quase ao anoitecer. Havíamos nos livrado de Henry educadamente e entramos na Ivy Cottage, onde pedimos chá. O que eu tinha a dizer parecia explosivo demais para ser dito ali dentro, onde podíamos ser ouvidos, mas Liam havia rejeitado minha proposta de outra caminhada.

– É melhor você descansar – ele disse, olhando rapidamente para mim e depois limitando-se ao estudo das tábuas do chão. – Está bem mesmo?

Eu garanti a ele que um episódio isolado de síncope em resposta a um evento estressante era normal, e provavelmente não era sintoma de nenhuma doença grave. Dizer que também era irritantemente clichê, como se eu estivesse me transformando na languescente heroína de um romance do século XIX parecia óbvio demais. Consegui persuadi-lo a irmos para os fundos da casa, até um banquinho na extremidade da horta. Lá, eu lhe contei o que havia acontecido.

Liam me ouvia sem comentar nada nem demonstrar nenhuma emoção além da intensificação de sua expressão sombria.

– Então – disse ele por fim. – Então...

– Estamos fritos – disse eu. – Eu sinto muito.

– Parece que você não poderia ter feito nada diferente do que fez – ele disse.

Suas palavras eram reconfortantes, mas seus modos distantes; tão frios como quando nos conhecemos, tom formal, recusando a me olhar nos olhos.

– Eu poderia não ter sido pega.

– Isso teria sido ideal, de fato.

Resisti ao desejo de me inclinar e sentir o cheiro dele, pegar sua cabeça e puxá-la para beijá-lo. O desejo de proximidade era como uma dor física, mas mesmo estando a salvo de ser ouvidos, não podíamos pressupor que éramos invisíveis. Eu me contentei com deslizar pelo banco para um pouco mais perto, para que nossas coxas se tocassem. No entanto, com um movimento quase imperceptível, ele se afastou de novo.

– Desculpe-me por Henry também – eu disse.

Liam se aprumou.

– Desculpas? – Murmurou. – Por quê?

– Pelo flerte descarado. Não sei, o que havia acabado de acontecer com Jane me fez perder a cabeça. Eu não estava...

– Não, não, você precisa de Henry ao seu lado.

Ele parou, olhando a horta ao redor, a luz rosada do pôr do sol no horizonte... para qualquer lugar, menos para mim.

– Eu não quero Henry ao meu lado. Nem em nenhuma outra parte de mim.

Minha intenção era fazer uma brincadeira, mas Liam estremeceu.

– Ela vai contar a ele o que eu lhe disse e nenhum dos dois vai falar conosco de novo – eu disse.

– Não creio que ela vá contar. – Ele fez uma pausa. – Você mencionou a viagem no tempo? Ou só disse que nós éramos de outro lugar?

– Eu disse que conhecemos o futuro. Como poderíamos, se não fosse viajando no tempo?

– Como uma pessoa inteligente e educada de 1816 entenderia isso, pressupondo que não tenha imediatamente concluído que era uma mentira ou uma insanidade? – Seu olhar pousou em mim, e, dessa vez, ele não o desviou. – Algo que os biógrafos sempre questionam também é a religiosidade dela. Seria possível que nos imaginasse como anjos que escolheram assumir forma humana? Qual é a posição da Igreja Anglicana em relação a anjos?

Entusiasmado com a própria ideia, ele parecia um pouco menos sombrio.

– Ou demônios que vieram para tentá-la. Poderíamos ser isso?

– Acho difícil encaixar isso na ideia que faço de Jane Austen. Mas, parabéns pela criatividade.

– Quando voltarmos lá, amanhã...

– É possível que não nos deixem entrar.

– Deixe-me falar com ela primeiro – ele pediu.

– Sem mim?

– Sim.

– O que você vai dizer?

– Vou pensar em alguma coisa.

A INSÔNIA NÃO ME INCOMODAVA HAVIA MESES, MAS PASSEI AQUELA noite acordada, olhando a lua quase cheia pela janela e pensando no desastre que havia acontecido. Provavelmente Jane nunca mais falaria comigo.

Nós teríamos de abandonar Chawton devido à estranheza disso, e esperar em algum lugar pela Oportunidade de Retorno. Ela seria capaz de contar aos outros? Supostamente, isso não importava. Só ela importava, mas pensar em Cassandra, Martha e Henry nos desprezando também me deixava triste. Teríamos a maioria das cartas, mas não *Os Watsons*, e eu nunca diagnosticaria a doença misteriosa de Jane. Para não dizer que talvez houvéssemos encurtado a vida dela. Em resumo, voltaríamos a nosso mundo absolutamente fracassados.

Entretanto, talvez, Liam pudesse salvar a situação. Talvez por isso ele quisesse falar com ela sozinho. Quem sabe ele pudesse persuadi-la de que eu estava louca, e por isso havia feito aquilo. Essa seria uma razão legítima para romper o noivado com Henry, o que seria um alívio. Liam poderia continuar amigo de Jane e conseguir *Os Watsons*, mesmo que isso me obrigasse a fingir loucura e ficar trancada, como Bertha no sótão de Rochester. Era um plano audacioso, mas tinha seu mérito. Era o tipo de coisa em que ele poderia pensar.

Aumentando minha lista de problemas, ele não foi para minha cama naquela noite – pela primeira vez. Possivelmente estivesse se cansando de mim. Minha fome dele era evidente demais, assustadora demais. Ou talvez ele estivesse bravo por causa do lance de Henry. Ele parecia chateado na hora, mas indiferente quando eu tocara no assunto depois. Ou era só pose? Acaso ele estaria ofendido, esperando que eu fizesse um movimento, que eu fosse a seu quarto? Eu queria me levantar e atravessar furtivamente o corredor, mas não podia.

Isso queria dizer, então, que eu estava me transformando em uma mulher do século XIX, desmaiando por excesso de emoção e sem coragem de me esgueirar na cama de meu amante? Impossível. Ainda assim, algo estava errado. Algo havia acontecido.

Fiquei pensando que possivelmente havia me permitido gostar demais dele. Para mim, ter um amante ou um namorado sempre havia sido questão de diversão mútua: um prazer emprestado, não possuído. Eu jamais gostei da ideia de me amarrar a uma pessoa pelo resto da vida, e sempre deixei isso claro. Exceto, talvez, desta vez.

Pensei de novo nas coisas que Liam me havia dito naquela noite sob as estrelas, na manhã seguinte no leito dos aspargos: palavras que eu havia classificado como floreios verbais de um ator representando seu papel. Então, por que eu não as esquecia?

Ele não sentia mesmo aquilo. Eu não queria que ele sentisse aquilo. No entanto, eu me vi lamentando o fato de ele haver ficado noivo pouco antes de partirmos para 1815. Sabina, em sua arrogância alta e loura, não era certa para ele. Eu tinha certeza disso. Se ao menos houvéssemos sido um pouco mais amigáveis na Preparação, talvez ele houvesse percebido isso e não se comprometesse. Por que ficara noivo, afinal? Tentei imaginar a dinâmica entre os dois, mas não consegui.

Contudo, era uma loucura. *Ele não é meu*, lembrei a mim mesma: não o quero possuir, nem a ele nem a ninguém. E talvez fosse melhor que ele ficasse longe de minha cama, pelo menos de vez em quando. Eu precisava treinar, pois quando voltássemos para nosso mundo e nossa vida real, ele ficaria longe de minha cama para sempre. Com esse pensamento deprimente, perto do amanhecer, por fim adormeci.

Acordei mais tarde do que de costume, desistindo de qualquer pretensão de trabalhar na horta e pedindo meu café da manhã assim que me vesti e desci. Meu irmão já havia tomado o café e saído, como Jencks me informou em um sussurro. Ele sempre aproveitava a ausência de Liam para ser particularmente grosseiro comigo, mas de uma maneira passivo-agressiva que era difícil de definir. Lamentei de novo termos ficado com ele e perdido o belo Robert.

– Sabe aonde ele foi, Jencks?

Eu presumia que era à casa de Jane, mas queria tê-lo visto primeiro.

– Não saberia dizer, senhorita – disse ele.

Seu tom sugeria, porém, que ele sabia perfeitamente bem, mas não me diria.

A manhã estava por fim ensolarada, mas fria, antecipando o outono em um verão que sequer havia começado, e eu estava tremendo quando cheguei ao local ao qual estava indo. Bati à porta e enrolei mais meu xale ao meu redor, perguntando-me que tipo de recepção eu teria.

Para minha surpresa, Henry abriu a porta.

– Perdoe-me por minha informalidade. Eu estava passando pela janela e vi você descendo a rua, e como a criada estava ocupada em outro lugar, tomei a liberdade.

Entrei, e ele se curvou para mim, fechando a porta. Olhando para mim, passou o braço em torno de minha cintura e me puxou para perto um instante, ronronando:

– E tomo de novo. Ah, como senti sua falta em Oxford! Você está ainda mais deliciosa do que eu recordava. Está recuperada do desmaio? Diga-me que sim. Não precisamos de mais inválidos na casa.

Ele soltou minha cintura, mas manteve a mão em meu braço, logo acima do cotovelo, enquanto me guiava pelo corredor. Resisti ao desejo de me livrar dele.

– Mas, na verdade, Jane está notavelmente bem hoje.

Ele abriu a porta dos fundos, que dava para o jardim, a cozinha e os estábulos mais além, gesticulando para que eu passasse primeiro.

Jane e Liam estavam em um banco debaixo de uma árvore, cabeça com cabeça, como conspiradores. Ergueram os olhos quando nos aproximamos, e Liam se levantou para me dar seu lugar, encontrando meus olhos com um olhar que parecia estar tentando dizer alguma coisa – se eu soubesse o quê. Sentei-me ao lado de Jane, que sorriu e apertou minha mão, e eu entendi que havia sido perdoada. Contudo, não conseguia imaginar o que Liam lhe poderia ter dito para tornar isso possível.

E não íamos falar sobre isso na frente de Henry, que conversava com Liam sobre um cavalo que estava pensando em comprar. Como poderia fazer isso? Ele havia falido alguns meses antes. Talvez a perspectiva de um vicariato – ou os rumores de um casamento com uma mulher rica – desse algum crédito a ele.

Não querendo pensar em Henry mais que o necessário, voltei-me para Jane, que estava enrolada em um xale grosso, mais como uma manta, protegendo-se do frio da manhã. Seus olhos cor de avelã brilhavam em seu rosto bronzeado.

– Lamento saber que você desmaiou – ela disse. – Devemos impedir que cuide de mim por um tempo. Mas, veja, eu me sinto melhor hoje.

Olhei para ela, subitamente tendo uma ideia. Como, durante todas as semanas que eu passara sentada à beira da cama dela, pensando em possíveis diagnósticos, não havia pensado nisso antes? Não era muita coisa, mas era algo. Uma possibilidade.

– Jane. Eles não fizeram sangria em você, não é?

– Senhor Curtis não julgou conveniente no meu caso.

Ele era o boticário de Alton que cuidava dela, embora eu – ou, oficialmente, Liam – houvesse assumido a maior parte de seus cuidados.

– Por quê? – Perguntou.

Voltei-me para os homens:

– William – eu disse a Liam. – Se for ver esse cavalo de Henry, deixe um recado com o senhor Curtis. Ele deve vir aqui o mais depressa possível.

Uma pausa se seguiu a minhas palavras quando percebi que havia falado de forma decisiva, não como mulheres falavam. Jane olhava para o chão e Liam para ela, como se avaliasse sua reação. Henry parecia assustado, mas divertido.

– Sua palavra é lei, madame – disse, e voltando-se para Liam: – Fica no caminho. Se o senhor achar que é aconselhável.

Liam olhou para mim.

– Mary não teria sugerido isso por capricho. Vamos lá de uma vez, Austen. Está pronto?

– Eu? Pode ter certeza.

Depois que eles partiram, Jane e eu ficamos ali fora. Olhando para o jardim e as dependências mais além, ela ficou em silêncio, e eu também. Minhas palavras precisavam combinar com o que Liam lhe havia dito, mas, primeiro, eu precisava descobrir o que poderia ter sido.

Por fim, ela se voltou para mim:

– Seu irmão me contou a história mais extraordinária... – ela franziu a testa. – Mas ele não pode ser seu irmão, não é? Isso explicaria por que vocês não se parecem.

– O que ele lhe disse exatamente?

– Que você e ele, usando uma espécie de máquina milagrosa, vieram do futuro para cá. Eu duvidei, como você pode imaginar, mas, então, ele me contou coisas sobre meu romance atual, que ainda nem escrevi. Está só em minha cabeça, e eu não disse nada a ninguém. Nem a Cassandra.

– E isso a persuadiu da verdade das palavras dele?

Eu senti inveja e admiração. Por que eu não pensara em tentar isso?

– Em parte – ela disse.

– E o que mais, então?

– Sempre vi algo estranho em vocês dois. Em suas maneiras, no modo como você apareceu nesse momento decisivo para Henry, aparentemente sem conexão com ninguém ou com coisa nenhuma. É uma explicação estranha, mas estou inclinada a aceitá-la, pois nada mais faz sentido. Ele é muito persuasivo, seu... esqueci que ele não é seu irmão. – Ela parou e colocou sua mão bronzeada na minha. – Vocês são casados? Não tive tempo de lhe perguntar tudo que desejava porque Henry e Cassandra entraram.

Ela parecia preocupada, como ficaria se isso fosse verdade.

– Somos colegas.

– Colegas? Mas, como podem um cavalheiro e uma senhora viajar juntos, e viver tão próximos? Parece uma situação na qual a impropriedade surgiria naturalmente; ele não é, tenho certeza... ainda que as aparências sejam contrárias... ela parou.

Eu a ouvia, divertida.

– Nossa época não impõe limites à liberdade das mulheres como a sua. Para nós, não existe... quero dizer, não é impróprio.

No entanto, eu me senti corar pensando na impropriedade que surgira naturalmente.

Ela me observava.

– Ele me disse que você é médica. Notável, mas não surpreendente.

– O que é surpreendente é a calma com que você está aceitando tudo isso.

– É mesmo? – Ela ainda olhava para mim com olhos brilhantes. – Talvez você não dê crédito suficiente à minha imaginação. *Há mais coisas no céu e na terra, Horatio*... Mas, diga-me, quais são seus nomes? Que tipo de nomes as pessoas do futuro têm?

– Rachel – disse eu, hesitante, lembrando-me de uma carta a sua sobrinha Anna Lefroy, a escritora com uma tempestuosa história romântica.

Jane e Anna faziam piadas sobre nomes; colecionavam nomes engraçados, da ficção ou da vida real, para compartilhar. Na carta, Jane havia escrito, em um aparte sobre um romance que estavam discutindo: *E o nome, Rachael, é mais do que posso suportar*. Ela não deixava claro por quê. Achava-o feio, ou melodramático?

– Rachel Katzman.

– Rachael – repetiu, radiante. – *Cats-man*? Um homem que cuida de gatos. Que singular! É um nome inglês?

– Não.

– De onde vocês são?

– Eu nasci na cidade de Nova York, na América do Norte – e para evitar mais discussões sobre meu povo, acrescentei: – E Liam é irlandês. O nome dele é senhor Finucane.

– Outro nome extraordinário. No entanto, é adequado para ele, não é?

Ela ainda me olhava, pensativa.

– Essas viagens são realizadas frequentemente? Como foi que você veio parar aqui, comigo?

– Ah, minha querida Jane...

Eu não pude resistir; inclinei-me e a abracei, deixando-a rígida de surpresa.

– Creio que sua imaginação não poderia entender como você é famosa, mas a resposta mais curta é: nós viemos aqui atrás de *Os Watsons*.

Ela me olhou com espanto indisfarçado quando eu lhe disse que apenas os primeiros capítulos haviam sobrevivido depois de passar pela família.

– Divididos no século XX, uma parte acabou na Morgan Library, nos Estados Unidos, e outra no Bodleian...

– Em Oxford! – Interrompeu-me. – Meu manuscrito! Por que eles o querem?

– Como estou tentando explicar, você é imortal. Todos pensavam que esses primeiros capítulos eram tudo que existia. Mas, então, houve a descoberta acidental de uma carta, há muito perdida e desconhecida dos estudiosos, que você escreveu para Anne Sharpe. Encontrar uma carta nova sua foi incrível, pois poucas sobreviveram, mas, nessa, você afirma claramente que o romance, de fato, foi concluído.

Parei e esperei que Jane absorvesse tudo, curiosa para saber qual parte ela acharia mais incrível. Dizer a verdade a Jane era maravilhoso, uma mistura de prazer e alívio de uma tensão insuportável – Não muito diferente da primeira vez que transei com Liam.

– Você está dizendo que no futuro as pessoas lerão minhas cartas?

Percebi que eu havia cometido um erro.

– Minhas cartas pessoais, privadas? O que lhes dá esse direito?

Olhei para o chão.

– Então, foi por isso que você estava mexendo na caixa de Cassandra? Você as estava lendo?

– Não. Temos um dispositivo que pode capturar as imagens do papel.

Abstive-me de apontar o óbvio: que alguém no futuro as leria. Que uma vez que a pessoa está morta, não tem mais privacidade.

– Precisa entender, elas são uma das fontes mais importantes de informações biográficas sobre você. Como você não foi famosa em vida, sua vida não está bem documentada. Assim...

– Por que não fui famosa em vida? – Perguntou. – Se você afirma que sou tão maravilhosa e uma gigante das letras inglesas? Isso desafia a razão.

– A fama é volúvel – comecei. – Talvez sua genialidade não tenha sido devidamente apreciada.

Desejava que Liam estivesse ali. Assim, eu me livraria dessa conversa.

– O que você quer dizer é que eu morro muito cedo – ela me interrompeu. – Quando vou morrer? Se você é do futuro, sabe disso. Diga-me.

Por um momento, não pude falar.

– Pense bem se isso é algo que realmente quer saber – disse eu por fim. – Uma vez que saiba, nunca poderá esquecer.

– Não temo a verdade.

Seus olhos fitaram os meus por um momento doloroso, e então, ela suavizou o olhar.

– Ah, mas você sabe. Deve ser muito ruim, então. Certamente terminei o livro sobre os Elliots, uma vez que seu... doutor Ravenswood... senhor Finucane foi capaz de citá-lo. Mas talvez não tenha havido outro depois desse. Isso é verdade, Rachael Cats-man?

Nós nos fitamos. Por fim, eu disse:

– Se nos der *Os Watsons*, nós o levaremos conosco, e então, haverá outro. Ninguém que você conheça jamais o lerá. Acho que era isso que você temia, não é? Que revelasse muito de si mesma?

Assim que minhas palavras saíram, eu me arrependi. Ela estava diante da perspectiva de sua morte iminente e eu tentando conseguir um manuscrito. Poderia eu ter tido menos tato?

Mas Jane, olhando a distância, por um longo tempo não deu outra resposta além de um pesado suspiro.

– Não estou pronta para morrer. Não tenho medo da morte – como cristã, por que deveria ter? Mas devo admitir que não estou resignada. Não ainda. E isso, eu sei, torna minha fé imperfeita. – Ela fez uma pausa. – Leve-me com você.

– O quê?

– Se você pode levar um manuscrito, pode me levar. Talvez eles possam curar minha doença e eu possa voltar. Uma era de milagres como a sua não deve ver problemas em um pedido tão insignificante.

– Não é assim que funciona – disse eu com tristeza. – Eu queria poder, e deixá-la ver nosso mundo. Duvido que você gostasse dele, mas o acharia cheio de surpresas.

– As mulheres são livres para exercer todas as profissões e sou comparada a Shakespeare. Por que eu não gostaria dele?

Tentei descrever meu mundo, mas não consegui decidir o que se destacaria: o que seria mais interessante para ela? Falei sobre a Extinção, o ressurgimento da Velha Inglaterra, os avanços na supercomputação e geração de energia que tornavam possível a viagem no tempo. Falei sobre a destruição de espécies e hábitats, sobre o aumento dos níveis oceânicos, mas sentia, enquanto ela olhava para mim com um sorriso cético, que aquilo não fazia sentido.

Senhor Curtis apareceu algumas horas depois, acompanhado por Liam. O boticário era um homem de meia-idade bexigoso, em trajes de quacre, com uma caixa de madeira cheia de remédios e um rosto gentil, mas preocupado. Henry, que tinha mais amigos para ver, ficara em Alton.

O dia ficara mais frio, fazendo com que Jane e eu entrássemos. Juntamo-nos às outras mulheres na sala de estar e paramos de falar sobre o mundo do futuro. Quando o boticário se sentou com elas, peguei Liam pelo braço e puxei-o para a sala de estar, fechando a porta atrás de nós.

– Ouça – murmurei, ficando na ponta dos pés para falar diretamente em sua orelha –, faça-a sangrar. Vinte onças hoje, e o mesmo semanalmente, até que eu veja melhora.

Liam ficou em choque.

– Não era você que dizia como era terrível deixar o senhor Haden sangrar Henry?

– Eu explico mais tarde. Diga-lhe isso. E, pelo amor de Deus, certifique-se de que ele esterilize o instrumento. Mande-o deixar a lâmina em uma chama, na lateral, não em cima, por pelo menos sessenta segundos.

Ele olhou para mim.

– Ela está tão magra... pode perder tanto sangue?

– Precisamos tentar. Não tenho certeza de que vai funcionar. Mas, se não... – Parei.

Ela morrerá do mesmo jeito, foi o que não consegui dizer. Liam entendeu, pelo menos achei que sim. Ele assentiu lentamente.

JANE SUBIU PARA SEU QUARTO PARA FAZER O PROCEDIMENTO, enquanto Martha, Cassandra, senhora Austen e eu ficamos no salão, conversando e rindo enquanto a luz do dia desaparecia no jardim lá fora. Recusei o chá, depois encontrei o senhor Curtis e Liam descendo as escadas quando subia para dizer boa noite a Jane. Liam e eu saímos da casa trocando calorosos apertos de mão e com a promessa de voltar no dia seguinte para ver como Jane estaria.

Não houve nada de especial nessa visita; mas, em retrospectiva, sim. Foi a última. Na curta caminhada pela rua em direção a nossa casa, Liam e eu ouvimos o som de cascos apressados e nos voltamos para ver um cavaleiro, que sem se incomodar em desmontar, bateu à porta da casa que havíamos acabamos de deixar e entregou à criada uma carta. Expressa. Liam e eu trocamos um olhar desconfortável, e depois preocupado quando o cavaleiro passou por nós e se dirigiu a Ivy Cottage.

CAPÍTULO 18

7 de agosto
Chawton

TOM HAVIA ACEITADO A CARTA E PAGADO A ENTREGA. ENTREGOU-A A nós sem dizer uma palavra, e corremos para a sala da frente, que tinha a luz melhor. Liam arrancou o selo, levantou-se e foi para a janela, enquanto eu me inclinava sobre seu braço tentando ler de cabeça para baixo. Ele a leu depressa, ou não se deu o trabalho de terminar. Depois que ele me entregou o papel e saiu da sala, ouvi seus passos apressados na escada. Era de Edward Knight, como eu temia, e educada, levando-se em conta seu conteúdo. Tendo escrito para seu parente na Jamaica e descobrindo que ninguém jamais ouvira falar de alguém com o nome de Ravenswood, ele considerava nossa relação acabada. Dizia que não poderia nos forçar a deixar o bairro – *Tenho certeza de que poderia*, murmurei quando cheguei a essa parte –, mas, como deveríamos entender, esperava que nós partíssemos espontaneamente. Deplorava a perspectiva de informar a seus irmãos e irmãs o que havia descoberto, mas concluía que era sua incumbência fazê-lo.

E encerrava a carta agradecendo-me por salvar a vida de sua filha.

Joguei a carta no fogo e fiquei observando-a se enrolar até virar cinzas. Era nosso fim, foi meu primeiro pensamento. Mas, pelo menos Jane vai entender, foi o segundo. O terceiro foi me perguntar o que Liam estava fazendo.

Encontrei-o em seu quarto, com o baú em cima da cama, parado no meio do aposento e puxando os cabelos em uma atitude exageradamente angustiada que me fez pensar em um ator de Kabuki impresso em madeira.

– O que aconteceu? – Perguntei, caminhando até ele e colocando a mão em seu ombro.

Só de estar perto dele senti excitação, como eletricidade, mas Liam não estava pensando em sexo.

– Diga a Tom que vá a Crown e mande prepararem nossos cavalos e a carruagem. Partiremos esta noite.

Ele girou e se voltou para seu armário, cujas portas já estavam abertas. Abriu uma gaveta e ficou olhando para ela. Pegou uma pilha de camisas e as jogou no baú.

– Ou, pelo menos eu.

– Qual é o problema?

– Você não entende? – Ele questionou.

– Entendo que temos um problema, mas...

Ele voltou para o armário; abriu outra gaveta.

– Vá e diga a Tom para correr a Crown.

– Mas, eu não vejo...

Ele olhou para mim com olhos arregalados.

– Quanto dinheiro temos aqui em casa?

– Não sei, vou olhar na caixa-forte. Pelo menos cinquenta libras, porque...

– Isso não importa agora. Corra e fale com Tom.

– Mas, não vejo por que...

– Mãe do céu, eu mesmo vou falar com ele – disse Liam, passando por mim e voando pelas escadas. – Tom! Tom, onde você está, rapaz?

Desci a tempo de ver Tom, de olhos arregalados, saindo.

– Mas, não entendo – eu disse de novo.

Liam estava parado no meio da sala, olhando fixamente para o fogo.

– Não? Não entende? *Eles nos descobriram*.

– Percebo que isso é um problema, mas...

– É mais que um problema. Se Henry Austen... Você não vê?

Ele saiu da sala e correu para cima. Segui-o, cada vez mais preocupada com sua sanidade.

– Se Henry Austen o quê?

Por fim, percebendo que estávamos falando alto e como nós mesmos, fechei a porta do quarto atrás de mim.

– Liam – disse eu mais baixo –, controle-se. Se já suspeitávamos que Jencks ouve atrás das portas, estamos lhe dando bastante coisa para fazer hoje. Diga-me, em palavras simples, qual é o problema.

– Fiz tudo errado – disse ele, pegando um punhado de meias e jogando-o de qualquer jeito no baú. – Como eles puderam pensar que eu me livraria dessa? O que eles tinham na cabeça quando me mandaram para cá? – Ele correu para a janela. – A lua... graças a Deus pelo menos há luar.

Voltou para o armário e pegou um monte de lenços de pescoço.

– Amanhã, pague os criados e livre-se dos animais. Jencks pode... no próximo dia de mercado em Alton... Vou escrever para o corretor da casa e quebrar o contrato de aluguel.

Ele jogou os lenços no baú, puxando os cabelos de novo. – Ah, Jesus!

– Liam!

Ele estremeceu e parecia estar me vendo pela primeira vez.

– Você ficará bem aqui? Não, talvez tenha de vir comigo esta noite. Podemos deixar instruções com os criados e organizar tudo por carta. Como se isso importasse – acrescentou melancolicamente. – Sim, sim, você deve ir comigo. Mas está perdendo tempo. Vá fazer as malas!

– Mas, aonde vamos, e com tanta pressa?

– Não importa! Para outro lugar. Em direção a Leatherhead, suponho. Mantermo-nos discretos e aguardar a Oportunidade de Retorno é tudo o que podemos fazer.

Ele se voltou para o baú, depois para o armário, e de novo para o baú. Sua confusão seria cômica se ele estivesse menos angustiado. Ele examinou sua coleção de coletes como se nunca houvesse visto nenhum deles, depois os jogou no baú, voltando-se para acrescentar alguns casacos. Pegou sua caixa de artigos de toalete e a fechou, colocando-a sobre tudo, e fechou o baú.

– Suficiente – disse ele, mas em um tom duvidoso. – A menos que... não.

Jogou o baú nos ombros e começou a descer as escadas.

– Comece a fazer sua mala! – Incitou-me.

Contudo, eu o segui para baixo, onde o encontrei olhando pela janela da frente, aparentemente já antecipando a chegada de Tom, dos cavalos e da carruagem, mesmo que isso não pudesse acontecer tão depressa. Na cozinha, a senhora Smith, Sarah e North estavam juntas, sussurrando. À minha chegada, voltaram-se com cara de culpadas e se afastaram.

– Recebemos más notícias – disse eu. – Meu irmão deve partir esta noite. Podem nos servir chá e carnes frias antes de ele começar sua jornada?

Na sala da frente, Liam havia destrancado o cofre e estava contando dinheiro.

– Sessenta e duas libras e uns trocados – disse ele, erguendo os olhos. – Não podemos presumir que Edward não espalhará a notícia entre os amigos banqueiros de Henry; não podemos presumir que veremos mais dinheiro que isto antes da Oportunidade de Retorno. Supondo que o portal ainda funcione, é claro.

Ele se sentou e enterrou a cabeça nas mãos.

– Ah, Rachel. Sinto muito, é tudo culpa minha.

– Você é louco? – Ao lado dele, passei a mão por seus cabelos, admirando a doce e limpa linha de seu pescoço. – Você foi incrível. Se Henry não houvesse dito a Edward que planejava se casar comigo, nada disso teria acontecido.

– Se eu houvesse sido mais convincente, ele nunca teria pensado em questionar.

– Você foi muito convincente. Edward é que é cauteloso.

– Eu fiz tudo errado desde o início – insistiu Liam.

– É claro que não. Não seja bobo.

Eu queria tomá-lo em meus braços, em minha boca, qualquer coisa para animá-lo. Se partíssemos juntos nesta noite, talvez pudéssemos por fim fazer amor, nus e sem medo de fazer barulho. Imaginei lençóis amarrotados no quarto de uma pousada iluminado pela luz trêmula de uma única vela; a vasta escuridão do lado de fora, o relincho e os cascos de cavalos no pátio; deitados, nus, um ao lado do outro pelo tempo que desejássemos, e conversando livremente, como nós mesmos.

– Estou falando sério. Olhe para mim – eu disse.

Afastando as mãos, ele levantou o rosto com uma expressão solene.

– Você foi incrível. Nunca conheci ninguém como você – afirmei.

Hesitei e respirei. *Eu amo você,* era o que eu queria dizer, mas as palavras ficaram presas na minha garganta. Não as pronunciei; se as pronunciasse, o que poderia acontecer? Em vez de falar, inclinei-me para beijá-lo.

Ouvi o rangido da porta se abrindo e a voz de Jencks:

– Senhor Henry Austen.

Pulei para trás, e Liam se levantou enquanto nos voltávamos para a porta com uma brusquidão culpada que possivelmente seria pior que nossa pose original. Jencks ficou parado na porta com os olhos fixos em nós, com uma dureza férrea, e Henry logo atrás, horrorizado.

Jencks se afastou e gesticulou para que ele entrasse.

– Como pensei, senhor, estão em casa.

A porta se fechou atrás de Jencks, e Henry ficou ali parado, com as mãos nas costas, calado, corado e ereto. O silêncio se prolongou. Por fim, Henry entrou na sala, cauteloso. Olhava para mim e para Liam alternadamente, enquanto eu me perguntava o que ele teria visto e o que pensaria a respeito.

Liam deu um passo à frente e estendeu a mão, estranhamente normal.

– Austen! Chegou a um preço naquele cavalo, afinal?

Henry não pegou a mão dele.

– Venho devido a uma alarmante carta de meu irmão Edward – ele olhou para mim e desviou o olhar –, na esperança de alguma explicação.

Houve outro longo silêncio, e subitamente tive uma ideia e me ouvi perguntar:

– Aceita um chá? – Minha voz tremia. – Já íamos tomar um. Meu irmão se sentiu mal, e eu estava procurando sua pulsação. O choque das palavras de Sir Thomas-Philip foi devastador. Só podemos supor que depois que deixamos a Jamaica, alguém esteve espalhando mentiras sobre nós, e ele infelizmente acreditou. – Afundei em uma cadeira, tentando parecer frágil. – Como sabe, nosso projeto de manumissão não nos tornou populares por lá. Mas eu nunca imaginei que chegasse a isso: uma calúnia absoluta e uma traição de alguém que considerávamos um amigo.

Senti um soluço subir por minha garganta.

– Mary! – Henry olhou para mim de novo, deixando transparecer sua confusão no rosto e na voz.

– Veja só nossa dificuldade – disse Liam, dando uma volta pela sala, sombrio. – Tentar me defender é impugnar a honra de Sir Thomas-Philip. Pareceu-me, nesse caso, melhor preservar um silêncio digno. Mas...

– Foi ele quem impugnou sua honra. Não pode deixar isso passar sem desafiá-lo – disse Henry.

Liam ficou em silêncio. Eu tive outra inspiração:

– Não vou permitir que meu irmão... ele travou muitos duelos na Jamaica, pois os agricultores se irritam facilmente, e eu sempre tive de temer por sua vida ou sua liberdade. Não suportarei isso de novo. E Sir Thomas-Philip está lá, e nós aqui, de modo que isso dificilmente poderia ser arranjado.

Henry parecia divertido.

– Perdoe-me, Mary, mas este não é um assunto no qual as mulheres devam opinar. – Voltou-se para Liam. – Deve escrever para ele de uma vez e exigir satisfação. Pode levar meses para organizar as coisas, mas isso deve ser feito.

– Quanto entusiasmo para mandar outro homem para a linha de fogo – eu disse, antes que pudesse me controlar, irritada pelo comentário paternalista anterior dele. – E pense o seguinte: se alguém insultou meu irmão, foi o senhor Knight. Ele não aceitou sua palavra, Henry, sobre quem éramos nós, e sem sua ciência espalhou a calúnia de Sir Thomas-Philip sem se preocupar com que fosse verdade. Ele se imagina acima de qualquer repreensão, mas penso que agiu muito mal. – Os dois me olharam com espanto. – Se meu irmão deve desafiar alguém, é o senhor Knight.

Seguiu-se um enorme silêncio. Eu havia ido longe demais. Era como se a temperatura da sala houvesse caído. Liam, de braços cruzados, olhava para o chão. Henry estava pálido; sua expressão era uma máscara na tentativa de suprimir o que estava sentindo; estreitou os olhos e, por fim, falou, em um tom perigosamente calmo:

– As mulheres são facilmente levadas por seus sentimentos, portanto, não me ofenderei pelo insulto que acabou de lançar contra meu irmão. No entanto, o senhor não a corrige... fica calado. Acaso concorda com a visão de sua... irmã? – Ele fez uma pausa e acrescentou, fitando-me: – E, de fato, não posso deixar de me perguntar, em vista do que tive a infelicidade de testemunhar esta noite, se de fato ela é sua irmã.

Liam ficou vermelho.

– Imploro que pense muito seriamente no que está dizendo – disse a Henry.

Mas Henry estava com raiva demais para ser sensato.

– Ou talvez esse tipo de coisa seja comum nas Índias.

Desta vez, sem palavras, Liam olhou furioso para Henry, que prosseguiu com o mesmo tom de escárnio:

– Mas, esqueci, vocês não são mesmo das Índias.

– Peço-lhe, senhor, que saia imediatamente. Não serei insultado em minha própria casa. Despeçamo-nos como amigos e finjamos que esta conversa jamais aconteceu.

Henry olhou para ele, e houve outro longo silêncio. A postura de cada um deles se alterara sutilmente: ombros aprumados, narinas dilatas, um pé levemente para trás, mãos se fechando e abrindo. Haveria troca de socos ali mesmo, na sala da frente? Meu coração batia acelerado; coloquei-me um pouco mais perto de Liam.

– Fui terrivelmente enganado, é o que me parece – disse Henry por fim, olhando mais uma vez para mim.

– Lamento, senhor Austen, que se sinta assim – disse Liam com voz calma e olhos assassinos. – Aceite nossas sinceras desculpas, e vá...

– O senhor fez de mim motivo de chacota diante de toda minha família e meus amigos londrinos. E diz que *lamenta*? – Disse, elevando a voz no final. – Eu vim na esperança de encontrar um cavalheiro, pelo menos, de quem poderia exigir uma satisfação. Mas vejo que até isso me é negado...

Rápido demais para que eu reagisse, Liam esbofeteou Henry com as costas da mão, fazendo-o cambalear sobre uma cadeira e derrubá-la com estrondo.

– Quer uma satisfação? Pois vou lhe dar uma satisfação! – Ele ergueu os punhos e avançou em direção a Henry. – Não sou um cavalheiro? Foda-se!

Coloquei-me entre os dois com os braços estendidos e apoiei as mãos no peito de Liam, dizendo:

– Por favor! Por favor!

Por um momento, temi que Liam me jogasse de lado, mas ele ficou paralisado, ofegando; sua expressão foi se suavizando. Quando deixou cair os braços na lateral do corpo, arrisquei olhar para Henry, que também estava hiperventilando, com os braços ainda dobrados e os punhos fechados. Ele olhava para o chão. Uma marca vermelha crescia em sua bochecha, onde os nós dos dedos de Liam haviam pousado.

– Trinta mil libras que lhe demos perdidas para sempre – disse Liam por fim. – Essa é minha resposta.

Henry ergueu seus olhos gelados e engoliu em seco.

– Mas é um alívio saber o que realmente pensa. – Concluiu Liam.

– Doutor Ravenswood – disse Henry, erguendo a mão, como se lhe pedisse para não dizer mais nada. – Devo tomar as providências necessárias. Espere notícias de meu assistente em alguns dias.

Com um aceno frio, ele saiu da sala.

– Esperarei ansiosamente! – Gritou Liam.

A porta bateu atrás de Henry.

Afundamos um em cada cadeira ao lado da lareira; voltamo-nos quando ouvimos um ruído no corredor. Barulho de porcelana chacoalhando: Sarah, com as coisas do chá.

– Não quero atrapalhar – ela sussurrou com olhos arregalados.

Era perto da meia-noite quando uma batida na porta me assustou. Eu estava sentada na sala da frente, agitada demais para pensar em dormir. Havia, porém, mandado os criados para a cama. Fui até a janela olhar. Ao ver uma figura familiar coberta por um manto e carregando alguma coisa, abri a pesada porta.

– Jane!

Fiquei encantada e surpresa. Ela não saía de casa havia semanas.

Ela empurrou o capuz de seu manto para trás, aceitando a cadeira perto do fogo quase morto que eu lhe oferecia e colocando seu fardo embrulhado em uma manta na mesa, sem nenhum comentário. Embora tivesse o tamanho e a forma de um manuscrito, eu me recusei a deixar minhas esperanças correrem soltas. Coloquei mais um pouco de carvão na lareira e servi um copo de Constantia para ela. E depois, um para mim mesma.

– Desculpe-me pela hora tão tardia – disse, séria. – Tive de vir em segredo, como pode entender. – Ela estendeu a mão e a colocou na minha. – Henry nos deu um relatório alarmante de sua visita. Tentei impedir que viesse aqui, mas ele foi inflexível. – Ela me observou. – Só posso supor, então, que não podemos mais ansiar pela hora de nos chamarmos de irmãs. – Ela ergueu uma sobrancelha, de repente divertida. – Eu devia ter percebido isso antes, mas tive muita coisa para pensar hoje.

– Foi errado enganá-lo, mas minhas intenções eram boas – eu disse. – Queria lhe dar dinheiro para ajudar seu banco; achávamos que ele não aceitaria de outra maneira. Mais tarde, eu deveria ter rompido o compromisso, mas temia que você não quisesse mais ser nossa amiga.

Ela deu um tapinha na minha mão.

– Você devia ter mais fé em mim. Uma mulher sempre pode mudar de ideia. Como eu fiz com Harris Bigg-Wither. E as irmãs dele me perdoaram. Foi estranho, mas essas coisas sempre são estranhas.

– Tenho certeza de que você não flertou desavergonhadamente com ele durante meses, como eu fiz com seu irmão.

– Por que tem tanta certeza? – Ela soltou sua risada perversa. – Por que você acha que ele me pediu em casamento?

– Peço-lhe desculpas, se é que isso fará alguma diferença.

– Ah! Henry vai sobreviver. Os homens não morrem por um coração partido. – Ela fez uma pausa. – Mas, às vezes, eles duelam. Diga-me que eles não vão lutar. Ele insiste que vão.

– Liam foi embora. Partiu logo após o senhor Austen sair.

– Fico feliz por isso – ela disse, bebendo um gole de vinho.

– Nós não temos esse conceito de honra em nosso tempo, que é mais bem preservada por dois homens trocando tiros – comentei.

Para minha surpresa, Liam queria ficar e duelar com Henry. Levei um tempo para fazê-lo usar a razão.

– Eu gostaria disso em seu mundo. – Ela olhou para o fogo por um momento. – Então, ele foi embora. Lamento não haver me despedido dele.

– Ele também lamenta. Porém era mais seguro que partisse imediatamente. Eu o seguirei em um dia ou dois, quando terminar algumas coisas aqui.

– Ele voltou, então?

Demorei um instante para entender o que queria dizer.

– Há apenas uma Oportunidade de Retorno; teremos de esperar por ela e estar no lugar certo, no local do portal.

– E se algo acontecesse e vocês não pudessem estar lá?

– Nunca mais retornaríamos.

Tentei não pensar na possibilidade do colapso do buraco de minhoca.

– Ah! – Ela ficou em silêncio por um momento. – Parece um negócio perigoso, não é?

Inclinei-me para a frente.

– Ouça: o senhor Curtis deve lhe aplicar a sangria regularmente. Vinte onças, todas as semanas, até você começar a se sentir melhor. Pode levar meses, mas se eu estiver certa, você vai melhorar. Sua pele deve perder essa cor estranha, e você deve sentir menos fadiga e dor nas articulações. Quando isso acontecer, não pare a sangria completamente, diminua gradualmente a frequência, até que seja apenas a cada poucos meses. Você deve fazer isso pelo resto da vida. Promete?

Ela me olhou longamente.

– Está sugerindo que isso vai me curar? – Perguntou.

– É só uma ideia, mas acho que vale a pena tentar. – Fiz uma pausa. – E certifique-se de que ele esterilize o instrumento. Faça-o segurar a lâmina em uma chama, na lateral, não em cima, por pelo menos sessenta segundos. Liam lhe explicou isso, mas você precisa enfatizar de novo.

– Esterilizar? O que quer dizer?

Fiz um breve relato sobre a teoria dos germes, que ela ouviu com uma sobrancelha erguida e um sorriso duvidoso.

– Eu queria lhe perguntar como funciona a viagem no tempo, mas, depois disso, acho que não devo. – Ela deu um tapinha no pacote em cima da mesa. – É *Os Watsons*, é claro, já que você é educada demais para perguntar. Eu o leio de vez em quando, e toda vez me pergunto se algo poderia se salvar, ser transformado em um romance cuja leitura divertisse e edificasse o mundo. A resposta é sempre não. No entanto, não consigo destruí-lo, pelo mesmo motivo que o odeio: há muito de mim nele. Mas, se as pessoas do futuro se atribulam tanto por minha causa...

Empurrando o manuscrito para mim, ela terminou o vinho e se levantou.

– Eu lhe imploro que não pense menos de mim quando ler isso.

– Eu nunca pensarei em você com nada além de admiração e surpresa.

Eu também me levantei, e ela estendeu a mão. Comecei a falar, mas não pude continuar diante da realidade: eu nunca mais a veria.

– E carinho, espero – murmurou. – Como eu por você.

O instante foi de partir o coração, mas logo ela sorriu.

– E seu... seu colega, senhor Finucane. Transmita a ele meus cumprimentos. – Ela franziu a testa, olhando-me mais de perto. – Mas você não... Você o chama pelo nome de batismo.

– No mundo do qual viemos, isso não implica o mesmo grau de intimidade que aqui – expliquei.

– Ah. – Ela não parecia convencida. – Mas quando voltarem para o lugar de onde vieram, não vão se casar?

Meu rosto deve ter demonstrado minha surpresa, porque ela prosseguiu:

– Foi o que me pareceu pelo modo como ele falou de você quando conversamos, ontem, e tão absurdamente se desculpou por flertar comigo. Estou equivocada? Os sentimentos dele não são correspondidos?

– Estou muito ligada a ele – eu disse por fim –, mas, em nosso mundo, entenda, as mulheres têm muitas outras escolhas na vida além de com que homem vão se casar.

– Posso ver que sim.

– De qualquer forma, ele vai se casar com outra pessoa.

Eu acreditava nisso? Não tinha certeza. É possível acalentar duas ideias opostas ao mesmo tempo, e talvez me fosse conveniente pensar que Liam havia, se não exatamente mentido, talvez se deixado levar pelo entusiasmo naquela manhã no leito de aspargos.

Ela colocou a mão em meu braço, arregalando os olhos.

– Ele se enredou imprudentemente? Como meu Edward Ferrars?

– Ela é muito melhor que sua Lucy Steele – respondi.

– Mas ela não é você.

– Ela é mais rica e mais elegante. E com a ajuda dela, ele vai longe. Ele é um homem ambicioso por trás de sua pose de reservado.

Eu nunca havia conscientemente pensado isso de Liam. No entanto, à medida que as palavras saíam, algo que antes não fazia sentido em relação a ele de repente fez, e eu senti um arrepio.

– Pode ser – ela parecia pensativa. – Mas ele só falava de você.

Fiquei tentada a lhe perguntar o que ele havia dito, mas o orgulho derrotou a curiosidade, e me felicitei pela moderação quando a vi sair e dizer adeus mais uma vez. Só comecei a chorar quando a porta se fechou atrás dela.

CAPÍTULO 19

10 de agosto
Leatherhead

Acabei de desmontar a casa em dois dias, em uma fúria de filantropia, ajudada pela descoberta de várias notas de dez libras que eu havia escondido no forro de um bolero pouco usado durante a viagem de Londres, em dezembro, e esquecido. Escrevi ótimas referências para os criados restantes; dei minhas galinhas a minha vizinha favorita, uma viúva chamada Betsy, e confiei Alice B., a gata, a seus cuidados. A senhora Smith e Sarah receberam seus salários pelo resto do ano e os artigos da despensa para levar para a família em Basingstoke. Tom, a quem dei as vacas, e North, a quem entreguei a maior parte de minhas roupas, também foram pagos, com a última incumbência de me acompanharem até Leatherhead, uma vez que mulheres não viajavam sozinhas.

Jencks já havia ido embora. Liam o levara quando partira, ostensivamente como seu pajem, mas com o plano de demiti-lo uma vez que chegasse a seu destino por haver deixado Henry Austen entrar na sala sem primeiro verificar se estávamos "em casa".

Coisa que ele claramente havia feito de propósito – se seu objetivo era nos chantagear depois, ou apenas causar problemas, não ficou claro. Contudo, em retrospectiva, era óbvio que Jencks devia ter descoberto o que Liam e eu estávamos fazendo e guardava essa informação para quando pudesse usá-la.

Ver Liam partir no meio da noite, acompanhado por aquela criatura sinistra, havia sido mais uma fonte de preocupação em um dia cheio disso; mas, o que eu poderia fazer? Eu não queria Jencks na casa comigo, e temíamos que se o demitíssemos imediatamente, ele pudesse voltar com ideias perigosas na cabeça. No tempo que passei sozinha em Chawton, ocorreu-me mais de uma vez que Jencks poderia simplesmente matar Liam na estrada, pegar os cavalos, a carruagem e o conteúdo e ir para Yorkshire viver uma nova vida. E ele sairia ileso. Quem, exceto eu, notaria que Liam havia desaparecido?

De modo que foi temerosa que parei nossa carruagem alugada no pátio do Swan, no fim da tarde de um dia sombrio. Ajudaram-me a sair da carruagem e paguei o condutor. Enquanto North e Tom cuidavam da logística da chegada, olhei ao redor, esperando ver Liam. No entanto, em vez dele, vi o homem que nos negara hospedagem em nossa primeira noite em 1815. Eu o reconheci de imediato, mas ele parecia estranhamente normal, não mais o estalajadeiro ameaçador de que me recordava. Ele estava dando ordens a uns homens que trocavam os cavalos de uma carruagem, e sequer me notou. Voltei-me para entrar na pousada com crescente inquietude – talvez Liam estivesse mesmo morto.

Então, eu o vi, parcialmente escondido por uma parede perto da entrada do pátio. Ele deu um passo à frente e estendeu a mão.

– Aí está você – disse eu, de repente tímida.

Tímida mesmo depois de haver passado toda a viagem – pelo menos quando não pensava em seu provável assassinato nas mãos de Jencks – imaginando com precisão pornográfica todas as coisas que poderíamos fazer juntos agora que não precisávamos mais ter medo de nossos criados. Ele olhou para mim sem palavras, com uma expressão cheia de sentimentos. Sua mão fria e forte envolvia a minha enquanto entrávamos.

Já fora da órbita de Jane e não mais representando nossos papéis, no começo não sabíamos como ser um com o outro. No salão privado onde comemos uma repugnante torta de carne empurrada com clarete com gosto de mofo, ficamos falando de diversos assuntos: sobre a visita tardia de Jane e seu presente, o manuscrito; a cena inquietante quando Liam havia dispensado Jencks...

– Ele fez uma cara quando lhe disse que seus serviços não eram mais necessários! Mas, o que esperava? Ele se comportou terrivelmente, mas eu lhe paguei a mais. Ele teve mais sorte do que merecia.

– Que tipo de cara?

– Como um homem irado decepcionado com o amor e a vida. – O rosto de Liam se iluminou com um sorriso súbito. – Comecei a pensar que você estava certa, que ele tinha uma queda por mim.

– Eu disse.

– E a sangria? O que você acha que ela tem? – Perguntou Liam depois de uma pausa.

– Não há como dizer sem exames laboratoriais. É só um palpite, não muito científico, mas...

Senti um arrepio ao pensar quão não científico era. Estava mais para desesperado. Acaso eu havia perdido a cabeça?

– Mas o quê?

– A sangria dificilmente pioraria as coisas neste momento. A menos que ela pegue tétano da lâmina suja.

O que poderia facilmente acontecer. Tentei não pensar nisso.

– Mas, o que você acha que ela tem?

– Existe uma doença chamada hemocromatose, quando as pessoas absorvem muito ferro da comida. Ele se acumula, especialmente no fígado, e causa problemas. Ela me contou faz tempo que parou de menstruar no ano passado, e muitas vezes é quando essa doença começa a aparecer nas mulheres, quando não se livram mais do excesso de ferro uma vez por mês. Mas foi só recentemente que essa ideia me ocorreu. – Tomei outro gole de clarete e fiz uma careta. – Posso dizer-lhe a verdade? Quando sua única ferramenta é um martelo, tudo parece um prego. Eu queria que fosse hemocromatose porque é algo que se pode tratar aqui com certa eficácia.

– Não porque você acha que é de verdade?

– Pode ser, não estou dizendo que não é.

Liam apoiou a testa na palma da mão e o cotovelo na mesa.

– E se for?

– Com a sangria regular, ela vai melhorar.

– Quer dizer que ela vai viver mais? Mais que julho de 1817?

– Talvez.

Liam ficou sério.

– Nós já mexemos com o campo de probabilidades – prossegui. – Então, pensei, e daí?

– Você não viu nenhum jornal nos últimos dias? – Perguntou Liam.

– Não. Napoleão escapou de novo?

Eu estava brincando, mas a expressão de Liam me fez gelar.

– O que aconteceu?

– Wilberforce morreu na terça-feira.

– O quê? Isso é impossível. William Wilberforce, o renomado parlamentar e oponente do tráfico de escravos realizou a maior parte de sua importante obra em 1816, mas morreu velho, em 1833.

– Há jornais lá embaixo, se quiser ver.

– Eu acredito no que você diz. É que..

– É.

Ficamos em silêncio pensando nisso. A morte prematura de uma significativa figura histórica era um macroevento. Não havia dúvida de que havíamos perturbado o campo de probabilidades. E percebi, apesar do que havia acabado de dizer, apesar do que fizera para prolongar a vida de Jane, que eu não acreditava nisso até aquele momento.

– Às vezes, acho que não devemos voltar – disse Liam por fim, tão baixinho que eu mal o pude ouvi-lo. – Porque, quem sabe o que podemos encontrar lá?

Era uma ideia louca. Todo impulso racional se rebelou em mim. Tudo o que eu disse foi:

– O que faríamos aqui?

– E se formos para o Canadá? Ninguém nos conheceria como irmãos lá. Podemos começar de novo, com novos nomes. Podemos nos casar. – Ele fez uma pausa. – Ainda temos algum dinheiro. Eu escrevi para alguns dos nossos banqueiros londrinos, acho que Edward não fez nada lá.

– Nós não pertencemos a este mundo – eu disse, devagar.

Surgiu em minha mente a imagem de meu apartamento limpo, a cozinha branca e a vista para a Vanderbilt Avenue, para o Grand Army Plaza. Minha vida nele parecia um sonho: um sonho futurista e sanitário, onde eu tinha água corrente e eletricidade, um trabalho de responsabilidade e meu nome verdadeiro. Imaginei minha mãe pintando em seu sótão, pensando se eu estaria bem.

– Podemos concluir que também não pertencemos ao nosso – ele acrescentou.

Eu podia sentir seus olhos em mim, mas não conseguia erguer os meus. Talvez eu estivesse com medo. Se eu olhasse para ele, ele me convenceria com seus poderes ocultos de atuação e persuasão.

– Nós pisamos na bola. Fizemos exatamente o que não deveríamos fazer, mudamos a história.

– Eu fiz, você quer dizer. Fui eu que salvei Tom. Você me disse que era uma má ideia.

– Ah, Rachel, querida, não sabemos o que foi. Pode ter sido qualquer coisa, ou tudo em conjunto. Vai se recriminar para sempre por um pequeno ato de bondade?

Por fim ergui os olhos. Ele estava inclinado sobre a mesa, seu longo queixo apoiado no punho, e seu olhar era tudo que eu temia: ardente, cheio de desejo e sinceridade mortal. É difícil resistir a uma expressão como essa, mesmo diante de um ator experiente. E se eu me permitisse pensar que talvez ele não estivesse tentando enganar a mim nem a si mesmo? Qual seria minha responsabilidade, nesse caso? Levantei-me com o coração disparado. *De terror*, pensei.

– Pode me dar um abraço? – Eu pedi, e começamos a rir. – Podemos falar sobre isso mais tarde? Já é hora de ir para a cama?

– Pode ser – ele respondeu.

Seus braços estavam ao redor de mim, meu nariz no lenço em seu pescoço, e inalei seu cheiro: de fumaça de carvão, sabonete de folha de louro e outra coisa que eu não podia definir.

– Que falta senti de você!

Foi como eu havia imaginado; como se eu houvesse adivinhado a cena: os lençóis amarrotados de nossa cama à luz tremeluzente de uma única vela, uma grande escuridão lá fora, sons de cavalos abaixo, no pátio. Deitados nus e conversando livremente. Até então, havíamos visto só partes um do outro, e sido nós mesmos só furtivamente. Aquilo era quase demais para nós, como uma sobremesa requintada. Fizemos amor, conversamos, ficamos em silêncio, adormecemos, depois acordamos e recomeçamos o ciclo, até que a luz fraca da manhã surgiu nas janelas e Liam disse:

– Temos de pegar o manuscrito, ir para Box Hill e lê-lo lá.

Box Hill era o lugar do infame piquenique de *Emma*: ao contrário de Highbury, era um lugar real, e não muito longe de Leatherhead.

À sombra do landau, sentados sobre um cobertor que havíamos pegado em nosso quarto, lemos o manuscrito inteiro em voz alta, revezando quando cansávamos a voz; apesar de que Liam leu mais, porque minha voz não treinada desistia mais depressa. Quando acabamos, o dia estava quase no fim. Recostei-me sobre os cotovelos e observei a paisagem verde inclinada abaixo de nós: sebes, rio, estrada, longas sombras e a dourada luz do dia. Os cavalos se agitando e comendo grama; o vento suspirando nas árvores e os pássaros respondendo. O mundo inteiro parecia viver em uma rede cintilante. *Nunca me esquecerei deste momento*, pensei, *mesmo que viva cem anos*.

– Bem... – Disse eu.

– É.

Era Jane Austen, magistralmente traçada e psicologicamente aguda, mas transformada: sua sátira tornada selvagem, sua inteligência feroz treinada sobre as injustiças da vida, em particular as que enfrentavam as mulheres. Em um ataque de maldade fraternal, Penelope estraga o compromisso de Emma com o senhor Howard ao persuadi-lo de que Tom Musgrave a havia tido primeiro. Emma é forçada a arrumar um emprego de preceptora, mas o destino de Penelope é pior: ela acaba como mulher sustentada pelos amantes, primeiro passo em sua queda na ruína.

– Dá para entender por que ela não queria publicar isto – disse Liam, que estava sentado com os braços em torno dos joelhos, atordoado.

– Vai ser demais. Isto transformará o modo como as pessoas a veem.

Coçando as costas, ele olhou para mim.

– Supondo que as pessoas vejam isto.

– Isto será a glória para você, lembra?

Ele se inclinou para olhar para mim.

– Eu não quero a glória. Posso dizer isso de uma forma mais clara? Prefiro ficar aqui com você. Se você quiser. – Ele se deitou de costas, com as mãos atrás da cabeça e olhando para o céu. – É um grande "se", eu sei. – Rolou de lado para ficar de frente para mim. – Pense nisso. Ainda temos algumas semanas. Não diga nada agora.

Olhei para o céu, para as nuvens se reunindo a oeste como se elegantemente expulsassem o sol. Meu desejo de acreditar nele, de dizer sim, surpreendeu-me e assustou-me a ponto de me deixar muda. Porque... o que isso significaria? Nunca mais ver meu mundo, meus amigos, minha mãe. Ser permanentemente uma cidadã de segunda classe por ser mulher e morrer de algo ridículo, como parto; a injeção hormonal duraria apenas o tempo da missão. Então, por que me sentia tentada?

– Faz frio no Canadá – continuou. – Você não gosta de frio. Estava pensando, que tal Itália?

Imaginei colinas até onde a vista alcançasse, filas de ciprestes para cima e para baixo. Diziam que Veneza, antes de se perder sob o mar, era incrivelmente bela. Poderíamos viver com simplicidade, um jardim e uma casinha... Com prudência, nosso dinheiro poderia durar. A vida era mais barata lá. Eu poderia aprender italiano, trabalhar como parteira. Poderíamos cultivar tomates.

Eu disse:

– Eles têm um grande problema: a malária.

Liam me recordou que havíamos sido vacinados contra malária, e contra tudo o que se pudesse imaginar.

– Não sabemos quão protegidos realmente estamos. As cepas podem ser diferentes.

– Se você tivesse tanto medo de doenças infecciosas, nunca teria vindo a 1815.

Bom argumento.

– Não sei – eu disse, surpreendendo-me de novo. – Como as pessoas sabem?

– Eles nunca sabem, Rachel querida. Simplesmente mergulham.

– Como você, quando ficou noivo? – Não pude deixar de perguntar.

Roubar o noivo de alguém devia dar azar, no mínimo; era uma violação à solidariedade feminina. Quando a imagem de Sabina, alta, linda e requintada, surgiu diante de mim, pensei que havia também o mistério: como uma pessoa podia se imaginar apaixonada por duas mulheres tão diferentes?

Ele ficou em silêncio por um longo tempo, até que disse:

– Era como um sinal de que eu havia conseguido. – Outra pausa. – Acho que ela suspeitava.

– Suspeitava de quê?

– Sabina é muito intuitiva.

– Suspeitava de quê?

– Eu a pedi em casamento anos antes, quando vendi meu livro de Brummell. Era como se por fim eu fosse alguém que pudesse ousar pedi-la em casamento, porém ela não disse sim nem não. Disse que devíamos esperar. Era útil ter-me por perto. E então, pouco antes de partirmos, ela sugeriu. Acho que ela sentiu o que eu quase não percebi. E isso a desagradou.

– Se não parar com esse mistério, vou matar você com minhas próprias mãos. Sentiu o quê?

– Sobre você... o que eu sentia.

– Nós éramos estranhos. O que você poderia sentir?

Ele olhou para mim. Disse:

– Você parecia especialmente americana: obtusa e confiante. Falava demais e tinha uma risada estranha.

– Verdade – eu disse, mordida. – Você não é o primeiro a...

– Quando não gostamos de alguém, mas, mesmo assim nos sentimos atraídos, a cabeça faz coisas estranhas. Cada característica boa é um novo golpe.

– Então, eu tinha algumas características boas?

– Aquele jeito seco de olhar para nós, como se não se importasse com o que pensavam os Velhos Britânicos. Adorei isso. Tão pequena, tão vigorosa, com uma espécie de indignação generosa. E então, seu cabelo louco, sua compleição épica. Seu nariz... Ele tocou a ponta de meu nariz. – Fiquei enfeitiçado. Você nunca notou? Que bom, você teria se assustado.

– Eu não me assusto com facilidade.

– Todo mundo tem medo de alguma coisa.

Fiquei em silêncio, olhando para o céu.

– Então, você se encantou com uma ideia sobre mim – eu disse.

– Foi no dia em você comprou Tom que eu soube que minha ideia sobre você estava certa.

Eu me virei de lado para ficar de frente para ele.

– Você ficou tão bravo comigo naquele dia... – Comecei.

Todavia, parei, olhando para o braço dele. Ele havia tirado o casaco, e havia um inseto marrom abominavelmente familiar se arrastando por sua manga branca. Eu o conhecia muito bem, da Mongólia.

– Parece... Será que você pegou piolhos no Swan?

– Tudo é possível – disse, estranhamente calmo, enquanto examinávamos o cobertor em que estávamos deitados.

Pulamos dele no mesmo instante, batendo as mãos nas roupas, como se isso ajudasse.

Depois que saímos do Swan – encontramos quartos simples, mas aparentemente limpos, para alugar pela semana, em cima de um chapeleiro, no meio de Leatherhead –, seria justo dizer que ficamos obcecados com higiene. Mandamos cada peça de roupa para uma lavadeira, exceto as que estávamos vestindo, que queimamos quando as outras voltaram. Tomávamos banho diariamente em uma pequena banheira de cobre colocada perto da lareira, pusemos um biombo em volta para proteger de correntes de ar e aquecíamos a água em uma chaleira na lareira. Puxar água da bomba do pátio era um exercício intenso para o outro que não estava no banho, uma vez que havíamos dispensado os criados. Liam raspou a cabeça – um exagero, pois ele não estava com piolhos, mas compreensível.

Apesar de tudo isso, o desastre aconteceu.

Cerca de uma semana e meia depois de Box Hill, Liam se queixava de dor de cabeça e não queria comer. Nossas atividades habituais naquela época consistiam em sexo, conversas, refeições em nosso bar favorito, caminhadas por Leatherhead, banhos e releitura de *Os Watsons*. No dia seguinte, ele não tinha energia para nada disso, e tinha uma sede feroz. Deitada com a cabeça em seu peito, eu senti que ele irradiava calor, como um forno.

Cinco dias após o início da febre, ele apresentava a característica erupção cutânea, pele avermelhada e olhos turvos. Eu já havia ido a um boticário e comprado salgueiro, que tem o princípio ativo da aspirina; e casca de tocha peruana, princípio ativo do quinina. Ambos diminuem a febre, mas não pareciam ajudar – ou talvez ele ficasse pior sem eles.

O ciclo do tifo é de algumas semanas, seguido de uma convalescença lenta e cansativa. Nada disso era incomum, exceto o fato de não haver medicamentos para enfrentar a doença e a complicada mistura de sentimentos que eu tinha pelo paciente.

Depressão, letargia e fraqueza também são normais, eu sabia disso graças a minhas experiências na Mongólia. No entanto, eu nunca havia visto uma apresentação tão teatral. A depressão geralmente é chata, provoca uma redução de sensações. A menos que o deprimido seja Liam.

– Eu sou uma merda – murmurava ele entre goles de chá de casca de tocha peruana.

Sua mão tremia tanto que eu tinha de ajudá-lo a segurar a xícara.

– Uma merda ambulante. Henry Austen olhou para mim e já soube que eu não era um cavalheiro.

– Ele desafiou você! Só cavalheiros duelam. Isso foi como um selo da aprovação de cavalheirismo, não é? Não era por isso que você queria ficar e lutar contra ele?

Sua respiração era rápida e superficial.

– Pode me dar um pouco mais? Obrigado. Estou morrendo de sede.

– Beba devagar, senão vai vomitar de novo. Não tenha pressa. Tudo que temos é tempo.

– Eu nunca deveria ter... nunca deveria...

– Nunca deveria o quê? – Perguntei, enxugando o suor de sua testa.

Tentei ver o lado positivo daquilo: só um de nós estava com tifo, e não era o profissional da Medicina.

– Eu nunca deveria ter pegado isto. Uma cagada total. Vou pagar por isso. Eles me disseram que vou pagar.

– Não é culpa sua ficar doente. Acontece.

– Piolho no corpo! Que nojo. Eu sou nojento. Estou cheirando mal. A repolho. Sabe o que meus colegas de quarto me diziam em Crofton? Eu achava que eles eram só cruéis, mas quando voltei para casa para as férias de Natal, entrei e... ah meu Deus...

– Cheirava a repolho?

– Fedia! E eu também.

– Sabe de uma coisa? Eu adoro o cheiro de sua pele, o cheiro de seu suor. Primeiro, pensei que eu gostava de seu sabonete, mas, depois, vi que era seu cheiro.

– É um tipo de fedor que vem de dentro, você não consegue se livrar lavando – disse. – Cheiro a pobreza e ruína. Eu sou nojento. Tenho nojo de mim.

– Dá para parar?

Eu me levantei da cadeira ao lado da cama e me deitei ao lado dele com um súbito desejo de chorar.

– Vá mais para lá – escondi meu rosto no pescoço dele. – Preciso sentir seu cheiro.

Contudo, seu cheiro havia mudado; era de febre e de tocha peruana.

– Você vai se contagiar – protestou ele.

Seu queixo barbado raspava minha testa. Passei meus braços ao redor dele.

– Não se preocupe. Eu o amo demais. Não sei por quê, mas amo.

Senti um peso desaparecer de mim quando percebi que era verdade. Como eu não havia visto isso antes?

– Não é possível – ele disse.

– Mas é. Problema seu.

Ele ficou em silêncio.

– Precisamos descobrir como fazer isto dar certo – acrescentei, mais para mim que para ele.

Como? Tentei imaginar nós dois juntos, em nosso tempo, eu o apresentando a minha mãe. Eu me mudaria para a Inglaterra? Talvez, mas minha imaginação vacilava nos detalhes. Tentei imaginá-lo em meu apartamento no Brooklyn, em minha linda cama branca, mas não consegui. Talvez o problema não fosse Liam: meu mundo havia ficado tão escuro que eu mal conseguia me lembrar dele. Estava ficando doente também? Fechei os olhos e vi Box Hill. As longas sombras da tarde, a paz e a lentidão. Talvez não devêssemos voltar. *Talvez só desse certo ali*, pensei, e caí no sono como se caísse de um penhasco.

CAPÍTULO 20

5 de setembro de 1816
Leatherhead, Surrey

Ficamos parados no campo lamacento onde o condutor da carruagem nos deixara, sob uma chuva firme e fria. Meu braço doía de segurar o guarda-chuva bem alto para proteger a cabeça de Liam também. Era o campo onde havíamos aterrissado, mas meu espectronanômetro estava calado. Apertei-o mais forte e depois tentei o de Liam. Nada.

Passei o braço sem guarda-chuva pelo de Liam. Seus olhos estavam fechados e seus dentes batiam, apesar do cobertor em que estava enrolado. O tifo dura de duas a três semanas em casos sem complicações. No entanto, no fim de agosto, ele ainda tinha muita febre, recentemente começara a delirar e apresentava sintomas de pneumonia. As conversas sobre ficar em 1816 acabaram: o problema seria levá-lo até o local do portal.

Choveu a semana toda antes da Oportunidade de Retorno, bem como no dia. As estradas eram um mar de lama. Meu medo de que a carruagem atolasse dificultou a decisão de quando partir. Precisávamos chegar a tempo, mas não cedo demais, senão ficaríamos esperando ali, tremendo de frio. Contudo, não podíamos atrasar. A Oportunidade de Retorno, que começaria às 17h43, duraria vinte minutos.

O motorista estava desconfiado. Eu não poderia culpá-lo. Liam estava vermelho, coberto de manchas, tremendo debaixo do cobertor como a vítima de um naufrágio tirada do mar, inclinado sobre mim enquanto oscilávamos descendo a escada. Viajar com alguém tão doente era coisa difícil de explicar, especialmente quando o destino era um campo vazio e úmido. Dei ao condutor uma gorjeta ridiculamente grande e instruções para retornar em uma hora. A essa altura – eu esperava –, teríamos ido embora.

Ou, se o portal falhasse, precisaríamos de carona para voltar. Todavia, se ficássemos uma hora na chuva, Liam poderia morrer de pneumonia.

Olhei ao redor, apertando os olhos para protegê-los da chuva, amaldiçoando-me por ter passado semanas em Leatherhead sem ter ido até ali antes para procurar o marcador e testar os espectronanômetros. E porque não? Só porque eu meio que gostaria de ficar em 1816 e não havia pensado nisso? Depois, Liam ficou doente e eu andei ocupada, mas, mesmo assim... Em um arroubo de dolorosa consciência, parecia que era assim que eu vivia sempre: sonâmbula, despreparada, pensando só em mim mesma.

Havia umas árvores de bétula quando pousamos, e lá estavam. No entanto, onde estávamos nós em relação a elas? Experimentei outra vez os dois espectronanômetros, de novo sem resultados. A visão do patíbulo – vazio nesse dia – pôs-me em terreno mais sólido; lembrei-me de onde eu estava quando o vira pela primeira vez. Eu ficara tão horrorizada que tivera que controlar as lágrimas, e Liam tentara me consolar, mas algo o detivera. Ele tinha medo de me tocar! A lembrança me fez sorrir, e eu me voltei para ele, bem quando ele se dobrou e caiu, aterrando os joelhos primeiro, depois as mãos, e depois o rosto.

– Ei – disse eu, abaixando-me e chacoalhando-o. – Não desista. Estamos quase lá. Acho que já sei onde é o portal. Vamos.

Quando ele levantou a cabeça do chão, um lado de seu rosto estava coberto de lama.

– Deixe-me aqui – murmurou ele. – Não consigo.

– Consegue rastejar? Consegue, certo? Uma mão, um joelho, Uma mão, um joelho...

Ele rastejou alguns metros; o cobertor se desenrolava atrás dele e mergulhava na lama. Pensei que teria de ter certeza de que o estava exortando na direção certa, de modo que fiz força para me levantar, desequilibrada pelo peso de minha saia molhada e pelo pacote embrulhado em um oleado que eu levava em uma bolsa no ombro. Saí chapinhando, deixando meu guarda-chuva cair. Afundei de joelhos e balancei as mãos freneticamente um centímetro acima do solo úmido, onde achava que o marcador deveria estar, mas não encontrei nada; rastejei alguns centímetros para a esquerda e tentei de novo. Inútil.

Então minha mão bateu em metal e se fechou ao redor. Senti um choque galvânico e ouvi uma vibração estridente, como um grito de morcego, seguida de um sinal sonoro do espectronanômetro. Pulei, gritando, e me voltei para Liam; estaria no alcance do portal? O marcador do portal, no entanto, ficou mais alto, mais insistente, insuportável. Coloquei as mãos nos ouvidos, e tudo ficou preto.

Quando abri os olhos, eu estava em uma cama, em uma sala que nunca havia visto, branca, sem janelas, iluminada pelo brilho frio da eletricidade. Ouvi um *bip* robótico e um zumbido fraco e constante; pestanejei e tentei me concentrar. O ar era antisséptico, uma medicação intravenosa em meu braço fluía clara, saindo de uma bolsa engatada a um poste de metal. Eu estava sozinha. *Mas minha mãe deve estar aqui*, pensei. Por que não estaria? Fechei os olhos de novo.

– Parabéns, doutora Katzman – disse doutor Ping, seco, mas amável.

Eles haviam retirado o acesso IV – havia sido uma reidratação preventiva, eu parecia estar em excelentes condições, como me disseram –, e me entregaram uma roupa fofa, com capuz, para vestir sobre a camisola do hospital. Eu ficaria confinada à enfermaria até que todos os resultados dos exames voltassem.

– A missão foi um sucesso total. A equipe do Projeto mal pode esperar para ouvir seu relato de tudo amanhã. Começamos às nove, na grande sala de conferências. – Ele fez uma pausa e acrescentou: – Eva Farmer estará lá! Ela quer almoçar com você.

Demorei um instante para lembrar quem era Eva Farmer.

– Que horas são?

A falta de luz natural me desorientava. Como as pessoas sabiam quando dormir?

– Quatro da tarde.

– Há quanto tempo... voltamos? – Hesitei no plural.

Se, no entanto, Liam houvesse ficado fora do alcance e eu voltasse sozinha, a expressão do doutor Ping certamente teria indicado isso.

– O retorno finalizou às 10h48.

– E Liam está bem? – Perguntei, prendendo a respiração.

Houve uma pausa antes de ele dizer:

– O professor Finucane está estável. Disseram-me que a recuperação levará algum tempo.

– Ele está com pneumonia? – Ele assentiu. – E tifo, tenho certeza. Será um prazer informar seus médicos, se eles quiserem. Posso vê-lo?

– Certamente, daqui a alguns dias, assim que esteja liberada para sair do instituto.

– Ele não está aqui?

– Ele precisava de mais cuidados do que podíamos oferecer.

Acho que fiquei alarmada, pois doutor Ping continuou:

– Ele vai ficar bem, não se preocupe. – Ele deu uma risadinha seca. – A esposa dele já está preocupada o suficiente por todos nós. Disseram-me que ela se recusa a sair do lado dele. Que cena na câmara de descompressão; você teve sorte de estar inconsciente. Sabe como ela é, toda controlada, o sumo da Velha Inglaterra. Mas o grito que ela deu quando o viu! Ainda está ressoando em meus ouvidos.

Tendo perdido a capacidade de falar, olhei para o rosto do doutor Ping. Seus olhos eram tão escuros que não eu conseguia distinguir a pupila da íris, o que lhe dava um aspecto sereno, acentuado por seu nariz pequeno e sobrancelhas perfeitamente niveladas. Esperei que ele dissesse mais alguma coisa sobre a esposa de Liam, mas ele não falou.

– Como sabe que nossa missão foi um sucesso – por fim perguntei –, se ainda não contamos nada a ninguém?

Foi assim: estávamos havia cerca de dois meses no século XIX quando as pessoas começaram a ir às bibliotecas no mundo todo, ou a olhar suas coleções de livros eletrônicos, e a se surpreender, satisfeitas, com a aparição abrupta de dezessete novos romances de Jane Austen. Enquanto o doutor Ping calmamente explicava isso, eu o fitava com um horror que não tentava esconder. Eu sabia que havíamos perturbado o campo de probabilidades, mas só então percebi quão pouco havia pensado em como seria isso. Dezessete livros novos de Jane Austen era incrível por um lado, mas aterrorizante por outro.

O que mais era diferente? Eu havia voltado para um mundo que talvez não conhecesse mais, ao qual talvez não pertencesse mais. Um mundo onde Liam, aparentemente, já era casado. Ou sempre fora casado? Ele havia mentido para mim? Comecei a tremer.

Passou-se um tempo antes que eu pudesse dizer:

– Quer dizer que todo o mundo sabia dessa missão? Que nós deveríamos mudar... nós fomos enviados para fazer isso propositalmente?

Então, eu não teria problemas por haver alterado a história. Supus que isso era uma boa notícia, junto com os dezessete livros.

– É claro – respondeu ele, olhando para mim, e vi algo mudar em sua expressão. – Você não sabia? Talvez, então, tenha vindo de uma versão que não... Deixe-me ver se...

Levando o pulso para o rosto, ele falou:

– Doutor Hernandez, doutora Montana, podem vir até aqui, por favor?

Eu não havia notado o dispositivo até então. Olhei para ele com todo o fascínio que Jane teria demonstrado, mas com um pouco mais de compreensão.

DOUTOR HERNANDEZ – LEMBREI-ME QUANDO ELE ENTROU E ME cumprimentou – era membro da equipe do Projeto, focado nos aspectos psicológicos das viagens no tempo. A doutora Montana eu nunca havia visto. Sentaram-se a um de cada lado da minha cama, sérios.

– Doutor Ping nos disse que você ficou surpresa ao descobrir que sua missão alterou a história – começou o doutor Hernandez gentilmente.

Ele era um homem pequeno, talvez sessenta anos, com um rosto gentil e amarrotado.

– É possível, quando partiu, que não tenha sido instruída a fazê-lo? Que as coisas fossem diferentes?

Tendo tido tempo para ficar sozinha e pensar entre a partida de doutor Ping e a chegada desses dois, fiquei preocupada.

– O que quer dizer com "coisas", exatamente?

– Bem, isso é o que precisamos determinar, não é? – Disse a doutora Montana.

Sua maneira exageradamente gentil me fez temer que achassem que eu estava louca.

– Conte-nos sobre o mundo de onde veio, Rachel, e nós lhe falaremos sobre este em que está agora. Assim, saberemos. – Ela olhou para um monitor atrás de mim. – Deixe-me dar-lhe algo para se acalmar. Seu pobre coração está disparado. Não se preocupe, é muita coisa para assimilar de uma só vez.

Ela devia ter minha idade, pele cor de cobre gasto e um pescoço longo e delgado. Seus olhos, grandes, escuros e pensativos, descansavam em mim enquanto ela pegava minha mão e a virava. Antes que eu pudesse protestar, ela pegou uma pequena seringa e injetou algo em mim, provocando um agradável entorpecimento em meu braço e depois no resto. Senti meu ritmo cardíaco diminuir e, com ele, meus pensamentos. Meu medo começou a parecer muito distante, como algo que pertencesse a outra pessoa. E conversamos, por uma hora, talvez; perdi toda a noção do tempo.

Nós havíamos sido enviados para tentar prolongar a vida de Jane Austen, não para pegar as cartas de Cassandra. O assunto nunca havia surgido. Mais tarde, descobri que nenhuma carta de Jane Austen para Cassandra havia sobrevivido, mas dezenas de Henry sim. E meu espectronanômetro, inútil na localização do portal, também não havia conseguido capturar imagens dessas cartas pelas quais eu havia arriscado tanto. E ninguém havia ouvido falar de *Os Watsons*. Ficaram surpresos ao encontrá-lo em minha bolsa. Meu diagnóstico de hemocromatose devia ter sido um presságio, minha recomendação de sangria certeira. Jane Austen não morreu em 1817. Espantada, eu soube que ela viveu até 1863.

Havia mais, muito além disso, mas o mais impressionante era: o mundo em que me encontrava não hesitava em mudar a história. Era assim que as coisas eram: às vezes confusas e dolorosas, mas, no fim, valiam a pena. Desde a invenção da viagem no tempo – uma década antes que em meu mundo –, as pessoas evitavam ou suavizavam certos desastres cruciais dos séculos XX e XXI, resultando, de muitas maneiras, em um mundo melhor que aquele do qual eu provinha. No entanto, eu ainda não havia entendido tudo. Resolvidas as grandes preocupações, as pessoas poderiam se voltar para as menores: pesquisar sobre a Idade do Bronze, por exemplo, ou salvar a vida de Jane Austen.

– O mundo está em constante mudança – resumiu doutor Hernandez, abrindo os braços. – É o que acontece.

– Entendo.

Mas eu não entendia. Era ainda mais incompreensível que quando Norman Ng me falara sobre o projeto secreto de viagens do tempo, anos e mundos atrás, naquela tenda na Mongólia.

Eles explicaram que todas as missões implicavam o risco do que aconteceral comigo, uma vez que as possíveis versões alternativas de passado e futuro atravessavam o *continuum*. Liam e eu havíamos partido através de um buraco de minhoca, de uma possível versão, e voltado para outro mundo, reconhecível, mas significativamente diferente. Eu soube que a versão da qual provínhamos era uma das poucas com melindres por mudar a história. Como alguém poderia esperar viajar para o passado e não o mudar? Parecia um bom argumento, considerando minha experiência. Ninguém foi rude a ponto de dizer diretamente, mas percebi que eu provinha de uma versão inferior; de um mundo ingênuo, talvez.

– Talvez queira ser retificada – concluiu o doutor Hernandez –, com base no que ouvi até agora.

Acho que pareci tão assustada quanto me sentia, pois ele sorriu e disse ainda mais gentilmente – coisa que eu não achava possível:

– É seguro e não muda nada essencial. As memórias que causam problemas, só essas, são extirpadas e substituídas por outras mais adequadas. É claro, neutraliza toda a memória da missão da viagem no tempo e tudo relacionado a ela: esse é o ponto nevrálgico. Algumas pessoas gostam, quando a viagem ao passado é traumática. Para outras, é um problema.

Imaginei que fazia sentido. Se ninguém via problemas em mudar a história – ou seja, a memória coletiva –, por que a memória individual teria importância?

– Preciso decidir já?

– Daqui a alguns dias você terá uma sessão com seu mnemosista – disse ele, gesticulando para a doutora Montana.

– Revisaremos sua biografia detalhadamente – ela explicou. Com base no grau de variação e em suas informações, farei uma recomendação. A decisão é sua, mas o processo é irreversível, por isso, é importante ter certeza da escolha. A retificação deve ser feita em um período de três meses, porque começa a haver um risco pequeno, mas crescente, de complicação.

– Que tipo de complicação?

– As memórias da viagem começam a se consolidar, as versões antiga e nova passam a se comunicar. Mais tarde, a retificação pode estar associada a transtornos mentais.

Seguiu-se um breve silêncio.

– Vamos deixar você descansar agora – disse doutora Montana. – A menos que tenha mais perguntas.

– Só uma.

Hesitei. Queria mesmo saber? Sim.

– Minha mãe prometeu me encontrar aqui no Retorno. Quando poderei vê-la?

Eles se entreolharam, e suas expressões confirmaram meus medos, mesmo antes de a doutora Montana se debruçar e começar:

– Rachel... eu sinto muito.

DEPOIS DE UM ANO DE LATRINAS E URINÓIS, O BANHEIRO ERA maravilhoso: as superfícies brancas e brilhantes, um vaso sanitário mágico, que dava descarga sozinho e depois limpava meu traseiro com um spray firme, mas delicado, de água morna. No banho, dava para regular a pressão, e sabonetes e shampoos que cheiravam quase como coisas encontradas na natureza: lavanda, hortelã, alecrim. Debaixo da água fumegante dos rios da Babilônia comecei a chorar, apoiando a cabeça nos limpos azulejos brancos.

A AMNÉSIA DE CURTO PRAZO ERA UM POSSÍVEL EFEITO COLATERAL e embora eu não a tenha experimentado na chegada, minhas lembranças dos primeiros dias após o retorno eram relapsas e vagas. Do que mais me lembro do interrogatório naquela grande sala de conferências sem janelas é de ficar pressionando minhas mãos quentes naquela longa mesa para esfriá-las, fascinada por uma peça tão grande ser feita de metal, enquanto respondia a uma pergunta atrás da outra tentando não pensar demais. Contei tudo a eles, exceto o que aconteceu entre mim e Liam. Meu noivado com Henry fez todos rirem e fazerem mil perguntas.

Recordo meu almoço com Eva Farmer como se recorda um sonho: vívido, mas surreal. Foi em uma sala de jantar privada, que eu não conhecia, no instituto, com vista para um jardinzinho que eu também não conhecia. Um assistente sentado entre nós discretamente filmava nossa conversa com tecnologia vestível, para um possível uso em um filme que estavam fazendo sobre a vida dela. Eva Farmer, como da outra vez que eu a conheci, passava a impressão de uma pessoa extremamente inteligente que se esforçava para agir como uma pessoa de inteligência comum. Eu tinha a sensação de que havia um poder nela. Ela fez muitas perguntas penetrantes: sobre Jane Austen e sua família, particularidades do cotidiano de 1815... parecia interessada em como havia sido trabalhar com Liam. Tenho a sensação de que ele era mais importante ali do que no mundo de onde provínhamos, e resolvi procurá-lo quando o almoço acabasse. Até então, havia sido colaborativa.

– Gostaria de lhe perguntar uma coisa – eu disse por fim, quando reuni coragem, olhando para as xícaras de expresso vazias.

Meu olhar foi involuntariamente para o assistente, e Eva Farmer fez um aceno de cabeça. Ele se levantou e saiu da mesa.

– Obrigada – eu disse, surpresa.

– Eu lhe devo muito mais que isso.

Eva Farmer sorriu levemente e olhou para o jardim, e depois, voltou-se para mim, expectante:

– Então...

– Há algo que não entendo.

Ela esperou, com seus olhos escuros inescrutáveis.

– As pessoas se lembram das diferentes versões?

– Por que lembrariam, se sempre vivem uma só versão?

– Mas, quando a história passada muda...

– Elas se adaptam.

– Mas, como?

Ela ficou olhando para mim com o mesmo meio sorriso, um pouco triste, pensei; mas, talvez fosse só impressão.

– Por exemplo – expliquei –, você é uma estudiosa de Jane Austen. Todo o seu trabalho se concentrou nos seis livros. De repente, um dia, aparecem mais dezessete livros! Você é supostamente uma especialista no assunto, e não os leu!

Ela não disse nada.

– Ou está me dizendo que o passado de todos nós também muda? – Prossegui. – Então, na verdade, o estudioso imaginário os leu, em um passado que agora é diferente.

Parei. Minha cabeça doía.

– Você está raciocinando da maneira errada – disse Eva Farmer. – O passado é uma ficção coletiva, como qualquer outra coisa. Como o dinheiro, por exemplo. Existe porque *concordamos* que existiria; não tem realidade objetiva.

– Então, você nunca quis as cartas de Cassandra? Nunca quis *Os Watsons*?

– É claro que queria – seu olhar era frio. – Mas talvez elas fossem só meios para um fim. Como você também foi, suponho. Desculpe-me por despejar isso assim em cima de você.

Lágrimas encheram meus olhos, e pestanejei para controlá-las.

– Em minha versão, nós duas tivemos uma conversa antes de eu partir – comecei. – Estávamos na sala de areia e eu estava a cavalo. Você mencionou algo que eu havia citado na redação para concorrer à vaga, algo sobre reparar o mundo. – Parei. – Mesmo nessa versão, você queria que eu a salvasse, não é? Secretamente, queria isso o tempo todo.

– Sim, é claro.

– Mesmo que fosse estritamente proibido mudar a história.

Ela assentiu, e eu prossegui, sentindo tê-la flagrado em uma mentira:

– Mas, por que estou lhe perguntando isso? Na versão em que você vive, sempre quis isso, nunca foi proibido. Então, minha pergunta não deve ter sentido para você.

Parei. Ela parecia divertida. Era um olhar que Jane às vezes me lançava.

– Há alguma coisa que você não está me contando – eu disse.

– "Raramente, muito raramente, a verdade completa é revelada ao ser humano" – ela citou, aumentando minha sensação de *déjà vu* de Jane Austen. – As pessoas em geral não se lembram do que mudou. Elas sabem, mas não sabem. É difícil e confuso, elas não gostam disso. Mas eu não sou uma *pessoa em geral*, como deve ser óbvio. Eu inventei o servidor Prometheus. Para todos os fins práticos, eu inventei a viagem no tempo. Para mim, não é um problema manter as várias versões na mente.

– Então, você entende tudo?

– Isso depende do que você quer dizer com tudo.

– Você queria prolongar a vida de Jane Austen. Achou que eu seria a pessoa louca o suficiente para desconsiderar as diretrizes da missão e fazer isso. E sabia que isso resultaria em... faria que as coisas fossem diferentes.

Três dias antes, eu ainda estava desvendando de que maneiras as coisas eram diferentes, além de minha mãe haver morrido e Liam ser casado. E eram muitas.

– Louca é um termo grosseiro, doutora Katzman. Você fez o que precisava ser feito. E por isso estou muito grata.

Eu não sabia bem o que dizer.

– Então, foi Tom? – Perguntei por fim. – O limpador de chaminés? Foi isso que alterou tudo? Porque as coisas já estavam começando a ser diferentes, mesmo antes de eu diagnosticar a doença de Jane. O incidente do engasgo, e Wilberforce... E quanto a Wilberforce? Não vejo a conexão entre isso tudo.

– Existe uma grande probabilidade de que tenha sido Tom; de que esse seu ato, de alguma forma, tenha posto outras coisas em movimento.

– Mas, como você poderia saber que eu faria isso? Ou que ele ia aparecer?

– Acho que você não está entendendo. Estamos falando de campos de probabilidade. Nada é conhecido. Nada é absoluto. Essas são ideias para crianças. São contos de fadas.

Ela me fitou, talvez com pena.

– Vejo que você vai sentir dificuldade aqui se não for retificada. Aconselho que faça isso logo, quando o interrogatório acabar.

– Mas, assim, vou esquecer tudo sobre Jane Austen.

E sobre Liam, mas não acrescentei isso.

– Se eu pudesse conhecê-la, também não gostaria de esquecer – disse, olhando para o jardim de novo. – Mas milhões de pessoas vivem felizes sem nunca ter conhecido Jane Austen. Curtem suas obras, imaginam como Jane pode ter sido.

O que ela queria dizer, suponho, era que eu deveria me contentar com ser como essas pessoas.

– Mas, não posso... – Comecei, mas parei, sem saber bem o que queria dizer.

– Mas seria difícil esquecer o que eu havia feito – ela continuou. – Se eu fosse você, seria mais difícil. O mundo nunca entenderá o sacrifício que você fez, nem lhe agradecerá; você sozinha deve se orgulhar. Para desistir de tudo isso, apagar essa memória e ser como as outras pessoas, seria preciso mais uma dose extraordinária de humildade, não é?

A PRIMEIRA COISA QUE EU SOUBE SOBRE LIAM NESTE MUNDO FOI que ele atendia por William. Era casado com Sabina Markievicz, herdeira farmacêutica e notável avaliadora de arte, havia cinco anos; o casal tinha dois *fox terriers*, mas nenhum filho. Ele era uma celebridade no mundo acadêmico: autor de várias obras da história popular e ator também. Fascinada, assisti a trechos de obras dele, articulado e divertido, representando Sheridan, Brummell, a higiene na Regência. Eu me perguntava se ele havia minimizado suas realizações para mim antes, mas concluí que não. Se ele houvesse sido filho de um executivo de tecnologia de Manchester, ou se houvesse feito parte de uma trupe de Shakespeare aos vinte anos, teria me contado. Sua biografia era diferente aqui.

Quanto mais eu descobria, mais difícil se tornava evitar concluir que, nesta versão, ele tinha o sucesso que eu suspeitava que sempre desejara, por mais modestamente que houvesse negado sua ambição. Minha incapacidade de imaginá-lo em minha linda cama branca no Brooklyn havia sido profética – só não pelas razões que eu pensava. Afastei-me da tela na parede, sentei-me em minha cama e descansei a cabeça nas mãos, sentindo que havia cometido um erro terrível; mas, onde?

MINHA BIOGRAFIA TAMBÉM ERA DIFERENTE, MAS NÃO TANTO QUANTO a dele. Em minha sessão com a doutora Montana, falamos sobre a pessoa que ela chamava de alt-Rachel, essa mulher que compartilhava meu nome e que viajara no tempo com o objetivo de salvar a vida de Jane Austen. Ela nunca foi voluntária na Mongólia, no Peru ou no Haiti, nem subiu os Andes, mas teve uma série de relacionamentos infelizes com homens – talvez isso fosse um tipo de aventura. Era médica, mas endocrinologista. Entretanto, como acabou na equipe do Projeto Jane Austen era um mistério para mim. Certamente, não por sua audácia comprovada, porém compartilhávamos um amor por Jane Austen.

Minha mãe, em minha versão, era uma senhora saudável de sessenta e sete anos. Aqui, ela morreu quinze anos atrás, em uma pandemia de gripe. Meu pai, cardiologista, ainda bonito, ainda amante de ópera, morreu quando eu tinha vinte e sete anos. E eu ainda não tinha irmãos.

– Sua variação é alta, como suspeitávamos – disse a doutora Montana. – Setenta e cinco por cento. Eu recomendaria a retificação, mas a escolha é sua.

Percebi que ela sentia pena de mim, mas talvez fosse só eu que sentisse pena de mim mesma. Essa versão de mim, além de ser órfã, parecia muito tediosa. Tentei ter mais compaixão por alt-Rachel: perder um dos pais tão cedo tinha de mexer com a pessoa, com a percepção de que o desastre aleatório vigorava na Terra e poderia atacar a qualquer momento. Pensei em como ela bravamente fora para o passado – exatamente como eu havia feito – e agora estava presumivelmente encalhada em uma probabilidade alternativa à qual não pertencia – exatamente como eu estava. Minha gêmea espectral, minha possível vida não vivida.

– Posso decidir depois?

A retificação era a última coisa que eu queria, mas estava relutante em expressar minhas opiniões abertamente. Eu estava em uma terra alienígena, ainda mais que em 1815, pois sobre essa época pelo menos eu havia estudado antes.

– É claro, dentro de um período de três meses.

– O que determina a diferença que pode haver com a vida da pessoa quando volta? – Perguntei. – Quando a biografia de uma pessoa é muito diferente, significa alguma coisa?

Eu estava pensando em Liam, mas não conseguia dizer seu nome. Os sussurros, o jeito intimidado das pessoas ao falar dele aqui foi divertido no começo, mas, depois, desconcertante. Como se esse William Finucane realmente fosse alguém diferente do Liam que eu conhecia. Eu estava começando a entender o que Eva Farmer queria dizer sobre o passado ser uma ficção coletiva.

– Essa é mais uma pergunta para Eva Farmer que para mim. Existem diferentes teorias, porém. Algumas pessoas seriam mais... maleáveis, podemos dizer, mais fluídas. Uma pequena mudança nas circunstâncias iniciais poderia levá-las em uma direção bastante diferente. Ao passo que outras... não é científico falar sobre destino, mas pode parecer assim, como algo que deveria ser.

Na versão da qual eu vim, viagens no tempo eram uma vez na vida, psicologicamente perigosas demais para repeti-las Aqui, eu era funcionária do Instituto Real para Assuntos Especiais de Física: eu poderia participar das pesquisas, ajudar outras pessoas a treinar para missões ou viajar em outra eu mesma. Eu queria continuar? Não fazia ideia.

Tive doze semanas de licença para me recuperar. Não conseguia pensar mais longe que isso. Em meio a interrogatórios, preparação de relatórios e recusas a convites para entrevistas na mídia, eu me preparei para voltar a Nova York. Para visitar ou para ficar, eu ainda não sabia, mas já sentia que não havia nenhum lugar neste mundo que eu pudesse chamar de minha casa.

Como nuvens negras gêmeas, pairavam sobre mim a morte de minha mãe e meu fracasso em ver Liam. Ficava pensando em coisas sobre 1815 que eu havia guardado para contar a minha mãe, conversas que eu tinha na cabeça que nunca se tornariam realidade. Quando acordava, esquecia que ela estava morta e, então, ficava órfã de novo.

Eu havia hesitado em visitar Liam no hospital – poderia ser verdade que Sabina não saía do lado dele. No entanto, quando soube que ele estava se recuperando em casa, percebi que ali seria pior. Sua esposa, sua fama... por que isso deveria me impedir? Mas impediam.

Trabalhamos juntos por meses, fomos amantes, cuidei dele durante uma doença grave. E cada dia que passava ir visitá-lo era mais difícil. O banco de dados do instituto me forneceu suas informações de contato e um endereço residencial em Maida Vale, mas tudo o que fiz foi persegui-lo on-line, achando os videoclipes particularmente irresistíveis. Cada um a que eu assistia nos separava ainda mais: aumentava em mim a noção da importância dele, reduzia o homem tridimensional que eu conhecia a pixels em uma tela, até que seu casamento de cinco anos com uma herdeira alta e loira parecia mais real do que o que aconteceu entre nós no século XIX. Era uma loucura, eu sabia, mas não conseguiria agir.

Se ele quiser me ver, dizia a mim mesma, *sabe onde estou*, *e pode me mandar um recado no instituto*. Eu iria vê-lo imediatamente, se ele fizesse isso. *Contudo, ele é famoso, é casado, está se recuperando*. Pensei nisso até começar a acreditar, até conseguir lidar com a dor de seu silêncio. Ele prometera romper o noivado por mim, mas isso fora em um mundo diferente. Acaso eu tinha vergonha do meu comportamento? Um pouco. Ainda estava apaixonada por ele? Essa era uma pergunta que parecia pertencer a outro momento e a outro lugar.

Pouco antes de meu retorno a Nova York, apareceu um novo vídeo. Liam se sentia bem o bastante para deixar uma repórter ir à sua casa para uma primeira entrevista desde a viagem no tempo. Enquanto um narrador resumia os objetivos do Projeto Jane Austen e as realizações anteriores de William Finucane, a câmera dava um giro por uma sala cara, de pé-direito alto e minimalisticamente decorada com antiguidades, portas francesas com vista para um jardim frondoso, e parava em Liam, que parecia mais magro, mas calmo, bebendo chá em uma xícara do início do século XIX. Wedgwood. Reconheci a estampa; tínhamos dessas em nossa casa na Hill Street.

– Então – ronronou a repórter, tão famosa que até eu havia ouvido falar dela –, como se sente sendo a pessoa que salvou Jane Austen?

– Estou feliz e orgulhoso por ter participado do Projeto, mas não posso reivindicar nenhum crédito pelo... foi minha colega, doutora Katzman, teorizando sobre...

– Mas é verdade que você criou a atmosfera que tornou possível salvá-la? Que conseguiu se infiltrar na vida dela, conquistar sua confiança?

– Isso fazia parte da missão.

Ele estava com um moletom preto de zíper, com capuz; seu cabelo ainda estava curto, raspado por causa dos piolhos. Inclinei-me para a frente, batendo o nariz na tela à procura de uma pista, um sinal, alguma coisa. Ele parecia exatamente como quando o conheci: formal, correto, incontestavelmente Velho Britânico. Agora, porém, ele não tinha de fingir.

– Era parte essencial! – Disse Sabina, aparecendo ao lado dele no sofá, inclinando-se, tocando o rosto dele e dizendo com sua fala arrastada: – William é tão modesto! Isso é encantador, mas um grande problema.

E eu virei o rosto para não ver a reação dele, quando senti náuseas e comecei a suar frio. Levantei-me cambaleando e fui para o banheiro. A entrevista prosseguia enquanto eu caía de joelhos na frente do vaso sanitário e vomitava o café da manhã.

De volta a Nova York, descobri que não morava mais em meu antigo apartamento, e sim no último andar da casa onde havia crescido. Depois que meu pai morrera, alt-Rachel havia vendido a casa para uma cooperativa e ficara com um andar – suponho que ela achara isso reconfortante, mas eu não, uma vez que para todo lado que olhava me lembrava de minha mãe. Eu fazia longas caminhadas durante o dia, pois era a única coisa que me possibilitava dormir à noite. No Met, vi os Vermeers, grata por encontrar algo inalterado. Também fui muito à ópera.

Não que não houvesse consolo nesta versão. A Extinção havia sido menos drástica e não era necessário ir até o jardim botânico para encontrar uma árvore. Eu tinha dezessete novos romances de Jane Austen, e dois revisados. *A abadia de Northanger* era uma mistura mais suave de sátira social e paródia gótica, e *Persuasão*, agora intitulado *Os Elliots*, melhorara a trama secundária entre a senhora Smith e o senhor Elliot. *Persuasão* era o título de outro romance da década de 1820, época que também viu a publicação de *Annabelle* e *Vevay*. Esses foram inspirados em sua viagem de um ano ao continente, financiada pelo sucesso de *Ravenswood Hall,* de 1819, sobre um misterioso casal de irmãos que haviam ido das Índias para a Inglaterra.

Adorei ver como sua escrita se aprofundava e se adaptava à medida que os costumes vitorianos caíam como uma sombra por toda a Inglaterra; como, em sua inteligência, ela mostrava uma compreensão mais solidária, embora hilariante, da condição humana. Algo como George Eliot – pseudônimo de Mary Anne Evans –, a quem ela pôde conhecer, pois viveu o suficiente – talvez para encorajá-la, uma vez que a romancista, mais nova, começou mais cedo nesta versão, tendo tempo de escrever mais três livros depois de *Daniel Deronda*. Assim, Jane Austen viveu para ler *Middlemarch* e ter uma opinião sobre as Brontë.

Levei um tempo para entender as implicações de prolongar a vida de Jane; como o surgimento de mais dezessete livros alterou seu lugar no cânone. Houve um momento em que eles eram novos, quando ninguém os havia lido ainda, mas essa mudança no campo de probabilidades ondulou em todas as direções à medida que as novas memórias foram substituindo as imagens ultrapassadas e as inconsistências se entrelaçaram de novo, exatamente como Eva Farmer havia dito. As biografias que refletem a vida de Austen – oitenta e sete, em vez de quarenta e uma – começaram a proliferar, até se tornar difícil encontrar uma antiga.

Os estudiosos estavam ocupados e felizes com todos os novos

romances de Austen, mas, na mente popular, escassez tem valor. Um dos efeitos dessa nova abundância foi torná-la uma figura literária menos significativa, em primeiro lugar na segunda fila, não muito diferente de Anthony Trollope, a quem frequentemente era comparada. Nossa missão, assim como a própria Austen, foi respeitada, mas não estimada incansavelmente. Agora, era tudo Brontë: elas eram as escritoras do século XIX por quem todos estavam obcecados. Nessa época tranquila, a qualidade emocionalmente superaquecida delas tinha um apelo exótico, coisa que a reprimida, irônica e prolífica Jane Austen não tinha.

Outro motivo para o fascínio eram os Projetos Brontë – chegaram a seis – enviados para ajudar a família que continuava enfrentando desastres: viajantes temporários voltando com doenças mentais, infectados com tuberculose resistente a drogas, ou simplesmente não retornando. E sem aparente melhora na curta e malfadada vida das Brontë. Um mistério. E quem não adora um mistério?

Eu não poderia me arrepender de salvar a vida de Jane, mas tinha uma admiração furtiva pelas irmãs Brontë; a recusa delas a serem salvas reforçava meu desconforto sobre mudar o passado. Eu também estava dividida sobre o que fazer: não queria mais saber de viagens no tempo, mas ainda hesitava em abandonar o instituto. Talvez essa sensação tão incomum em mim desaparecesse, e eu curtisse de novo a voraz curiosidade e o desejo de aventura que me fizeram subverter minha vida por Jane Austen. Perto do fim de minha licença, tendo resolvido sublocar meu apartamento e voltar para o instituto, pelo menos por um tempo, saí antes, para parar em Londres no caminho, achando que seria fascinante andar por uma cidade que eu havia visto pela última vez em 1815.

Entretanto, eram só elegantes arranha-céus e cafés caros demais, pontuados pelo estranho museu que fazia o contraste entre passado e presente ainda mais doloroso. Fiquei perdida, e não consegui encontrar nenhum vestígio do século XIX que não estivesse dentro de uma redoma de vidro. Exasperada depois de três dias, peguei o trem para Chawton.

O Austenworld era menos elaborado que em minha versão, mas a Great House ainda abrigava o centro de pesquisa e a pousada, onde reservei um quarto, desconcertada ao descobrir que eles sabiam quem eu era. Eu havia evitado a publicidade sobre minha participação no Projeto Jane Austen pois não gostava de falar sobre 1815. Não porque não houvesse sido feliz lá, pelo contrário.

– É uma honra tê-la aqui – disse a mulher que me registrou. – Espero que possa fazer o Backstair Tour, e diga-nos se acha que a nova restauração da cozinha parece precisa.

– Nunca vi as cozinhas daqui – eu disse.

Mas ela não me ouvia.

– Imagine só, William Finucane esteve aqui também há alguns dias! Ele disse que o papel de parede da segunda melhor sala estava errado.

– Que pena que nos desencontramos – eu disse, aliviada por ter escapado por pouco.

Contudo, eu não poderia evitá-lo por muito mais tempo: quando voltasse para o instituto, era provável que Liam também estivesse ali. Eu só podia esperar que ele pedisse demissão, que sua vida atual fosse apelo suficiente para abandonar as viagens no tempo.

Ou talvez ele houvesse sido retificado. Então, estaríamos todos bem. Ou, talvez eu devesse me retificar.

– Como foi trabalhar com ele? – Perguntou a mulher.

– Ótimo – disse eu, exagerando minhas vogais americanas para ela. – Perfeito.

DOIS DIAS ANDANDO POR CHAWTON, PRESERVADA COMO UM INSETO em âmbar, fizeram-me sentir uma gratificação dolorosa, como tirar a casquinha de um machucado ou ver um vídeo de Liam. De forma diferente, mas não menos exasperada do que se estivesse em Londres, decidi impulsivamente ir a Leatherhead, porém assim que saí do trem, eu me arrependi.

O Swan ainda funcionava, com decoração mais falsa vitoriana que falsa Regência. Reservei um quarto para passar a noite, esperando que já houvessem resolvido o problema com piolhos, e saí com a ideia de encontrar o campo onde estivera o portal. No entanto, um estacionamento e uma estrada me confundiram. Detida por uma cerca que limitava um campo de golfe, dei meia-volta e fui para a cidade.

Uma vez lá, percebi de novo meu erro. Não havia nada para mim em Leatherhead tendo em vista que, ao contrário de Chawton, o local não havia preservado sua herança. Os edifícios eram um amontoado aleatório de épocas e estilos que eu me perguntava se algo terrível havia acontecido ali. Teria sido destruída na Blitz? Então me lembrei: neste agora não existira Blitz, nem Hitler. Era apenas um mau planejamento urbano. Percorri toda a principal e desorganizada rua comercial duas vezes, incapaz de reconhecer qual construção havia sido a minha em 1816, se ainda estivesse em pé, antes de parar em uma esquina, olhando cegamente para um cardápio na janela de um restaurante que era uma fusão de peruano e persa, por fim atingida pela realidade que eu estava tentando evitar: não havia nada para mim em lugar nenhum, pelo menos enquanto eu continuasse daquele jeito.

O que passou, passou. Jane, minha mãe, meu mundo, a vida que eu tinha nele, o tempo que passei com Liam no século XIX, o próprio Liam. Tudo teve seu tempo, e não ia voltar. Minha tarefa era encontrar significado em uma vida que não os incluía.

Voltei-me de frente para o Swan, mas já consolada pela feiura da paisagem das ruas; sua incoerência arquitetônica era um espelho de meu coração confuso. Acaso não éramos todos assim, arrastando os pedaços do passado que não se encaixavam, as versões incompletamente sobrescritas de nós mesmos, sempre com esperanças de que um dia entenderemos as coisas e as arrumaremos?

Isso, porém, nunca acontece. E o que acontece, então?

Não sou religiosa, mas senti uma calma maior que eu mesma, uma sensação da interconexão de tudo. *Tudo bem*, pensei. De algum jeito, será. Enquanto eu caminhava olhando o sol, as árvores e os edifícios aleatórios, os poucos pedestres, era como se um véu sagrado caísse sobre a trágica mediocridade do cotidiano.

Encontrei-me em uma rua onde havia uma igreja antiga, nada de especial, exceto pelos baixos padrões estéticos de Leatherhead. Deus está em todo lugar, suponho, mesmo para os judeus ateus, de modo que dando lugar ao impulso, abri a pesada porta de madeira, atravessei o vestíbulo silencioso e entrei na escuridão além do vitral. Eu não pisava em uma igreja desde 1816, e fiquei atordoada com o familiar aroma a madeira velha e mofo – o cheiro dos domingos de Chawton. Isso trouxe tudo de volta: uma série de sentimentos e imagens de coisas e pessoas perdidas para sempre que fez as lágrimas brotarem em meus olhos e eu quase dar meia-volta e fugir dali. Então, notei uma porta lateral aberta, um retângulo de luz do sol e de verde. Um cemitério parecia melhor que a rua para chorar, de modo que corri porta afora.

Em meio a um fraco sol inglês, uma árvore antiga, velhas lápides inclinadas em ângulos estranhos e cobertas de grama, respirei fundo, já calma de novo. Quando comecei a ler nomes e datas e epitáfios aleatoriamente, meu desejo de chorar diminuiu. *O que passou, passou.* Nossa tarefa na Terra é aprender a lidar com isso. Deveria ser retificada? Esquecer Jane, Liam, 1815? Pela primeira vez, isso me pareceu uma possibilidade séria, não mais aterrorizante.

Olhando para cima, percebi que não estava sozinha. No extremo oposto, curvado para observar algumas lápides que pareciam mais velhas que as demais, estava um homem de cabelos escuros, de compleição robusta, que me lembrou Liam. Durante semanas isso vinha acontecendo comigo. Não havia nenhuma razão para ele estar em Nova York, mas nas plataformas lotadas do metrô de Manhattan, nos restaurantes baratos de Chinatown, na ópera, eu vislumbrava um braço evocativo, um andar familiar, um flash de olhos azuis, e por um instante equivocado eu o via, encarnando meu fracasso em esquecer, minha culpa por não dizer adeus. Em um cemitério de Leatherhead, por que não? Fazia mais sentido que vê-lo em *Rigoletto*.

Então, olhei de novo, e quando o homem se voltou e se aproximou, percebi que realmente era Liam, seguindo na direção em que eu estava. Que desastre! Eu me encolhi atrás do teixo, coisa que não poderia me ajudar por muito tempo. O cemitério era muito pequeno, e estava bem vazio.

– Ei! – Eu disse, saindo de trás da árvore e indo em sua direção. – Que surpresa! Disseram-me que você esteve em Chawton, e agora aqui?

Talvez a três metros de distância, ele ficou paralisado, arregalando os olhos. Sua expressão de surpresa teria sido engraçada, se eu estivesse no clima de me divertir; mas enquanto eu pensava nisso, a surpresa desapareceu. Suas feições se suavizaram, agradáveis; a expressão de quem está acostumado a ser olhado.

– Rachel – disse, calmo e formal, dando um passo à frente para um aperto de mão cauteloso. – O que a traz a Leatherhead?

Eu não pude responder, arrasada pela força e pela frieza de seu aperto de mão, pelos dedos que conheciam cada centímetro de mim. Larguei sua mão, consternada.

Por fim, consegui falar:

– Ah, você sabe, um pouco de turismo antes de voltar para o instituto.

Sua presença física depois de tantos vídeos era tão avassaladora que eu não conseguia parar de encará-lo. Ele estava discretamente vestido de preto, com os cabelos curtos como quando havíamos desembarcado em 1815. Seus olhos eram mais azuis do que eu lembrava, e mais sombrios. Ele tinha uma pequena cicatriz perto do olho esquerdo sobre a qual eu sempre quis perguntar, mas nunca perguntei. Vendo-a, eu me arrependi.

– E você?

Liam, olhando de lado para o chão, não respondeu.

– Você vai ficar lá? – Continuei depois de um longo tempo. – Não sei quão comprometida estou com as viagens no tempo, mas pensei em me manter aberta a opções.

Ele não disse nada, enquanto eu lutava contra o desejo de me aproximar, pegar sua mão de novo, enterrar minha cabeça em seu peito.

– E você? Provavelmente não, certo? Sua carreira de fato deslanchou nesta versão, isso é fantástico. – Seu silêncio estava me fazendo preencher o vazio com uma conversa aleatória. – Não está escrevendo um livro sobre suas experiências no passado? Tive essa impressão, de alguma coisa sua a que assisti.

Admitir que havia assistido a coisas dele provavelmente não era uma boa ideia.

– Não – ele disse.

Houve outra pausa, enquanto eu admirava a amplitude de seus ombros e a delicada curva da orelha que eu podia ver. Desesperadamente, eu disse:

– Já se deliciou com os novos romances de Jane Austen? Que surpresa quando voltamos! Dezessete! Não é uma loucura?

Ele ainda estava olhando para o chão.

– Ah, de fato.

Outro silêncio. Era assim que terminava, então: não em drama e recriminação, mas em estranheza. Eu estava me preparando para dizer que havia sido uma surpresa agradável encontrá-lo e fugir, quando ele ergueu os olhos e encontrou os meus.

– É como um experimento racional. Do que você desistiria por dezessete romances adicionais de Jane Austen? Desistiria de sua vida?

Senti os pelos de minha nuca se arrepiarem. Por que sua voz tinha de ser assim, tão quase rude, baixa, tão musical?

– Tarde demais para perguntar. Nós desistimos.

– Desistimos.

Ele olhava para mim, firme e friamente.

– Mas a vida que você tem agora é ótima, acho – Eu já conseguia falar, suas palavras haviam quebrado o feitiço. – Estou muito feliz por você. É tudo o que você sempre quis, não é?

Eu estava me esforçando para parecer alegre.

– Ah, tudo – disse ele, em um tom que me deixou sem forças.

Estava sendo irônico?

– É magnífico.

– Você acha? É a palavra que você usaria?

Por um momento, ele parecia estar seriamente considerando minha banal observação, mas logo senti seu sarcasmo.

– Bem, não vejo do que você possa se queixar.

– De fato.

Ele olhou para mim, e percebi que eu havia falado como se nada houvesse mudado, mas ele era famoso agora, e importante. Talvez eu não parecesse suficientemente impressionada, talvez estivesse desperdiçando seu valioso tempo.

– Suponho que você pensa que não tenho direito de reclamar, então – ele disse.

– Não vejo como o que eu penso possa ter alguma influência...

– Que eu deveria estar extremamente grato – acrescentou.

Eu não tinha resposta para isso, e ele não esperou uma. Continuou com uma hostilidade inconfundível:

– Fico feliz que tenhamos a chance de nos despedir, pelo menos. Volto para o instituto, mas apenas para concluir minhas entrevistas de saída. E para ser retificado.

Eu pensei que queria isso, mas só naquele instante percebi que estava errada.

– Ah – coloquei a mão em uma lápide e me apoiei nela. – É, acho que isso faz sentido.

Ele cruzou os braços e ficou olhando para mim com uma expressão intimidante.

– Sua variação era alta? – Obriguei-me a perguntar calmamente.

Eu não ia desmoronar. Pelo menos não na frente dele.

– A mais alta que já viram.

Ele já não parecia tão irritado, mas entediado, como se estivesse cansado de pensar nisso. Ou, talvez, triste. Imaginei-o acordando, como eu acordara, no tempo presente em uma cama de hospital, e percebendo, como eu percebera, que tudo era diferente.

Por que não fui vê-lo? No que eu estava pensando?

– Achei que eles iam querer fazer isso imediatamente, não esperar – comentei.

– Ah, eles quiseram.

– Mas você recusou?

Ele ficou em silêncio.

– Então, por que mudou de ideia? – Perguntei, sentindo o alívio de não ter nada a perder.

Minha mãe estava morta, meu mundo desaparecido, eu havia acabado com minhas chances com o único homem que já amara e ele estava prestes a me apagar de sua memória. O que mais poderia dar errado?

– O que mudou seu coração, Liam?

Gostei da forma do nome dele em minha boca; sentia falta de pronunciá-lo. Achei que não haveria mal nenhum em dormir com Liam uma última vez, já que ele esqueceria sua infidelidade, e eu nunca contaria. Talvez isso me desse a força de que eu necessitaria para suportar o resto da vida sem ele. Meu quarto no Swan: boa simetria. Imaginei-o ao meu lado, nu, tão vividamente que meus joelhos falharam, e só a lápide me manteve em pé.

No entanto, o olhar sombrio que ele me lançou era um forte indício de que isso não ia acontecer.

– Você mesma não pensou nisso?

Eu hesitei.

– Posso lhe dizer a verdade? Tenho certeza de que nada em minha vida nunca vai se comparar ao que vivi. Então, por que eu ia querer esquecer?

Minhas palavras ficaram no ar por um longo momento, enquanto ficamos ali parados. Um vento fraco agitava o teixo; eu podia ouvir o grito distante de um corvo.

– Não sei – ele disse por fim, sombrio. – Só posso especular.

Por que eu não o visitara no hospital? O que eu tinha na cabeça? Poderia ter entrado entre ele e Sabina enquanto nossas memórias de 1816 ainda estavam quentes? Ou pelo menos tentado? Contudo, para algumas coisas, não se pode viajar para trás e corrigir.

– Desculpe-me – eu disse. – Sinto muito.

Então, ele pareceu ainda mais sombrio que antes, como se isso fosse possível.

– Eu deveria ter ido vê-lo – continuei. – Eu estava... você sabe... eu estava...

– É compreensível – ele disse em seu tom mais frio. – Quando você percebeu...

– Sim – consegui dizer. – Exatamente.

Outro longo silêncio, o vento e o corvo. A sensação que eu havia tido antes do secreto sagrado que se esconde diante dos olhos voltou, mais forte, e então, senti uma leve onda de esperança. Era possível, mesmo depois de tudo, que houvesse um mal-entendido entre nós?

– Bem, naturalmente fiquei intimidada. Você é famoso agora, consegue perceber isso?

Ele olhou para mim.

– Brincadeira! É claro que você percebe; mas eu fiquei...

Fiz uma pausa. Era muito difícil, e ele não estava ajudando; ficava me olhando como se eu estivesse louca.

– Intimidada.

– Entre todas as pessoas, você deveria ter percebido que não era eu – disse ele, tão gentilmente que fiquei envergonhada. – Está me dizendo que o motivo pelo qual você desapareceu sem deixar rastro, sem uma palavra, é porque eu fiquei famoso? Eu entendi direito?

Eu hesitei.

– De verdade? Foi mais por causa de Sabina.

– Ela disse para você ficar longe? Quando? Como a encontrou?

– Não, não, quero dizer, eu pensei... – parei, mas me obriguei a prosseguir. – Pensei que neste mundo – parei, fechei os olhos e os abri de novo; ele ainda parecia confuso. – Que neste mundo vocês pertenciam um ao outro. Eu pensei que você ficaria mais feliz. Senti que Sabina é tão perfeita, tão loura, tão... alta.

Parei abruptamente, porque mal conseguia respirar.

– Tão alta que você abnegadamente desistiu de mim? Como uma Quaresma, só que para sempre? – Perguntou Liam com uma nota de riso na voz.

Eu balancei a cabeça, ainda incapaz de falar.

– Quando você desapareceu, pensei que era porque me desprezava – ele prosseguiu. – Você viu quem eu realmente era, o que eu deveria pensar?

Era como se eu soubesse tudo que se seguiria; como se estivesse olhando por um corredor de horas e dias e anos que levava a esse momento, que acabaria adquirindo o peso de uma lenda. “Se não estivéssemos no pátio daquela igreja”, diria eu, “no mesmo dia, à mesma hora, o que teria sido de nós?” E Liam riria. No entanto, nós estávamos ali. “Você estava prestes a ser retificado”, eu protestaria. “Não, não sem tentar falar com você primeiro. Você achou que eu desistiria assim, tão facilmente?” Essa é uma história para contar a nossos netos, diríamos, como as pessoas dizem; mas um dia isso seria verdade, e nós contaríamos.

Entretanto, tudo isso estava à frente. Naquele momento, eu explodi em lágrimas.

– Espere. Quer dizer que você e Sabina... E quanto a Sabina? Espere. Pode realmente dar certo? O que vamos fazer? Como vamos fazer dar certo?

Seus braços estavam ao meu redor. Ele estava beijando meu rosto molhado.

– Não sei, Rachel querida. Pensaremos em alguma coisa.

ESTE LIVRO FOI IMPRESSO PELAS EDIÇÕES LOYOLA
EM PAPEL LUXCREAM 60G.